U0083820

古典詩歌研究彙刊

第二十輯

龔鵬程 主編

第 1 冊

「立象盡意」之構築原則
——中國「象」論詩學的美學闡釋

高知遠 著

國家圖書館出版品預行編目資料

「立象盡意」之構築原則——中國「象」論詩學的美學闡釋／高知遠 著 — 初版 — 新北市：花木蘭文化出版社，2016〔民105〕
序 2+ 目 2+304 面；17×24 公分
（古典詩歌研究彙刊 第二十輯；第 1 冊）
ISBN 978-986-404-822-9（精裝）
1. 詩學 2. 審美 3. 詩評
820.91　　105015097

ISBN- 978-986-404-822-9

古典詩歌研究彙刊
第二十輯　第一冊　　ISBN：978-986-404-822-9

「立象盡意」之構築原則
——中國「象」論詩學的美學闡釋

作　　者　高知遠
主　　編　龔鵬程
總 編 輯　杜潔祥
副總編輯　楊嘉樂
編　　輯　許郁翎、王筑　美術編輯　陳逸婷
出　　版　花木蘭文化出版社
社　　長　高小娟
聯絡地址　235 新北市中和區中安街七二號十三樓
　　　　　電話：02-2923-1455／傳眞：02-2923-1452
網　　址　http://www.huamulan.tw 信箱 hml 810518@gmail.com
印　　刷　普羅文化出版廣告事業
初　　版　2016 年 9 月
全書字數　247105 字
定　　價　第二十輯共 18 冊（精裝）新台幣 28,800 元

「立象盡意」之構築原則
——中國「象」論詩學的美學闡釋

高知遠 著

作者簡介

高知遠，雲林縣西螺人。彰化師範大學國文所文學博士。主要研究領域爲中國文學理論、文學符號學與文學社會學。曾獲：第二屆全國大專校院人文研究學術獎、第二十七屆中興湖文學獎文學評論獎、第二屆彭邦楨詩獎、第五屆懷恩文學獎社會組首獎、第二十七屆中興湖文學獎現代詩首獎、第三屆桐花文學獎、現爲南華大學文學所助理教授。

提　　要

本論文以中國詩學中之「象」論作爲考察對象，從文藝美學之角度，分別從創作主體、文本主體以及接受主體等三個層面，考察「象」論在廣義詩學系統中之影響。本文認爲，「象」之概念由於涉及了審美時之審美主體如何將其審美經驗化約爲一種具有美感性效能之藝術符號，進而使得這樣的藝術符號在接受主體意識中產生反應。因此其主要關涉於「文字有機體能否、以及如何產生出美感」這樣的論題，是以對於「象」論之考察，其實也是在考察著文學藝術之詩性如何可能？對此，本文分別從創作主體、文本主體與接受主體等三方面進行探析，企圖透過梳理中國「象」論譜系中，前人對於文學藝術性之構成的相關論述，從審美經驗流動的角度進行整合。換句話說，本文之宗旨，即在透過以建構詩學之方式，將「象」論之詩學要素釐析清楚，並且以此建構出具有中國特色之詩學美學系統。

準此，就創作主體來說，「象」之說法主要涉及了文學概念之生成、構象準備、構象思考與構象原則等四個層面，相應於此四個層面，本文遂也相繼地探討了「詩言志」與「立象盡意」間之結構關係、「神用象通」之感象形成、「搜求於象」之呈象經驗與「以意爲主」之構象意識等幾個部分。透過將創作主體意識中之呈象經驗進行區分，以層層推演出創作主體在以「象」爲前提的原則下，由審美主體向創作主體轉移之意識現象，且基於這樣的現象，進一步探討創作主體立「象」以盡意時之構象型態，也就是針對文本主體而言，討論創作主體之情志意識如何在「象」的符指原型下進行表現，透過對於「描述式意象」、「比喻式意象」以及「情態式意象」等展陳型態之探討，以及事物之「發生規律」、「發生過程」與「表現情狀」等模式進行分析，來加以闡明「象」之呈象形態的形式特性與內容特性，而這樣的特性，即可視爲是文學藝術之表意形式與指意形式之所以不同於普通語言形態之關鍵所在。

因此，當這樣的表意形式與指意形式作用於接受主體的意識之中，則接受主體遂會由於這種「象」之能興作用，而產生形式效能與審美感興等兩個層面之反應。此兩個層面之反應乃是在「以意逆志」的詮釋前提下，對於象之形式結構與情志內質所產生之接受反饋，而這種接受反饋之效應，則說明了「象」之指意型態就接受反應來說，是以符號所造成之感知界域爲主，而非著重於符號所指之指意功能。

可以發現，「象」之構成經由美感形成、建構與效能反應之中介與轉化，遂與詩學美典具有互相證成之結構關係，也就是說，「象」具有詩學美典之規範特色，而欲表現這種規範特色，又必須以「象」置於文字符號的組織之間才有可能。因此，「象」之效能的產生，可以說是一種從審美主體、文本主體乃至於接受主體之意識經驗與美感經驗交會的流動過程。這種流動過程之規律一旦解碼，我們就可以依據「象」這種範式型態之特色，來判別甚麼是文學？甚麼是非文學？同時，亦可以運用「象」這種符號組織之特色與效能，來對於文學中之美感生成，進行一種詩學式之詮釋與批評。

自　序

宛如劫後。

被窗簾切割好的光影，如此靜好地覆蓋著書房裡那些散落一地的沉默，沉默中，索緒爾的《普通語言學教程》，還沉沉地臥在《文心雕龍》上面，而落地窗邊，羅蘭巴特的《寫作的零度》，卻依然以雄辯的姿態，說明了文學理論應該如何張開翅膀華麗地飛行，關於詮釋的權杖，祭壇上的神祇與俗世裡的凡人，終於在伊瑟爾的《閱讀行爲》中完成了信仰的解放，然而，角落裡，一本詩集卻早已收拾好繁複的人生，以彩筆演繹出雨天時的點點滴滴，多像是行過霜冷長河後的故事，一片回憶終於甦醒過來，並且大聲疾呼那些感官裡的冰原，那些凋零前的青翠——

如此沉默卻依然巨大的聲量呵！

我於是想起了這樣一場航行，如夏夜，沿著想像的軸線，將經典詮釋爲星空，那是一種最古老的巫術，隨著口齒間的輕風飄送聲韻，以草紙上的咒語開鑿出河道，河道兩旁當然也有著壯麗的風景，那是皎潔的月色、繁華的都城與淒涼的邊愁；那是今與昔的同體共生，飛揚與跌墜的互爲映襯；那是李白唱起「將進酒、杯莫停」時的豪情，東坡吟著「不思量、自難忘」時的感歎；那是錦繡間的樂府歌行，轉眼，竟然變成寒苦塞外的朔風凜洌……

或許正是因爲這樣地滋味著文學，所以情深。

感謝正治老師與益忠老師的指導，幫助我將夢想成眞，成就了我在學術路上的思考與堅持；也感謝美玉老師、淑貞老師、文吉老師與章錫老師們的指正與批評，讓我明白了缺失與不足，這本論文只是開始，更應該加倍努力地經營下去；感謝俊堅教練的栽培與愛護，讓我能夠將跆拳道精神運用在人生的道途之上，執著且勇敢地朝著目標邁進；感謝我的孩子高鼎翔，讓我懂得愛與付出，原來才是健全人格的必要條件；也感謝許許多多的長輩與死黨，如此長期地愛護著我，讓我可以在濁世裡繼續任性，保有孩子般的純淨與天眞；最後，我要感謝我的父母，因爲最美好的成功總是需要天份，是他們讓我多了幾分聰慧與機敏，可以從容地面對旅途中的困難與險阻，因此，我必須把這本論文獻給我的爸爸媽媽，感謝他們總以最無私的愛來保護我，讓我可以毫無恐懼地在天空翱翔。

雖然，終究免不了有些悵惘。

拉開窗簾，撿拾起一個簡淨的片刻，把最後一本徐復觀的《中國藝術精神》擺回架上，這才發現，冬日裡的空氣微寒、陽光靜好，而生命裡最深刻的徒然卻不過如此：總在時間帶著一雙貓足悠然走過以後，明白曾經有過的癡執與深情，原來一如書房裡那些默默頹萎的青春——

花落無聲。

目次

第一章　緒　論

第一節　論題概述與研究意義

「立象盡意」是中國文化系統中的一個關鍵概念，此關鍵概念之導出是以「立象」之思維來作爲主導原則的。所謂「立象」之思維意指的是主體表情達意之時，透過主體內在經驗之象來表現出其情志意識的一種思維型態，而這種思維型態之形成可由許多方面來進行釐訂，譬如李澤厚對於遠古時期之神話與圖騰表現之研究〔註1〕，又或者是胡雪岡對於「鑄鼎象物」之文化傳統的討論〔註2〕，乃至於徐揚

〔註1〕參見李澤厚：《美的歷程》，台北，三民書局，2000年11月，頁5～33。

〔註2〕胡雪岡透過對於「鑄鼎象物」這種文化傳統的分析指出：「由於『鑄鼎象物』具有『能協和天下，以承天休』，即能夠使上下和諧，以承受上天的保佑，從而體現出『使民知神、奸』的鑒誡作用，激發起人們揚善懲惡的道德情感，這種歷史時代和社會環境的願望和情感通過高度的提煉，包孕、寄寓於『百物而爲之備』的『象物』之中，也即是作爲抽象的、無形的『意』，被奇妙地轉化爲物態化的形象而得到了表現……」（胡雪岡：《意象範疇的流變》，南昌，百花洲文藝出版社，2009年10月，頁5。）

尙對於「伏羲作八卦」這類文化事件之闡釋〔註3〕，皆得出了這些事件或現象背後所呈現之思維結構，即一種「透過外在符號化之表現型態，來展現出先民表情達意之時，以外在物象產生審美經驗，再經由這樣的審美經驗，以主觀化意象表現主體經驗意識之表現思維」。而這樣的表現思維作爲一種語言符號表現主體情志之概念結構，應是將所謂的「象」視爲是一種複雜的概念聚合。這種概念聚合首先表現爲符號上的「不言之言」，透過這種「不言之言」來表現「意」，進而使得深層之「意」得以含隱於「不言之言」的表層結構之內（或說之外），因而產生表層言說不直接表述深層意指之現象。而這種現象之所以演化爲詩學主體之呈現關鍵，乃是經過歷史縱深於理論模式上之深化與開展，換言之，「立象盡意」做爲符號與主體情志間的結構關係，在中國詩學脈絡裡，原是針對《周易》之符指現象所產生的一種規約性說法。這種規約性說法首先涉及了「象」如何作爲一種語言符號與意義表現間之論題，進而由此論題引申，在思想之呈現結構與詩學之呈現結構上產生了互相交疊之範域。也就是說，就詩學的發展而言，「象」這樣一個概念的形成乃是一種歷時性的擴散演進，這種擴散演進立基於「象」與「意」這樣的結構關係下進行衍生，並且不斷地加入文化母體中的異質概念（諸如儒家詩學與佛學），最後定型爲一種詩學語言之所以具有詩性的核心原則，用以解釋詩性語言之思維型態、結構特徵、及其與標準語言間之型態區別。

因此，「立象盡意」作爲一種概念型態，事實上並不單單隸屬於儒家對於《周易》之詮釋或者是詩學表現，而是中國文化母體中的一種固有概念模式，甚至是所有藝術符號所賴以產生的一種主導原則。

〔註3〕徐揚尚認爲：「伏羲感悟天文地理，鳥獸蹄跡，乃至自然界的規律特性，擬容取心、立象盡意、神用象通作八卦，意不離象，意即由相應之象所承載、蘊涵、表達的意義；無象，意不存，意無所託；無意，象不立，象無所用。在此語境之下，象即意象；即使言象不言意，也是象生於意，象在意在，神用象通。」（徐揚尚：《中國文論的意象話語譜系》，北京，中國社會科學出版社，2012年5月，頁59。）

這種主導原則經由後世知識系統之表述、歸納與套裝之後，逐漸展演為一種詩學美學的理論間架，相較於西方對於意象（Image）所提出的「瞬間呈現出理智與情感的混合物〔註4〕」這樣的定義，中國「象」論及由「象」所引申出來的美學思維，可說是一種極具有中國特色之詩學系統。此詩學系統就審美意識而言，代表著創作主體特殊的感象方式，就方法論來說，又主導著一種特別的用語形態，而就其結構效能來看，「象」的營造與構築，更使得「象」的結構本身具有一種特殊的美學典式。是以討論「象」，不僅僅只是找出中國詩學就文學創作的一種系統論述，更可以藉由理論的梳理與結構性的串連，使「象」論在現代文學的語境裡，成為具有概括性與特殊性之「中國式」文學理論系統〔註5〕。

這種文學理論系統以「文學」本身做為主要對象。有別於外國文學理論經過兩次轉向：從作者到作品，再從作品轉移到讀者的發展過程，中國文學的初始是從先民認識「自然世界」並想望「宇宙」的聯想過程中所發展出來的〔註6〕。這種發展在儒家的思想體系裡，逐漸演變成一種政教合一的文學觀念，而這種政教觀念與現代將「文學」視之為語言藝術的看法有很大不同，主因在於其包羅甚廣，因此雖然將文學之功能指向了外緣，仍不應以一種「政教觀不等於文學觀」的簡

〔註4〕黎志敏：《詩學構建：形式與意象》，北京，人民出版社，2008年5月，頁84。

〔註5〕關於「象」之論述經過歷代文論家的演繹，當然不能說有一種自覺創建系統門學的意圖，然而經過整理與爬梳，卻能將其部分貫通為整體，並推演出文藝與美學定義上之「象」論的完整體系。

〔註6〕這種聯想的範式其實已經具備美學在主體與外物感受間的聯想範型。正如維科（Giambattista Vico, 1668～1774）在《新科學》中認為：「原始人的心理十分地類似兒童的心理。兒童對世界的認識完全是印象式的，這些就是他們想像的全部依據，他們不關心事物之間的關係，不關心事物的性質，因為他們沒有抽象思維。由於缺乏抽象思維的能力，他們與世界的關係主要是模仿的關係，而這恰恰是詩一般的活動方式。」（朱立元主編：《西方美學名著提要》，南昌，江西人民出版社，2000年10月，頁69。）

單模式一語帶過，而應當將此時對於文字系統之功能的相關論述，視爲是在文學觀念發展過程中之母胚，差別只是「政教觀念」之文學觀將文字系統的終點指向外在世界，而魏晉以後，隨著個體自覺因而發展出來之文學觀念，則逐漸將文學系統之終點指向了文學自身〔註7〕。

易言之，在「詩言志」的系統裡，文學與政教合一所訴求的是在文學系統中「興發」起一種現實意識。而在「詩緣情」的觀念下，文學因爲個體自覺而將詩的根源由天道轉向人情，於是其講究的是在文學系統中「興發」起一種審美式的移情作用或主體意識之領會。所以，雖然這兩者間所訴求的目標不同，但是就文字的「功能」而言，透過文字以「興發」某種感覺或思想的模式，無疑是「類同」的。

是以本文以「詩學」與「美學」等兩個概念作爲討論題目，意在使其產生一種雙重限制之作用。其中「詩學」與「美學」二詞應先做說明。所謂「詩學」之討論對象，正如瓦・葉・哈利澤夫在《文學學導論》中所提到的：

> 在最近的一個世紀裡，人們開始將文學學的一個分支稱之爲詩學（或者說，理論詩學），其對象是作品的構成、結構

〔註7〕且不論西方新批評針對「意圖謬誤」與「感受謬誤」等兩方面所進行的論述，單就中國文學理論的內容來看，並非從未存在過對於文學本體的自覺，正如王夢鷗在《中國文學理論與實踐》一書中提到：「齊梁間人對於廣義的文學，已提出他們精細分類的見解。他們把那『事出於沉思，義歸乎翰藻』的著作劃歸文學，而稱屈原、宋玉、枚乘、司馬相如爲從事此種文學的代表者，進而至於這些人的辭賦，才是文學。這種種說明，實在已夠充任現代西洋人所確立的文學定義。」因此王夢鷗認爲：「文學的近代定義，就是『詩』的定義。簡言之，近代人所強調的文學特質，其實就是自古以來所公認的『詩』的性質。」（王夢鷗：《中國文學理論與實踐》，台北，時報文化出版社，頁47。）換句話說，如果僅將中國文學籠統地歸納爲外緣式的批評系統畢竟不夠周全，雖然我們也同時必須承認，這種外緣式的批評系統無疑是中國文學批評的一種特色，而這種論述自有其時代背景與思維形態，不必在此贅述，只是立基於現代文學理論的思考，對於文學這種概念的辨析早已有一個基本前提，即認爲文學是一種符號的結構體，此結構體具有某一種變異後的藝術結構，足以產生延長感知的美學效能。

與功能，以及文學的類別和體裁。詩學又可區分為規範詩學（通常面向一種文學思潮流派的經驗，並對其進行論證），和對語言藝術作品之普適的共通的特性加以闡說的普通詩學〔註8〕。

在這裡，瓦・葉・哈利澤夫將所謂的「詩學」相對地區分為「規範詩學」與「普通詩學」等兩種，其中，「規範詩學」意指的是某種特定的文學思潮，以及與其相關的經驗論證，而「普通詩學」則意指「對語言藝術作品之普適的共通的特性加以闡說」的研究類型。前者是具有專指的狹義詩學，而後者則是較為寬泛的廣義詩學。這樣的區分顯然忽略了所有狹義詩學的旨歸，必然呼應某種廣義詩學中所談論的文學特性，也就是說，所謂的「規範詩學」其實是在其狹義的專指裡頭，透過對於一種文學思潮與概念之討論，來試圖補充或建構所謂「普通詩學」的基本原則。是以「詩學」在此所討論的對象並非是「詩」這樣一個文類的寫作藝術，而是探討語言的符號系統中，對於具有「詩性」之寫作現象，包括詩、散文與小說等符號系統之核心原則，並且將之進行歸納闡釋與後設說明。

因此，所謂「中國詩學」所意指的，便是在中國的文學討論裡，對於文學之內在特性進行專門探析的論述系統。此論述系統又以「象」之相關概念作為本文的討論對象。也就是說「中國『象』論詩學」這一個概念的提出，乃是試圖透過「以『象』來探討文學內在特性」的這一個部分進行研究，其中又以「美學」作為討論範域，試圖在相當程度上區別那些以政教觀念指導文學之說法，亦區隔了文學審美訴求外之其他條件，而將焦點置放在文學之創作主體、創作結構與創作效能等三方面，意圖使本文所討論之「象」論聚焦於文學詩性〔註9〕及

〔註8〕俄・瓦・葉・哈利澤夫：《文學學導論》，北京，北京大學出版社，2006年12月，頁196。

〔註9〕王夢鷗在《中國文學理論與實踐》一書中提到：「齊梁間人對於廣義的文學，已提出他們精細分類的見解。他們把那『事出於沉思，義歸乎翰藻』的著作劃歸文學，而稱屈原、宋玉、枚乘、司馬相如為從事

美學的交會點上〔註10〕，並試圖以美學之視域，進行「象」之相關意蘊的探討。

換句話說，「象」之相關概念其實包羅萬象，單就「象」一詞而言，其符號意指就同時包含了「形狀」、「法令」、「摹擬」與「相似」等諸多概念，而就歷史發展來說，「象」一詞的初始是以「卦象」之意，納入聖人談論三才之道的形式裡頭，因此從思想到文學，文論家在哪一種層次與意義上論述「象」之意涵，必然對其理論趨向產生相對影響。所以本文遂以「美學」作爲討論範域，試圖透過「美學」這樣的研究視域，對於「中國『象』論詩學」中之相關材料進行檢擇。

準此，對於美學（Aesthetics）一詞必須進一步說明。所謂「美學」本指以維柯（Giambattista Vico, 1668～1774）對於「詩性智慧」之起源的說法，以及其在《新科學》中，對於「想像力」所劃分出來的「以己度物」與「想像性的類概念」等兩條規則〔註11〕，作爲西方

此種文學的代表者，進而至於這些人的辭賦，才是文學。這種種說明，實在已夠充任現代西洋人所確立的文學定義。」因此王夢鷗認爲：「文學的近代定義，就是『詩』的定義。簡言之，近代人所強調的文學特質，其實就是自古以來所公認的『詩』的性質。」（王夢鷗：《中國文學理論與實踐》，台北，時報文化出版社，頁47。）

〔註10〕較有爭議的地方在於：「美學」與「詩學」看似統一，其實就狹義的定義而言，「美學」所談論的應該是吾人審美時的美感經驗，屬於內向感知的問題，而「詩學」探討的則是文學藝術的內在特性或組織結構，因此偏重於外在語言的部分。因此比較理想的是「現象學」與「解釋學」形態的論述，將「人對世界的體驗理解和本體存在的『呈現方式』」（王岳川：《現象學與解釋學文論》，山東教育出版社，1999年4月，頁1。）進行深度層次的研究與討論，這與中國傳統「心物交感」之思想，即主體與客體融合無間的審美狀態似乎較爲接近。

〔註11〕所謂「以己度物」意指「人們在認識不到產生事物的原因時，在不能拿同類事物進行類比去說明原因時，人們就會把自己的本性移加到那些事物上去」；而「想像性的類概念」則意指「原始人類還沒有發展出抽象思維，人類對出現在他的視野中的新東西都是根據自己已經熟悉的近在身邊的事物去進行判斷。」（朱立元主編《西方美學名著提要》，南昌，江西人民出版社，2000年10月，頁70。）

以理性思想涉入美學議題之先驅。而這種先驅之見向下延伸，即爲鮑姆嘉通（A.G.Baum-garten, 1714～1762）以「感性認識」作爲美學研究之對象，並以「美學」（Aethetice）爲這樣的研究定名，從此開啓了美學研究這樣的領域。由此可見，西方對於美學的探討由來已久，且逐日發展出具有系統性之理論觀念。然而，所謂「美學」雖然多半是以西方論述作爲定義，但是並不代表中國傳統就沒有這方面的理論自覺。事實上，中國文論中對於「興」的諸多說法，很可能就與西方對於審美活動之觀念產生關聯〔註 12〕。因此，單就文學理論所涉及之問題來看，中國文論確實有許多地方可以與西方美學相互參照；就文學理論所提出之觀念來說，「美學」的系統性論述，更有助於使得中國文論中，許多概念夾纏之術語獲得釐清。基於這樣的前提，從「美學」著手並非是欲將中西兩方之論述強加比附，而是截長補短，互爲參照也互爲修正。

所以，這裡所謂象論之詩學「美學」（Aesthetics）並非採取西方認識論意義上之嚴格定義，而是針對「象」在前創作時期所產生之審美經驗，與「象」落實於文字系統中之美感創作及其特徵效應進行剖析，意圖在「象」的概念範域裡，談論其經驗美、創作美與感受美等循環過程。其中「經驗」是一個主導概念，亦即將文學視之爲是創作主體之審美經驗（感象）透過文字表現出來（文象）之符號系統，然後，接受者復又在這樣的符號系統中，透過感受文象時所產生的美感效能，因而產生對話與交流式的審美體驗。可以看出，文學作品作爲

〔註 12〕彭鋒在《詩可以興——古代宗教倫理哲學與藝術的美學闡釋》一書中就曾經說過：「人們是在情感的指引下，進一步抽象出純粹的概念世界，進一步研究而發現純粹的物質世界。由於人們最自然、最親切地把世界看作情景交融、主客不分的『生活世界』，因此我們說『生活世界』是最基本的世界。所以興不僅是審美活動的開始，而且標明了審美活動不同於其他活動的本質特徵。」（彭鋒：《詩可以興——古代宗教倫理哲學與藝術的美學闡釋》，合肥，安徽教育出版社，2003 年 1 月，頁 25。）

創作主體與接受主體間的審美中介，乃是一種美感經驗藉以乘載與傳遞之結構體。這種結構體就論題的層面來說，則其「美學」之相關範域，大抵包含了該命題與其他範疇間之區別、關聯與轉化，並呈現爲一種系統性之理論論述。而此理論論述又同時涉及到主體審美時之經驗意識、主體將經驗化爲文字時之呈象手段，以及此呈象方式造就怎樣的特殊結構，以使得接受主體產生形式與意識內容等兩方面的審美感受等。

誠然，對於「象」之相關討論，早已在學界累積了十分繁富的論述。然而其中多半是針對「象」的思想型態、「象」之所以產生的歷史脈絡，以及語言學上，「象」作爲一種結構策略的組織模式進行研究。雖然或多或少涉及「象」之美學問題，卻罕見專門論述。因此，本文認爲「象」之義涵及其釐定，若能以詩學美學作爲「根本」進行討論與闡發，方能使固有之文學概念產生現代意義上之理論作用。是以本文期在這樣的原則底下，立基於前人研究之成果，對於「象論」詩學之美學闡釋進行更爲深入之探討與研究。

第二節 「立象盡意」之論題的導出

「象」原指的是一種「南越大獸」，也就是我們所說的「大象」。然而，經由後世的引申與轉換，遂衍生出了形狀、相貌與外在景物等義，進而用於表示外在物象投射於主體意識中之形貌或者是生態。而這種經由想像還原的物象形態作爲現實物象之呈現，往往與觀看者之視角及其文化素養有關，也就是說，意識中之象往往來自於與觀看者之意識的互動結果，因此「象」在此遂也逐漸演化出了抽象、形象，乃至於意象等語義用法。

其中，抽象、形象，乃至於意象這樣的語義使用與本文論題較爲相關。因爲就詩學系統而言，所謂「象」之觀念的導出所要探討之首要對象，即爲在文字論述裡被抽象表述的「象」之指涉。這種「象」

之指涉代表了該敘述主體的某種概念意識，而原初的概念意識形成了一種概念母體，進而使得這樣的概念母體得以孕化出詩學中不斷繁衍相生之概念譜系。也就是說，就「象」之詩學而言，「象」之觀念的抽象陳述涉及了此概念被指涉與演化的結構原型，因此必須進一步論析這種結構原型之導出及其形態。

如上所述，則具體考察中國詩學脈絡中，「象」作爲一種概念原型之相關說法，可以發現，應分別從「象」作爲一種概念之提出、言意間之關係及「象」與「意」間之結構論題等三個層次來分別進行討論。其中，「象」作爲一種概念之提出應始見於《老子》所謂的「象」與「大象」這樣的思想，此一思想主要指涉的是「道」之呈現型態或者是其主體性特徵，因此就能指（signifier）之所指（signified）〔註13〕而言，無疑是一種作爲概念性質之抽象表述，這種抽象表述由於關及於無形之「道」如何以「象」顯現這樣的辯證，因此對於中國詩學引道入文之傳統具有一定的啓發作用，必須加以釐析。

再者，就言意關係這個層面來說，詩語言作爲一種語言之表現，而語言又作爲一種表意之工具，必然與詩學理論之建構模式習習相關。所以就這個層面而言，則應具體考量《莊子》一書中所提出之「象罔」及「得意而忘言」這樣的說法。此說法使得「象」作爲一種哲學上之主體論述，得以思考語言與意義間之對應關係，而就語言與意義間之論題來說，則又進一步地論及了「言」作爲表意工具之性質，這

〔註13〕能指（signifier）與所指（signified）乃爲符號學（Semiotics）上之用法，索緒爾認爲任一符號皆是由表層書寫之能指與代表其概念意義之所指所組成的，而這兩者間之關係乃是一種約定俗成之關係，其提到：「我們建議保留用符號這個詞表示整體，用所指和能指分別代替概念和音響形象。後兩個術語的好處是既能表明它們彼此間的對立，又能表明它們和它們所從屬的整體間的對立。」（費爾迪南·德·索緒爾（Ferdinand De Saussure）：《普通語言學教程》，北京，商務印書館，1999 年 5 月，頁 102。）因此，這裡所謂的能指與所指所意指的分別是《老子》書中，「象」這個符號之呈現以及「象」所代表的指涉概念。

種關係與性質使得「象」與「意」間之討論產生了聯結與啓引，有待於更進一步地說明。

然而，眞正把「意」與「象」串接起來成爲一個共構之概念母體的，則必然應以《易傳》中所提到的「立象盡意」這樣一個命題作爲開端。因爲「立象盡意」這樣一個概念的提出，使得《周易》〈繫辭〉中之「觀物取象」的說法，得以由創作主體之意識過渡爲符號呈現上之表意結構，進而使得「象」這種「不言之言」得以明確地與「意」聯結，開啓了以「象」作爲「意」之表現的相關論述。至此，立「象」盡「意」這樣一個概念的導出，才眞正由中國思想上之抽象論題轉換爲符號與主體意識間之表現問題。

準此，本文以下即針對《老子》中之「大象無形」、《莊子》中之「象罔」與《易傳》中之「立象盡意」等三個概念進行討論。

一、《老子》之「大象無形」

「大象無形」之說涉及了老子對於「道」這種理體之闡釋與看法，以及「道」與「象」間之結構性關係。首先就「道」這種理體之闡釋與看法來說，老子認爲：「道可道，非常道」，意思是說，能以語言系統表述出來之「道」就不是那「獨立而不改，周行而不殆」之「常道」了！因此「道」必須以「象」來表述，以透過「象」之特質來呈現出「道」這種理體之「無限性」，換句話說，老子認爲「道」是無法言盡的，或者是說，其認爲語言具有某種缺陷，難以完整地闡述「道」之義理性質。前者是立基於「道」這種理體之「無限性」來看的，而後者則是本於符號系統之「有限性」而言，也就是說，老子所謂的「道」應具有無限性之性質，無法由有限性之語言來進行表達，因此，《老子》一書作爲「道」的闡釋性論述，必須給「道」一個說法，好讓這種不可言說之「道」具有可理解之想像性，所以便將「道」之呈現寄託於「恍惚」、「象」、「無物之象」……這樣的擬稱之中。

譬如《老子》〈二十一章〉中提到：

道之爲物，惟恍惟惚。惚兮恍兮，其中有象；恍兮惚兮，其中有物〔註14〕。

這裡，不論是「惚兮恍兮」或者是「恍兮惚兮」都說明了「道之爲物」並非是一種可觸可見之實體，而是一種幽隱而未形之理體。這種理體之特質是落於境界性上的，因此無法直指，而呈現出一種「惚兮恍兮」之狀態。正如《老子》〈十四章〉中之解釋：

視之不見名曰夷，聽之不見名曰希，搏之不得名曰微。此三者不可致詰，故混而爲一。其上不皦，其下不昧，繩繩不可名，復歸於無物。是謂無狀之狀，無物之象。是謂惚恍。迎之不見其首，隨之不見其後〔註15〕。

這段話分別以「夷」、「希」與「微」來說明所謂「惚恍」乃是一種視之不見、聽之不聞且搏之不得的「無狀之狀」，或者說是一種「無物之象」。因此，當吾人將這種「無物之象」與其「道之爲物」的說法相互對照則可以發現，在老子的概念之中，所謂「道」之理體是無法以感官來進行指認的。所以當老子試圖透過語言之符號系統來定義這種理體時，則陷入一種既存有卻又無法直指之辯證關係，因此，只能將這種理體之呈現以「象」來進行擬稱，意指那種幽隱而未形，卻實實在在地存在於天地間之作用型態。

換句話說，「象」在這裡只是一種擬構之意符，用以指向某種可以感知理體之境界。而這種透過擬構之意符來指向道體的結構方式，必須進一步以一種原則性形態來進行說明，因此《老子》〈三十五章〉中提到：

執大象，天下往，往而不害，安平太〔註16〕。

「大象」這個概念的導出歷來綜說紛紜，河上公注認爲：「『象』，道也。〔註17〕」也就是說象與道一如，不過是「道」這種理體的兩種說

〔註14〕陳鼓應：《老子註譯及評介》，北京，中華書局，2009年2月，頁145。
〔註15〕同上註，頁113。
〔註16〕同上註，頁196。
〔註17〕同上註。

法，因此將「象」與「道」聯同起來，認爲「象」只是「道」之別稱。這樣的解釋事實上並不能有效地區隔出「象」作爲「道」之表現時的性質差異，只是一昧地忽視這樣的差異，而將其視爲是同一所指（signified）的不同能指（signifier）〔註18〕，進而也就造成了概念上之混淆。相對於此，成玄英之說法則認爲：「大象，猶大道之法象也。〔註19〕」這樣的說法似乎較爲合理〔註20〕，因爲其明明白白地將「象」與「道」間之不同進行區隔，且把其間之表現關係再次凸顯出來，認

〔註18〕「能指」與「所指」的概念是索緒爾（Ferdinand De Saussure）於《普通語言學教程》一書中所提出的，索緒爾認爲：「語言符號連結的不是事物和名稱，而是概念和音響形象。後者不是物質的聲音，純粹物理的東西，而是這聲音的心理印跡，我們的感覺給我們證明的聲音表象。它是屬於感覺的，我們有時把它就做「物質的」，那只是在這個意義上說的，而且是跟聯想的另一個要素，一般更抽象的概念相對立而言的。」（索緒爾：《普通語言學教程》，北京，商務印書館，1999年5月，頁101。）因此索緒爾進一步提出：「如果我們用一些彼此呼應又互相對立的名稱來表示這三個概念，那麼歧異就可以消除。我們建議保留符號這個詞表示整體，用所指與能指分別代替概念和音響形象。」（同上註，頁102。）簡言之，所謂「能指」意指的就是：「符號對感官發生刺激的顯現面」（趙毅衡：《文學符號學》，北京，中國文聯出版社，1990年，頁14），而「所指」意指的則是「在符號系統中被能指劃分並指明出來的意指對象部份。」（同上註，頁17。）

〔註19〕陳鼓應：《老子註譯及評介》，頁196。

〔註20〕姜金元認爲：「《老子》的『象』不是表象性的『象』，而是與『道』合爲一體的『象』，是『大象』。它構成中國文論的本體之維。」（姜金元：《大象無形——《老子》美學思想與中國文學本體論建構》，北京，中國社會科學出版社，2010年5月，頁95。）因此其反對成疏將「象」與「道」二分之說法，其提到：「而成疏將『象』視爲與『道』外在的東西，當『大象』被理解爲『大道之法象』時，『大象』便從與『道』的一體關係轉變爲與『道』的兩離關係。這就勢必將有活性和恍惚特徵的大象變成了法式和成象，相應地對道體理解也便有了偏差，『道』變成了幾乎同於西方『理念』的一種觀念性的實體了。」（同上註，頁102。）事實上，本文認同「象」與「道」爲一體之見解，然而這並不妨礙理解在「道」這樣的理體之中，包含內蘊流轉不習之「道」與外顯作用效能之「象」，也就是說「象」與「道」雖是同義複詞，然而在語詞使用上之側重應有所不同，是以「大象」爲「大道」之法象呈現，應是可以認同之看法。

爲「大象」是用以表現「大道」的。如此說來，則「象」與「道」間的對應關係亦應等同於「大象」與「大道」間的表現關係，至於何以稱之爲「大象」而非「象」，則應進一步考究「大」字在《老子》一書中之意指，以進一步釐清。

在《老子》書中，關於「大」這個概念之闡釋，見於〈二十五章〉中之論述：

> 有物混成，先天地生。寂兮寥兮，獨立而不改，周行而不殆，可以爲天下母。吾不知其名，字之曰道，強爲之名曰大〔註21〕。

這段話旨在說明「道」的始源乃是一種具有絕對性與永存性之根本。這種根本由於「吾不知其名」，因此只能以「道」這個字來稱呼它，並且「強爲之名曰大」，由此可見，「道」與「大」之符號都是對於「道」這種理體勉而爲之的擬稱，而這種擬稱在側重性上略有不同，所謂的「道」應是作爲一種思想與概念之總名來統稱的，而「大」則寓有沒有邊際、無所不包這種原則特性之意。換言之，當「道」這種理體被稱之爲「道」時，其所側重的乃是理體的符號性代碼，而當其被稱之爲「大」時，則進一步指涉了該理體在核心原則與效能性上之特色。因此，當「大」附加於「象」或「道」前，這種核心原則性則被強調，也就是說，由「象」而「大象」，由「道」而「大道」，其間之關係應該是演譯式的，「象」與「道」爲「大象」與「大道」之表層結構，是靜止的、不活動的一種指名，而「大象」與「大道」則是「象」與「道」之核心現象，用以強調那種運作的、具有效能發用之普遍性特徵。

然而無論是「象」與「道」，或者是「大象」與「大道」，在老子的概念之中，「象」或者是「大象」所意指的都絕非是一個可觸可見之客觀對應物，而是一種虛位之指涉、是一種跡象。因此《老子》〈四十一章〉中提到：「大音希聲、大象無形、道隱無名。〔註22〕」這裡，

〔註21〕陳鼓應：《老子註譯及評介》，頁159。

〔註22〕陳鼓應：《老子註譯及評介》，北京，中華書局，2009年2月，頁222。

所謂的「大象無形」之「形」，意指的應是針對這種跡象之指示作用而言，也就是說，這裡的「象」之導出，是立基於一種語言系統無法完整詮釋「道」這種理體時的折衷作法。其意義在於以「象」這個能指提供一個虛位之想像空間來涵指「道」那種無法窮盡且運作不息之意涵。因此從「象」本身的符號義來看，「象」這個能指以惚恍之形式指向了「道」這個所指，而又由於「道」這個所指本身的曖昧不明，所以從「象」這個意符被如此使用的結構上來說，則「象」這個能指所指涉的其實是一個超之於象外的涵指域，是一個必須透過《老子》書中之指示來產生想像，以求得「道」之完型的境域空間。

準此，「象」在此雖然是作爲一個哲學思想之概念形態而存在的，然而從其於《老子》書中之符號義以及如此使用之結構來看，《老子》書中之象論似乎可以被視爲是一種開啓後世意境論之範型，這種範型對於利用語言表層之有限性以營造出具有無限性之境域感的文學描寫產生了很有作用之啓示。單就其對於詩學之影響而言，如果將「道」視爲是某種創作主體所要傳達之情志意識的話，那麼「象」則應當相對地看作是這種情志意識的呈象形態。這種呈象形態有助於理解後世詩學透過不直接指意之形式，間接地傳達敘述主體之內在意識的這種建構思維。然而，「詩學」畢竟涉及於語言，因此，眞正要把「象」作爲一種「形象化」看待，以產生追求詩性之概念，還必須進一步探討先哲對於語言思想之論述，以進一步釐析「象」之所以成爲一種詩性追求之脈絡。

二、《莊子》之「象罔」與「得意而忘言」

承繼著老子的思想概念，《莊子》一書中所提出的「象罔」與「得意而忘言」二說，可說是進一步將「象」這種思維的導出更往詩學邁進了一步〔註23〕。其中「象罔」源自於《莊子》〈天地〉篇中的一則寓言：

〔註23〕必須先行說明的是，《老子》與《莊子》中之論述，皆不具有一種爲藝術而文學之概念，其思想核心是「道」，只不過在其論述「道」是什麼與如何實踐的過程中，其論述結構涉及了某種詩學或者美學概念之原型，正如徐復觀在《中國藝術精神》一書中所提到的：「老子

黃帝遊乎赤水之北，登乎崑崙之丘而南望，還歸，遺其玄珠。使知索之而不得，使離朱索之而不得，使喫詬索之而不得也。乃使象罔，象罔得之。黃帝曰：「異哉，象罔乃可以得之乎？」〔註24〕

這段文字表面上看來是在描述黃帝遺失玄珠的事件，然而事實上，這裡「玄珠」應可視爲是「道」的隱喻，而「知」、「離朱」與「喫詬」則分別代表著「知識」、「感官」與「言辨」三者。在黃帝遺失玄珠這樣的事件中，此三者皆無法找到玄珠，只有「象罔」可以，由此可見，「象罔」乃是唯一可以得到「道」之關鍵，此關鍵之提出涉及了詩學上的雙重意義：首先是就表現形式來說，這段敘述所運用之方式，明顯是藉由表層之故事情節來涵指深層之主體意識，這種表層意不等同於深層意之表現形式，與後世「意在言外」的表現方法顯然具有相通之處。再者，就「象罔」之解釋而言，「象罔」乃是相對於「知識」、「感官」與「言辨」等三者所提出的，其中「罔」與「無」相通，而「象」則是意指某種「形象」，因此「象罔」聯稱應指一種有形之「象」與無形之「跡」的綜合，正如葉朗在《中國美學史大綱》一書中所提到的：

莊子的這個寓言，實際上包含了兩層意思：第一，就表現「道」來說，形象比較言辯（概念、邏輯）更爲優越。第二，但是這個形象，並不單是有形的形象（離朱），而是有形和無形相結合的形象（象罔）〔註25〕。

乃至莊子，在他們思想起步的地方，根本沒有藝術的意欲，更不曾以某種藝術作爲他們追求的對象……從此一理論的間架和內容說，可以說「道」之與藝術，是風馬牛不相及的。但是，若不順著他們思辨地形上學的路數去看，而只從他們由修養的工夫所到達的人生境界去看，則他們所用的功夫，乃是一個爲大藝術家的修養功夫；他們由工夫所到達的人生境界，本無心於藝術，卻不期然而然地會歸於今日之所謂藝術精神之上。」（徐復觀：《中國藝術精神》，台北，學生書局，1998年5月，頁。

〔註24〕陳鼓應注譯：《莊子今注今譯》，北京，中華書局，2009年2月，頁327。

〔註25〕葉朗：《中國美學史大綱》，上海，上海人民出版社，2010年，頁131。

換句話說，「象罔」之提出，除了表現莊子對於語言所界定之概念與邏輯的不信任外，在「象罔」得到「玄珠」這樣的結構中，由於「象罔」乃是得道、體道之中介，因此可以得出在莊子思想之中，要獲得形上之道，應以這種有形之「象」與無形之「跡」的相互結合最爲適切。

這種有形之「象」與無形之「跡」的相互結合，就語言的操作與使用而言，無疑地產生了一種「喻示點化」的啓引作用〔註26〕，這種「喻示點化」的作用正如詩學文本透過形象描寫（有形）來表現主體意識（無形）那樣，是透過「意象」之有形來產生一種無形之指引，以揭示更高層次的主體意識。是以，在這樣的過程之中，語言本身的存在便被消解了！取而代之的是在指引功能的作用下，對於象外之意的產出。換句話說，「象罔」其實就是一種無有之象，其目的，僅僅只是爲了導出「道」這種理體（玄珠）之所在。

這樣的思維，同時也表現在莊子的語言觀上：

> 世之所貴道者，書也。書不過語，語有貴也。語之所貴者，意也，意有所隨。意之所隨者，不可以言傳也，而世因貴言傳書。世雖貴之哉，猶不足貴也，爲其貴非其貴也〔註27〕。

這裡，「書」與「語」皆可視爲是「知」、「離朱」與「喫詬」之別說，而「意有所隨著」則是「象罔」。「象罔」因爲是一種有形與無形相結合的無有之象，因此不可以言傳，而應以「語之所貴者」爲貴，也就是以意義之表現作爲主要目的。

可見，當莊子的思想體現在其對於語言符號的認知觀念中時，便

〔註26〕這裡，「喻示點化」乃蔡英俊所提出之說法，蔡英俊提到：「既然在時間流程中呈直線進行的語言有所不足、甚或是多餘而不精確的，那麼，理論論述便不在滿足於或僅停留在理性的分析辨解上，而特重直接就具體的事例來進行喻示點化的作用。」（蔡英俊：《中國古典詩論中『語言』與『意義』的論題》，台北，學生書局，2001年4月，頁188。）

〔註27〕陳鼓應注譯：《莊子今注今譯》，北京，中華書局，2009年2月，頁385。

由如何得「道」這樣的辯證，轉而開展出「表象世界」與「終極價值」間的輕重關係。正如《莊子》〈外物〉篇中所說的：

> 荃者所以在魚，得魚而忘荃；蹄者所以在兔，得兔而忘蹄；言者所以在意，得意而忘言。吾安得夫忘言之人而與之言哉！〔註28〕

從「吾安得夫忘言之人而與之言哉」這樣的論述可以發現，「得魚忘筌」與「得兔忘蹄」之說法，其實都是爲了導出「得意忘言」這樣的概念。而此一概念之特色在於：其乃是透過兩兩對照之方式，來呈現出「表象世界」與「終極價值」間之輕重，以圖示呈現如下：

表象世界	終極價值
荃	魚
蹄	兔
言	意

其中，「忘」字說明了前者爲指向後者之路徑，因此當後者出現時（得意），前者便應引退於背景之中（忘言），正如上引「書」與「語」及「意」間的結構關係那樣，「書」與「語」向來被看作是一種世人所貴重的眞實物件，是具有形色或聲名的，然而，莊子認爲眞正重要的絕非是這些被看作是眞實的東西，因爲眞正重要的應是這些客觀物件所帶來的終極目的。換言之，以言、意關係來說，客觀物件之「言」並非是其眞正的價值所在，眞正的價值在於「意」，因此得「意」必須忘「言」，以脫離客觀形象對於眞實生命的種種制約〔註29〕。

然而，「得意忘言」除了具有這種義理層面上，超越表象世界因

〔註28〕陳鼓應注譯：《莊子今注今譯》，北京，中華書局，2009年2月，頁773。

〔註29〕正如蔡英俊所說的：「顯然的，語言文字並不能夠展現人的理性認識的作用。當然，《莊子》一書所質疑的其實不是語言文字本身的工具效用，而是一般人的定（doxa），亦即誤把語言文字所記錄的形色名聲等表象世界看成是一絕對的眞實。」（蔡英俊：《中國古典詩論中『語言』與『意義』的論題》，台北，學生書局，2001年4月，頁180。）

而獲得終極價值的概念思維外，就詩學而言，其對於語言所提出之質疑，更使得語言由一種概念的建構工具與表意工具，轉而成爲一種意義之指引工具，也就是說，語言不再具有絕對的主導地位，在「得意忘言」這樣的思想下，表層語言應呈現出一種虛實相間之「象罔」，以尋得「玄珠」，因此，語言終究只是意義之跡象，是接受主體在找尋意義時之指引而非表述。

換句話說，《莊子》一書中之「象罔」與「意在言外」就「象」論的詩學意義而言，除了其以寓言式之方式來闡述義理的形式結構外，就其核心概念來說，那種講究表象世界的超越與終極價值之獲得，更進一步影響了語言作爲一種意念陳述時之表現形態。這種表現形態由於針對「道」這種理體的廣大無垠，以及基於其對於語言的不完全信任，因此不再講求表層符號能夠完整契合於主體內在對於理知邏輯之陳述，轉而消解符號自身客體的存在意義，因而使得符號之功能由組構意義轉換爲指向意義〔註 30〕。正是這種轉換啓引了後世詩學傳統在論述時之表現方式，而這種表現方式又與《周易》〈繫辭傳〉中之「立象盡意」說具有可相互融通之處，所以，本文以下將對此進行討論。

三、《周易》〈繫辭傳〉之「立象盡意」

「立象盡意」這一個概念，原是作爲《周易》之所以如此寫作之理由而提出的，正如《周易》〈繫辭上〉中提到：

> 子曰：「書不盡言，言不盡意。」然則聖人之意，其不可見乎？子曰：「聖人立象以盡意，設卦以盡情僞，繫辭焉以盡其言，變而通之以盡利，鼓之舞之以盡神」〔註 31〕。

〔註 30〕正如陳昌明在《緣情文學觀》一書中所提到的：「莊子此種否定語言而產生的隱喻性語言，瓦解了語言系統的成規，而此種不斷變化，不斷生長，層層示意的象徵表達方式，對於文學創作有很大的啓示，並提供文學創作一個極爲豐富的語言形式基礎。」（陳昌明：《緣情文學觀》，台北，台灣書店，1999 年 11 月，頁 153。）

〔註 31〕陳鼓應、趙建偉注譯：《周易今注今譯》，北京，商務印書館，2010 年 11 月，頁 639。

可以發現，這段話本是用以解釋如果「書不盡言，言不盡意」的話，那麼「聖人之意」將如何可見之論題。針對這樣的論題，孔子以《周易》之呈現進行說明，因而提出了「立象盡意」這樣的說法。也就是說，「立象盡意」這一個概念意涵之前提來自於「書不盡言，言不盡意」這種語言缺陷，面對這種語言缺陷，聖人則是以「立象」之方式來「盡意」，因此能夠不囿於這種語言的缺陷之中。是以「立象盡意」這個概念之提出就此層面而言，代表著兩個層次之意涵：首先是語言無法盡意，再者則是透過「立象」可以「盡意」。

然而，這裡所謂「立象」本指一種具有符號畫面之爻象，這種爻象除了立設於陰陽乾坤這種二元對立之概念邏輯外，「象」之詮釋原則，則是透過內涵之相似聯想而將審美主體、文本主體與接受主體一貫地聯接起來。正如《周易》〈繫辭下〉中所說的：

> 古者包犧氏之王天下也，仰則觀象於天，俯則觀法於地，觀鳥獸之文，與地之宜，近取諸身，遠取諸物，於是始作八卦，以通神明之德，以類萬物之情〔註32〕。

這段話清楚說明了「象」之產生首先來自於審美主體「觀象於天」、「觀法於地」之視象，然後，洞悉這種視象背後之內蘊，因而「近取諸身，遠取諸物」，以這些視象所傳達之感象，透過相似聯想的方式「以通神明之德，以類萬物之情」。也就是說，在主體與象的接受過程中，「象」之呈現歷經了由客觀物象、意識感象、終而意識與物象融合的這樣一個認識過程。正如張乾元所認為的：

> 「觀物取象」作爲古代文化最樸素的實踐認識法則，包含了多種意象思維模式。「觀」義含方法、看法、經驗、觀念等。以心去觀，用心去看，以「文心」觀「天地之心」，包含著古人對宇宙人生的全面理解和一統把握〔註33〕。

這種「一統把握」其實就是一種透過相似聯想，將自我意識與物象意

〔註32〕陳鼓應、趙建偉注譯：《周易今注今譯》，北京，商務印書館，2010年11月，頁650。

〔註33〕張乾元：《象外之意》，北京，中國書店，2006年12月，頁136。

涵相互融合之過程〔註34〕，透過這個過程，外在物象遂被主體意識賦予了意義，進而透過對於這種意義之賦形與表現，使得卦象之表層符象具有了主體意識之情志思理。

因此，當接受主體對於卦象進行闡釋，兩個主體間所共有的認知經驗，便會透過卦象表現之中介產生交流，所謂：「聖人有以見天下之賾，而擬諸其形容，象其物宜，是故謂之象〔註35〕」，這裡，從「見天下之賾」到「擬諸其形容」而「象其物宜」，說明了「象」之產生首先來自於審美主體之視象，然後才是將這種視象的感知內蘊，透過比擬其形態而展現出來。因此，《周易》中之爻象形態之所以如此排列，便也成爲了一種具有意義之象徵，如同《周易》〈繫辭上〉提到：

> 是故吉凶者，失得之象也；悔吝者，憂虞之象也；變化者，進退之象也；剛柔者，晝夜之象也。六爻之動，三極之道也。是故君子所居而安者，易之序也；所樂而玩者，爻之辭也。是故君子居則觀其象而玩其辭，動則觀其變而玩其占，是以自天祐之，吉無不利〔註36〕。

所謂的「吉凶」、「悔吝」、「變化」與「剛柔」這些深層意，皆是從「失得」、「憂虞」、「進退」與「晝夜」這樣的表層物象而來。因此，《周易》〈繫辭傳〉中認爲：「君子居則觀其象而玩其辭，動則觀其變而玩其占，是以自天祐之，吉無不利」便是將「君子」視爲是《周易》之接受主體，透過觀察《周易》之卦象，來體會「聖人」這個創作主體「立象盡意」時之敘述意識，以圖式表現即爲：

〔註34〕胡雪岡認爲「觀物取象」之命題：「既指明了『物』爲『象』之本，《易》象是『聖人』通過對自然現象和社會現象的觀察而創造出來的，又顯示了從『觀物』（認識）到『取象』（創造）的深化過程，說明卦象是自然萬物形象的反映，是依據自然萬物形象而創造的」（胡雪岡：《意象範疇的流變》南昌，百花洲文藝出版社，2009 年 10 月，頁 23。）

〔註35〕陳鼓應、趙建偉注譯：《周易今注今譯》，北京，商務印書館，2010 年 11 月，頁 607。

〔註36〕同上註，頁 586。

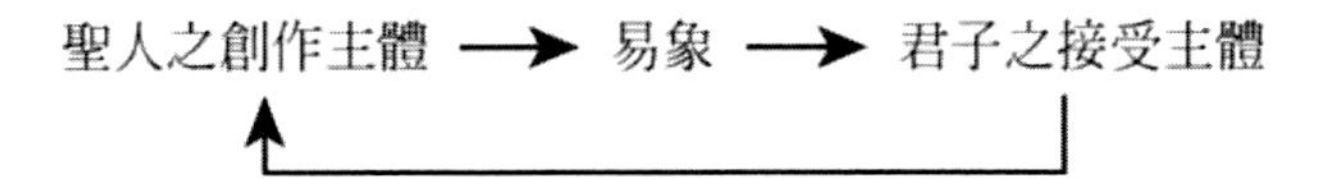

由此可見，易象乃由聖人「觀物取象」而來，透過主體意識之闡釋與演繹，而表現為一種抽象化之卦象，而君子則透過這種卦象，以自身之主體經驗逆推創作主體之呈象意識，因而得到「吉凶」、「悔吝」、「變化」與「剛柔」這樣的深層意指。這種不以「言」盡意而以「象」盡意的表現形態與接受模式，對於詩學來說，絕對具有某種形式意義上之啓發，譬如《周易》〈繫辭下〉中所提到的：

> 夫《易》，彰往而察來，而微顯闡幽，開而當名辨物，正言斷辭則備矣。其稱名也小，其取類也大，其旨遠，其辭文，其言曲而中，其肆事而隱〔註37〕。

從「其旨遠，其辭文，其言曲而中，其肆事而隱」這樣的描述就可以發現，《周易》一書之形式乃是建立於「語詞講究」、「婉曲」及「立於事象」這樣的特色之上，而相對於這樣的特色，則分別產生了「旨意深遠」、「合與事理」及「意蘊深奧」這樣的敘述效能，由此可見，「旨遠辭文」與「言曲而中」及「肆事而隱」等三個概念，與後世詩學講究「溫柔敦厚」、「含蓄」與「意在言外」等概念是相通的，也就是說，這樣的表現形態基本上是一種詩學的表現形態〔註38〕，正如

〔註37〕陳鼓應、趙建偉注譯：《周易今注今譯》，北京，商務印書館，2010年11月，頁671。

〔註38〕張少康在《中國古代文學創作論》中亦提出了相似之論見：「章學誠把易象之『觀物取象』看作爲一個重要的美學思想原則，認爲它對於詩歌、音樂、舞蹈的創作都是適用的，在形象地模擬客觀事物這一點上是完全一致的。它們都是通過一定的「象」來體現某種「意」，從而反映特定的現實生活內容的。這種『象』在《易經》中是符號形象；在《詩經》中則是現實的形象，如雎鳩、樛木、熊蛇之類；而在音樂中則是由一定的音節、聲調而構成的音樂形象；在舞蹈中則是按某種節奏、動作而形成的舞蹈形象。可見，易象認識和反映現實的思維方法，與藝術地認識和反映現實的方法是有共通之處的。」（張少康：《中國古代文學創作論》，台北，文史哲出版社，2004年10月，頁66。）

（唐）孔穎達在《周易正義》一書中所說的：

> 凡《易》者，象也，以物象而明人事，若《詩》之比喻也〔註39〕。

可見孔穎達亦發現了這種「以物象明人事」之表現形態與詩之比喻具有同樣的結構。然而，《周易》先而詩學自覺在後，因此，這樣的結構應可視爲是一種詩語言表現之原型，此原型使得「象」之提出與主體之「意」具有了表現時之聯結關係，而這種聯結關係藉由後世對於《周易》之符號現象的探討，則進一步發展爲一種表意時之思維模式與組織原則。也就是說，「立象盡意」這一個概念的提出，使得「象」作爲「意」的符號化表現這樣一個現象，具有了理論框架上之範型，於是在中國文學「原道」、「宗經」的發展路徑下〔註40〕，遂延展爲一個重要的概念原理，影響了中國詩學在藝術思維與意識表現上之理論建構。

第三節　學界相關研究之問題討論

一、前人論見整理

關於「象」之相關研究，應可分別就「思想」與「詩學美學」等論題區分爲二個部分。〔註41〕其中「思想」之相關論著作爲一種背景

〔註39〕（唐）孔穎達：《周易正義》，北京，中國致公出版社，2011年6月，頁33。

〔註40〕「原道」與「宗經」本爲劉勰在《文心雕龍》一書中所提出之看法，重點在於依據「聖因文而明道」這樣的思維，而提出文章寫作應以「道」爲本原，而其規範則須以「經」爲宗尚之意。其中〈原道〉篇提到：「人文之元，肇自太極，幽贊神明，易象惟先。庖犧畫其始，仲尼翼其終。而乾、坤兩位，獨制文言。言之文也，天地之心哉！」（周振甫注：《文心雕龍注釋》，台北，里仁書局，2007年10月，頁1。）而〈宗經〉篇則說到：「夫易惟談天，入神致用。故繫稱旨遠辭文，言中事隱。韋編三絕，固哲人之驪淵也。」（同上註，頁31。）可見不論是「原道」或「宗經」，皆認爲《周易》爲人文之元、群言之祖。

〔註41〕其中從思想角度討論「象」之相關概念，多半較少專論，且大多不離對於《易傳》、《老子》與《莊子》等著作之探討，以及魏晉「言意之辯」這種主題式的研究。相關論著除了思想史的專著之外，譬

知識，當然具有相當大的參考價值，然而，由於本文主要著重於「象」之「詩學美學」的探討，是以「詩學」或「美學」方為本文所關注之焦點。因此，單就這個層面來說，學界已有之研究成果仍可相對地區分為「『象』之溯源及其影響」與「『象』之建構及其特徵」等兩個論題，本文以下將分別進行探討。

1、「象」之溯源及其影響

關於「象」之溯源及其影響的討論，倘若以單篇論文來看，實在不勝枚舉。然而若以專書來說，則有汪裕雄《意象探源》（安徽教育出版社，1996 年）、張乾元《象外之意——周易意象學與中國書畫美學》（中國書店，2006 年）、胡雪岡《意象範疇的流變》（百花洲文藝出版社，2009 年）以及徐揚尚《中國文論的意象話語譜系》（中國社會科學出版社，2012 年）等較具有代表性〔註 42〕。其中汪裕雄《意象探源》一書可說是意象研究專著的開端，而張乾元《象外之意——周易意象學與中國書畫美學》則將中國意象學與書畫美學進行對照與梳理，前者由於年代較為久遠，所以許多概念已被晚近之研究所沿用，而後者則是著墨於書畫美學之討論，因此，此二書僅為參考之用，對於此類研究之探討，本文擬以胡雪岡在《意象範疇的流變》以及徐揚尚於《中國文論的意象話語譜系》中之論述為主。

《意象範疇的流變》一書在論述上頗為繁瑣，該書將「意象」之範疇分為上、中、下等三個篇幅來進行論述，在上編中，作者談論的

如徐復觀《中國藝術精神》（台北，學生書局，1985 年）；牟宗山《才性與玄理》（台北，學生書局，2002 年）；王曉毅的《儒釋道三家與魏晉玄學形成》（北京，中華書局，2003 年）等皆是代表。

〔註 42〕其他諸如葉朗《中國美學史大綱》（上海，人民出版社，2010 年）、李澤厚、劉綱紀《中國美學史》（安徽，文藝出版社，1999 年）、蔡英俊《中國古典中『語言』與『意義』的論題——『意在言外』的用言方式與『含蓄』的美典》（台北，學生書局，2001 年）等，雖從「美學史」的角度以及「意在言外」的範疇中提及「象」的相關敘述，然則，由於並非專門論及「象」之流變之專著，是以本文在此擬將其作為背景之論述理據，而不進行理論系統之討論。

是意象的演變，提及「意象」的源流應該從「鑄鼎象物」開始說起，並認為那種將抽象無形之「意」轉化為物態化「形象」因而得到表現之模式在「鑄鼎象物」的傳統中已可見到，是以由此開始，其分別論述了「象」在《老子》、《莊子》以及《周易》中之意涵，並向下梳理了各個時代中「象」之相關發展及其概念。當中特別值得注意的是，該書作者引用葉朗在《中國美學史大綱》中之說法認為，兩漢除了繼承先秦在美學思想上之論述外，同時又有進一步的深化與發展，特別是其在總結「賦」、「比」、「興」與「意象」間之美學問題時，歸納出「賦」、「比」、「興」與審美意象間之關係，其認為：一、「賦」、「比」、「興」是對「立象盡意」的進一步規範與發展。二、「賦」、「比」、「興」是審美意象的表現方式。三、「賦」、「比」、「興」是創造《詩經》審美意象的特點〔註 43〕。其中比較重要的概念是第一個。當中，其轉引章學誠於《文史通義》裡之說法提到：

> 章學誠《文史通義》（卷一）曾說：「《易》象通於比興」。這一特點，實際上是對「立象盡意」的進一步規範與融合，同時將「比興」提到哲學的高度來加以考察。雖然「通於」並不是等於，但「賦」、「比」、「興」無一例外地重視由物象引發思想感情的作用，它使我們看到《周易》的編撰者已經懂得了「立象以盡意」，不是用枯燥無味的語言和抽象的概念，而是運用「賦」、「比」、「興」的方式〔註 44〕

由此可見，「象」的概念發展至兩漢，已經加入了儒學詩教之相關概念，並在魏晉「言意之辯」時進行大量的討論與發展。這種看法與歷來把「象」偏重於道家美學之論述略有不同，且亦較符合於「象」在歷史發展中之實際狀況。

然而，除了闡述「象」之範疇在縱向歷史的演變外，《意象範疇的流變》一書在中編論及了「『意象』的建構和形態」，而下編則進一

〔註 43〕胡雪岡：《意象範疇的流變》，南昌，百花洲文藝出版社，2009 年 10 月，頁 32。

〔註 44〕同上註，頁 32。

步辨析「意象」與其他概念之界說。整體而言，後兩編之論述由於並非專論，因此大多止於表面上之分類，未能深入剖解「象」之創作、結構與效能，且下編將「意象」與其他「象」之相關範疇進行平面之異同的比較與辯證，似乎未能掌握這些概念皆是由「象」之根蒂所引伸出去的不同枝節，甚至有些無疑是「象」在不同層次上的擬稱，如「物象」一詞，則應視為是前創作時期，創作主體「觀物」之「取象材料」，而「興象」則似乎同時涉及了創作主體與接受主體在「觸物起興」這個層面上對於「象」的審美效應。簡言之，橫向地比對「物象」與其他相關範疇之異同是不恰當的。本文認為，應當將其一體統合於「象」這個概念範疇之整體，而吾人所需要辨析的則是這些由「象」所引伸出來的不同概念，究竟屬於文學創作過程中的哪一個階段？以及其功能為何？如此方能以「象」為軸心，將創作主體、創作客體與接受主體串接起來，成為一個一貫之理論體系。

相應於此，徐揚尚在《中國文論的意象話語譜系》中之討論，則是利用「象」這個概念的「譜系性質」，進行其流變與概念延展之考察。這裡，所謂「譜系性質」意指的是在「譜系」中的理論與理論之間，或許著重點各不相同，但是卻都來自於同樣的思維原點，具有互相衍生與擴散的概念血緣。因此，即使其談詩論文時所用的術語有所差異，卻也能夠藉由分析，來進一步釐清當中的主要概念，源自於「立象盡意」這個母概念的某種側重。正如徐揚尚所提到的：

> 中國文論及其意象概念的譜系性，正是漢字漢語及其書寫與言說的中國文化話語模式的體現；正是意象概念的建構、表述與解讀立象盡意、依經立意、比物聯類的規則，使歷時千年，既無師承關係又無學派傳承，人格志向各不相同的學者們所建構的意象概念和意象相關概念，共同構成中國文論的意象話語譜系〔註45〕。

〔註45〕徐揚尚：《中國文論的意象話語譜系》，北京，中國社會科學出版社，2012年5月，頁28。

在此，透過「譜系」這樣一個概念的提出，徐揚尙的確有效地解釋了中國文論中的許多概念界說，何以具有相似結構的內在邏輯，其認爲這種內在邏輯的流變就歷史發展而言，應可進一步將之區隔爲孕育、萌芽、成型、成熟、拓展、變異與傳播等八個階段。以圖表示之即爲：

譜系階段	歷史時期	意象概念	意象相關概念
孕育期	傳說時代	立象盡意說	象形會意說
萌芽期	春秋戰國	賦比興說	樂象說
成型期	漢魏六朝	意象說	滋味說
轉型期	唐宋	興象說、意境說	妙悟說
拓展期	明清	化境說、境界說	神韻說、性靈說
變異期	20 世紀	形象說、典型說	眞實說、兩結合說
傳播期	唐宋至 20 世紀	心姿說、境趣說、悟境說、漢字詩學、意象派詩論、旋渦主義	幽玄說、天機說、意趣說
重構期	21 世紀	內譜系而外體系的意象批評：立足「言—象—意」三元譜系結構，體現「正—對—合／變……」的嬗變規律與特性的意象話語譜系及其相關概念，建構涵蓋本體論、認識論、方法論的七巧板式意象批評體系〔註 46〕。	

這樣的區分與統整當然極其精當，且幅射面甚廣，幾乎將中國文論系統中關於意象話語的相關概念全都梳理過一遍。然而事實上，中國文論與西方文論最大的差別之處在於：中國文論就內在邏輯的概念性而言，往往並非是一種可以獨立切割討論之系統，更多的是在概念與概念之間具有互相交錯、疊合、進而深化或延展之處，是以歷時性的區隔與結構性的概括，難免忽略了理論與理論之間在演化與深化上之差異，乃至於無法有效解釋這種詩學話語的特殊性表現，何以獨立爲詩性與否的評斷標準。但是瑕不掩瑜，該書之探討仍然開展出了「意象

〔註 46〕徐揚尚：《中國文論的意象話語譜系》，北京，中國社會科學出版社，2012 年 5 月，頁 36。

話語」一個相當豐富的理論面向，替「意象話語」之意義下了十分精當之註解。其認爲所謂的「意象話語」應具有：一、文化意象的建構方式、表述方式、解讀方式。二、以意象爲媒介的意義建構方式、表述方式、解讀方式。三、文化意象建構、表述、解讀的基本範疇等三重意義〔註 47〕。此三重意義使得「中國文化根植漢字及其書寫又超越漢字及其書寫的話語模式〔註 48〕」，因此該書中又提到：

> 立象盡意、依經立義、比物聯類的意義建構方式、表述方式、解讀方式，成爲「中國文論的意象話語」。具體體現爲由立象盡意、賦比興、意象、意境、化境、境界等意象概念，和象形會意、樂象、滋味、妙悟等意象相關概念共同傳承與體現，立足「言—象—意」之辨的「言—不言—言不言」與「情（物）—物（情）—情物」文藝言說方式及其「正—對—合」三元譜系結構，乃至由此形成的「正—對—合／變—對—合／變……」的嬗變規律與特性。進而使中國文論遵循立象盡意的話語模式所建構的意象概念和意象相關概念，共同構成「中國文論的意象話語譜系」〔註 49〕。

這段論述將「立象盡意」之內在性質與歷史發展結合起來，透過概念與概念間之聯結關係延展出一種具有譜系性的展演關係，並使得意象概念與意象之相關概念得以釐清其理論上之建構脈絡，進而將中國文論中之意象話語與日本、朝鮮及美國等地之意象話語相互對照，其見解十分深刻。然而，由於該書中之討論主要著重於縱向歷史與橫向理論間之交會與演變，因此立基於這樣的探討，應可進一步思考就文本之建構層面上，意象的相關概念如何落實於主體間之經驗流動。換言之，從創作主體、文本主體到接受主體這樣的流動過程來看，意象之生發、呈現與接受反應應該在意象概念這樣的系統中得到統整，以建構出屬於意象詩學所獨有之美學體系。

〔註 47〕參見徐揚尚：《中國文論的意象話語譜系》，北京，中國社會科學出版社，2012 年 5 月，頁 2。

〔註 48〕同上註。

〔註 49〕同上註。

2、「象」之建構及其特徵

對於「象」之討論的第二個側重點，是近年學界頗爲流行的「理論闡釋」。與歷時性的「發生論」不同，「理論闡釋」雖然也會提及概念的源流，然而其重點著落於理論系統之建構與美學闡發。相關論述成果十分可觀，例如姜金元《大象無形——《老子》美學思想與中國文學本體論建構》（中國社會科學出版社，2010 年）即是針對《老子》「大象無形」之說法進行現象學美學闡釋，並引申提出應以「象」作爲中國文學本體。然而本文認爲《老子》之「象」論本非一種美學思想，且在《老子》書中，「大象」指稱的是「道」之理體。因此，將這種「道」之理體進行形上學之闡發，並進一步認爲其爲一種中國文學之形上本體似乎過於武斷。本文認爲《老子》之「象」論的意義在於其表述「道」之用語方式，以及「大象」之特性與「道」之關係。是以其於美學上所產生之相似性概念基本上並非是義理性的，而應當是一種結構性的移置〔註 50〕。

而吳曉《詩歌與人生：意象符號與情感空間》（書林出版社，1995 年）一書則是從西方語言學角度對於文學中之「象」進行討論，試圖以「符號學」理論對於意象（Image）語言進行解釋。因此該書對於文學中之構象語言，有著深刻的介紹與剖析。可惜其畢竟較爲著重於意象作爲一種詩語言符號之探討，且大多移植西方對於意象（Image）之定義，較少從中國「象」論中擷取養分，但是單就詩歌在構象語言上之分析來看，此書無疑是富有條理且相當具有參考價值的。

至於以陳滿銘教授爲核心所展開的章法意象之討論，則以陳滿銘《意象學廣論》（萬卷樓，2006 年）、仇小屏《篇章意象論》（萬卷樓，2006 年）與陳佳君之博士論文《辭章意象形成論》（國立台灣師範大學國文研究所博士論文，1994 年）作爲代表。

此三書可視之爲一個互相補充之整體，其立足點是站在章法學的

〔註 50〕這種結構性的移置也就是本文所謂的詮釋範型，本文將於下文進行探討，於此不贅。

立場上，具體地討論「辭章意象」與「篇章意象」，其中「辭章意象」的範疇較大，其所探討的包括字句及篇章等兩方面，正如陳佳君在其論文中提到：「所謂辭章的結構，指的是組合內容與組織形式的現象和型態，它通常包括字句與篇章等兩大層面。〔註51〕」而「篇章意象」之範域則相對較小，其置於狹義意象論與廣意意象論之間，其所探討的是「意象之形成」、「意象之組織」、「意象之統合」，誠如仇小屏提到：「『篇章意象』與狹義意象比較起來，多了『意象之組織』、『意象之統合』兩種內涵，與廣義意象學比較起來，少了『意象之表現』這個內涵。〔註52〕」此兩者皆是立足於陳滿銘所提出之意象學系統發展出來的。對於實際創作中之各種章法進行細緻的分析與統合，可視之爲是一種意象表現的深入研究。

綜上所述，關於「象」之理論探討，大致可分爲三個方面：一是從思想與美學意義而言，討論「象」在歷史傳統中的概念意涵；一是針對語言組織的角度來說，探討意象語言的結構方式及其特色；一是從辭章與篇章的立場進行，研究「整體意象」在章法學意義上之表現。此三個層面之討論皆各有所得，而本文則擬從這樣的基礎上，進一步申論在中國詩學傳統中所建構之象論，就「文學」此一大結構而言，可具體歸納出怎樣的結構特性〔註53〕。

二、「象」之論題及其關涉

比之於中國詩學中的「意境」論題，「象」一詞的專論似乎相對顯得罕見。論者多半將其視爲是「意境」論的前身〔註54〕、或者是單

〔註51〕陳佳君：《辭章意象形成論》，國立台灣師範大學國文研究所博士論文，1994年6月，頁8。

〔註52〕仇小屏：《篇章意象論——以古典詩詞爲考察範圍》，台北，萬卷樓圖書股份有限公司，2006年10月，頁3。

〔註53〕由於本文是以後設之討論方式探討「象」的理論建構，是以有關象之具體運用與批評，例如：「女性詩學意象」、「詩經中的酒意象」等題目，因爲涉及個別研究者對於意象之定義有所不同，因此不在本文的討論範圍之中。

〔註54〕如鄭英志在《唐代意境觀詩論之起源與發展》中就認爲：「唐代的意

位〔註55〕，要不然就是將其置於「言意之辯」的系統底下〔註56〕，討論其對於「言意之辯」之影響。罕有對於「象」論進行單獨聚焦且深入的析解，也就是說，「象」從來就不是這些論題的核心，但是這些論題在進行討論時卻都必須提到它。考察其原因，除了立論的視角不同外，「象」作爲一種文論系統中的美學單位，其理論的牽涉面過廣、涵蓋面過大，亦可能是對於「象」之論述，遲遲沒能在中國古典文論討論中，單獨占有一席之地的主要原因。

但是「象」論作爲中國文論中的一個重要論題無疑是一種共識，正如葉朗在《中國美學史大綱》中說到：

> 《易傳》(主要是《繫辭傳》) 在美學史上的地位極爲重要。它突出了「象」這個範疇，並且提出了「立象以盡意」和「觀物取象」這兩個命題，從而構成了中國美學思想發展的重要環節〔註57〕。

這段論述相當程度地說明了「象」在文學史或美學史上的地位，作爲聖人表述己意的手段，「立象以盡意」與「觀物取象」這兩個命題不僅從表達的角度，亦從創作主體的角度論述了「意」透過「象」而加以表現的範型。這種範型對後世的影響甚遠，自不必贅述。然而，必須特別指出來的是，以「象」作爲主軸的美學建構，其實涉及了一種文學主體性的問題，歷來頗被忽略。許多論者皆看見了「象」與「意

境觀就是繼承意象觀發展起來。」(鄭英志：《唐代意境觀詩論之起源與發展》，東海大學中國文學研究所碩士論文，2003年，頁3。)

〔註55〕如古風提到：「『意象』作爲『元符號』只是標明『能指』，那麼它的『所指』是什麼呢？我們認爲，是由『語象』、『意象』和『境象』所構成的藝術審美世界」(古風：《意境探微》，南昌，百花洲文藝出版社，2001年12月，頁171。)

〔註56〕如黃金榔在《魏晉玄學言意之辯對後代文學理論之影響》一書中，便將「象」的相關論述放置在魏晉言意之辯的脈絡中進行討論。(黃金榔：《魏晉玄學言意之辯對後代文學理論之影響》，高雄師範大學，國文研究所博士論文，2005年。)

〔註57〕葉朗：《中國美學史大綱》，上海，上海人民出版社，1985年11月，頁64。

在言外」間之關聯，正如黃維樑在《中國詩學縱橫論》一書中，便曾論述了「象」與「言外之意」間的關係，並引用象徵派詩人馬拉美與英美現代派詩宗歐立德關於「意之象」的說法來進行申論〔註 58〕，而凌欣欣在《意在言外——對中國古典詩論中一個美學觀念的研究》一書裡更進一步提到：

> 由於語言、概念的抽象性，往往難以窮盡對個別具體事物或情感的表述，因而在表意上有其局限性。而「象」的不確定性、概括性和象徵性，使它能以小喻大、以少總多、以個別揭示一般、以具象引發想象和思索，這大大提昇了「象」在表情達意中的獨特地位〔註 59〕。

然而不論是「象」的表現性質，亦或者與「象」相關涉之「意在言外」的敘述效能，都在在顯示「象」作為「言」與「意」間的軸心，無疑具有一種規範性的作用。易言之，「象」除了是創作主體之感知經驗轉化為文學文本中之物化呈現外，「象」的存在與否，還具有了辨認「文學」與「非文學」時的規範性質。這種規範性質取決於唯有「象」之存在得以使「言」與「意」不再是直接的對等（理知語言），而是存在中介（象）。是以「象」論不僅從語言上構成了使語言變形以興發出美感的效果，更使得敘述者的感知過程因為象的阻隔而延長，進而造成一種形式上的形象美感（文學語言）。

換句話說，比之於西方形式主義將「陌生化」視為是文學的必要條件〔註 60〕，「象」論其實是一種比「陌生化」更具有規範性的文學

〔註 58〕黃維樑在〈中國詩學史上的言外之意說〉一文中，曾經轉引 T・S・Eliot 之說法提到：「表達情意的唯一藝術方式，便是找出『意之象』，即一組物象、一個情境、一連串事件；這些都會是表達該特別情意的公式。如此一來，這些訴諸感官經驗的外在事象出現時，該特別情意便馬上給喚引出來。」黃維樑：《中國詩學縱橫論》台北，洪範書店，1977 年，頁 140。

〔註 59〕凌欣欣：《意在言外——對中國古典詩論中一個美學觀念的研究》，中國文化大學中國文學研究所博士論文，2004 年，頁 32。

〔註 60〕什克洛夫斯基（1893～1984）在〈作為手法的藝術〉一文中曾經提到：「那種稱之為藝術的東西的存在，就是為了要恢復生動感，為了

要素。其不僅攏括了主體情意寄託為客觀物象時的「陌生化」原則，更將創作主體與創作客體（作品）及接受主體從意識的流動上連接起來〔註61〕，進而使得被語言切割的作者、作品與讀者在「象」論的美學範疇裡，被統整為一個相互交流的有機體。因此討論「象」，不僅僅只是對於歷代關於「象」之論題及其所形成的範疇進行梳理，更可以從「象」的系統中推演出文學之共性，並從理論的高度上進行系統性之概括。

然而，歷來對於「象」的討論，大抵可以區分為三個部分：其一，是對於「象」之源流的探討。對於這個部分，學界的意見比較一致，普遍認為「象」的來源與《老子》、《莊子》及《易傳》的論述有關，因此大多都是由此開始對於「象」論展開表述，如仇小屏在《篇章意象論》一書中便提到：「『意象』是文學理論中非常重要、歷久彌新的概念，它的起源非常的早，可以從『象』概念的出現開始察考。『象』這個概念，早就出現在老子《道德經》中……《周易．繫辭上》第一章，也談到了『象』……」〔註62〕無獨有偶，陳佳君在《辭章意象形成論》一書中也說：

> 由於「意」與「象」在辭章藝術創作的過程中，正對應於「主（心）」、「客（物）」交融的關係，其間即具有一「虛」（抽象）一「實」（具體）的性質，而虛實概念的源頭，則可上溯至《老子》的有無思想。另外，《易傳》所論述的象

要感覺事物，為了使石頭更像石頭。藝術的目的就是要提供一種對事物的感覺即幻象，而不是認識；事物的『陌生化』程序，以及增加感知的難度和時間造成困難的程序，就是藝術的程序」（程正民、曹衛東主編：《二十世紀外國文論經典》，北京師範大學出版社，2004年1月，頁30。）

〔註61〕所謂意識的流動，乃是針對文學從創作至接受過程而言。意謂當創作主體將其意識投射於創作客體之中，而接受主體則透過創作客體進而獲得創作主體之敘述意識的一整個過程，創作主體之意識乃為一種接受時之動態流動。

〔註62〕仇小屏：《篇章意象論——以古典詩詞為考察範圍》，台北，萬卷樓圖書股份有限公司，2006年10月，頁20。

意概念，更是直接影響了中國古典文學意象論的發展。因此，辭章意象形成之理論基礎，可說是深植於中國哲學的有無觀和象意論〔註 63〕。

可見「象」作爲一種「言」與「意」間的中介概念，其源自於中國的哲學思想應當是沒有問題的〔註 64〕。關鍵在於哲學思想中的「象」，其實是以「思想」作爲主軸而非文學藝術。因此從思想到文學，除了言意關係之討論起了一定的影響外，儒家詩學勢必也對「象」論之系統產生過深化與轉化的作用，特別是「詩言志」的範型與賦、比、興的創作概念〔註 65〕，對於「象」論在轉化爲文藝美學的過程，應當都產生過理論關聯上之效應，因此，這就涉及了對於「象」之討論的第二個部分，即「構象」語言的表現形式。這種表現形式又區分爲創作主體之「取象」與創作客體之「呈象」等兩種〔註 66〕。首先就創作主體之「取象」來說，論者多半將其與《易傳》中，聖人「觀物取象」之說聯繫起來，例如葉朗就認爲「觀物取象」包含了三個層面的意涵：首先是說明意象的本源，再者是論述了意象的產生，既是一個認識過程亦是一個創作過程，然後認爲「『觀物』不能固定一個角度，也不能侷限於某一個孤立的對象，而應該『仰觀』、『俯察』，既觀於大（宏

〔註 63〕陳佳君：《辭章意象形成論》，國立台灣師範大學國文研究所博士論文，1994 年 6 月，頁 15。

〔註 64〕胡雪岡在《意象範疇的流變》一書中則認爲，應將「象」之概念上溯至春秋之前「鑄鼎象物」的傳統。其提到後世那種將抽象無形之「意」轉化爲物態化形象而得到表現的創作觀念，在「鑄鼎象物」的傳統中已可見到：「所以『鑄鼎象物』的意義不完全在於鼎本身，而在於做爲藝術的創作思想和審美觀念，以形象化的手段，把自身在生產實踐活動中獲得的智慧和創造經驗表達出來。」（胡雪岡：《意象範疇的流變》，南昌，百花洲文藝出版社，2009 年 10 月，頁 4。）倘若就一整個「象」的文化系統來說，胡雪岡的論述無疑是比較全面的，但是如果單就文字符號上對於「象」的論述而言，則本文認爲仍應以《老子》爲先。

〔註 65〕關於「詩言志」之範型的問題將在下文進行申論，於此不再贅述。

〔註 66〕此二種分類從「象」之觀點來看，亦可相應地將其視之爲是創作主體「意」中之象，以及文本客體所呈現的「表意之象」。

觀)，又觀於小（微觀)，既觀於遠，又觀於近。〔註67〕」而凌欣欣則進一步剖析「觀物取象」中，創作主體「取象」時的思維形態，認爲這種思維形態其實與「人類思維中的『類比推理』有著不可分的關聯。〔註68〕」

平心而論，這兩種說法都涉及了創作心理的層面，且都具有一定的概括性，值得肯定。然而其所關注的焦點，大多著落於由創作思維落實於文本結構時的思維形態，屬於縱向地論述思維的取象過程，但是本文認爲，橫向的取象過程亦應進行析解，以進一步理解在前創作思維中，創作主體之感象如何透過意識的組織而成爲一種呈象，易言之，取象的感象過程如何經過思維的運作而成爲一種具象的創作意識，似乎還具有進一步深究的討論空間。

以此連接到創作客體（文本）所顯露的呈象策略〔註69〕，比較普遍的說法是論及「賦、比、興」其實是形象與情意互相引發與結合的三種關係〔註70〕。而劉懷榮在《賦比興與中國詩學研究》一書裡也認爲：「『言意之辨』的理論成果通過與賦、比、興尤其是興匯流的方式，終於成爲中國詩學的有機組成部分，並在很大程度上，決定了中

〔註67〕葉朗：《中國美學史大綱》，上海人民出版社，1985年11月，頁74。

〔註68〕凌欣欣：《意在言外——對中國古典詩論中一個美學觀念的研究》，中國文化大學中國文學研究所博士論文，2004年，頁98。

〔註69〕可以發現，中國詩學十分喜愛討論「如何創作」的問題，這與西方文論多半從文學作品中尋找創作的普遍規律基本上有本質上的差別。

〔註70〕正如葉嘉瑩在〈中國古典詩歌中形象與情意之關係例說〉一文中提到：「如果我們不用舊日經學家的牽附政教的說法，而只從『賦』、『比』、『興』三個字的最簡單最基本的意義來加以解釋的話，則所謂『賦』者，有鋪陳之意……所謂『比』者，有擬喻之意……所謂『興』者，有感發興起之意……姑不論這三種解說是否果然合於《周禮》及《毛詩》中所謂『六義』或『六詩』的原意，總之，這種樸素簡明的解說卻實在表明了詩歌中情意與形象之間互相引發、互相結合的幾種最基本的關係和作用。」（葉嘉瑩：〈中國古典詩歌中形象與情意之關係例說〉《迦陵談詩》，台北，三民書局，1985年2月，頁123。）

國詩學的審美品格和民族特性。〔註 71〕」信哉斯言，「賦、比、興」的概念的確涉及了創作思維、創作手段與接受效應等三個層面，進而衍生出許多理論範疇，並架構了中國詩學在創作論上的核心概念。然而此概念畢竟輻射過廣，是以單就其與「象」相關之論述來看，將「賦、比、興」視爲一種語言的結構形態，討論此語言之結構形態如何將文字符號組織出一種特殊的文學「呈象」，應是本文的論題核心，此核心論題必然向下引申出「賦、比、興」個別的構象形態以及此構象形態造就了怎樣的美學典式？而此問題也就連帶引出了對於「象」之討論的第三個部分，亦即「象」之美學效能的問題。相關論見當以蔡英俊在《中國古典詩論中「語言」與「意義」的論題——「意在言外」的用言方式與「含蓄」的美典》一書中之討論作爲代表：

> 簡單說來，在「意義如何彰顯與証示」此一問題上，「立象盡意」或「觀象繫辭」所展現的類比思維法則與意義證示模式，正也是往後詩歌以自然意象或是事例指涉意義的法則與模式……就詩歌創作活動而言，則具體物象的經營是與意義不可捨離的；具體物象的經營建構，正是詩人匠心與執著之所在，也是讀者必須費心流連之處〔註 72〕。

然而該書之論見基本上是以「含蓄」這種美典效能作爲軸心，討論中國詩學上許多與「含蓄」有關之用語型態及概念範疇。是以「象」之相關看法只是其章節之一，並非主要論述對象。不過，該書所談論之「意在言外」的用言方式與「含蓄」美典仍具有相當大的啓發與參考價值。事實上，「象」在文本客體中之呈現方式本身即爲一種「意在言外」的用言方式，而此用言方式所相應之美學典式，亦必然爲一種含蓄的美學典式，關鍵在於，在眾多如神韻、意境、風骨……等中國

〔註 71〕劉懷榮：《賦比興與中國詩學研究》，北京，人民出版社，2007 年 7 月，頁 9。

〔註 72〕蔡英俊：《中國古典詩論中「語言」與「意義」的論題——「意在言外」的用言方式與「含蓄」的美典》，台北，學生書局，2001 年 4 月，頁 212。

詩學的美學範疇中，「象」是否應該被獨立地標舉爲一種本質？且其所相應的「含蓄」美典具體表現爲怎樣的美感效應？則是本文所要進一步叩問的。

第四節 「象」之詮釋範型與研究進路

一、「象」之詮釋範型

「象」之概念來自於後世所謂的三玄之學，幾乎已是學界定論。比較具有爭議的地方在於從三玄之學如何向文學移轉的問題，論者多半含糊帶過，究其原由，應是由於中國自古並無純粹「文學」之觀念，即使是在《文心雕龍》的體系裡頭，劉勰仍須引「道」入文，以從聖人之言說型態找到「文學」根源，正如《文心雕龍》〈序志〉篇中所提到的：「蓋《文心》之作也，本乎道，師乎聖，體乎經，酌乎緯，變乎騷，文之樞紐，亦云極矣！〔註 73〕」可見在《文心雕龍》裡，劉勰一開始所預設之文之樞紐，除了要「本乎道」外，還要「師乎聖，體乎經，酌乎緯，變乎騷」。此中，「本乎道」或許可以看作是透過「道」之立場，以說明文學本源於「自然」這樣一個概念，然而除了這種對於文學的根源解釋外，其餘三句皆可看作是劉勰企圖從聖人著作中，進行文學創作的學習與討論。易言之，聖人之經典與著作在此起了一種指導作用，這種主導作用貫串其所欲立論之創作論立場。

然而，在這樣的概念底下，聖人傳道之「象」如何轉換爲文學之「象」卻成爲歷來頗被忽略之主題。事實上，作爲思想議題之「象」之所以能夠轉換爲文學議題之「象」必然有其可互相擬喻之處，並非單純只是一種思想型態上之發展〔註 74〕。是以本文在此遂引入了「詮

〔註 73〕周振甫注：《文心雕龍注釋》，台北，里仁書局，2007 年 10 月，頁 916。

〔註 74〕牟宗三在《中國哲學十九講》一書中，曾就「眞理」這樣的論題，區分爲「外延眞理」與「內容眞理」等兩種。所謂「外延眞理」意指的是邏輯實證或科學等知識性眞理；而「內容眞理」則意謂著以

釋範型」這樣一個概念，意指後人理解儒道之表意型態時所推演出的一種後設說明，如「立象盡意」或「詩言志」等，皆是後人詮釋「易經」與「詩經」時，從其表現型式所進行歸納出的「範式型態」。是以稱其爲「詮釋範型」意在透過後人討論儒道經典時所立設的這種「範式型態」說明其如何被文學思維移用，而成爲一種將敘述主體、文本主體與接受主體框範於「象」之範域的理論系統。

首先就《老子》之論見來看，《老子》書中所謂「大象」原是「道」的一種擬稱，正如凌欣欣所說的：「老子的『象』論，雖然沒有和『言意』有直接的關係，但他的『象』實爲大道之象，無象之象，是用來指稱『道』，兩者是相通的。《老子》把『道』和『象』聯繫起來，對後來《易傳》產生了一定的影響，也對中國古代的『尚象』思想，提供了理論的源頭。〔註 75〕」嚴格說起來，將《老子》書中對於「象」之提出視爲是中國「尚象」思維之起源，大抵已是一種學界共識。然而《老子》書中之「象」本身並無特殊的理論意義，換句話說，老子美學對於後代之影響，乃在於其對於「大象」（道）之定義方式。而這種定義方式事實上涉及了老子對於語言系統的不完全信任，正所謂「道可道，非常道」在老子的系統之中，恆久之「道」是無形無象的，因此無法用語言概念

「人」爲主體，討論此主體之具體生命境況等智識性眞理。雖然牟宗三在該文中曾詳細辨認兩者在使用語言上之不同，並指出不該將「內容眞理」所使用之語言與詩文學語言等同起來併稱爲「情感語言」，而認爲應該從「內容眞理」亦具有理性之角度，引用唐君毅之說法稱其爲「啓發語言」。然而「情感語言」與「啓發語言」之區別其實是就其「內在質性」與「對人之作用」不同而言的，但是就「表現形態」來說，其實皆是透過一種語境以表現內在眞理，差別在於詩文學語言多半是以情感作爲主導，而「內容眞理」之語言則除了情感之外，尚有一種人生之理性作爲原則，但是其以「象」表「意」之形態卻是類同的。因此，本文便是基於這種「語言形態」之類同，進而提出「詮釋範型」這樣的概念。（牟宗三：《中國哲學十九講》，台灣，學生書局，1983 年 10 月，頁 28）

〔註 75〕凌欣欣：《意在言外——對中國古典詩論中一個美學觀念的研究》，中國文化大學中國文學研究所博士論文，2004 年，頁 24。

表述出來。然而，不透過語言符號又無法陳述其對於「道」的中心思想，所以只能勉強地說：「強爲之名曰大」，以「大」來爲「道」命名。

是以所謂的「大象無形」，意指的即是眞實的「道」，事實上是沒有邊際，無法具象表示的。因此說「大象無形」，即是將這種無形之「大象」與有形之「象」相互對立，以表現「大象」在形式上的不具象特徵。然而這種不具象之大象仍須透過某一種具象以使人進行感知，是以從語言符號之角度來看，《老子》書中表現此「大象」之方式，即是透過兩個截然否定之具象，以使其語意具有概念不明卻相互拉扯之張力，進而透過此張力使其接受者「感知」所謂「大象」之蘊含。是以單就語言符號來看，任何可感、可視、可定義之概念語，皆是具體之「象」，因而不能稱之爲「大象」。眞正的「大象」存在於這些具象之義界的「恍惚」之間，正如《老子》十四章中提到：「是謂無狀之狀，無物之象，是爲『恍惚』〔註76〕」，就思想內容來說，「恍惚」在此故可將其視爲是「道」的體勢形態，然而就敘述結構而言，作者何嘗不是透過這種語詞間之「恍惚」狀態以表述其不可形狀之內在義理〔註77〕？也就是說，由於在老子的系統中認爲，語言無法準確地傳達形上之理體，只能勉而爲之，以引導之方式讓人設想「道」的存在形態。因此，敘述者之敘述意識（對於『道』之想法）無法透過語言的指意功能來達到，只能以語言的影射功能來進行。以符號學的角度來看，即是認爲：「語言」在表達其思想之內容時具有缺陷，因此必須透過所選擇之「言語」的涵指功能，在符徵與符指間組織成一個涵指域，並使其互相限制，以傳達出該敘述主體之敘述意識。而這種透過「言語」之涵指功能以建構出一種涵指域的方式，在《老子》書中所利用的是一種「正言若反」的語言形態。這種「正言若反」的語言形態是在一個陳述句裡透過反面陳述，或者是同時陳列兩個相反

〔註76〕陳鼓應：《老子註譯及評介》，北京，中華書局，2009年2月，頁113。
〔註77〕所謂語詞間之「恍惚」，意指的是《老子》書中，透過「正言若反」之形式，在符徵與符指間產生涵指之延異，並藉此營造出一種具有空白性能的結構空間，以表現其所謂不可言狀之「道」。

概念之句構，這種句構與布魯克斯（Cleanth Brooks, 1906～1994）所謂的悖論（paradox）類似，所謂悖論（paradox）即透過兩個相對符指間之對立面，拉出一個具有張力的意義空間，而這種悖論式的語言技巧，有時亦被視之爲是「反諷」（irony）的手段之一，正如趙毅衡所引述的：「反諷是一種『用修正來確定態度的辦法』，因此，反諷成了詩歌語言最基本的原則。」他進一步轉引布魯克斯的說法時提到：「詩人必須考慮的不僅是經驗的複雜性，而且還有語言之難制性，他必須永遠依靠言外之意和旁敲側擊（implication and indirectness），要把詞新鮮地使用，這種張力關係始終存在。〔註78〕」可以發現，如果將這裡的詩人置換爲思想家（老子），並考量其對於語言系統之質疑，遂可以得到相同的結論爲「透過言外之意與旁敲側擊」以使得其語境產生一種張力關係，差別只是在《老子》書中，這種張力關係是透過「正言若反」之敘述形態所呈現出來的。

然而，這樣的表述型態在《莊子》書中，則轉換爲以「寓言」表意之敘述方式。單就「道」之特徵來說，《莊子》對於「道」與語言之關係，可謂承襲著《老子》而來，正如〈齊物論〉中提到：「夫大道不稱，大辯不言」可以發現，此說與《老子》對於「道」之形態的定義如出一轍。也就是說，在道家的經典論述中，「道」是無法以語言進行概念式定義的。因此莊子便提出所謂「得意忘言」之說：

> 荃者所以在魚，得魚而忘荃；蹄者所以在兔，得兔而忘蹄；言者所以在意，得意而忘言〔註79〕。

在此，莊子揭示出言意間之關係，對於後世「言意之辯」影響甚大〔註80〕。在莊子的論述裡，「言」不過是捕「意」之工具，而「意」則是「言」之構築形式的目的，是以「言」之構築形式是爲了表現

〔註78〕趙毅衡：《重訪新批評》，天津，百花文藝出版社，2009年4月，頁159。

〔註79〕陳鼓應：《莊子今註今譯》，北京，中華書局，2009年2月，頁772。

〔註80〕王弼在《周易略例》〈明象〉篇中，曾以相似的結構說到：「故言者所以明象，得象而忘言；象者所以在意，得意而忘象。」以此說闡明言、意、象三者間之關係。

敘述者之「意」這是無庸置疑的。重點在於此構築形式如何建立一個足以超越語言極限以達到確實表意之效能，則是審視莊子思想及其語言實踐的一個重要視角。以此綜觀《莊子》一書，其表現思想之語言形態，可以《莊子》〈寓言〉篇中的三言之說進行解釋：「寓言十九，重言十七，卮言日出，和以天倪。」其中「卮言」這種「無心之言」的形態，可說是從敘述意識上涵蓋了「寓言」與「重言」兩者〔註 81〕，而其中又以「寓言」作爲《莊子》書中藉以闡釋其思想義理的主要類型。

所謂「寓言」意指的是一種「寄託寓意」之言論，在《莊子》書中，其表現爲透過「北冥有魚」、「象罔得珠」〔註 82〕等外在傳說，形象化地展現其內在思想之「道」。是以在「寓言」中，敘述文本之內在形象並不等同於形象自身，而是向外符指敘述主體所欲展現之敘述意識。因此「庖丁解牛」表面上看似在讚揚庖丁解牛時之神乎奇技，事實上則是透過牛身內在筋骨肌理之複雜以暗喻社會人事，並以對於庖丁神技之描述，表現欲突破複雜之社會，處理世事必須「依乎天理」、「因其固然」。由此可見，如將「庖丁解牛」視爲一具有託寓之事象，則其表層意（庖丁解牛之技巧）與深層意（以自然處事之思維）並不直接相符，而呈現爲一種「意在象外」的敘述形態。

〔註 81〕莊子認爲其所有言論皆爲無心之言，是一種無所偏漏而自然流露的言論。因此從敘述意識來看，無論是「寓言」或「重言」，勢必皆得歸入「卮言」這種無心之言的一種表現手段。

〔註 82〕論者多半認爲「象罔得珠」之寓言在相當程度上表現了莊子對於意象之重視。如胡雪岡便提到：「莊子的『象罔』說，是以『象罔』作爲『悟道』、『體道』、『得道』的中介，『道』是無形無狀的，所以『理智』、『感官』、『言辯』等人都無法尋找到『玄珠』（道），惟有『若有形若無形』的『象罔』發現『道』得到了『道』，這正是通過想像和體悟去加以把握的，莊子對『象罔』的巨大功能的肯定，也即對『意中之象』的肯定」（胡雪岡：《意象範疇的流變》，南昌，百花洲文藝出版社，2009 年 10 月，頁 19。）對此說法本文持保留態度。原因在於將若有似無之象罔作爲得道（玄珠）的唯一可能，在莊子的系統裡，指稱的應當是一種與「理智」、「感官」、「言辯」等相對之自然心靈狀態，並無直接證據可說明即是吾人所謂之「意象」。

這種「意在象外」之形態，在《周易》中則表現爲一種「卦象」與「卦意」之對應結構。

在《周易》中，「經」與「傳」必須相對地區隔爲兩個部分。「經」的部分分爲六十四卦之卦象與卦爻辭，而「傳」的部分則爲「經」之卦象及其爻辭之釋義。是以在「易傳」之闡釋中，不乏對於《周易》以「象」表「意」之由來與內涵進行闡釋，如《周易・繫辭上》第八章中提到：

聖人有以見天下之賾，而擬諸其形容，象其物宜。是故謂之象〔註83〕。

又《周易・繫辭下》第二章也提到：

古者包羲氏之王天下也，仰則觀象於天，俯則觀法於地，觀鳥獸之文，與地之宜，近取諸身，遠取諸物，於是始作八卦，以通神明之德，以類萬物之情〔註84〕。

可見「象」一開始指涉的是世間萬物之客觀情態，因此聖人便以「象」作爲表述客觀事物，或者模擬客觀事物之外型。比較值得注意的是在《周易・繫辭》中，這種對於外在事物的摹寫，其實是爲了「以通神明之德，以類萬物之情。」這樣的說法，對於後世文學中的情景問題產生了一定的前導作用。也就是外在之客觀表現物，事實上是爲了承載特定的內在之情。這裡「情」的概念包含思想與情態，因而進一步引申出來的論題是：內在情境如何藉由外象得以表現？又就接受者而言，外象之表現問題與象外之意如何聯結？

這也就是以「象」爲軸心所推導出來的第二個部分，即「立象盡意」的問題，正如《周易・繫辭上》中所提到：

子曰：「書不盡言，言不盡意；然則聖人之意，其不可見乎？」

子曰：「聖人立象以盡意，設卦以盡情僞，繫辭焉以盡其言，

〔註83〕陳鼓應、趙建偉註譯：《周易今註今譯》，北京，商務印書館，2010年11月，頁607。

〔註84〕同上註，頁650。

變而通之以盡利，鼓之舞之以盡神。〔註85〕」

這種對於《周易》的詮釋範型代表著「象」爲「意」的載體，創作主體欲表述其意必須擬象，而接受主體則透過「象」之共感體會象外之意。是以這種詮釋範型必須區分爲兩個部分：即敘述主體內在之感象與想像，透過外在形象的投射，進而成爲表象之文本，因此，「象」中必然含有敘述主體之情志，此情志無法透過言語清楚表述，是以文中之象所訴求的是一種感知，即本文所提到的第二個部分，是就接受主體而言所論及的象之結構方式與接受效果。

這種關係，在《周易略例》〈明象篇〉一文中說得更加明白：

> 夫象者，出意者也；言者，明象者也。盡意莫若象，盡象莫若言。言生於象，故可以尋言以觀象；象生於意，故可以尋象以觀意。意以象盡，象以言著。故言者，所以明象，得象而忘言；象者，所以存意，得意而忘象。

由此可見，「象」基本上括約了「意」與「言」等兩個部分，其中「言」爲構象之工具，如圖示〔註86〕：

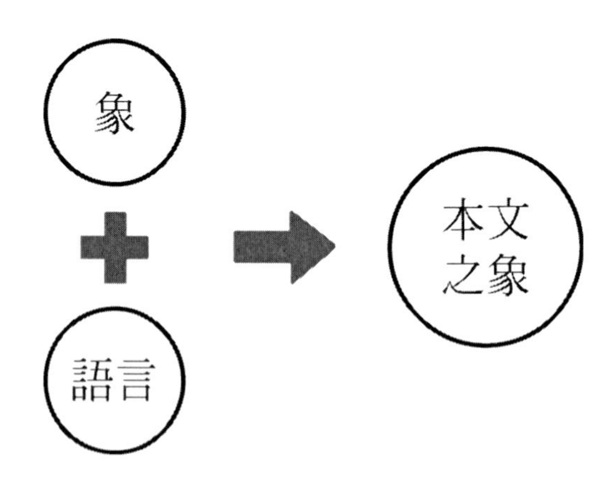

而「象」則爲表意之載體：

〔註85〕陳鼓應、趙建偉註譯：《周易今註今譯》，北京，商務印書館，2010年11月，頁639。

〔註86〕這張圖所強調的是「象」作爲一種敘述呈現，其外表是語言。也就是說，語言構築爲象，唯有透過語言，方能感受到「象」的結構性。

是以「意」對於接受者而言，其實是「象」之作用外的一種感知，透過符號的組構，「象」之所以能夠居於一種中介作用，實是類似於一種表層結構之性質。透過文本之表層結構以通達文本之深層意指，正是「象」在《周易》系統中的一種詮釋範型〔註 87〕。這種詮釋範型起碼具有三個層面的意義：首先就詮釋過程而言，「象」作爲作者與讀者間之中介，遂得以進一步產生「敘述主體→文象→接受主體→文象→敘述主體」這種類似循環的詮釋流程〔註 88〕。再者，就「象」的結構本身來說，「意在言外」的意象性質應被視爲是一種「象」的用言

〔註 87〕本文認爲，「表層之象」展現「深層之意」，事實上只是「意在象外」這個概念之別說。差異在於當「象」產生「意」這種涵指之時，其詮釋角度是將「意」視爲是文象所內具或者是文象所指引如此而已。

〔註 88〕對此，劉若愚曾引《文心雕龍》中，「道沿聖以垂文，聖因文而明道」這樣的說法，得出一個循環爲：

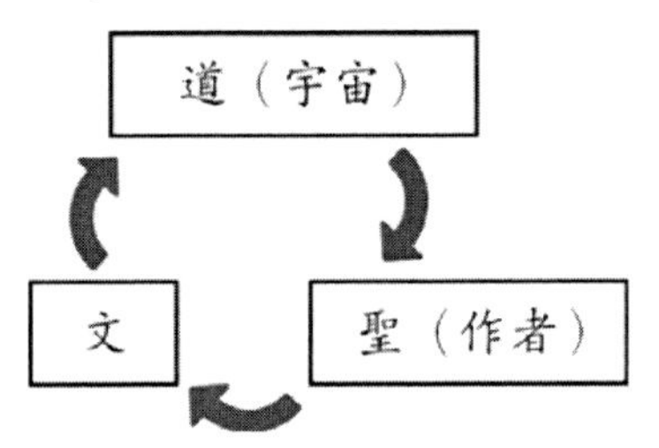

（劉若愚：《中國文學理論》，江蘇教育出版社，2006 年 2 月，頁 36。）然而當這樣的詮釋範型加入了「象」的概念時，那麼筆者認爲，加入「接受主體」的概念應當是比較合理的。

方式〔註89〕，而這種用言方式還可進一步推導出一個中國傳統詩學的美學特性，即特別強調「含蓄」這樣的一種美學典型〔註90〕。

這種強調「含蓄」的美學典型及其用語方式，就整個傳統而言，還應當將儒家對於「詩言志」之詩學觀念納入考量的範疇。正如〈詩大序〉中提到：「詩者，志之所之也。在心為志，發言為詩。情動於中而形於言，言之不足故嗟嘆之，嗟嘆之不足故永歌之，永歌之不足，不知手之舞之，足之蹈之也。〔註91〕」可以發現，詩在此亦是作為志之載體，是以「詩」來表現敘述者之「志」〔註92〕。因此就「詩以言志」這樣的詮釋範型看來，其與「立象盡意」這樣的表現方式即具有一種結構性的類同，這種結構性之類同是就其「敘述意識」與「表現符號」間之關係而言的，以結構圖示之則為：

〔註89〕蔡英俊認為：「就中國古典詩論的整體發展而言，如果論及語言文字與表現的議題，則基本上以『意在言外』所形成的『含蓄』美典，可以說是詩學的核心問題之一。」（蔡英俊：《中國古典詩論中「語言」與「意義」的問題——「意在言外」的用言方式與「含蓄」的美典》，台北，學生書局，2001年4月，頁113。）

〔註90〕這裡「美學典型」乃沿用高友工先生所創之「美典」這樣一個概念，其具體指稱的是「個人、團體或文化的在欣賞或創造時的理想或典範。」（高友工：《中國美典與文學研究論集》，台灣大學出版，2004年3月，頁333。）

〔註91〕郭紹虞主編：《中國歷代文學論著精選上冊》，台北，華正書局，1991年3月，頁44。

〔註92〕朱自清在《詩言志辨》一書中，將「詩言志」之行為，從現象上分為「獻詩陳志」、「賦詩言志」、「教詩明志」與「作詩言志」等四類。然而不論「賦詩言志」或者「作詩言志」，事實上皆是賦詩者或作詩者透過某種詩之情狀功能以表述自己內在思想與情狀。而這種「志」之表達不論是思想或者是內在情態，皆是以一種曲迴婉轉之表現方式進行意指呈現。是以接受者需先進入其所引之「詩」的語意場中與當下的現實情狀進行連結，並譯解出賦詩者當時之意。因此所謂「詩言志」就歷史現象來說，事實上已涉及到創作主體（志）與創作客體（詩）及接受主體（知志）等三方面的互動關係。正如朱自清提到：「在賦詩的人，詩所以『言志』，在聽詩的人，詩所以『觀志』『知志』」（朱自清：《詩言志辨》，台北，頂淵文化出版社，2001年12月，頁19。）

	敘述意識	表現形態
《老子》	道	無物之象
《莊子》	意	言
《周易》	聖人之意	卦象
儒家	志	詩

而就其表現形態之特性來說，則可另圖示之爲：

	型態特色	此型態之表意特徵
《老子》	恍惚	對立結構之張力
《莊子》	託意於事象	事象之喻指
《周易》	圖象符號	符號之象徵
儒家	溫柔敦厚之情狀	情狀之類同

由此可見，就上述這些詮釋範型而言，無論「象」或「詩」作爲一種創作主體與接受主體間之中介物，皆著重於強調透過符號之暗示功能以表達創作主體之敘述意識。而這種透過組織「含蓄」之符號特性以導引出「言外之意」的範型結構，正是「象」在中國文論系統中得以由思想義理向文學原則移轉之關鍵。重點在於「象」這種透過符號所創建之結構特徵，正是詩學追求文藝美時之必然條件。而此必要條件在中國文論系統中，又不僅僅只是作爲一種文本符號之形式特色，更連帶地涉及了創作主體之美學感象與接受主體之美學感知等議題。是以本文以下將進一步申論這種以符號組織之「象」，於詩學系統中之主體地位。

二、「象」之詩學主體論兼述本文之研究進路

所謂「主體」原是意指相對於「客體」而言的非對象存在物，即「自我意識」。然而在此，「象」之主體則意圖將「象」視之爲是一個已然定形之範疇，並將此範疇置於詩學之視域裡，討論其於詩學中之定位及此定位包含了哪些概念？是以此處應對「詩學」進行定義。這

裡「詩學」所意指的並非是專門探討詩作之學術研究，而是就廣義的界定而言，討論文學主體中，構成其文學性之詩性特質、藝術形式及接受效應之結構。換句話說，即是針對「象」論所提出之文學性質、形式規範等，進行理論整合之討論。

是以從形式主義的角度來看，這些文學特質皆是由「陌生化」這一種結構策略所連帶產生的。然而「形式主義」畢竟只解決了文學作品在創作時的異化手段及接受時的感知變異，無法徹底釐清「陌生化」是否可以如此理所當然地視之爲是「文學」與「非文學」間的差異。關鍵在於其將文學視之爲一種文本客體，因而忽略了文學作爲一種語言性的呈現，就作者與文本而言，包含了「創作意識」與「文本結構」；而就文本與讀者來說，則涵括了「文本結構」與「意符所指」。換句話說，文學是作者將其經驗意識化爲文字符號之呈現，然而此文字符號卻不能直指作者之經驗意識，而是必須透過阻隔、切斷、暗喻或轉喻等敘述策略使意義隱伏於文本符號之空白處。換句話說，文學的接受經驗是一種創作主體與接受主體間的換喻與解喻過程〔註 93〕，是以唯有以空白表意之形式足以稱之爲文學〔註 94〕，無論詩歌、散文抑或者是小說，所謂精緻文學與通俗文學的差別，正在於其是否以空白表意的區隔之上。

因此「形式主義」的確解決了文學在某一程度上的語言特徵，然而此語言特徵卻僅僅只是「文學」與「非文學」的部分差異而非整體。

〔註 93〕這裡所謂「換喻」意指的是創作主體將其不可見之情志意識，透過可見可感之形象進行喻示，而接受主體則透過這樣的喻示進行聯想，透過「解喻」之方式逆向推導文本主體中之主體意識。

〔註 94〕這裡所謂「文學」採取的是現代對於文字藝術的一種定義，將文學是之爲具有審美經驗與審美效能的一種符號結構。正如瓦・葉・哈利澤夫所說：「文學（與音樂、繪畫等）一樣——乃是藝術的一個門類。『藝術』這個詞是具有多重意義的，在這裡，他被用來指稱藝術性的活動本身與那種成爲其成果的東西（帶有其文本的那些作品的總匯）。」（瓦・葉・哈利澤夫《文學學導論》，北京，北京大學出版社，2006 年 12 月，頁 9。）

易言之，眞正具有區隔性的是文學符號的意指過程，其與非文學之差別恰恰在於非文學語言即使經過策略性的扭曲，仍是符徵等於符指的一種敘述，而文學語言則不然，其與其說是一種符徵的異化，倒不如說是一種「符指」的隱逸，是以符號之結構性巧妙地「圈圍」起符指的一種經過，而非直截抵達符指的一種結構。

因此，文學意指之隱逸性如何達成？又在達成的過程中涉及了哪些問題？其隱逸性具有怎樣的閱讀效果？便是「象論」所涉及的核心主題。

除了思想意義上之「象」論外，在詩學體系裡頭，「象」之涵蓋面甚廣，單就字面意來看，「象」原指的是一種動物，然而文論中之「象」多半不採取這種解釋，其較大程度是在「象徵」、「形象」或者是「肖似」這樣的符號意上來使用「象」。所以「象」在文論系統裡多半意指的是承載某一種敘述意識的「客觀對應物」，與西方文論所不同的地方在於，「象」在中國的詩學體系之中，並不嚴格地規範於文本呈現的意象上，換句話說，「象」在此是一種將創作主體、創作客體與接受主體統合起來的概念，其所展現的是一種兩兩關係間，可相互逆反與影響的循環，正如劉若愚在《中國文學理論》一書中，對於西方學者艾伯拉姆斯（M.H.Abrams）在《鏡與燈——浪漫主義文論及批評傳統》裡所提出的宇宙、作品、觀眾及藝術家等四個要素加以重新排列所得出的圖式那樣：

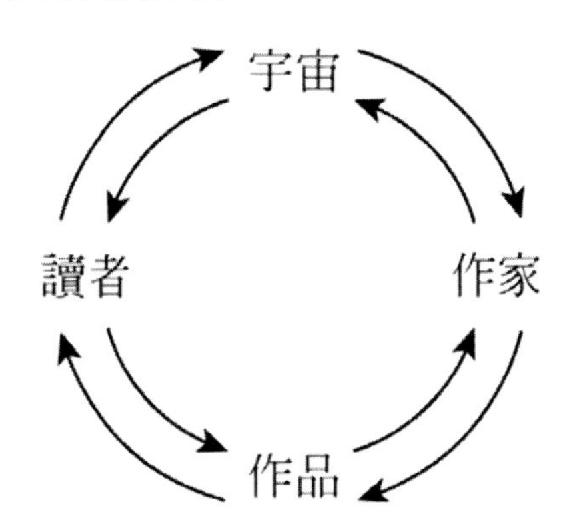

劉若愚認為，這張圖代表著藝術過程的四個階段〔註95〕，他進一步指出：

> 在第一階段，宇宙影響作家，作家反映宇宙。由於這種反映，作家創造作品，這是第二階段。當作品觸及讀者，它隨即影響讀者：這是第三階段。在最後一個階段，讀者對宇宙的反映，因他閱讀作品的經驗而改變。如此，整個過程形成一個圓圈。同時，由於讀者對作品的反映，受到宇宙影響他的方式所左右，而且由於反映作品，讀者與作家的心靈發生接觸，而再度捕捉作家對宇宙的反映，因此這個過程也能以相反的方向進行〔註96〕。

對於此段論述，我們還可以更進一步地規約出在縱向的藝術創作過程裡，外在現實（包含「事」與「物」）刺激作者的思想（情感與價值意識，此為劉若愚所謂宇宙〔註97〕）而反應於作品之中。所以作品必然呈現此「事」與「物」揉合作者之「情」與「意」後的「事象」或者「物象」（劉若愚所謂「作品」）。因此接受者在閱讀過程中，並非直接接觸到作者之敘述意識，而是透過作品中之「事象」或者「物象」逆反作者之「情」與「意」。簡言之，「宇宙」即作者之「感象」必透過作品將與作者意識融合後之「呈象」表現為文字符號，而接受者則透過此文字符號之「呈象」，以自我之「生命經驗」還原作者原初之感象，由此可見，「象」其實是一種軸心原則，其同時涉及了創作主體、文本客體與接受主體等三個層面，並從文學創作之意義上將其串接起來。

〔註95〕劉若愚認為：所謂藝術過程「不僅僅指作家的創造過程與讀者的審美經驗，而且也指創造之前的情形與審美經驗之後的情形。」（劉若愚著，杜國清譯《中國文學理論》，江蘇，江蘇教育出版社，2006年2月，頁13。）

〔註96〕同上註。

〔註97〕這裡所謂「宇宙」，劉若愚之設定應是沿用艾伯拉姆斯之定義，包含「人和動作、觀念和感情、素材和事件，以及超感官知覺的素質。」（劉若愚著，杜國清譯《中國文學理論》，江蘇，江蘇教育出版社，2006年2月，頁12。）

本文認爲，這種中國固有之理論系統恰恰可以解決被「西方文論」所強行分割的創作主體、文本客體與接受主體，因而獨立爲一個可以進行文學闡釋與批評運作的理論有機體。是以以「象」爲軸心，本文認爲，在釐清了中國文化對於文學主體意識之產生就理論意義上經歷了怎樣的範型轉化後，就「象」之詮釋範型而言，應進一步針對「象」於主體創作至客體接受完成這樣的意識流動過程進行深入討論。

因此本文以下將相對地區分爲「創作主體」、「文本客體」與「接受主體」等三個部分，討論「象」在一整個文學流程中之結構。本文不以習見之歷史性發展進行論述，而是直接回歸於「象」論之理論系統，進行系統化之梳理與建構。是以本文之主體部分亦將相對地分爲三章：第二章「『立象盡意』之創作主體與創作意識」是從創作主體之角度，討論中國詩學系統中，論及主體審美經驗時之「感象」與「呈象」問題。第三章「『立象盡意』之文本主體及用語方式」則是針對詩學視野下之文學「文本客體」，在其構象語言之呈現下，透過怎樣的表現型態進行組織。而第四章「『立象盡意』之接受主體與美感效應」則進一步從美學產生與接受的角度，辯證結構之效應與美感之形成。希望藉由這三個層面的探討，對於「象」論之蘊含，得以獲得更周至而精微之掌握。

第二章　「立象盡意」之創作主體與創作意識

有別於外國詩論將「文本」視為符號對象進行主體討論之理論框架，中國詩學在其論述系統中，時常論及創作主體在創作時之經驗過程。譬如：「感」、「思」、「神」、「氣」等。這些理論術語或許個別著重於不同層面上之經驗探討，然而其共通點皆是假設一個正在創作時之思維主體，論述此思維主體之「意」經過怎樣的身心準備或者是經驗歷程，以凝聚為敘述主體之敘述意識。這裡所謂敘述意識包含審美意識與表現意識等兩個部分。兩者共同建構出中國詩學論者假設中之創作主體。此創作主體在詩學論述裡之終極目標是為了使其意識下貫為具體之文字符號。是以針對這種創作主體進行討論，一方面意在於替文字符號尋找創作意象之根源，另一方面又涉及詩學論者藉此指導文學創作時，認為文學創作所應具有的一種思維樣態。

而這種指導創作主體應當如何思維，抑或者是如何進行審美階段時之審美準備的論述系統，實為中國詩學特有之經驗論說。這種經驗論說在以具體文本符號為論述對象之理論傳統中比較罕見。嚴格說來，針對創作主體之思維如何進行審美與創作之論述，在文學理論的範域裡，應將其歸納為一種「創作理論」。比較複雜的地方在於：這種應當是創作起源的經驗論述，實際上來自於中國詩學傳統中，對於詩學形式的一種概念認知。而這種概念認知認為，詩學作品應當呈現出一種「象」態，於是引申推導出這種具有「象」態之客觀符號文象來源爲審美主體感物應物時之主體意識。此主體意識於創作時，必須具有一個概念前提是寓意於「象」中，於是循環論述創作主體如何感象與構象，以呈現具象之符號文本。換句話說，在主客並不截然區別的中國詩學論述裡，文象之呈現必然與內在主體情志及其對於藝術結構之認知有關。因此客觀呈現之符號文象，可以向上推導出創作主體意識中必先於「審美感象」之後具有「比意於象」與「構意成象」之意識。而這種從審美感象、意象比附到構象意識之經驗過程，即爲本文所謂創作主體之主體意識。

誠如前述。這種對於主體意識之討論，實際上離不開中國詩學傳統對於語言符號之承載物以及「語言」符號與「意義」關係間之論述範型。這些論述範型使得後世演繹出來之文學概念具有一定的思維模式。是以必須尋根溯源，以進一步論析此理論系統之觀念演進，對於創作主體之經驗意識產生了怎樣的影響？換句話說，中國詩學傳統乃是一個高度重視創作主體內部情志活動之體系，比之於西方將文學視爲是一個獨立本體的視角來說，中國文學對於創作者之重視，甚至淩駕於「文學」這樣的概念之上。或者應該說，在中國詩學的概念裡，「文學」免不了具有一種「工具」論的色彩，必須爲一個活生生的創作主體而服務，進而達到某一種特定的敘述目的；而西方則將「文學」自生活中抽離出來，表現爲一種虛構化之藝術形式。這種「面對」同一個敘述對象卻賦予不同敘述意涵的定義現象，源自於文學在各自文化與發展傳統中之差異〔註 1〕。而這種差異並非本文的論述重點，本

〔註 1〕正如蔡英俊所分析的那樣，其認爲就西方來說：「作品所呈示的世界、所傳達的意義，就可以是具體的生活世界的一種虛構與再現，這種虛構與再現勢表現在語言與素材上的經營模塑，因而在意義的判定上更可以與具實的生活世界互不相涉。且進一步說，詩與詩人、或與詩人個人生活之間既然隔個一到面具做爲中介，就不必然要以個人自身的經驗內容爲素材——也就是在這層意義上，詩與文學可以說是虛構的，甚或是想像力的創造品。」而就中國而言：「詩在中國古典文學

文在此之所以指出這種差異的目的，乃意在於釐定由於這種差異的存在，所以就中國詩學而言，創作主體佔有理論系統中相當重要的因素，而本文以下則意在於解釋這種因素之構成。

準此，本章以下將針對「詩以言志」與「立象盡意」之傳統進行爬梳與解析，以從詩學傳統根源上理解其思維模式之形成。再深入討論《文心雕龍》中對於「神用象通」之相關看法，以解釋審美主體之審美經驗裡，審美感象與呈象經驗之作用。然後向下論及唐代王昌齡《詩格》對於創作主體之能動性的說法，以探討創作主體意識中「意」與「象」間的對應關係。最後考察「以意為主」之構象前提，並且進行申論，以期能過透過以上幾個典型概念，對於中國詩學中，「象」與創作主體間之相關論述，能夠有更清楚而結構化之釐清。

第一節 「詩言志」與「立象盡意」之雙軸結構

就「立象盡意」來說，立「象」盡「意」這種概念的提出，對於中國詩學之影響應該是「啟引式」的〔註2〕。也就是說從「內容」（聖人之價值體系）與「形式」（以爻所組織之卦象）等兩方面，對於詩語言表現之方式產生啟發。而這樣的啟發如何從聖人思想之指意模式轉換為詩用主體之指意模式，則必須進一步探討漢儒在詮釋《詩經》

傳統中就表現為對詩人自身的情感或心境的一種抒發與表白，詩即是個人生活的一部分，也就是生活經驗的延伸；更重要的，詩的意義與價值來自於詩人情感上的真誠與真摯。」（蔡英俊：《中國古典詩論中『語言』與『意義』的論題——『意在言外』的用言方式與『含蓄』的美典》，台北，台灣學生書局，2001年4月，頁7。）

〔註2〕「立象盡意」這樣一個概念，原是針對《周易》之寫作系統所提出的一種對應說法，在此說法中，所謂的「象」指的是「以爻所組織之卦象」，而「意」則是某種「聖人之價值體系」，換言之，「立象盡意」乃是針對《周易》一書之指意型態所提出的一種後設說明，這種後設說明本非為了「詩學」而設立，只是這種以圖象示意之方式產生了某種形式表現上之典範，故在「原道」而「宗經」的文化系統底下，遂對後世詩學之建立產生了某種啟引作用。

之時，以經世致用思想，將政治與教化觀念導引入詩的「詩言志」這樣的概念，透過對於「詩言志」與「立象盡意」的互相對照，以考察「文學」這樣一個概念的聚合體，在中國詩學系統之中，究竟是由怎樣的觀念所組構而成。

換句話說，如果狹義地將「文學」這樣一個概念區分爲「內容」與「形式」等兩部分的話，則必然會有與「內容」及「形式」相關之兩種觀念型態，共同組構出中國詩學在文人價值意識裡的基本範型。也正是在這樣的基本範型上，「文學」概念被建構起來，並不斷衍展、生發出許多對於此基本範型之深入探索。正如劉勰在《文心雕龍》中，對於「文學之本原」(〈原道〉、〈徵聖〉與〈宗經〉……等）先行討論，再進而闡釋其理論概念那樣。這種經由文化展演所生發出的基本範型，必定同樣存在於其他詩論家的意識之中，只是在此範型的基底上，每個人的側重點有所不同，因而遂產生出了豐富而複雜的，對於「文學」的延伸解釋。

然而，本文無意對於這種由基本範型所衍伸出來的各種「文學」概念之闡釋現象提出討論，僅針對「內容」與「形式」等兩部分進行研究。意圖探討在這樣的雙軸結構底下，「文學」這樣一個概念在中國詩學系統中之結構意涵，及其與「象」間的表現關係。是以，在此必須對於所謂的「雙軸結構」先行定義。所謂「雙軸結構」意指的是在中國詩學概念裡，對於文學中之「內容」與「形式」等兩種觀念，必定有一文化範式上之前理解，這種前理解涉及了文學之「內容指涉」與「形式意識」等兩個概念方向，並由這樣的概念方向之交會，進而結構出中國詩學對於文學概念之定義範疇。這種定義範疇以圖式示之即爲：

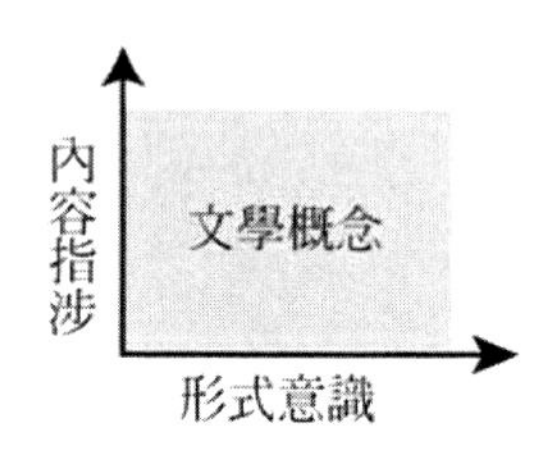

就理論主體而言，「內容指涉」涉及了寫作對象之縱向選擇；而「形式意識」則關及於對此寫作對象之橫向組織〔註3〕。是以當「內容指涉」之意識點與「形式意識」之意識點聯結起來，即是該理論系統所預設之文學範域；而當「內容指涉」之具體內容投射向「形式意識」之組織方式時，則為該理論系統所認可之文學型態。

因此，大方向的說，中國詩學系統大抵不離此雙軸概念。而此雙軸概念在中國詩學上之初始點，則分別以「詩言志」與「立象盡意」二說作為代表。此二說皆是針對前人著作中的某種現象所歸納出的一種概括語。目的在於分別闡釋《詩經》的言說內容與《易經》的言意關係。以雙軸理論的方式來看，則其分別涉及了內容與形式等兩個部分：

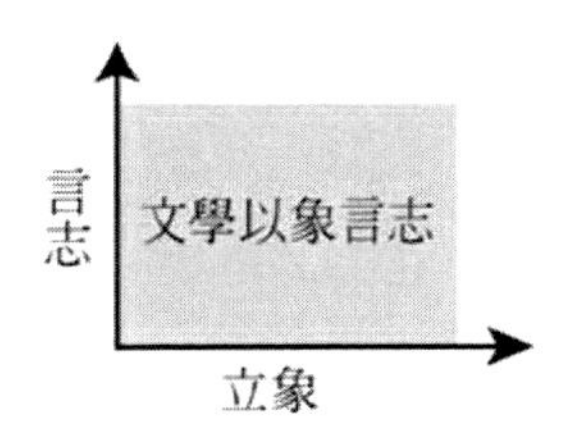

可以發現，「志」與「意」皆意謂著創作主體之情志與思想，因此可以視為是一種「義同詞異」之說法。換句話說，「詩言志」與「立象盡意」剛好構成了文學條件的兩個面向，當這兩個面向在文化的意識點上交會，那麼創作主體之情思（意或志）作為交會點，一種「以『象』表現創作主體之內在情思是為文學」的概念便應運而生，而當文字之「象」表現了一種主體情思之結構體產生時（內容指涉投射向形式意識），這樣的作品便被視之為是一首詩，或一種「文學」〔註4〕。

〔註3〕即就創作經驗而言，「內容指涉」乃是創作主體自其意識之中，將其對於生活的經驗與記憶，於生命時間的序列裡，進行思維結構上之演繹；而「形式意識」則涉及在創作的當下，將擇選後的經驗內容，依據形式與技巧上的思考進行共時性的選擇。是以，當「內容指涉」向「形式意識」投射，則構成了詩學這種概念體的概念型態。

〔註4〕蔡英俊曾經針對「詩以言志」這樣的文化系統指出：「這一種透過藝術創作以求取被理解、被記憶的集體意識，自是屬於文化深層的分析

是以本文以下將進一步析論「詩以言志」與「立象盡意」二說所產生之雙軸結構，就「象」論詩學及創作主體而言之概念義涵。

一、詩言「志」之結構關係

關於「詩言志」這一個古老的命題，學界早已進行了各種方面的討論。其中比較知名的是朱自清在《詩言志辨》中的考證，透過〈詩言志〉一文詳細地考察了「詩言志」的歷史脈絡，並分別從「獻詩陳志」、「賦詩言志」、「教詩明志」與「作詩言志」等四個方面陳述「詩」與「志」之間的關係，對於「詩言志」之研究具有提綱挈領的指導作用。然而，就詩學本身而言，必須關注主體之構成與美典之建構，是以就「詩言志」這樣一個命題來說，還可以更進一步討論的是：「詩言志」作爲一種「開山綱領」〔註5〕，就詩學內部關係而言，「作詩言志」闡釋了怎樣一種創作主體與表現主體間的能動關係；而就美學典式來說，以「詩」言「志」這樣的行爲模式〔註6〕又具有怎樣的美典意涵？

研究。然而，如果純粹就詩學議題而言，則有關情感的特質與語言的表現，才眞正是探討的重點。」（蔡英俊：《中國古典詩論中『語言』與『意義』的論題——『意在言外』的用言方式與『含蓄』的美典》，台灣，學生書局出版社，2001年4月，頁7。）是以本文於此僅提出就「內容」與「形式」而言，此兩種文化意識之交會點構成了「以象表意」這樣的文學概念。並不針對「詩言志」與「立象盡意」等兩種文化系統進行論說。

〔註5〕朱自清在《詩言志辨》一書中認爲，就詩論來說：「『詩言志』是開山的綱領。」（朱自清：《詩言志辨》，頂淵文化事業有限公司，2001年12月，頁4。）

〔註6〕以「詩」言「志」大抵屬於「詩用學」之範疇。所謂「獻詩陳志」、「賦詩言志」與「教詩明志」皆是著重於「詩用」這樣一個概念來談論的。其著重點在於詩之表述者想要宛轉陳述之表述意圖與接受者的理解效用。其中「獻詩陳志」與「賦詩言志」或許涉及了用詩之人的內在情志關係，然而就「創作主體」這樣一個概念來說，「用詩者」在其「用詩語境」裡已屬於第二序上的「創作主體」而非創作者本身。這種「詩用學」之論述系統大抵屬於文化詩學的外緣範域，本來不應用於討論詩學理論內部之關係。然而，在「詩言志」這樣的命題裡，「內部」與「外緣」卻無法如此截然二分。因爲在「詩言志」這樣的概念系統中，美典意涵與內部主體間之結構關係呈現出一種外部與內部互

1、作「詩」言「志」的對應結構

「詩言志，歌永言，聲依永，律和聲。」《尚書・堯典》中的這段話使得「詩言志」這樣的主題在後世聚訟不斷。原因在於就文學的角度來看，這段話無疑提出了一個最早的定義。因此，學界紛紛試圖從各個角度替這段文字解碼，以釐清在中國詩學裡佔據重要地位的這樣一個概念。然而，倘若單從文字敘述來看，這段話明顯是在對於傳統詩歌之內涵與形式進行解釋〔註 7〕，意指著所謂「詩歌」就具體型態來說，應當區分爲「詩」與「歌」等兩個部分。其中，「詩」的內容是「志」這樣的詮說，使得「詩」的界定成爲一種表「志」的符號。換言之，如果將「詩」視之爲是一種特定型態的語言系統的話，那麼「志」則是這種語言系統的核心。也就是說，就這樣的定義來看，「詩言志」這樣的概念無疑展開了一種強調「志」之主導作用與理解的詩學體系。

是以「志」的意涵及其與詩的結構關係，必須先行梳理。從字源的角度來看，許慎在《說文解字》中曾經提到：「志，意也。从心㞢，㞢亦聲。」〔註 8〕，可見「志」其實就是「意」的別說，在《尚書・

爲作用的循環。換句話說，「用詩」時的美學訴求，直接影響了言「志」時的表現思考，是以，不論是作「詩」言「志」抑或者以「詩」言「志」，都同時涵攝了創作者或用詩者對於「詩」之效用的衡量。

〔註 7〕高友工認爲：「這段話歷代的批評家最重視的是『詩言志』這一句，而忽視了其他部分的更豐富的內容。」其進一步解釋：「其實這個問題重點是在下面的三個步驟。也即是『歌』實際是對日常語言的加工，而這種加工正是用聲樂作爲材料，利用聲樂所特有的質性來加強和完成言志的可能性。而這個『聲』一方面要創造的表現『永』的內涵，另一方面更必須由形式上更高的『律』的調和。換句話說，整個音樂的表現，也即是一種象徵性地言志。」（高友工：《中國美典與文學研究論集》，台北，台灣大學出版中心，2004 年 3 月，頁 125。）信哉斯言。然而本文主旨乃在於探討文學概念之產生，而非廣義地論述整個審美經驗之形成，是以關於音樂表現「情志」的這種說法，仍將其視爲一種以外在形式表現內在形式的一種範式，不另行就其文化傳統進行討論。

〔註 8〕對此，蔡英俊曾轉引陳世驤的論文說到：「根據他的說法，在西元前八、九世紀前後定型的『詩』字，其語根即是由兼具有『之』與『止』兩種相反意思的『㞢』字演變而來，而『㞢』字是『族著地』的象形，既代表『足之止』，也代表『足之往』，因此，一往一止的反覆動作，堯典》的敘述裡，「志」除了作爲一種「詩」的表述對象外，事實上並無進一步的詮解，直到漢代的（毛詩序）才對於這樣的命題展演出所謂「在心爲志，發言爲詩」的說法。正如（毛詩序）中提到：

> 詩者，志之所之也，在心爲志，發言爲詩。情動於中而形於言，言之不足故嗟嘆之，嗟嘆之不足故永歌之，永歌之不足，不知手之舞之，足之蹈之也〔註9〕。

這段話實是漢代詮釋「詩言志」這一個概念時的經典論述。在這樣的論述裡頭，「情」的概念被納入了「志」的概念範疇裡，使得「志」的意義不只是在「詩」的文字語境之中，更向上延伸出一個假定的創作主體。換句話說，從語言與意義的角度來看。語言符號之意義原本僅與文本結構內在之語境及其涵指之選擇有關。但是在（毛詩序）的詮說底下，「詩言志」這樣的概念使得其意義的問題同時涉及了「志」的外緣影響與內在結構。也就是說，在《尚書・堯典》的「詩言志」系統裡頭，「志」本是創作主體在詩歌系統中的一個「代稱」。此「代稱」意謂著在詩歌的文字敘述裡，有一種符號意與符號意之間流動串接起來的意識。然而，在〈毛詩序〉的申說底下，這種符號意與符號意之間流動串接起來的意識便具有了一個根源，即來自於創作詩歌時的心靈主體。所以說：「情動於中而形於言」正是因爲此心靈主體之實際內容爲一種因感觸而產生的情感，這種情感衍生出思想，或者是某種具有特定價值意識的「懷抱」，是以此「思想」與「懷抱」皆展現出一種情感的動態，即爲所謂的「志」。

是以《毛詩・正義》中所謂：「在己爲情，情動爲志，情、志一也。」事實上可以視之爲「情動於中而形於言」這句話的補充解釋。

清晰反映了原始階段當舞蹈、歌唱與詩章合一時共通的基本因素：節奏的特性。這種綜合藝術的特徵雖然在歷史的進程中逐一分化，各趨獨立，然而『詩』字的定型顯然仍保留了原始藝術的痕跡」（蔡英俊：《中國古典詩論中『語言』與『意義』的論題——『意在言外』的用言方式與『含蓄』的美典》，台北，學生書局，2001 年 4 月，頁 41。）

〔註 9〕郭紹虞主編：《中國歷代文學論著精選》，台北，華正書局，1991 年 3 月，中冊，頁 44。

也就是說，現實生命之情感在某些事物觸發下而作用，此作用產生了某一種思想稱之爲「志」。因此「志」事實上是一個較大的概念，除了意指接受主體於文字系統中所完形的字符語意外，更喻指就創作過程而言，主體心靈中，未形化爲文字前的意識樣態（包含思想與情感）。

也就是說，單就創作主體之「志」這個層面而言，其指涉的範域必須區分爲外在環境對「志」的觸發，以及此觸發所相對引發出創作主體之意識活動；而就「志」投入「詩」之語意符號的角度來說，則外在環境所觸發之「志」必須呈現出一種可感的情感動態，以使得觀詩者得以透過詩之接受而逆覺作者之志。

正如〈毛詩序〉中所提到的：

> 情發於聲，聲成文謂之音。治事之音安以樂，其政和；亂世之音怨以怒，其政乖；亡國之音哀以思，其民困。故正得失，動天地，感鬼神，莫近於詩〔註10〕。

可見「詩」中所表現的「志」反應了某種外在環境。因此，正是這種外在環境的刺激，使得創作主體之心靈產生某種觸感（安以樂、怨以怒或者是哀以思），於是透過符號形式表現出來。而讀者透過這種符號表現可逆向地與作者投射於詩中之「志」產生交流，進而感知其「志」所表現之情態〔註11〕。由此可見「詩言志」之系統突出了中國文化傳統中，對於「人」之主體的高度重視。是以「詩」並非是一個客觀的虛構物，而是被當作與某一創作主體之創作意識具有一種密切的聯繫關係。也由於「志」與「詩符號」之間呈現爲一種直貫的互動關係，遂使得詩語言結構中，其意符具有一種唯一的「確定意」直接指向創

〔註10〕郭紹虞主編：《中國歷代文學論著精選中》，台北，華正書局，1991年3月，頁44。

〔註11〕類似的論述在《禮記・樂記》中亦可看到。其提到：「樂者，音之所由生也，其本在人心之感於物也。」又說：「凡音者，生人心者也，情動於中，故行於聲，聲成文，謂之音。」這些論述雖然是就音樂而言，但其實就「創作主體」與「表現客體」的關係來看，與〈詩大序〉之論述可說是具有同樣的思維。

作主體本身〔註 12〕。

然而必須進一步思考的是，在「詩言志」這樣的結構裡頭，「詩」與「志」間之關係爲何？換句話說，「詩」以怎樣的型態表現「志」之內容，才是與「詩言志」這一個概念相關的美學思考。以下本文將進一步探討。

2、以「詩」言「志」的美典意涵

如果說「詩」所表現的是一種創作主體的內在情志的話，那麼討論這種內在情志如何被「詩」表現，無疑更貼近於「詩言志」的美學核心。然而，就中國詩學系統而言，「詩」如何表現情志必須到魏晉以後，甚至於唐代「詩格」的相關論述裡頭，才有較爲完整且系統式的討論。倘若單就「詩言志」這樣的命題而言，則其美學問題必須放置於「以詩言志」這樣的行爲模式裡進行考量。換句話說，詩言志之美典意涵蘊藏在所謂的詩用系統裡頭，透過對於這種詩用系統的討論，可以明白在「詩」之施用者與接受者間存在著一種心照不宣的意旨模式，而這種意旨模式如果置放於人與人間的交往系統中，並以生命哲學進行規約的話，則形成了所謂「溫柔敦厚」的詩教觀。但是倘若單就詩的表意系統來說，「溫柔敦厚」則意指著「以詩言志」的一種特殊意指模式。這種特殊的意旨模式潛藏了一種語用觀念，與後世對於文學的用語特徵及其符號效能息息相關。因此本文以下所謂「美典」即是針對這種特殊意旨模式而言，而此中所含涉的語用觀念，則是以下將進行討論的美典意涵。

在此，「美典」一詞必須先行定義。所謂「美典」意指著一種創作主體之理想，此理想必然包含該主體對於該創作物之預設期待，而此預設期待則包含該文化系統中，接受者對於該創作物之審美觀念與態度。正如高友工在《中國美典與文學研究論集》一書中所提到的：

〔註 12〕從這樣的意義上來看，「詩言志」其實是站在一個「表現眞實」的基礎上，將創作主體、表現客體與接受主體透過「志」的流動連成一線。

> 美典並非美學。美學是研究美是甚麼？美感是什麼？甚至於藝術是什麼的一種學問。它的答案應該是通過哲學性思考的活動。因此從康德到黑格爾以至於現代哲學家都可以研究這方面的問題。美典則是某一人群、族群、甚至於某些個人對於藝術品的反應和評價。而這些評價往往或明或暗地顯示一些原則、典範〔註 13〕。

是以，倘若將所謂的創作主體與「用詩主體」進行置換，那麼該「用詩主體」於文化視野中選擇某一首詩作作爲其內在思想之符號化表述，便也同時顯露了此行爲背後對於普遍詩作之功能預設，以及特定詩作在文化語境裡的語言意指。換句話說，「用詩主體」在其用詩行爲中便已表現出了該文化系統中，對於詩之作用的潛在意識。而以這種潛在意識作爲用詩時的考量前提，即爲本文所謂的「美典」。

正如朱志清在《詩言志辨》一書中所分析的，「以詩言志」這樣的行爲，基本上可區別爲「獻詩陳志」、「賦詩言志」、「教詩明志」與「作詩言志」等四種類型。其中，除了「教詩明志」具有「傳知」的色彩之外，其餘用詩之行爲，不論或諷或頌，或譎諫或表情，皆建立在一種認爲「詩語言」具有暗示效果的前提下，進行詩作的使用。易言之，詩的「字面義」背後具有一種文化語境裡的「深層義」乃是用詩主體對於詩文類的功能預設。在這樣的功能預設下，「以詩言志」之用詩行爲遂具有兩種意涵：其一是字面義必與深層義不同。其二是字面義之展現必須婉轉暗示深層義之存在。是以如果將「字」與「義」間的結構關係比附爲一種人於人之間的交往行爲的話，那麼就語言符號的使用特徵來說，即構成一種「溫柔」而不「直刺」的用語型態；而就創作主體使用語言符號時之意識而言，這種顧慮他人（接受者）感受，而適度宛轉表達自己內在思考的作法，就道德形態來看則無疑是一種敦厚之行爲。

因此，如果單就孔子的說法進行討論，則〈陽貨〉篇中所謂：「小

〔註 13〕高友工：《中國美典與文學研究論集》，台北，台灣大學，2004 年 3 月，頁 333。

子何莫學詩，詩可以興，可以觀，可以羣，可以怨，邇之事父，遠之事君，多識於草木鳥獸之名」這樣的說法的確富有濃厚的政教色彩，但是如果進一步考量因「溫柔敦厚」的用語形式，而產生興、觀、羣、怨的接受效應，並進而提出這種用語形式能對人格上產生潛移默化，進而轉變爲一種道德形態上的「詩教」的話，那麼所謂「教詩明志」並不違反該文化語境中，用詩主體對於詩之預設功能的前理解，也就是「字面義」必與「深層義」不同，而字面形式之表現必須宛轉暗示「深層義」這樣的認知。

由此可以發現，「以詩言志」事實上是在這樣的假設中進行並且成立的：也就是就文化認知而言，「詩」語言必然具有一種雙重意指的特質。在這樣的認知底下，用詩主體之「用詩」行爲皆著意於詩符號之「深層義」上，且在這樣的系統裡頭，假設該接受主體亦能夠在其接受行爲中，破譯其「字面義」之暗示，而直達「深層義」之核心。是以如果所謂「深層義」在「詩言志」這樣的結構裡頭代表著創作主體之「志」的話，那麼其對於「詩」的形式要求，便意謂著其認爲所謂「詩」之語言形式，或者在其使用時之語境裡，必須不直陳其事或物，以達到「字面義」不等同於「深層義」這樣的結構特色。

這種結構特色如以道德形態進行比附，即爲所謂的「溫柔敦厚」，而就「語言形式」來看，事實上已隱約涉及了「含蓄」這樣的美典要求〔註 14〕。這種美典要求當然涉及了後世對於「詩」或者「文學」這一個概念的用語形式。本文以下將再進行討論。

〔註 14〕蔡英俊認爲：「中國古典詩論傳統中是有一條主線是以『意在言外』所開示的『含蓄』美典爲發展的重點，不論是漢代〈毛詩序〉所倡言的『主文而譎諫』，或是清代王士禎所標舉的『神韻』，主要都在於強調詩歌的意義並不具體內在具足於詩篇本身，而往往是超越語言文字的結構之外而別有所指的，並且往往是透過具體的事例或自然景物以間接委婉的傳達情感意念的內容，由是造成一種暗示或聯想的效果。」（蔡英俊：《中國古典詩論中『語言』與『意義』的論題——『意在言外』的用言方式與『含蓄』的美典》，台灣，學生書局出版社，2001 年 4 月，頁 161。）

二、「立象盡意」之創作思維

在「詩言志」的命題裡，「詩」作爲表述創作主體內在之「懷抱」或者說是「意識樣態」已如上述。雖然所謂「溫柔敦厚」應是針對「詩用」時之文化系統而言，而非針對詩之創作形式來說，然而，畢竟已涉及了詩意之雙重結構的問題。至於眞正使這種雙重結構在文學概念裡被提出，進而論述其具體形式的，則涉及了中國文化傳統中的另一種思維方式，即所謂立「象」以盡意之表述結構〔註 15〕。這種表述結構原是針對《周易》之寫作範型所進行的現象分析，然而，在後世論者「原道宗經」的思想下，這種寫作範型遂被逐漸化約爲創作意識上的概念原型。換句話說，「立象盡意」在後世以經典爲宗的考量下，已被轉化爲一種「盡意」必須「立象」的表現思維。這種表現思維同樣指出了將內在之意具體化爲外在符號的一種結構特徵，差別在於「象」之觀念的提出，使得「詩」這種文類型態的發展，開始產生了形式結構上的反思。進而從立「象」這樣的表現形態衍生出文學發生論、文學構成論與文學效能論等諸多相關概念。是以「立象盡意」之命題作爲一種創作思維必須進一步分析，以釐清後世以「象」爲主體這種創作概念的由來。

1、「立象」以「盡意」之形象思維

所謂「形象思維」意指的是一種思維方式。這種思維方式意謂著一個思想主體在產生內在感知、思考與想像時，將其與某一個畫面、或者某一種物象特性進行串聯〔註 16〕。這種串聯使得物象成爲主體內

〔註 15〕這種表述結構應進一步區分爲兩種思維：一是表「意」需要立「象」；再者則是該立象如何「擬象」的問題。此兩種思維共同建構起「象」在主體思維中的主要結構。

〔註 16〕針對這個問題，李澤厚認爲：「形象思維的過程，在實質上與邏輯思維相同，也是從現象到本質、從感性到理性的一種認識過程。但這過程又有與邏輯思維不同的本身獨有的一些規律和特點，這就是在整個過程中思維永遠不離開感性形象的活動和想像。相反，在這過程中，形象的想像是越具體、越生動、越個性化。因此形象思維是

在思維之表象。換句話說，在形象思維的過程裡頭，思想主體必須將其感知與判斷投射到某一種情狀之中〔註 17〕，是以就運作形象思維時之主體意識而言，是一種「物象」與「感知」互動的過程；而就客體之表現形態來說，則是以「象」之形容進行意識詮釋的一種建構〔註 18〕。

因此考察《周易》系統中之表意方式，可以發現周易整體之形式概念，基本上都是一種形象思維的構建。不論是卦象或者是爻象，這種「立象以盡意」的思維模式，貫穿了《周易》一書整體的結構形態。

個性化與本質化的同時進行。」（李澤厚：〈試論形象思維〉《美學論集》，台北，三民書局，2001 年 8 月，頁 246。）

〔註 17〕這裡所衍生出來的一個問題是：這種形象思維究竟源於創作主體之直覺或者是有意識之聯想構造。對於這個問題，歷來研究者多半模糊帶過，沒有一個確定的解釋。然而本文認爲，這種形象思維就認識過程的推演上而言，應該當相對地區分爲兩種類型：一種是先形象後思維之推演方式。也就是說主體先接觸到某一種物象之後，進而對於此物象之形態或情狀進行判斷與分析，因而將其與某一種生命狀態連接起來；另一種則是先思維後形象之推演方式。這種方式是思想主體在產生一種感知與思考之後，推敲此感知與思考類似於怎樣的形象與情狀，因此進行比附的思維形態。前一種狀態屬於先天的形象思維，亦即主體本身即是以這種方式進行思考與判斷的，是以較接近於「直覺」的狀態。而後一種則是屬於後天的形象思維，亦即在某一種先在條件（譬如藝術規律或者欲以比喻進行說明）的狀況下，進行形象的構建與呈現，則較接近於一種有意識的聯想狀態。然而本文認爲，這兩種狀態不應該截然二分，更有可能的一種情況是：主體將其審美時之感知積澱於意識裡頭，等到產生某一種思想或感受時，其意識中之某一種積澱便產生了呼應，如此說來，這種形象思維便同時具有了直覺式之審美感受與有意識的思維建構等兩種推演方式。但是針對「立象盡意」而言，由於「意」應先於「象」而存在，因此其推展過程很可能是在產生某一種思想之後，再尋象以表現其主體意識，正如孔穎達在《周易正義》中所說的：「夫易者象也。象之所生，生於義也。有斯義，然後明之以其物」。但是考慮到「立象盡意」其實是後人之詮釋語，是以就「周易」之創作主體而言，由於缺乏該主體之相關資料，因此究竟其形象思維是以怎樣的推演方式進行仍有待進一步探索。而本文在此，則以「立象盡意」之說作爲討論基點。

〔註 18〕因此，所謂「立象盡意之形象思維」之討論，乃是針對「周易」中之表現形態，逆向推演其創作主體構思時之思維方式的一種說法。

正如《周易‧繫辭上》中所說的：

「書不盡言，言不盡意，然則聖人之意，其不可見乎？」

子曰：「聖人立象以盡意，設卦以盡情僞，繫辭焉以盡其言，

變而通之以盡利，鼓之舞之以盡神。〔註19〕」

可見在《周易》的詮釋系統裡，「象」其實本是肇因於語言的侷限，進而提出來的一種變通法則。其中最爲關鍵的部分在於「象」的提出。「象」一詞在此所指涉的是一種外在的具體化物象，這種具體化物象透過某一物或事之情態的描寫，喻指著創作主體之價值意識或者思想。正如孔穎達《周易正義》中所說的：「凡《易》者象也，以物象而明人事，若《詩》之比喻也。〔註20〕」這裡，所謂「以物象而明人事」應進一步界定，因爲「象」所喻指之「人事」並非客觀人事，而是構象主體對於該人事情況之「看法」〔註21〕。這種看法透過具體化物象，使得內在無法言詮或不可詳盡之思想具有一種形象之表現。換句話說，《周易》一書的創作思維乃是建立在一種以形象表現主體對於某種事態之認識，而此認識本身即蘊含著一種感知或者價值判斷。

以「乾」卦爲例。「乾卦」指天，其卦象乃是以六個陽爻所構建而成，因此其性質至剛至陽，是相對於「坤卦」之陰柔而言的。是以孔穎達在《周易正義》中說到：

此乾卦本以象天，天乃積諸陽氣而成天，故此卦六爻皆陽

〔註19〕陳鼓應、趙建偉注譯：《周易今注今譯》，北京，商務印書館，2010年11月，頁639。

〔註20〕（唐）孔穎達：《周易正義》，北京，中國致公出版社，2009年1月，頁33。由此亦可見象與詩在表意形構上卻有相通之處。

〔註21〕以《周易》爲例。《周易》之卦象皆是以陰陽二爻所組成。其中（—）爲陽爻；（--）爲陰爻，本身即爲一種關係上的擬型態思考。正如《易傳‧繫辭上》裡提到：「一陰一陽之謂道。繼之者善也，成之者性也。」可見陰與陽在關係上的對立作用，正是《周易》卦象之排列的思維起點，從「陰陽」、「男女」、「強弱」乃至於「吉凶」等相互關係搭配起來，透過爻與爻之間的次地與關係不同，而演展出不同的卦象及其意涵。重點在於這些關係與關係上所傳達的差異，往往是創作主體透過文化、或者是人世間某種物象或生活形象以進行闡釋的思維安排。

> 畫成卦也。此既象天，何不謂之天，而謂之「乾」者？天者定體之名，「乾」者體用之稱。故《說卦》云：「乾，健也」。言天之體，以健爲用。聖人作《易》本以教人，欲使人法天之用，不法天之體，故名「乾」，不名天也。天以健爲用者，運行不息，應化無窮，此天之自然之理，故聖人當法此自然之象而施人事，亦當應物成務，云爲不已，「終日乾乾」，無時懈倦，所以因天象以教人事。於物象言之，則純陽也，天也〔註22〕。

由此可見《周易》之「形象思維」乃具有幾種層次。首先就卦象而言，透過陽爻與陰爻的組合，每一種卦象皆有其不同之象徵物。例如「乾卦」便是以六個陽爻象徵「天」，因此，就第二種層次來說，「天」作爲一種自然象徵，其所具有的涵指範域甚廣，是以創作主體遂將其主體意識投射於「天」的涵指域中，在這樣的涵指域裡，「天」不是純粹的自然物象，而是一種主觀個別性與客觀普遍性之融合，因此，創作主體在此所採取之「天」的喻意，乃是將「天」運行不息這樣的客觀形態，以其主觀理解進行比附，而該卦名爲「乾」，即意謂著該卦象之作用乃是針對「運行不息，應化無窮」這樣的特點，是以，由此便又推導出該形象思維的另一個層次，即以外在物象之形態指導人事，故說「聖人作《易》本以教人，欲使人法天之用，不法天之體」，因此天之「運行不息，應化無窮」的特點，遂產生了一種思想上之意義，即謂之爲：「天行健，君子自強不息」。

除此之外，其「形象思維」亦表現於外在之卦象形態與爻象之互動結構上。以「乾卦」爲例，乾卦中之六個陽爻隨著位置高低，每一爻的蘊意皆有所不同。以該卦中之「初九」爻來說，「初九」雖是陽爻卻居於卦象下位，就卦象的外在形態來看，如果陽爻意謂著剛盛、強大的話，那麼「初九」的形態便彷彿一個強盛的力量被更多強盛的力量壓制在底層一樣無法動彈，所以其〈象辭〉中說到：「潛龍勿用，陽在下也。」即是以「龍」這個中國文化的特殊符號作爲強盛力量的

〔註22〕孔穎達：《周易正義》，北京，中國致公出版社，2011年6月，頁9。

形象化表徵，又因爲該力量被壓抑在底層，故說「潛龍勿用」，意指君子抑鬱而無法得志之意。

同理可證，「上九」爻由於居於卦象頂端，是以從卦象之外在形態看來似乎強盛至極，然而〈象辭〉中卻說：「亢龍有悔，盈不可久也。」，可見其仍是以「龍」象徵一種強大的力量，而此強大力量由於位在卦象頂端，猶如事物發展到了極致，在文化主體之概念中，這種極致反而意謂著「盈不可久」，是以對於這樣一個卦象的解釋便成爲了「亢龍有悔」〔註23〕。

由此可以發現，在《周易》裡頭，不僅卦象之象徵物與其寓意有關，其爻象與卦象之外在形態與內在義理，亦同時呈現出一種以象態決定蘊含的辯證關係。換句話說，無論是透過卦象這種外在形式的排列，或者是針對這種排列就關係意涵進行闡釋，《周易》之系統都呈現出一種以外在構形表現主體意識的結構關係。而這種結構關係就創作主體之意識而言，必然經過一道將主體意識之形態進行轉化而與外在形象互構爲意義之過程。正如胡雪風在《意象範疇的流變》一書中說到：

> 從思維方式上看，卦象思維是以形象思維爲基礎的，是融感性與理性爲一體的直覺思維。《周易》第一次明確地提出「意」與「象」的關係問題，「立象以盡意」是意念和物象的渾然整合，表明了客觀物象在人的頭腦中的反映和體悟的思維判斷……〔註24〕

這裡，說卦象思維是「融感性與理性爲一體的直覺思維」似乎仍有待商榷。因爲直覺思維意指的是一種審美時的直觀感悟，但是《周易》之卦象明顯是創作主體經過意識安排的結果〔註25〕。是以就卦象及其

〔註23〕是以不論卦象之比擬或者解釋，皆不離文化傳統之影響。換句話說，《周易》中之形象思維，可說是一種融合了社會性質與主體聯想的一種思維形態。至於這種思維形態在主體意識中之形成，仍有待進一步申論。

〔註24〕胡雪岡：《意象範疇的流變》，南昌，百花洲文藝出版社，2009年10月，頁26。

〔註25〕正如李澤厚在〈試論形象思維〉一文中認爲「邏輯思維是形象思維

蘊義來看，感性與理性融為一體之呈現方式應當是經過思維的巧妙安排〔註 26〕。至於這種主體經過巧妙安排以呈現其主體意識之思維代表著怎樣的觀念意識，則有待本文以下進一步論析。

2、以「象」盡「意」之表現思維

就王弼在《周易略例》一書中的說法看來，在《周易》的詮釋系統裡，創作主體之「意」應該是先於「象」而存在的。也就是說《周易》之創作者必然有一想要呈現之意識〔註 27〕，再「觀物」以取得可託付其呈現義之象徵，正如《周易略例・明象》篇中所說的：

> 夫象者，出意者也。言者，明象者也。盡意莫若象，盡象莫若言。言生於象，故可尋言以觀象；象生於意，故可尋象以觀意〔註 28〕。

的基礎」，他進一步說到：「藝術家的形象思維所以不但不同於動物性的純生理自然的感性，而且還不同於人們的一般的表象活動和形象幻想，就因為它作為一種具有美感特性的東西，是必須建築在十分堅固結實的長期邏輯思考、判斷、推理的基礎之上，它的規律是被它的基礎（邏輯思維）的規律所決定、制約和支配著的。美感是對現實的一種客觀反映，又是對現實的一種主觀判斷。」（李澤厚：《美學論集》，台北，三民書局，2001 年 8 月，頁 257～258。）

〔註 26〕這種思維的巧妙安排事實上涉及了創作主體三個層面的經驗活動：首先是就審美經驗而言，創作主體必須將其對於外在現象之經驗感知內化為一種意象原形，此一將經驗感知積澱於意識之中的過程本文稱之為前創作階段；再者是就創作經驗來說，則創作主體必須將其內在意識透過某一積澱於心裡之形象進行比附，而這種比附之經過由於仍是在創作意識之中完成，是以本文稱其為創作意識階段，最後，這種比附必須考量以某一種符號進行展現，是以該展現主要涉及符號於文化系統中之符號性與主體選擇，這種考量文本之符號性與主體選擇之過程，本文在此則稱其為創作表現階段。是以倘若以「象」為前提為此三階段進行定義，則分別為感象階段、呈象階段與構象階段等三個部分，然而此處以「立象盡意」作為主題，是以相關討論仍以《周易・易傳》中，針對「立象以盡意」這樣一個概念之涵涉為主。

〔註 27〕這裡的說法是根據王弼對於「立象盡意」一辭之解釋而來。就實際之創作狀況而言，吾人當然亦可假定創作主體是因為外象之觸動而產生思想，進而復以外象闡述這樣的思想。然而單就「立象盡意」這樣的概念而言，事實上仍是「意」先而「象」後式的。

〔註 28〕樓宇烈：《老子周易王弼注校釋》，台北，華正書局，1981 年，頁 591。

這裡，「意」與「象」的推演被定義於「意」先而「象」後，代表著在《周易》的建構流程裡，「象」是「意」所派生；而「言」則是用來構築「象」的。是以在意、象、言這樣的順序中，具有可層層逆推以歸返本質之結構。換句話說，在「立象盡意」的概念裡，「意」先而「象」後是一種概念前提〔註29〕，在這樣的前提下，吾人必須假定創作主體在進行創作行為時，必須經過一種創作思維是「尋象」以表現其「意」之過程，此過程以圖式示之如下：

創作主體之「意」→尋象→創作主體之審美感象→「意」對象進行闡釋→呈象構思→意象以「語言」表現→敘述主體之「意」

由這樣的過程可以發現，以「象」盡「意」之推移，是在作者之意已然確認無疑的前提下，其內在思維經歷尋象時之審美過程，並將其對於該審美過程時之感象積澱〔註30〕，復以主體之意進行闡釋與選擇，

〔註29〕蔡英俊在討論《周易・繫辭傳》的「立象」說時，亦持有相同的意見認為：「具體而言，王弼認為《周易》一書的基本結構是依著『義』在先而後有『象』這個前提而發展的，因此用以乘載意義的『象』本身是可以更動且不固定的……」（蔡英俊：《中國古典詩論中『語言』與『意義』的論題——『意在言外』的用言方式與『含蓄』的美典》，台灣，學生書局出版社，2001年4月，頁200。）

〔註30〕「積澱」一詞乃是李澤厚之創說，其認為所謂共同人性並非與生俱來，「而是人類歷史的積澱成果」、「是人類集體的某種深層結構，保存在、積澱在有血肉之軀的人類個體之中。」（李澤厚：《美學四講》，台北，三民書局，1996年9月，頁85），因此其進一步解釋何謂「積澱」時提到：「所謂『積澱』，正是指人類經過漫長的歷史進程，才產生了人性——即人類獨有的文化心理結構，亦即從哲學講的『心理本體』，即人類（歷史總體）的積澱為個體的，理性的積澱為感性的，社會的積澱為自然的，原來是動物性的感官人化了，自然的心理結構和素質化成為人類性的東西。」（同上註，頁86）而這樣的說法，符合《周易》之創作主體在「立象盡意」時之表述方式。以「龍」這樣一個概念為例。「龍」是中國文化中的一個特殊物象，此物象之涵指必須考量中國文化歷來對於「龍」這一個物象之闡釋。因此當「龍」這一種特殊比喻出現在《周易》之中，那麼，就其創作主體而言，該比喻即是一種以「文化」與「個體思想」互相交合的一種審美意象。因此本文以「積澱」解釋創作主體「立象盡意」時之感

最後再透過語言或符號呈現出來的一種結果。換句話說，在反映途徑裡，語言符號並非直截地將其原始意識呈現出來，而是輾轉地透過外物，以具體化其內在思想或情感狀態。因此，就這樣的過程來說，如果外在物象直截呈現內在經驗必須稱之爲「再現」的話，那麼，當外在物象之敘述，是以一種動態結構來與內在經驗相擬仿時，其內在思想因爲這種擬仿而成爲另一種可視可感的物象形態，這種方式，本文即稱之爲「表現」〔註 31〕。

以「坤卦」爲例。「坤卦」之創作主體因爲有感於一種陰柔卻具有創生能力的道德現象，遂尋思起如何以一種具體化物象表現此現象之特性與形態。而這種尋思事實上已涉及了某一種物象在其意識深處的審美積澱〔註 32〕，是以當其思想與這樣的審美積澱交會，該物象遂被用以替代原先之思想而成爲一種表徵。換句話說，在「立象盡意」的結構裡〔註 33〕，創作主體對於一種陰柔卻具有創生能力之現象產生思考，因此該現象之特性便成爲「尋象」時的一種比附前提，所以當其意識底處有一種「觀象」時之審美積澱與其呼應，創作主體便將原先之思想與意念投射進該物象的表述之中，是以當「坤卦」之創作主體欲表現一種陰柔卻具有創生能力的道德現象時，「陰柔卻具有創生能力」這樣的特性便與某一種觀「象」時之審美特徵呼應，於是產生

受過程，即意在於強調該審美經驗不僅僅只是生理性的，更有社會性之因素加以影響。

〔註 31〕然而，中國之思想基礎與西方哲學所不同之處在於：如果說西方哲學傾向於主客二分之辯證模式的話，那麼中國思想裡，人與自然則始終呈現出一種同構狀態，是以在這種同構思想的引導之下，意以物象呈現出來之表現思維遂與西方以客體呈現主體之表現思維具有觀念意識上的不同。但是就外在結構來看，立「象」以「表意」之思維模式，則仍屬於是一種以物象之動以呈現思想或情感動態的「表現」思維範疇。

〔註 32〕此「積澱」乃是由創作主體觀物時之審美感象而來。

〔註 33〕此前提乃是當「立象盡意」這句話成立的話，那麼，在解釋《周易》的時候，我們必須假設創作主體具有一種思想想要呈現，因此「尋象」以具體化原先之思想型態。

「地」這樣的概念以與「天」之陽剛相對，而表現出一種母性力量的創生形態。所以「坤卦」以六個陰爻所疊構而成，代表著一種至陰至柔卻可以創生之德行。正如其「彖辭」中說到：

至哉坤元，萬物資生，乃順承天。坤厚載物，德合無疆。
含弘光大，品物咸亨。牝馬地類，形地無疆，柔順利貞。
君子攸行，先迷失道，後順得常。西南得朋，乃與類行。
東北喪朋，乃終有慶。安貞之吉，應地無疆〔註34〕。

由此可見，「彖辭」中認爲：「至哉坤元」乃是萬物得以資生且載育萬物之根源，換句話說，在《周易》之中，這種至陰至柔卻可以創生之德行乃是以「坤卦」來作爲象徵的，透過對於此象徵之聯結，從「大地」、「牝馬」到「君子」層層推演下來，其所欲指稱的仍是「應地無疆」這樣一個概念。倘若我們再進一步假設《周易》之創作主體之所以創作《周易》的目的乃是爲了教育君子培養「賢人之德」或者是成就「賢人之業」的話〔註35〕，那麼「應地無疆」這樣一個概念則進一步與「君子」產生關係，而以「大地」所象徵之德，達到教育「君子」之目的。

是以其「象辭」中說到：「地勢坤。君子以厚德載物。」可以發現，「地」之「厚德」形態，正是創作主體欲以之教育君子之目的。關鍵在於對於這種「厚德」形態之闡釋，乃是創作主體對於「大地」這種物象之審美經驗的結果，正如《周易・繫辭上》中也提到：「聖人有以見天下之賾，而擬諸其形容，象其物宜，是故謂之象。」可見這種以「象」表「意」之結構包含了創作主體對於該物象之審美感受的闡釋。而這種闡釋是以「意」作爲主導，而「象」則被「意」所擬造，進而成爲表現「意」的一種客觀形態。

〔註34〕陳鼓應、趙建偉注譯：《周易今注今譯》，北京，商務書局，2010年11月，頁38。

〔註35〕正如《周易・繫辭上》中所提到的：「乾以易知，坤以簡能。易則易之，簡則易從。易知則有親，易從則有功。有親則可久，有功則可大。可久則賢人之德，可大則賢人之業。易簡而天下之理得矣。」（陳鼓應、趙建偉注譯：《周易今注今譯》，北京，商務書局，2010年11月，頁582。）

所以從「坤卦」之「意」與「象」間的關係便可以發現，創作主體對於「陰柔卻具有創生能力」這種現象之感受，是以六個陰爻來組構而成。而此六個陰爻象徵著「大地」，是以在主體闡釋中，「大地」必然亦有一種「陰柔卻具有創生能力」之特徵可與其「意」相聯結。因此「坤卦」最後呈現出來的現象便是：透過六個陰爻所形成的「大地」之「象」來「表現」創作主體對於「陰柔卻具有創生能力」這種現象感受的主體之「意」。

換句話說，「立象盡意」作為一種創作思維，基本上是以「表現」作為言意間之傳遞狀態。這種傳遞狀態開啓了中國詩學在聯想模式、文本形態與效應上之探索與反思，但是，就主體創作時之經驗活動而言，「立象盡意」畢竟屬於一個相對籠統之說法，此說法還須進一步梳理，以釐析創作主體在以「象」為主導的創作概念下，其創作過程從「審美主體」到「創作主體」間的意識轉換。是以相關論證，還有待於本文以下，針對「主體」意識之範域進行討論。

第二節 「神用象通」之呈象原則與構象準備

在「立象盡意」的詩學系統中，「象」這樣一個概念的指出，應進一步區分為「心象」與「文象」等兩個部分。所謂「心象」意指的是「外在物象」於意識中之反應與創作構思，而「文象」則是將此構思透過一種「意象」之擬造，以文字符號之意象投射出創作者之心象〔註36〕。就縱向創作過程來看，這種內在意識經過物化符號而以意義

〔註36〕王夢鷗在《中國文學理論與實踐》一書中，曾經對於所謂文學之語言藝術加以區分，其文中提到：「把語言的藝術活動分作兩度事實：一度是內在的構想，一度是外在的構詞。我們認為文學作品，首先在構想上即已與眾不同，到了示現於外在的構詞，自然要不同於凡響了。」（王夢鷗〈寫在前面〉《中國文學理論與實踐》，台北，里仁書局，2009年9月，頁xxv。）信哉斯言，然而，本文認為所謂「內在構想」應可更進一步推展至「前創作階段」時之審美經驗。換句話說，所謂「內在構想」必然來自於構想前之審美經驗，是以本文

之形式映現於接受者意識中之流動過程，分別涉及了「創作主體」〔註37〕、「文本主體」與「接受主體」等三個層面。以西方文學理論來說，則起碼跨越了「審美心理」、「形式主義」與「接受美學」之相關論述。然而，就中國詩學而言，並沒有如此齊整之概念分析，是以單就「象」一詞來說，其論述乃是一種綜括式之討論，是一種將「創作主體」、「文本主體」與「接受主體」皆涵攝其間之說法。因此爲了使相關概念之辯證更爲清晰，本文意圖透過對於「神用象通」這個概念之研究，探討創作主體內在之意識活動，以清楚解碼創作主體「心象」之產生過程，辨析由審美主體向創作主體意識轉換之機制。

一、「神用象通」之提出及其意涵

所謂「神用象通」本是《文心雕龍》〈神思〉篇中之說法，其提到：「神用象通，情變所孕。物以貌求，心以理應。」此說法之提出，使得「象」之討論，從外在客觀對應物象之層面，轉換爲主體心理意識機轉之層面。這種對於主體意識之「心象」的探討，在中國詩學系統中，應當以「詩言志」之提出作爲代表。可以發現，不論是將所謂的「志」，視爲是一種政治思想或者是內在感受，其實皆離不開所謂「心象」之範域。正如〈詩大序〉中提到：「詩者，志之所之也，在心爲志，發言爲詩。」朱自清在《詩言志辨》中認爲「志」到了「『詩言志』和『詩以言志』這兩句話，『志』已經指『懷抱』了。〔註38〕」

在此所謂「創作主體」即概括了「前創作階段」之審美經驗與「創作階段」之內在構想等兩個部分。

〔註37〕對於創作主體之討論亦可視之爲中國詩學系統的一大特色，此一明顯之特點在於：許多詩論作者並非僅僅滿足於自文學結構中歸納出形式特徵而已，更喜歡進行文學創作方式之講述。這種現象在西方文論中比較少見，然而在中國詩學系統裡頭，則時時可見文論作家現身說法，講述文學創作應當如何如何。是以這種大量以創作主體之視角討論創作主體之觀點的詩學論述，可說是中國詩學中的一項豐富資產。

〔註38〕朱自清《詩言志辨》，台北，頂淵事業文化有限公司，2001年12月，頁8。

這裡所謂「懷抱」指的其實就是一種「心所念慮」，也就是本文所謂「心象」的一種。只是「詩言志」中之心象比較接近於創作主體之「意向」或「想法」，且在儒家系統中，「詩言志」泰半是以政教目的作爲詮釋前提，因此與文藝創作上之「美學」相去甚遠，但是如果僅針對「詩」（外在意符）言「志」（心之念慮）這樣的結構來看，其實就已經涉及了文學創作時，創作主體與文本客體間之流動關係，只是單就創作主體而言，這種流動關係仍失之簡約，「志」之說法在此僅涉及了一種意識經驗，尚未能辨析這種意識經驗應當還可進一步區分出「審美經驗」與「創作構思」等雙重問題。

是以倘若單就「審美經驗」而言，較早涉及「象」在此前創作階段之關係的，應當是《周易・繫辭下》第二章裡所提到的一段話：

> 古者包義氏之王天下也，仰則觀象於天，俯則觀法於地，觀鳥獸之文，與地之宜，近取諸身，遠取諸物，於是始作八卦，以通神明之德，以類萬物之情〔註39〕。

這段話突出了「觀物」與「取象」等兩個議題，無疑涉及了創作者在實際創作構思行爲前，其主體意識獲得審美感受時之主體經驗。這種主體經驗或稱爲「審美經驗」，一開始是以審美者之感官作爲接受體，將其對於客體之直觀感受〔註40〕映現於意識之中。而這種直觀感受並非僅僅只是外在刺激於意識裡的顯現，相對於這種簡單的生理反應，所謂「直觀感受」事實上是一種涵蓋了意識上之審美積澱的心理結

〔註39〕陳鼓應、趙建偉注譯：《周易今注今譯》，北京，商務書局，2010年11月，頁650。

〔註40〕在克羅齊的論述中，直覺乃是表現的一種，是一種有別於邏輯理知等後起經驗的對象化活動，是以其在《美學原理》中提到：「每一個眞直覺或表象同時也是表現。沒有在表現中對象化了的東西就不是直覺或表象，就還只是感受和自然的事實。」（朱光潛譯，克羅齊《美學原理》，上海，上海世紀出版集團，2007年4月，頁15。）然而本文與此所說之「直觀感受」乃是意指一種觀物之時，未經理知判斷所產生之物之形象的第一經驗，此經驗之所以產生形象，乃是與無意識中，個體在社會化過程裡之文化積澱有關，是文化積澱與視覺形象交會的產物。

構，以及生理反應所產生的共構產物〔註 41〕。從上述引文來看，「象」在此是作爲一種「外在物象」投射爲「內在心象」之感知經驗來解釋的。而這種「外在物象」正是透過「觀」這種視覺作用與文化積澱交混而成爲一種「心之感象」，而創作主體進一步「取」此「心之感象」以符號化（卦象）之方式概括此「心象」內容。易言之，「卦象」之形成是以審美主體「觀象於天」、「觀法於地」與「觀鳥獸之文」等「觀」之行爲，進而構成一種揉合知覺與文化心理的感知經驗，這種感知經驗雖然是以「以通神明之德，以類萬物之情」之價值意識做爲歸附，並非純然之美學經驗〔註 42〕，然而就模式上而言，這種自所「觀」之客觀物象提取其意義與造型之接受經驗，已類同於審美經驗之生發模式，再考量先民當時並無「審美」概念的前提下，以固有之詩性思考〔註 43〕當作客體之客觀化認識，就「詩性思考」這一個部分來說，無

〔註 41〕正如高友工在談論文學研究的美學問題時所提到的：「在整個美感經驗過程中直接和外在世界的媒介接觸，而能在初期階段只經過神經系統而不經過意識層的的確是『感覺』（sensation）。但是這是一種廣義的『感覺』，泛指一切由『刺激』而通過神經系統在感官形成的感受。如同我們每一瞬間千千萬萬未爲我們注意到的感受已經過我們感官隨得隨失。這種廣義的『感覺』實在在美感經驗上並沒有太大的意義。因此也說不上『感象』。『感象』或者更狹義的『形象』（image）是指此一『刺激』及『感受』透過其他的生理和心理因素，所形成的印象。」（高友工《中國美典與文學研究》，台北，台灣大學出版社，2004 年 3 月，頁 53。）

〔註 42〕「類萬物之情」或可視之爲是一種具有「移情」作用之聯想，但是整體而言，其從客觀物象進行歸類與闡釋之行爲，仍屬於「客觀認識」而非「審美」之範疇。

〔註 43〕維科（Giambattista Vico）認爲：「原始人沒有抽象的推理能力，只有感覺力和想像力。」（朱立元主編《西方美學名著提要》，南昌，江西人民出版社，2000 年 10 月，頁 69。）其中，這種運用想像力以詮釋客觀世界之思維模式，維科將其稱之爲一種「詩性智慧」。其進一步歸納出這種詩性智慧（想像力）的兩條規則：第一條爲「以己度物」，認爲「人們在認識不到產生事物的原因時，在不能拿同類事物進行類比去說明原因時，人們就把自己的本性移加到那些事物上去」（同前註，頁 70。）這種「移情」式的類推想像，可以說明何以「易象」之創造，在先民意識裡能夠「以通神明之德，以類萬物之情」。而詩性智慧的第

疑已經算是一種審美行爲了〔註44〕。

然而，正如「觀物」、「取象」必須相對地區分爲兩個議題一樣。「觀物」意謂著利用審美主體對於外在自然事物那種「觀」的「視感」以進行對於事物之模式、型態之攝取與觀察，而「取象」則進一步涉及了「感物」之命題〔註45〕，透過「觀物」時之感性心感與文化理知進行判斷，加以融合、裁剪出符合於內在敘述意識之主觀形象，換句話說，「觀物」之行爲其實是將外在刺激這種感覺於內在經驗裡頭進行轉化，透過對於外在事物之物象的「記憶」，以想像思維進行主觀思想與情感上之聯繫，因此就「取象」這一個部分來說，本文認爲應可相對地區分爲兩個階段，在上述談論過的「觀物」階段之後，尚可區分爲「由物象至感象」再「由感象至呈象」等兩個過程。其中「由物象至感象」意謂著從客觀物象之「美感」經過「經驗轉化」成爲主

二條規則爲「想像性的類概念」，其定義是認爲：「原始人類還沒有發展出抽象思維，人類對出現在他的視野中的新東西都是根據自己已經熟悉的近在身邊的事物去進行判斷。」（同前註，頁 71。）是以「近取諸身，遠取諸物」之說，更可於此得到明證。

〔註44〕類似的說法，在李澤厚、劉綱紀合著的《中國美學史——先秦兩漢編》中，則從《周易》出發，以《周易》爲《易傳》所詮釋之角度認爲：「《周易》所說的『象』雖非藝術形象，卻同藝術形象相通。其所以如此，當然不是出於甚麼巧合，而是因爲《周易》中大約始於殷周的各個掛象，經過《傳》的闡釋發揮，已不只是爲了定吉凶而以，而且成爲整個宇宙萬物、人類社會的象徵，儼然構成爲一種解釋視界的模式了。而《傳》的作者們既然企圖用殷周遺存下來的卦象來解釋自然和人類社會，特別是解釋奴隸主階級理想中的文明社會，他們就不可能把『文』或美的問題撇開不管。這就使得《周易》所說的『象』，既包含著對現實事物的模仿（以符號指謂象徵現實的形象），同時又有美的因素，涉及了自然和社會中的美的事物。」（李澤厚、劉綱紀合著《中國美學史——先秦兩漢編》，合肥，安徽文藝出版社，1999 年 5 月，頁 291。）

〔註45〕黃景進在《意境論的形成——唐代意境論研究》一書亦認爲：「意象論的形成是以感物論爲基礎，並結合幾個傳統：《易》學立象以盡意的設卦原理，《詩》學以物象明人事的比興傳統，及辭賦體物寫志的修辭觀。」（黃景進《意境論的形成——唐代意境論研究》，台北，台灣學生書局，2004 年 9 月，頁 121。）

觀意象之感象。而「由感象至呈象」則意指著此「感象」如何驅動著創作符號之組織思維，使其成爲創作主體之主導意識。

是以單就「由物象至感象」來說，本文稱其爲審美主體之「感物意識」的階段。此階段主要涉及了審美主體與外在物象間之感應與交流。這種感應與交流是一種創作行爲前的準備狀態，其主要包含了觀物審美與構思準備等兩個部分。在「立象盡意」所衍生的詩學系統裡頭，對於這部分的說法，以劉勰在《文心雕龍》〈神思〉篇中所提到的「神用象通」這樣一個概念最爲典型〔註46〕。「神用象通」本是《文心雕龍》〈神思〉篇中之說法。在〈神思〉篇裡提到：「神用象通，情變所孕。物以貌求，心以理應。」可見「神用象通」乃意指一種主體之「神」與外物之「象」間的交互作用。這種交互作用啓始於創作主體之創作思維，換句話說，這裡的「神」所意指的應是一種創作主體之主體意識的活動狀態，當這種活動狀態作用於構思中之主體意識，就會產生一種審美效應的轉化與聯結。而這種轉化與聯結使得主體之思維意識得以投射於物象之審美經驗裡頭，因此說是通達於「象」，事實上意謂著某一種思維情狀之物象化或者事境化〔註47〕。簡言之，

〔註46〕《文心雕龍》本是一本論述創作主體如何進行「文學」寫作之專門論著，正如〈序志〉篇中提到：「夫『文心』者，言爲文之用心也。昔涓子《琴心》，王孫《巧心》，心哉美矣，故用之焉。古來文章，以雕縟成體，豈取騶奭之群言雕龍也。」可見就《文心雕龍》之書名而言，其所涉及之美學問題，主要可以區分爲「文心」與「雕龍」等兩個部分。所謂「文心」所探討的是一個虛構之創作主體於寫作時的經驗意識；而「雕龍」則主要涉及此經驗意識於符號化過程中之構象原則。是以單就「文心」這個範域來說，〈神思〉篇中所提出的一系列論題，可謂具有一種提綱挈領之作用。其中，又以「神用象通」之說，作爲討論創作主體之經驗意識的歸納性總結。

〔註47〕歷來對於「象」一詞的解釋多半認爲「象」是一種客觀投射之「物象」。然而，沒有證據顯示「象」只能單指「物象」這種敘述時之「物態」，相反的，許多的論述亦指出了「象」除了物態之外，有時亦可作爲一種「事態」來理解，正如摯虞在《文章流別論》中提到：「情之發，因辭以形之；禮義之旨，須事以明之。故有賦焉，所以假象盡辭，敷陳其志」可見「象」一詞應當含括「事象」在內。而這也

「神」在這裡意指著一種創作主體在創作行為中的意識活動，而當「神」之作用通達於「象」，則是說明了此意識活動在情理思維與審美思維間的一種聯結，是以說其是「情變所孕」，正是指出了這種聯結源自於創作主體之主體情思，是一種意識經驗的活動過程；而「物以貌求，心以理應。」則更進一步地指出了這種活動過程是外在物象以其形象打動審美主體（審美經驗），而審美主體在轉化為創作主體之時，遂以其情理反應對於該物象進行解釋（情志經驗）之經驗過程。

因此，如果將這裡的「神」之作用當作創作主體之主體意識活動來理解的話，那麼通達於「象」之結果，則意謂著該主體意識與外在物象間之本質產生了聯結。這種聯結並非是一種創作主體意識中所憑空產生之幻覺，而是來自於創作主體曾經有過之主體經驗。正如〈明詩〉篇裡所提到的：「人稟七情，應物斯感，感物吟志，莫非自然。」可以發現，在劉勰的說法裡頭，創作主體之創作動機是由「應物」而產生的。這裡「應物」所指稱的應是創作主體在作為審美主體的前驅階段所接收到的外在刺激，透過此刺激而相應地產生了相應的內在感受，此內在感受又由於包含了審美主體直覺之內在情志，因此客觀物象便融具了人的情感與思想特徵，而成為一種「感象」〔註48〕。

這種審美主體之「感象」，在創作主體的思維過程之中，具有一種「啓引」創作時之思維主體的作用。這裡，思維主體作為審美主體與創作主體間之中介，代表著一方面接收審美主體階段由睹物經驗而來的審美感象，一方面則將此審美感象與自身之情志經驗結合，因而主導了創作主體選辭謀篇時之構象思維，進而產生了相關之構象經驗，而如此一整個內在之意識過程，則可以以圖表表現如下：

相對地符合於《易傳》之中，「立象盡意」的創作特徵。

〔註48〕換句話說，創作主體在進行創作行為前，必定先以創作主體之姿態存在，因為唯有如此，方能合理解釋當創作主體產生創作之衝動與想法，其主體意識從何聯結一個可客觀表現之外在物象。

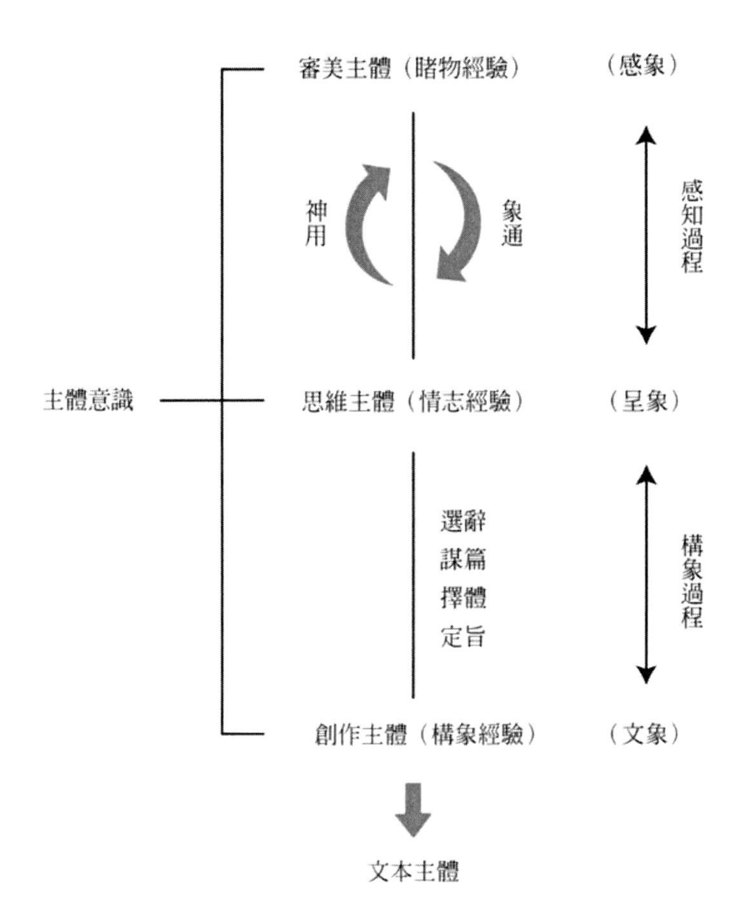

由上圖可以發現，所謂主體意識應當將其進一步區分爲「審美主體」、「思維主體」與「創作主體」等三個部分。其中「審美主體」透過主體與外物接觸而產生美感。這種美感是一種外在物象以其「情態」與「形貌」向主體意識投射的直觀感知，正如《文心雕龍》〈詮賦〉篇中所提到的：

> 原夫登高之旨，蓋睹物興情。情以物興，故義必明雅；物以情觀，故詞必巧麗〔註49〕。

這裡「睹物興情」一語必須與「情以物興」及「物以情觀」等聯對概

〔註49〕周振甫注：《文心雕龍注釋》，台北，里仁書局，2007 年 10 月，頁 138。

念相互地進行解釋。其主要涉及了創作過程中，主體之「情」與客體之「物」間的互動關係。正是這種互動關係使得外在物象從一種單純的官能經驗轉換爲一種情感經驗。而這種情感經驗是以一種廣義的「視感經驗」〔註 50〕所觸發的，因此就「視感經驗」而言，其主要涉及了事或物之情態在審美瞬間被主體詮釋之「象態」。而當「思維主體」之情志經驗具有一種具體化需求，進而產生意識活動時，該情志經驗便會與審美經驗中，某一種外在物象之「情貌」或「形態」產生交感，透過這種交感使得主體之情志經驗獲得外在物象的具體化象態，而該具體化象態亦經過主體之情感或理知的擇選與詮釋而得到了某一種觀念意識的賦予〔註 51〕。換句話說，如果將所謂的「創作思維」嚴格地界定爲創作主體將其內在情狀感象予以具象化之思維經驗的話，那麼〈神思〉一文中所敘述的思維狀態則是這種「創作思維」的前驅階段。特別是「神用象通」一說所意指的經驗過程，應將其視之爲是一種由審美感象透過思理呈象的經驗過程。

這種由審美感象透過思理呈象的經驗過程，本文將其稱之爲「呈象經驗」。在《文心雕龍》〈神思〉篇裡，劉勰對於這種「呈象經驗」之論述乃是透過呈象之主導原則及其構象之準備經過來進行構築的。換句話說，劉勰在〈神思〉篇中所主要談論的並非是「感象」與

〔註 50〕所謂廣義之「視感經驗」意謂著除了「視覺」這種直接性的生理經驗外，還包括了由此生理經驗所直接或間接引發出的心理經驗。就格式塔心理學之研究來看，其認爲人類視覺的每一次經驗活動都同時涉及了一種心理意識上的價值判斷，因此所謂「視感」不僅僅只是「看」，還包括相當程度上，人們對於該觀看對象之「心感」以及相對衍生之判斷活動。而這一切，很可能都在一瞬間的觀看活動中便已完成。

〔註 51〕當這種主體觀念意識之賦予進行符號化之思考與衡量時，思維主體便將其情志經驗以「呈象」之狀態向創作主體轉換以進行構象之思索，最後再將其構象經驗中之總和落實於文字敘述裡。正如〈神思〉篇中所說的：「是以意受於思，言授於意」換句話說，吾人所討論之文本意象，事實上應當是在主體意識中經過這樣一整個經驗過程的轉換。然而，從「思維主體」到「創作主體」間之轉換過程，由於與本節之敘述內容無關，是以本文以下暫且存而不論。

「呈象」本身，而是談論「感象」所積澱於意識中之「想像」如何經過定位與整理，呈現出一種意識之「呈象」，又此意識之「呈象」必須具有怎樣的準備過程以進入到創作主體的構象過程之中。是以本文以下即針對這樣的概念，將其相對地區分爲「呈象原則」與「構象準備」等兩個部分，以進一步探討中國「象」論系統中，《文心雕龍》對於創作主體進行創作行爲前之經驗活動的相關論述。

二、「神用象通」之呈象原則

所謂「呈象原則」在此應先進行界說。「呈象原則」意指創作主體在將其主體情志進行具象化轉化時所具有的思維前提。其中「呈象」一詞乃是參考高友工之說法。高友工在《中國美典與文學研究論集》一書中，透過「審美經驗」之角度進一步分析了審美經驗裡，主體與物交感因而產生「感象」之審美過程〔註 52〕。這種審美過程可進一步視爲創作經驗之前驅階段。也就是說，在創作主體思考如何將其主體意識化爲文字敘述前，此主體意識乃是經過一道「由物到我」再「由我及物」的經驗過程。因此，如果說前一個「由物到我」我們稱之爲「物」到「我」這個主體意識之「感象」的話，那麼後一個「由我及物」則應可進一步地與該感象區隔開來，而稱之爲是一種該「感象」在主體意識引導或融合下之「呈象」〔註 53〕。

〔註 52〕這裡「感象」一詞所意指的是外在物象於心理意識中所內化之形象。正如高友工提到：「藝術之所以能成爲『刺激』是它的『媒介』有一些感性的性質。這些『可感性質』（perceptibl eproperty）能被接觸到（而且注意到）的個人適當的感覺官能所吸收，而形成一種感性的『印象』（sense impression）。在它較簡單的階段也可稱爲『形象』（image）或者更廣泛的稱爲『感象』」（高友工：《中國美典與文學研究論集》，台北，台灣大學出版社，2004 年 3 月，頁 35。）

〔註 53〕這種「感象」經驗與「呈象」經驗之切割，並不排除在主體之經驗過程中，具有感象即呈象之可能。易言之，如果當敘述主體之敘述對象與審美對象同一的時候，那麼審美感象的同時，亦有可能產生相對之「呈象」經驗。然而就「神用象通」這樣的概念來說，「神用」乃是一種構象前的意識活動，其與主體意識之確立是有相應關係是以「呈象」是一種創作主體思維中的意識活動。這種意識活動原可進一步地區分爲「無意識目的」之活動與「有意識目的」之活動等兩種。前者乃是一種純意識經驗與外在物象的聯結過程；而後者則是在具有一種特定之意識目的前提下所產生的意識聯結。是以就形態而言，「無意識目的」之意識活動與「有意識目的」之意識活動基本上是極爲類似的，差別僅在於後者具有一種特定的意識目的，而前者則純粹是一種意識的聯想。換句話說，「無意識目的」之意識活動基本上可以視爲是「有意識目的」之意識活動的一種基型，有時就「目的」而言，前者甚至爲後者之素材。

之所以提出這樣的辯證，意在於說明所謂「思」這樣的意識活動事實上包含了無目的之「想」與有目的之「思」等兩種經驗。而後者在抵達目的之過程與前者類似，差別在於具有一種先行之目的作爲框範，而這種框範事實上也僅是一種主觀「意識」之作用，是主體在其意識層中，遵循其意識目的所產生的修正行爲。相對於這種修正行爲，「無意識目的」之意識活動由於主體意識之「目的」尚未介入，因此在這樣的過程中，意識就純粹是一種意識層中的想像經驗，正如〈神思〉篇裡所提到的：

> 古人云：「形在江海之上，心存魏闕之下。」神思之謂也。文之思也，其神遠矣。故寂然凝慮，思接千載；悄焉動容，視通萬里；吟詠之間，吐納珠玉之聲；眉睫之前，卷舒風雲之色；其思理之致乎！故思理爲妙，神與物遊〔註54〕。

可以發現，這裡所謂的「思」，事實上是意旨在主體意識層中一種思想活動的經驗型態。這種經驗型態由於僅是意識層中的一種心理狀

的。因此「神用象通」在劉勰的系統裡，應是一種有意識的聯想經驗，其所預設的立場應當是先有一「感象」經驗之積澱，再透過對此「感象」經驗進行篩選以符合於該主體意識之表意結構。是以「神用象通」所論述的，應是一種先感象而後呈象的經驗過程。

〔註54〕周振甫注：《文心雕龍注釋》，台北，里仁書局，2007 年 10 月，頁 515。

態，因此不受現實時空的拘束，而能夠將過往積存於意識中的審美經驗，或者是透過這些審美經驗所進一步聯想而存在於意識中之經驗召喚出來，因此可以「思接千載」、「視通萬里」。然而，這種「思接千載」與「視通萬里」之思想型態雖然是文學這種思想型態的特性，但是單單只具有這種「無意識目的」之意識活動還不足以構成建構「文學」這種意識目的之意識呈象。換句話說，如果將「文學」之呈現作爲一種意識的目的前提，那麼「無意識目的」之意識活動的轉化在此則必須接受主體意識目的之介入而產生框範，而這種框範也就是劉勰所說的「思理」。在這裡，「思理」所意指的便是意識層中的一種思想理路，換言之，在「思理」之中，主體意識之目的必然介入「無意識目的」之意識活動裡，而使其成爲一種「有意識目的」之意識活動，是以這種意識目的便會產生一種結構原則，而此結構原則即爲「思理」在文學思考這樣的意識活動中的意義所在。

因此，「思理」在此之意義是結構性的。其首先假設創作主體在進行創作構思前必然有一具有指導效應的意識樣態，再以此意識樣態爲核心，展演出對此意識樣態進行判斷與推演的思維規則。而這樣的思維規則包含了創作主體在進行其創作思維時，對於主體情志與內在感象所進行的安排與規約，因此其同時涉及了「形式呈現」與「意識內容」等兩個部分。首先就「形式呈現」來說，其主要關涉於該創作主體對於文學創作這種「術」之形式條件的理解，正所謂「心總要術，敏在慮前，應機立斷」所意指的便是一種創作主體對於文學創作之規律性的經驗意識〔註 55〕。相對於此，就「意識內容」而言，則主要涉及一種主體與客觀物象接觸時之判斷思維與對此思維之組構方式。前者所依據的是創作主體內在之理知條件，而後者推展的則是一種表意形式的組織邏輯，正如〈神思〉篇所說的：

〔註 55〕這種經驗意識在〈神思〉一文中所論甚少，然而自〈神思〉篇以下，《文心雕龍》有許多篇章皆在陳述劉勰對於藝術創作之形式規律的相關看法，可以相互參見。

> 是以臨篇綴慮，必有二患：理鬱者苦貧，辭弱者傷亂，然則博見爲饋貧之糧，貫一爲拯亂之藥，博而能一，亦有助乎心力矣〔註56〕。

在此，劉勰從實際創作行爲中，歸納出「理鬱」與「辭弱」等兩種思維經驗的困難，並且針對這樣的困難，相對地提出了「博見」與「貫一」等兩個相及相離的呈象原則。試圖以這樣的呈象原則，作爲主體意識進行理知判斷，並透過文學技巧使這樣的理知判斷在形象化過程中，一以貫之地成爲一個扣緊主體意識之意識體的結構標準。換言之，「博見」可視之爲是一種客觀知識之積累，而「貫一」則是一種邏輯思維之整合。透過客觀知識之積累以增加主體意識內在判斷之能力，並以思維邏輯使客觀感象能夠納入主體意識性之同一法則，使得該主體意識在形成時，在內容方面具有理知之判斷性；在意識結構中又具有一種邏輯的推演性，因而可以修正創作主體在進行呈象思維時，所面對的內容貧乏與結構雜亂等弊病。

基於這樣的認識可以發現，在〈神思〉篇裡，劉勰事實上已試圖替意識經驗裡的「思」與「用」進行區隔。在劉勰的論述中，「思」事實上是就其經驗型態而言的，其所論述的是一種「無意識目的」之意識經驗在意識層中的一種活動類型；而「用」則是此主體意識目的之活動在「思」這樣的經驗型態中所產生的一種「指令」。透過這種「指令」，「思」這樣的經驗型態便會因爲加入了主體意識之目的而與主體結合成爲一種主體之「意」。正如劉勰在〈神思〉篇中所說的：「是以意授於思，言授於意，密則無際，疏則千里。〔註57〕」換句話說，由於主體意識目的之介入，而使得「思」這樣的意識活動產生了疆域與脈絡，因此意識目的遂透過該思想型態之互動，而使得主體透過「思」而與客體結合，產生一種具有具象化組織之「意」的形態。

〔註56〕周振甫注：《文心雕龍注釋》，台北，里仁書局，2007 年 10 月，頁 516。

〔註57〕同上註，頁 515。

而這種具有具象化組織之「意」的形態即爲本文所謂的「呈象」。這裡「呈象」是相繼於「感象」而來，具有「具象化地以感象呈現創作主體內在情志」之意。因此，當「象」這樣的概念加入了所謂創作主體的意識活動裡時，該主體之意識活動便產生了兩個層次的內容：首先是意識的具體化對象；再者，則是該意識的表現媒材。就意識的具體化對象來說，涉及了創作主體在審美經驗中對於其審美對象的判斷與審美感象的記憶。而就意識的表現媒材而言，則進一步關及其對於文學符號之表意型態與組織規律的理解。

是以《神思》篇中的贊詞提到：「神用象通，情變所孕。物以貌求，心以理應。〔註58〕」這裡「神」是相對於「想」這種「無意識目的」之意識活動而言。意指當創作主體因感物時之情感變孕，進而產生出以文學符號呈象之敘述意識，此敘述意識〔註59〕會產生作用，透過意識中之思理組織客觀對應物之感象。換句話說，在感物經驗裡，審美主體事實上已將物之客觀形態進行了主觀之擇選與判斷，而這樣的擇選與判斷積存於記憶之中，成爲一種審美經驗，直到創作主體「有意識目的」之意識活動產生作用，客觀物象之特性遂與創作主體意識中之思理結合，而呈現出一種主體寓意於客體之象態。這種象態由於必須透過其表現符號加以展現，因此必須依據該符號之特性以及相對的藝術規範進行衡量，正如劉勰所說的：「然後使元解之宰，尋聲律而定墨；獨照之匠，窺意象而運斤。〔註60〕」這裡，「窺意象而運斤」應視爲是主體之情感變化在神與象間之交流結構中所產生的某種建構作用。這種建構作用間接說明了劉勰於《文心雕龍》中之論述，其

〔註58〕周振甫注：《文心雕龍注釋》，台北，里仁書局，2007 年 10 月，頁 517。

〔註59〕這裡的敘述意識與敘事學中所言不同，敘事學中之敘述意識所指的是一理想讀者透過文本脈絡所逆推而出的隱含作者。然而這裡所謂「敘述意識」則是作者這樣的概念還未形成前之創作主體，在進行其創作行爲時，所產生的一種「呈象」意圖。

〔註60〕周振甫注：《文心雕龍注釋》，台北，里仁書局，2007 年 10 月，頁 515。

呈象原則始終具有一種雙軸結構，即一方面強調審美主體感象時的審美經驗、另一方面又強調創作主體呈象時的創作經驗，是以就創作主體的意識活動而言，創作主體由感象至呈象的過程，事實上也是一種將其審美經驗向創作經驗投射的經驗過程。

三、「神用象通」之構象準備

由上文之推論可以發現，「神用象通」這樣的概念包含了創作主體之審美經驗與創作經驗等兩個方面。是以就經驗之構成而言，審美經驗與創作經驗亦可相對地區分爲兩種準備過程。首先就審美經驗來說，涉及了主客之間在交會（呈象）之前的審美態度，而此審美態度直接地關係著「美感」的獲得與否。是以在《文心雕龍》裡，劉勰提出了「虛靜」這樣的說法，即是針對這種審美態度的準備作爲立論基點；再者，就創作經驗而言，創作經驗分別涉及了主體對於客觀事物所進行之判斷與安排，以及將此安排透過藝術性之形式加以組織。此兩者與主體之判斷能力以及對於文學之認識能力密切相關。換句話說，創作經驗之構成源自於主體經驗意識裡，對於文學創作在內容組織與形式表現上的分析性理解。而這種分析性理解我們稱之爲「知識」。對此，劉勰提出了「積學以儲寶」這樣的看法，以作爲創作主體在進行創作構思前（構象）的準備原則。本文以下將進行討論。

1、「貴在虛靜」之準備意識

「虛靜」一詞在道家的系統中所意指的本是主體歸返自然之道前，一種沒有成見且專注的心靈狀態。如《老子》中提到：「致虛極，守靜篤，萬物並作，吾以觀復。夫物芸芸，各復歸其根，歸根曰靜，靜曰復命，復命曰常。」在老子的思想裡，「致虛」與「守靜」雖同指一種心靈狀態，卻被切割爲兩種能動的聯結概念：「致虛」針對的是外在人文世界的人爲造作，意指著一種心無成見，以虛心待物的自然精神；而「守靜」則大有不理會外在紛擾，內在專心一志之意。是以「致虛極」與「守靜篤」在道家崇尚自然的前提下，分別代表著內在主體的自然而然與不被外在概念干擾，以自然之心靈應物感物之意。而這樣的一種觀念在《莊子》系統中則進一步被發揮爲「虛」、「靜」連稱，並對於「靜」之命題進行了更爲深入之解釋：

> 聖人之靜也，非曰靜也善，故靜也；萬物無足以鐃心者，故靜也。水靜則明燭鬚眉，平中準，大匠取法焉。水靜猶明，而況精神！聖人之心靜乎！天地之鑒也，萬物之鏡也。夫虛靜恬淡寂漠無爲者，天地之平而道德之至也〔註61〕。

於是「虛靜」進一步與聖人體道之狀態結合，並特別強調「靜」這種不被事物所干擾的清明狀態，故說「水靜猶明，而況精神」，便是要人之內在心靈與精神樣態就像靜水一般，能夠自然且清明地觀照萬物。是以「虛靜」聯稱，即欲強調一種「恬淡寂漠無爲」的心況。由此可見「虛靜」在道家的論述系統裡，本是作爲一種去除人爲造作之成見（虛）且專注平和（靜）的心靈狀態，以觀照天地萬物運行之道，然而在後世的發揮下，則轉爲一種審美或創作時的前驅階段。如陸機在《文賦》中所提到的：「佇中區以玄覽」，即是針對「虛靜」這樣一個概念在審美意識上之發揮，而劉勰在《文心雕龍》中之論述，則進一步將這種心靈狀態，用以作爲創作主體統合其能動之創作意識前的準備狀態。

正如劉勰在〈神思〉篇中說到：「是以陶鈞文思，貴在虛靜，疏瀹五藏，澡雪精神。」「虛靜」在此被視之爲是一種文學創作思維進行前，創作主體所達到的一種重要的準備狀態。而這種準備狀態之目的在於使得創作主體達到一種「疏瀹五藏」與「澡雪精神」的作用。換句話說「疏瀹五藏」與「澡雪精神」應視之爲是創作主體之意識在達到「虛靜」時的一種知感，而這種知感分別指向了創作主體之認知性（疏瀹五藏）與精神性（澡雪精神）兩端，須先進一步分析。

首先就「疏瀹五藏」一詞來說，這裡的「五臟」應是一種形象化

〔註61〕陳鼓應注釋：《莊子今注今譯》，北京，中華書局，2009年2月，頁364。

之譬喻，意指的是創作主體內在之意識結構，亦即所謂的理知思考。這種理知思考就文學創作由感象至呈象這樣一個過程來說，意謂著創作主體內在對於客觀物象的一種固有知解。是以當這種固有知解成爲一種意識內容的成見時，那麼該意識內容便無法在主客之間進行一種對於「質」的意識轉換。換句話說，從審美感象到意識呈象，主體必須將其情志這種不可見的意識物質，轉化爲感象經驗裡面，可以在某一種方面進行類推與聯結的客觀物質〔註62〕，也就是說，在意識呈象的活動之中，創作主體必須將其不可見之經驗透過這種觀念的移置進行「質」的轉化。因此，當這種「質」的轉化具有一種概念成見作爲前提時，便會因爲主觀知感與客觀知感在分析概念上之不同，而造成無法相互移置的阻礙。是以「疏瀹五藏」所欲滌洗的，便是這種因分析概念上之成見，所造成的無法主客交融的審美現象〔註63〕。

再者就「澡雪精神」一詞而言。「澡雪精神」亦是一種形象化之形容，與「疏瀹五藏」一樣，皆是以比喻表現出一種滌淨的狀態。差別在於「五臟」是一種具體的器官，代表著可以實際進行分析討論的理知思維，故屬於主體認知之範疇；而「精神」卻是一種抽象的主體樣態，其多半意指著主體展現生命力時的一種情狀〔註64〕。

〔註62〕這裡所謂客觀物質所意指的並非是一種可觸可感的概念，而是一種觀念上的移置。如「今夜的星空很希臘」一句，即是創作主體在其意識裡將「希臘」這種客觀對象，進行「典雅」或「美」這樣一個概念的抽取與轉移。因此，當敘述意識所欲表達的「今夜星空很美」與審美感象中對於希臘的美感經驗交會，主觀之美的經驗便與客觀之美的概念進行觀念上的轉移，而將主觀之美轉化爲客觀之物質，遂完成了「今夜的星空很希臘」這樣的一種呈象經驗。

〔註63〕針對這樣的概念，徐復觀從正面的角度認爲：「虛靜」這種心靈狀態「乃是文學精神的主體」，其進一步提到：「必須此主體能呈現時，文學的題材始，能以其原有之姿，進入虛靜地心靈之中，主客合一，因而題材得到了主觀的精神性，精神也由題材而得到了客觀的形相性。」（徐復觀：《中國文學論集》，台灣學生書局，2001 年 12 月，頁 43。）

〔註64〕葉朗在《中國美學史大綱》中認爲：「爲什麼要保持『虛靜』？因爲藝術想像活動需要人的生理方面和心理方面的全部力量的支

易言之，「澡雪精神」事實上具有使主體展現生命力時之情狀純淨之意。然而，由於該情狀是一種力的展現，因此，這裡所謂的「澡雪精神」亦應同時具有凝聚生命力，以使得其精神狀態充沛、飽實之意涵。

是以「虛靜」作爲一種創作前的審美準備，在《文心雕龍》的系統裡頭應是同時涵指一種以認知性之「虛」與精神性之「靜」相互支持的主體狀態。這種主體狀態與道家思想類同之處在於：同樣以「靜水」比喻一種心靈的能照作用，如〈養氣〉篇中提到：「水停以鑒，火靜而朗」，然而其不同之處在於：道家思想乃是在「反對人爲造作」這樣的概念前提下所提出的修養進路，而劉勰在《文心雕龍》中的所

持，也就是說，需要『氣』的支持。只有保持虛靜，『澡雪精神』，才能使人自身的『氣』得到調暢。『澡雪精神』，有人翻譯爲『集中精神』，這個翻譯不很確切。『澡雪精神』不僅有集中精神的意思，而且還有使人的精神狀態保持新鮮、飽滿等意思。」（葉朗：《中國美學史大綱》，上海人民出版社，2010 年 8 月，頁 237。）這一段話事實上也指出了「虛靜」對於主體所具有的雙重性涵意（生理方面與心理方面），其中心理方面指的應是「虛靜」關於「疏瀹五藏」之說。然而，誠如文上所辯證的，所謂「心理方面」之說法似乎仍不盡完美，應可進一步將其歸納爲是一種對於主體意識方面之討論，似乎更爲確切；至於「生理方面」所意指的應是「澡雪精神」一說所涵指的相關概念。葉朗將此概念與《文心雕龍》中之「養氣」一說結合起來，認爲只有「澡雪精神」能使得主體之氣得到調暢，並提供主體就生理方面而言的力量支持，這種將「虛靜」與「養氣」聯結之說法，歷來頗多學者持類同之意見，如王義良在《文心雕龍》文學創作論與批評論探微》中也提到：「就『虛』而言，〈神思〉說：『疏瀹五藏，澡雪精神』，意如《莊子・人間世》所謂：『氣也者，虛而待物者也』，就是『虛其心以待萬物』之意。〈養氣〉謂作家臨文構思，應『清和其心，調暢其氣』，保全空靈明覺之氣，明淨中和和其心，以求構思中能『從容率情，優柔適會』，神思活動不致陷於壅滯，流於蹙迫；至於『靜』則爲『虛』的必然。〈養氣〉說：『水停以鑒，火靜而朗』，可見『靜』是求眞實的先決條件，在萬物紛呈的現象中，作者必也先能體認其規律性，纔能在構思中『理融而情暢』；必也先有鏡鑒萬物的清淨之心，纔能觀照萬物。」（王義良：《文心雕龍》文學創作論與批評論探微》，高雄，復文圖書出版社，2002 年 9 月，頁 98。）

謂「虛靜」，則並非僅僅作爲一種思想意義而存在〔註 65〕，更是作爲一種創作審美前之心理準備。是以就心理層面而言，所謂「虛」所呈現的是一種對於成見與概念的鬆弛，這種鬆弛狀態之意義是積極性的，爲了有效地使內在情志與審美感象轉化爲主體之意象，因此必須將概念分析之執著清除，以直截地接納與內在情感相對應之形象圖式；相對於此，「靜」則是意指著一種生命力的凝聚與豐沛，透過聚精會神之狀態，使得外在雜念排除，進而能以充滿生命力之生命狀態支持精神性之意識狀態，讓創作主體在組織意識呈象前之審美準備，得以處於一種專注而清明的意識之中。

2、「積學以儲寶」之構象準備

就審美過程而言，非概念化本是審美感象的必要條件。因爲審美是相對於理知而言的一種經驗系統，其所涉及的並非是意識中關於名理邏輯之判斷，而是透過感官在心理產生知覺與感覺，進而在「異質同構」的效應下產生美感。是以「虛靜」針對這樣一個過程而言，必須「虛而待物」，放棄概念與邏輯活動，而以感官經驗作爲美覺體驗之基礎，而其前提是在將這種美覺體驗組織爲一種意識系統之前，必須具有放棄既定概念之準備。然而，當美覺體驗必須具體由一種意識之呈象，化爲以符號表述之意識系統時，該表述之呈現方式與限制，必須受到特定符號系統之規約。例如「文學」。「文學」在歷史發展中展演出一種特定之符號形式，而這種符號形式是將前人創作之特徵加以概念化組織而成爲一種知識系統，因此對於這種知識系統之認識，

〔註 65〕正如周振甫所說：「想像既然受思想的統轄，那麼要把想像運用到構思和創作上去，就得在思想上做些功夫，那功夫就是虛靜。虛是不主觀，靜是不躁動。有了主觀成見，就不能看到外界的眞實情況；心情躁動，感情用事，不可作深入細緻的考察和思慮。」（周振甫：《文心雕龍今譯》，北京，中華書局，2010 年 4 月，頁 246。）這樣的論述，大抵仍是就思想層面而言的。然而神思篇所論述的乃是一種創作主體的構思過程，其所涉及的是創作前之心理準備與思維過程，是以本文認爲應當更深入地探究「虛靜」這種形象化符號背後的「心理狀態」。

必須先存於創作者在創作行爲前之前理解裡頭。如此一來，創作主體在執行創作之構思時，便具有一種知識性之經驗可進行判斷，這種判斷是從文學的創作形式而言〔註66〕；就另外一方面來說，主體意識之構成必定包含該主體對於某件事或物之思想與情感。而此思想與情感則是主體與外在現實接觸時所產生之主體意識。換句話說，與形式之判斷類同，主體在進行所謂情志之建構前，亦須具有相當程度之前理解以「究天人之際，通古今之變」。而這種對於外在事物所具備之判斷能力，亦來自於外在知識之積累與吸納，是以就創作意識時之構象來說，則必先區分爲形式性與意識性兩種，然而就其準備過程之性質而言，則同樣必須透過對於外在知識之汲取以進行經驗的儲備。

正如劉勰在〈神思〉篇中說到：

> 積學以儲寶，酌理以富才，研閱以窮照，馴致以懌辭，然後使元解之宰，尋聲律而定墨；獨照之匠，窺意象而運斤：此蓋馭文之首術，謀篇之大端〔註67〕。

這裡「謀篇」與「文思」具有層次上的不同。「文思」是主體在呈象

〔註66〕高友工在〈文學研究的理論基礎——試論『知』與『言』〉一文中，曾經區隔出「現實之知」與「經驗之知」等兩種型態。簡言之，「現實之知」即爲我們所謂的「知識」文本，是以經驗作爲素材，並以「分析語言」進行表述。而「經驗之知」則爲我們所謂的「藝術」文本，是以語言作爲手段以表現經驗素材。正如其文中所說的：「第一層的『現實之知』，經驗是原始材料，根據它語言把它分析爲眞理，而在第二層的『經驗之知』，則以一切表現方式（包括語言）爲手段，工具，以期能體現某一種特殊經驗。」（高友工：《中國美典與文學研究論集》，台北，台灣大學出版社，2004年3月，頁9。）然而在藝術的創作過程中，某一種藝術類型屬於一種「知識範域」，而這種「知識範域」所代表的現實之知必須是先備的，因爲唯有如此，一種意識或行爲的活動才會相對地產生意義與目的的規範。以文學爲例。文學就形態而言乃是一種「經驗之知」的呈現，然而「何謂文學」與「如何文學」則是屬與「現實之知」的範疇。因此在文學創作之時，必須先具有對文學內容與形式上的現實之知，才能將創作主體之主觀經驗透過一種特定的符號形式以進行展現。

〔註67〕周振甫注：《文心雕龍注釋》，台北，里仁書局，2007年10月，頁515。

這一個階段前所應具有的準備工作，而「謀篇」則是欲將此呈象以文字符號構象時的意識活動。劉勰認爲這種構象時之意識活動應在其活動進行前，透過「積學」、「酌理」、「研閱」與「馴致」等四者對於該主體意識進行經驗之積累與準備。其中「積學」意指的是一種認知經驗的積累，而「酌理」則是主體基於某種認知框架所進行之判斷，「研閱」指的是主體對於事物之體會與觀察，而「馴致」則是具有順著自然蘊釀文思，以釐析出謀篇頭緒之意。「積學」、「酌理」、「研閱」與「馴致」四者看似判然有別，然而事實上皆可統攝於「積學」這樣的概念底下，並將其相對地區分爲兩個部分：一是透過積學以增廣知識進而增進其斷事析理之能力。再者則是透過對於文章或生命經驗之廣泛閱讀與體驗，以瞭解文學創作規律之特色與構思原則〔註 68〕，進而自然而然地內化爲一種文字構築之能力。也就是說，如果「虛靜」之意識是爲了「審美我」（審美主體）之主體活動進行概念的懸置與生命力的凝聚的話；那麼「積學」之準備則是爲了「創作我」（創作主體）之主體活動進行經驗原則之積澱與概念的建構。

可以發現在〈神思〉篇中，劉勰對於這種「審美我」與「創作我」間的調和與轉換是極爲重視的。其文中提到：

> 夫神思方運，萬塗競萌，規矩虛位，刻鏤無形。登山則情滿於山，觀海則意溢於海，我才之多少，將與風雲而並驅矣。方其搦翰，氣倍辭前，暨乎篇成，半折心始。何則？意翻空而易奇，言徵實而難巧也。是以意授於思，言授於

〔註 68〕王義良在《《文心雕龍》文學創作論與批評論探微》中亦說到：「完備的知識結構，是作者成功的基礎，而劉勰所說的『積學』『酌理』『研閱』『馴致』，可說包羅了作家須具備的『知識結構』的內容。大體而言，作家所需具備的相關能力，有觀察的能力、記憶的能力、思維和想像的能力、文章的結構能力、語言想像產生的思維能力；結構、語言表達的表現能力。而此知識結構群中，感知力與表現力是屬於前置能力，也就是《文心雕龍‧神思》所謂的『心總要素，敏在慮前』的『要素』，至於思維能力，則是直接關係到構思活動的成敗，一可併入作者的基本素養中。」（王義良：《文心雕龍》文學創作論與批評論探微》高雄，復文圖書出版社，2002 年 9 月，頁 66。）

> 意，密則無際，疏則千里。或理在方寸而求之域表，或義在咫尺而思隔山河。是以秉心養術，無務苦慮；含章司契，不必勞情也〔註69〕。

劉勰在此形象化地表現了審美感象在進一步化為文思前之情況，正所謂：「意翻空而易奇，言徵實而難巧也」，所指的正是審美感象與文意組織間之落差。原因在於創作主體感物應物之時，所產生的形象與情狀可能天馬行空、漫無邊際，然而一旦要化為實際的文字，審美主體需要轉化為創作主體之時，則必須考量文章寫作的一致性要求，以及其與內在思理的密合程度。是以創作主體要對內在之審美形象進行裁割與梳理，因此必須「秉心養術」，以能夠透過文字符號「含章司契」。

而這種「秉心養術」之進路，即是「虛靜」與「積學」之功夫。其中就「積學」而言，「無務苦慮」之關鍵在於透過「積學」以進一步熟練符號表現之組織能力，並充實思理結構之表現內容。換句話說，所謂「積學以儲寶」具有兩個方面的技術效能：一是針對創作的組織技巧而言，二是針對內容的意蘊涵養來說。其一方必須培養其思理結構之能力；另一方面則必須建構其對於表現該思理結構之技術與原則。

而這樣的構象準備，無疑是針對劉勰所謂：「理鬱者苦貧，辭弱者傷亂」這樣的弊病而發的。其中「理」意謂著主體意識所形成之文理；而「辭」則代表著以文字組織此文理的符號性規範與形式。針對此兩者所相對產生的「貧乏」與「紊亂」等弊端，劉勰進一步地提出了「博見為饋貧之糧，貫一為拯亂之藥」這樣的看法，以「博見」與「貫一」來相對地修正「理鬱」與「辭弱」這樣的創作現象。因此事實上，「博見」與「貫一」正是一種「積學」後的主體結構，這種主體結構的提出，可視之為是劉勰從實際的創作現象上，相對地肯定了「積學」對於思想內容與思理組織在創作意識上之決定作用。

〔註69〕周振甫注：《文心雕龍注釋》，台北，里仁書局，2007年10月，頁515。

是以就創作概念來說，劉勰將「積學」納入創作主體之創作準備的說法無疑是全面性的。其一方面不僅肯定了由「感物」進而審美之經驗作用；另一方面更辨析了「審美經驗」與「創作經驗」之不同，是以提出了「積學」的相關論述，以補足創作主體進行創作思維時之外緣影響，更使得這種主體創作思維，脫離「神思」一詞的神祕主義，而在審美經驗與學理知識交疊的範疇下統合起來，進而在敘述邏輯上，成功地使得觀物取象之創作主體向「積學以儲寶」之創作主體過渡，以使主體之「呈象」經驗向「構象」經驗轉換。如此一來，所謂「神用象通」之說法，才得以在「物以貌求」（審美經驗）、「心以理應」（感知經驗）等兩方面，結構為一個較為完整的，關於創作主體內在意識經驗之論述。

第三節 「搜求於象」之呈象經驗

從「詩言志」的概念到「神用象通」，中國詩學事實上已經完成了一道由「為社會而寫作」之主體向「為自我而創作」之主體延展之過程。其中劉勰於〈神思〉篇裡所提出的「神用象通」一說，更可視之為是將審美主體與創作主體連接起來的關鍵所在。其透過「神用象通」作為創作構思時的一種主體論述，並且具體地提出了「虛靜」與「積學」等兩條準備軸，以交會出創作主體之構象經驗的準備法則，更可以視之為是中國詩學系統裡，產生創作主體之概念以來，專為「創作」一事所建構的一種主體思維。這種主體思維就「象」在創作主體這一個層面的建構而言，可說是成功地將觀物時之「感象」向主體以其情志投射於該感象中之「呈象」過渡，復又提出了將此「呈象」以符號「構象」的經驗原則。是以後世承其理路，進一步地針對了這種創作前之準備狀態進行研究，遂更為深入地建構出了一種以構象前之思維經驗為主軸的論述系統。

換句話說，這種構象前之思維經驗，事實上是試圖使創作主體「意中之象」得以符號化呈示為「文中之象」的一種構思經驗。這種構思經驗在「神用象通」的概念裡，已隱約可以察覺到劉勰認爲：創作主體欲將其主體意識化爲具體文象時，必須藉由某種「象態」來加以展現。因此「神」可以視之爲是一種思維活動，而「象通」則是將主體之意識與觀物時之感象聯結，以達到爲主體之意尋求具象化表現的經驗過程。而這樣的一種思維模式，乃是劉勰「神用象通」一說之主要範型，此範型的意義在於提出了主體與客體間，所具有的一種尋求機制與表現功能。其中以具象化爲核心，更使得中國詩學之創作論從此開啓了「以象表意」之創作前提。

然而這種「以象表意」之創作前提雖然使得主體之「意」的符號化活動具有了尋找客觀物象的基本概念，但是就「神用象通」一說而言，對於該主體與物象間之聯結過程，仍然缺乏一個較爲條理化的陳述系統。換句話說，「神用象通」雖然提出了創作主體由於主體意識之活動而得以與外在物象聯結之說法，但是針對此聯結之細節仍然缺乏一個更爲深入的分析與表述。是以就「象」論在中國詩學中所呈示的構象意識而言，王昌齡在其《詩格》裡所提出的「搜求於象〔註70〕」這樣的概念，無疑可以在某種程度上，視之爲是繼承「神用象通」之說法以來，對於該概念在論述系統上的一種延續與補充〔註71〕。

〔註70〕王昌齡在其《詩格》中提到：「搜求於象，心入於境，神會於物，因心而得。」（張伯偉：《全唐五代詩格校考》，南京，鳳凰出版社，2002年4月，頁173。）

〔註71〕歷來學者針對王昌齡之《詩格》的討論，總是著眼於其對於「境」這樣一個概念的開創。事實上，「象」與「境」並非是截然對立的兩個範疇，由「象」到「境」顯然經過了一種理論上的承接與開發。換句話說，中國詩學中之「象」論至唐代爲止已大體完備。緊接著「象」論而下的，是以「意境」爲主軸的一種論述系統。然而，由於「象」與「境」之間具有一種理論上的承接關係，是以所謂「境」論基本上是站在「象」論的基礎上所開發出來的一種文學概念，也就是說，「境」論的系統擴展基本上是以「象」論作爲核心原則，透過此核心原則加以擴充而產生「境」的相關說法，因此「象」論在唐代之後雖然不如「境」論般地占據了論述的重點，但是在許多「境」論的表述結構裡，仍可看到由「象」論所延展而出的理論思維。

因此本文以下之討論，即針對王昌齡《詩格》裡對於「象」在創作主體意識經驗中的論述，進行分析與研究。

一、「立意」與「用思」之互動結構

在中國詩學系統中，創作主體之主體意識，初初的概念型態無疑是以「詩言志」中之「志」爲代表。這裡的「志」應當同時具有「思理」與「懷抱」等兩種意涵，就概念範疇而言，屬於較爲廣義的一種主體意識。這種主體意識在後世發展中，逐漸衍生出一種以「意」代替「志」的說法。換言之，如果說「志」仍包含著一個言說群體之規範與政教意義上之作用的話，那麼「意」則是屬於爲個人而抒情的一種意識樣態。這種意識樣態意謂著某一個言說個體對於某件事物持有某種主觀看法，而這種看法就文學系統而言，可說是一種內在「視角」，象徵著創作主體從某一個角度，對於某件事物所產生的思想或情感。換句話說，就審美主體而言，當該審美主體經過審美或者感受階段而產生創作衝動，該審美或者感受效應必然會在其意識經驗中，對於審美對象或感受對象產生某種角度之思想。而這種產生思想時之主體狀態，本文將其稱爲是一種「經驗主體」，當此經驗主體以其感受與思想爲軸心，轉換爲創作主體時，創作主體遂開始構思如何表現依據此角度所觀照到的一種物象或者現象，以期能夠透過對於該物象或現象之擬造，重現此視角觀物審物時之內在感受。

換句話說，主體的意識經驗（審美或者感受）將會在創作過程中產生「起始性」與「規約性」等兩種功能；而這種「起始性」與「規約性」源自於主體視角之範疇與疆域，並以此作爲創作主體所要表現的根源與依據。因此，當主體對於某種事物產生感受，進而轉換爲創作主體以進行表述時，如何展現這種根源與依據就成了創作主體之思維結構。也就是說，當主體觀物感物後之「意」轉換爲創作主體時，創作主體之思維意識便是對於如何「表意」進行組接，以複現主體之意所擬現之視域疆界。

因此，在這樣的推展過程裡，主體之結構程序可以示之如下：

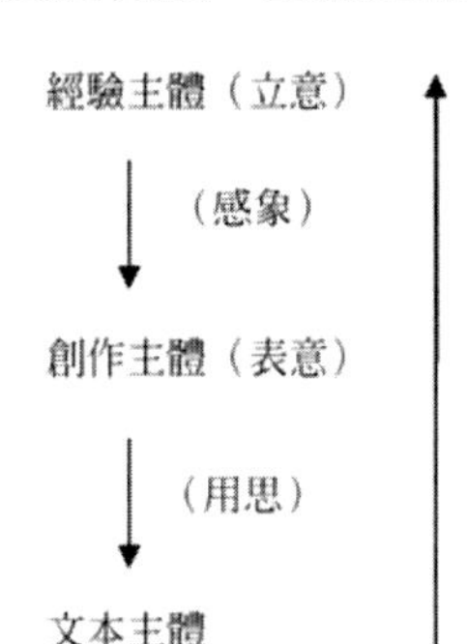

其中，「立意」與「表意」皆爲主體在文學創作時的一種狀態，其所意指的是從確定主體之意識樣態向表現此意識樣態之思維過渡的兩個階段，從文本作爲一種敘述組織體的概念來看，在「立意」階段，這種意識樣態之確立同時亦是一種主體視角之確立，其源頭來自於經驗主體對於某種事物產生情志反應，而這種情志反應意謂著該事物內化於經驗主體時的一種凝視狀態。是以當經驗主體之視角確立，那麼「表意」則意指著從形式上，對於該視角與組織之建構活動進行思索，也就是所謂「用思」之過程。透過「立意」時，其視角範域之規約性進行積極組織與調動，以表現原初「立意」時之「意」。因此圖示中，右側之箭頭向上，意謂著文本主體之表現，最終必須歸返於經驗主體之「意」，並以其作爲根源與依據的一種表現循環。

透過這樣的概念討論王昌齡《詩格》中之「意」，可以發現其「意」同時涵攝了「經驗主體」與「文本主體」等兩個部分。就「經驗主體」來說，王昌齡認爲：「詩本志也，在心爲志，發言爲詩，情動於中而形於言，然後書之於紙也〔註72〕」這樣的說法無疑是延續「詩言志」之結構脈絡而來，其認爲文本中之敘述意識乃是由於經驗主體之心志所變現，所以這種經驗主體之心志除了是一種創作的驅動力外，更在

〔註72〕張伯偉：《全唐五代詩格校考》南京，鳳凰出版社，2002年4月，頁161。

創作的過程中，將主體我的概念置入於符號的擬構裡頭，因此所謂「夫作文章，但多立意。」，應將其與上文辯證地結合起來，視之爲同時涉及了「經驗主體」與「文本主體」等兩部分的雙重論述，雖然就單方面來看，「立意」一詞在此似乎意指文本之「意」的確立過程，但是此文本之「意」必須由經驗主體之意而來，這是在《詩格》中之脈絡所清楚表明的〔註73〕，正如〈論文意〉中說到：

是故詩者，書身心之行李，序當時之憤氣〔註74〕。

可見，文中之意必然是由「經驗主體」下貫爲「文本主體」。然而必須進一步辯證的是：「經驗主體」之意並不直接等同於「文本主體」之意態。也就是說，「意」是內核，而「意態」則是符號性之呈現，王昌齡似乎意識到了文字記述與文學藝術間之不同，是以在「經驗主體」與「文本主體」之間，王昌齡《詩格》裡，透過「意」這樣一個概念所要強調的，其實是一種創作主體「表意」時的構思過程。這種構思過程在王昌齡《詩格》裡稱之爲「用思」，《詩格》提到：

凡屬文之人，常須作意。凝心天海之外，用思元氣之前，巧運言詞，精鍊意魄〔註75〕。

「用思」兩字連稱，在此無疑是針對「巧運言詞」、「精鍊意魄」這樣

〔註73〕關於此問題，黃景進在《意境論的形成——唐代意境論研究》中提到：「『夫作文章，但多立意』，『凡屬文之人，常須作意』，對文意的重視，可以說是王昌齡建立意境理論的基礎。」此一說法似乎仍可商榷。本文認爲王昌齡之「立意」與「作意」應是一個夾混的概念。就某種層面而言，其所意指的應是創作主體前創作行爲之意，而非單指文中之意，是以創作主體之意須要發興，亦即透過某種情境或者精神的鬆弛，而觸動感覺。正如《詩格》中所提到的：「若睡來任睡，睡覺即起，興發意生，精神清爽，了了明白。皆須身在意中。若詩中無身，即詩從何有？若不書身心，何以爲詩？是故詩者，書身心之行李，序當時之憤氣。」（張伯偉：《全唐五代詩格校考》南京，鳳凰出版社，2002年4月，頁164。）可見王昌齡《詩格》中之意不僅僅只是文中之意，更同時指涉了創作主體之身心之感受及其思想。

〔註74〕同上註。

〔註75〕張伯偉：《全唐五代詩格校考》南京，鳳凰出版社，2002年4月，頁163。

的思考而言的。也就是說，在「立意」之後，創作主體必須進一步考慮「表意」之形式，而這種「表意」之形式尚且分為兩個部分：首先就技巧上之形式來說，王昌齡十分注重創作主體在用字遣詞（巧運言詞）上之表現。正如〈論文意〉中所說：

> 所作詞句，莫用古語及今爛字舊意。改他舊語，移頭換尾，如此之人，終不長進。為無自性，不能專心苦思，致見不成〔註76〕。

由此可見王昌齡對於詞語形式之創新的追求，認為必須「專心苦思」，才能夠不沿襲所謂的「爛字舊意」，創造出屬於創作主體特有的表意形式來。而這種針對語言形式之思考與後世西方形式主義對於陳舊「語言形式」所帶來的「機械化」感受，進而提出的「陌生化」理論，似乎有異曲同工之妙〔註77〕。

再者，針對敘述意識的表現而言，王昌齡所謂的「精鍊意魄」，意指的應是透過外在形象，將「意」之可感性形質表現出來。如黃景進在《意境論的形成——唐代意境論研究》一書中提到：

> 好的立意——由其是具有創造性的新意——可為詩的精神靈魂，而此靈魂（意）必須藉由物象形體（魄）才能表現，故當意與物象結合時可稱之為「意魄」；「精煉意魄」指對感興所引起的憤氣作進一步的提煉，而最後則必須落實在意與物象的結合上，使由朦朧至清晰〔註78〕。

〔註76〕張伯偉：《全唐五代詩格校考》南京，鳳凰出版社，2002年4月，頁163。

〔註77〕正如穆卡洛夫斯基在〈標準語言與詩歌語言〉一文中亦提到：「對詩歌而言，標準語言是一種背景，用以反映因審美原因對作品語言成分的有意扭曲，也就是對標準語言規範的有意違反。」（趙毅衡：《符號學文學論文集》，天津，百花文藝出版社，2004年5月，頁17。）穆卡洛夫斯基將這種對於傳統語言或說是標準語言的有意違反稱之為「前推」（forgrounding），意謂著以標準語言作為背景以進行創作式改變的語言形式。

〔註78〕黃景進：《意境論的形成——唐代意境論研究》，台北，學生書局，2004年9月，頁147。

是以就這一個層面而言，創作主體之「思」應當是尋找可對應「意」之物象。易言之，在王昌齡《詩格》的理論脈絡裡，文學的有機體應當區分爲「意」與「象」等兩個部分。其中「意」是內核而「象」是形態，「意」必須與「象」對應，呈現出一種以象表意之結構。因此，在這樣的理論前提下，創作主體的思維運作，除了必須先確立「立意」時之視角範域外，如何將其「意」投射於「象」中，使「意」與「象」間產生換喻效果，亦是創作主體在進行構象思考時之思考方向與內容〔註79〕。

換句話說，王昌齡《詩格》中之「立意」與「用思」，皆可視爲是一種對於文學創作之思維過程的陳述。其中「立意」在王昌齡論述裡是第一原則，意謂著主體將其心感或思理投射於符號構象之思維裡頭。因此就構象的思維過程而言，這種先在心感或思理可以視之爲是一種視角，具有「起始性」與「規約性」等兩種結構效能；而透過「立意」時之視角確立，所謂「用思」便是一種「意」的構象活動，將意之視域型態，透過形式化思維加以組織與運作，以將此視角所見之意態呈現出來。

是以在王昌齡《詩格》裡，這種呈現之形式思維大抵可以區分爲「形式上之符號化思考」與「對應物象之情態聯結」等兩個部分。其中又以「搜求於象」這樣一個概念作爲主要的理論核心，本文將進一步析分於下。

二、「放安神思」與「尋味前言」之取象準備

在王昌齡《詩格》中，「思」應可相對地區分爲三種階段型態〔註80〕，正如《詩格》中所提到的：

〔註79〕是以在王昌齡《詩格》裡，「用思」一詞應當視之爲是一種動態的形容，其目的即是透過思之運作與聯結，使得「意」得以投射於「象」中而成爲一種「意象」。

〔註80〕必須強調，在此「思」應當視之爲是一種思維意識在「立意」之後的構象活動。這種構象活動是以將「意」置入於「象」中作爲一種前提考量，因此本文認爲：這裡的三思應當視之爲是一種構象之時，創作主體「用思」的三個階段型態。

一曰生思。二曰感思。三曰取思。

生思一。久用精思，未契意象。力疲智竭，放安神思。心偶照境，率然而生。

感思二。尋味前言，吟諷古制，感而生思。

取思三。搜求於象，心入於境，神會於物，因心而得。〔註81〕

首先就第一個階段型態來說，創作主體面臨著「意」與「象」在思維意識裡無法對應的膠著狀態，因此必須「放安神思」，好讓客觀對應物之靈感「率然而生」。然而這種「率然而生」之靈感只是一種意識中的可對應「圖象」，如何表現這種圖象，又或者是由此圖象中抽取出意蘊來，則必須從前人對於其感象之符號表現的典型效應上，感受前人構象活動之範型，進而產生創作概念。最後再將此形式上之創作概念與意識上之圖象結合起來，產生一種主體思維與物象形式相結合之意象。是以就階段性而言，第一階段是構象之思的初始階段，因此稱之爲「生思」；而第二階段是從文學的形式積澱中，尋找其典型之形塑與效應的構象思維，是以稱之爲「感思」；而第三階段則是將主體之意與對應物象之意蘊進一步結合起來，作爲符號化構象之準備，是故稱之爲「取思」。

可以發現，就創作過程而言，「生思」與「感思」可以視之爲是創作主體取象前的準備階段，惟有當此準備階段完成，創作主體方能產生一種具象之思，以進行意象的符號化過程。是以本文以下即針對「生思」與「感思」等兩個階段進行論述，分析「放安神思」與「尋味前言」等兩個概念，就創作主體取象之過程而言分別具有怎樣的意涵。

1、「放安神思」之思維準備

在中國詩學傳統中，每每談到文學藝術的根源問題，總是不免與眞實作者本身的生理條件聯結在一起。譬如提出「氣」這樣一個概念，

〔註81〕張伯偉：《全唐五代詩格校考》南京，鳳凰出版社，2002年4月，頁173。

即是將眞實作者之生理狀況與文章風格、體貌進行聯結。在這樣的傳統底下，中國詩學對於創作過程之關注，自然不會僅僅只是一種經驗或思辨式的推敲，而是針對這種創作之本源，亦即眞實作者之生理條件進行論述。因此，就創作時之情況來說，自然會發展出一套與作者本身之生理條件息息相關，透過培養作者之精神氣力，以順行創作過程之相關說法。

由此檢證王昌齡《詩格》中之論見，可以發現，其針對創作準備時之論述，正是沿著作者之生理條件影響創作過程這樣一個理路所延展出來的。正如《詩格》中所說到的：

> 久用精思，未契意象。力疲智竭，放安神思。心偶照境，率然而生。〔註 82〕

〔註 82〕張伯偉：《全唐五代詩格校考》南京，鳳凰出版社，2002 年 4 月，頁 173。對於這段話，歷來研究者之詮解頗有不同，如黃景進即認爲：「作詩應苦思、精思，其最終的目的是要取得理想的物象以寄託意，但有時在苦思之後仍未能取得理想物象，此時應放鬆心情，等待理想境物出現。一旦理想境物出現，則應先仔細觀察，然後進行取象活動。」（黃景進：《意境論的形成——唐代意境論研究》，台北，學生書局，2004 年 9 月，頁 149。）而王淑芬則說到：「王昌齡主張『生思』的過程應放安神思，俟理想視域出現，才繼續觀察此間『境物』，形塑符合創作意旨的形象。並且內在情志在被引發之後，經過『用思』的過程，將脫離情感懞衝的階段，形成具後設意義，帶有主觀情感的心理空間——「境」，所有景物或人事在進入此一個人的封閉心理境域後，將重新獲得安置，並且點染個人情感的色彩。」（王淑芬：《唐五代詩格的意境論研究》，國立清華大學碩士論文，2009 年 7 月，頁 47。）本文認爲，此二說的差異基本上在於對「境」之理解的不同，黃景進之「境」是一種客觀物象所形成之範域，而王淑芬之「境」則是一種心理空間。然而此兩者皆同時忽略了「生思」這一過程應是在「意」以確定的前提下，所形成的一種創作階段，是以如果說「意」是一種即將表述的符號單位的話，那麼「境」在此既不應當等同於一種客觀物象，亦不應該詮釋爲一種心理空間，而應將其視之爲是在「意」這樣的主導符號之下，所形成的一種符號語界。當此意的符號語界與外在物象的符號語界在某種主體詮釋下產生共通性，那麼在「以象表意」之前提下，該「物象」之語界便會成爲聯結主體意識並予以表現的替代物。

可見，在《詩格》的論述系統裡，王昌齡認為：主體之「意」與「象」的對應，必須經過一番苦心設計，以使得主體之想像能力超越生理限制，達到主體意識與客觀物象相互融洽的地步。然而，如果這種苦心設計耗盡心思仍無法找到適當的對應物象的話，那麼則應該停止這樣的苦思。換言之，當主體意識無法找到可對應之客觀物象時，應該停止思考，安寧心神，等到意識偶然地發現某種物象語界〔註83〕與主體意識之語界互通之時，該物象便會率然而生，成為與主體意識相互對應之物象。

由此可見，「放安神思」所強調的其實是一種主體的生理狀態，這種生理狀態是一種平靜的、安寧的精神狀態，與「久用精思」時，那一種力的僵持狀態相對，「放安神思」則可視之為是一種力的鬆弛。正如《詩格》中所說：

> 夫作文章，但多立意。令左穿右穴，苦心竭智，必須忘身，不可拘束。思若不來，即須放情卻寬之，令境生。然後以境照之，思則便來，來即作文。如其境思不來，不可作也。〔註84〕

從這樣的論述裡可以發現，王昌齡不斷強調不管是「立意」或者是「表意」之過程皆須「苦心竭智」，而這種「苦心竭智」即為本文所說的，是一種思維能力積極運作時的緊繃狀態，這種緊繃狀態一旦發揮到極致，仍無法在思維中產生合意於象之「思」〔註85〕的話，那麼則須「放情卻寬之」好讓主體意識的思維鬆弛，以使得該意識之意指語界清明，以搜索符合此意指語界之客觀物象。這種透過力的鬆弛好讓表象之「思」得以產生的概念，在王昌齡《詩格》中之運作程序，無疑是先生理而後心理的。正如《詩格》裡提到：

> 凡神不安，令人不暢無興。無興即任睡，睡大養神。常須夜停燈任自覺，不須強起。強起即惛迷，所覽無益。紙筆

〔註83〕這裡所謂「語界」意指由主體意識或物象之涵指所構成的意義界域。

〔註84〕張伯偉：《全唐五代詩格校考》南京，鳳凰出版社，2002年4月，頁162。

〔註85〕這裡之「思」應以一個單位視之。即一單位合象於意之思的意思。

墨常須隨身，興來即錄。若無紙筆，羈旅之間，意多草草。舟行之後，即須安眠。眠足之後，固多清景，江山滿懷，合而生興。〔註 86〕

這裡「興」字應作為主體之「感興」能力來解釋。而這種感興能力之所以無法運作，實起因於主體之「神」不安。也就是說，主體之精神意識是否安定澄明，決定了主體之感興能力能否積極運作。因此，在創作之時，主體之思維過程不應該勉強為之，因為一旦缺乏對於事物之感興能力，便無法引發眞純感受。所以王昌齡認為：應該養足精神，透過精神的安定來增強主體對於事物的感知。至於如何養足精神？王昌齡則提出應該具有充分睡眠，來使得精神強大這樣的說法，所謂：「睡大養神。常須夜停燈任自覺」，亦即透過睡眠，充養其精神，並讓知覺能力自為運作，等到精神飽足，自然而然便可以感物生興。

這種讓精神飽足，好讓興感「率然而生」之現象，與現代所謂的創作靈感極其相似。正如朱光潛在《文藝心理學》中所提到的，靈感具有「突如其來」與「不由自主」等兩種特徵，與王昌齡所說的「心偶照境」（突如其來）及「率然而生」（不由自主）不謀而合〔註 87〕。差別只是，朱光潛認為這是一種心理能力的運作，肇因於潛意識中不斷思索，以致於靈感驟然而生，而王昌齡則認為是與生理性的精神能力相互關聯，必先培養精神，才能產生「感興」。

從這樣的角度來看，王昌齡《詩格》中所強調的「放安神思」這樣一個概念，與劉勰「虛靜」一說似乎有若干相合之處。然而，由於「虛靜」本身具有將先存的知解概念滌除之義涵，是以其並非全然屬

〔註 86〕張伯偉：《全唐五代詩格校考》南京，鳳凰出版社，2002 年 4 月，頁 170。

〔註 87〕朱光潛於該書中亦提到：「靈感大半是由於在潛意識中所蘊釀成的東西猛然湧現於意識。」（朱光潛《文藝心理學》，安徽教育出版社，1996 年 9 月，頁 196。）其舉例時說到：「所謂靈感，就是埋伏著的火藥遇到導火線而突然爆發。靈感也要有預備，所以想一部書的布局或是作一個數學難題，費過一番心血之後，就可以把它丟開不去再想，姑且去玩幾天或是改作旁的事，讓所想的東西在潛意識中去醞釀，到了成熟時期，它自會突然湧現。」（同上註，頁 198。）

於生理性的審美準備；但是「放安神思」一說，則試圖透過生理性的鬆弛與安頓等方式，來使得主體之精神強健，以促進審美感知的敏銳性，因此就理論性質而言，王昌齡之說顯然是以生理爲主體，復將其與心理的感知活動及思維活動聯結起來。

換句話說，所謂「放安神思」之目的，事實上是爲了蓄養「興感」這種知覺能力而提出的。因此這裡的「神」所意指的是一種由生理性修養而飽足的精神之意，與「神會於物，因心而得」中，意指創作主體審美感知的「神」具有不同的概念意涵。後者就《詩格》中之理論程序而言，乃是在養足前者的根基上所發展出來的一種主體與物交感的審美經驗，是以單就「放安神思」這樣的概念來說，其乃是一種單純之生理精神的養蓄，在《詩格》的理論系統中，這種養蓄是爲了進一步產生主體知感的審美能力，以期能夠找到與主體意識契合之意象，因此可說是一種就生理上而言的審美準備。

2、「尋味前言」的範型準備

如果說「放安神思」是一種由生理而心裡的審美準備的話，那麼「尋味前言」則可視之爲是創作主體對於傳統「文學範型」透過閱讀經驗所累積的一種形式準備。其中「尋味」一辭必須進一步分析，即這種準備不僅僅只是理知性的條理化認識，還具有一種感知性的同理化認識。是以針對前者而言，即是從文學典範中，分析出章法與結構範型，而就後者來說，則是由文學的表意模式裡，感知其「用意」時之精妙與立意時之情志樣態。換言之，所謂「感思」意指的是一種主體對於文學範型的審美作用，此審美作用包含從語言形式上之形式美感，與情志呈現上之思理美感等兩種層次。首先就語言形式上之形式美感來說，《詩格》中提到：

> 凡作詩之人，皆自抄古今詩語精妙之處，名爲隨身卷子，以防苦思。作文興若不來，即須看隨身卷子，以發興也〔註88〕。

〔註88〕張伯偉：《全唐五代詩格校考》南京，鳳凰出版社，2002年4月，頁164。

這裡，所謂「詩語精妙之處」即爲一種精妙地表現主體情志之形式範型，這種形式範型就接受者而言具有某種形式上之美感，是以，當接受者轉換爲一創作主體，那麼該形式上之美感的構成經驗便會隨著接受行爲而轉化爲另一度的創作經驗。換言之，從創作的角度出發，前人的形式範型足以產生一種創作概念上之啓發與經驗上之轉移，因此，當創作者在創作過程中遭遇瓶頸，那麼這種概念之啓發與轉移遂會產生一種經驗意識上的啓發與紓解作用，而這種啓發與紓解作用，即爲王昌齡在此處所謂的「發興」。

再者就情志呈現上之思理美感而言。王昌齡認爲：

> 凡作詩之體，意是格，聲是律，意高則格高，聲辨則律清，格律全，然後始有調。用意於古人之上，則天地之境，洞焉可觀〔註 89〕。

這裡「意」所意指的應是創作主體之主體意識。而這種主體意識在文學符號中必須化約爲一種意識樣態，這種意識樣態具有一種形式表現上之主導作用。是以「意高」則「格高」，意謂著意識內容決定了形式表現上之樣態呈現，因此「用意於古人之上」應意指揣摩古人做詩時之情志範型，而此情志範型必須將「情志」與「形式」視爲一互動之整體以進行考量〔註 90〕。

〔註 89〕張伯偉：《全唐五代詩格校考》南京，鳳凰出版社，2002 年 4 月，頁 160。

〔註 90〕是以《詩格》中進一步提到：「古文格高，一句見意，則『股肱良哉』是也。其次兩句見意，則『關關雎鳩，在河之洲』是也。其次古詩，四句見意，則『青青陵上柏，磊磊澗中石。人生天地間，忽如遠行客』是也。又劉公幹詩云：『青青陵上松，飀飀谷中風。風弦一何盛，松枝一何勁。』此詩從首至尾，唯論一事，以此不如古人也。」（張伯偉：《全唐五代詩格校考》南京，鳳凰出版社，2002 年 4 月，頁 160。）由此可見，王昌齡認爲：在情景的描寫之中，必須同時表現創作主體之意識樣態。因此其列舉了古人於文學符號裡表現意識樣態之例子，最後舉出反證認爲：「青青陵上松，飀飀谷中風。風弦一何盛，松枝一何勁。」一詩只有事態之描寫，並無創作主體之意存在，是以「不如古人也」。

然而，必須進一步強調的是：在王昌齡《詩格》中，這種「尋味前言」的經驗準備並不在於模仿前人的語言形式或者是表意方式，反而是企圖透過對於過往文學範型之感受，來進一步引發超越該文學範型之思維。正如《詩格》中所說的：「意須出萬人之境，望古人於格下，攢天海於方寸。詩人用心，當於此也。〔註91〕」可見，王昌齡當時即有文學是一種「創新」之思考〔註92〕，而此「創新」必須與眾不同（出萬人之境）且發前人所未發（望古人於格下），至於如何能夠達到這樣的境界，則當是「詩人用心」之所在。

由此可見「尋味前言」這樣一個概念就創作主體而言，所強調的是接受者品味文學範型的一種感知經驗。這種感知經驗的目的在於「發興」，也就是說，透過對於文學範型在形式上與情志表現上之接受經驗，以產生創作主體經驗之觸發與移轉。因此這種觸發與移轉並不在於襲擬前人，而是將前人文學範型中之形式感與情志感視爲一種「觸媒」，進而提出「感而生思」這樣一個概念，即分別從這兩種美感「觸發」出創作時，形式與立意角度之思維。

三、「以心擊之」與「搜求於象」之呈象意識

就本質而言，「搜求於象」可謂王昌齡《詩格》理論脈絡裡，創

〔註91〕同張伯偉：《全唐五代詩格校考》南京，鳳凰出版社，2002年4月，頁162。

〔註92〕關於王昌齡追求「創新」之思想，在《詩格》中時時可見。如其亦提到：「莫用古語及今爛字舊意。改他舊語，移頭換尾，如此之人，終不長進。」（同上註，頁163。）又說：「學古文章，不得隨他舊意，終不長進。皆須百般縱橫，變轉數出，其頭段段皆須令意上道，卻後還收初意。」（同上註，頁170。），足見其對於「尋味前言」這樣一個概念，應當著重於「尋味」後之「起興」作用，而非形式或立意上之模擬。是以針對這樣一個問題，黃景進提到：「王氏主張立意要大膽，不要畏懼超出前人與今人範圍，這種觀點，正是承襲齊梁文人追求『新變』的放蕩說而來，所謂『傑起險作，傍若無人，不須怖懼』，很明顯地表現出一種放蕩不拘的意圖，老杜所謂『語不驚人死不休』，正同此觀念。」（黃景進：《意境論的形成——唐代意境論研究》，台北，學生書局，2004年9月，頁146。）可謂見解深刻。

作主體思維活動的主要型態。這種主要型態就意識的思維過程來說是一種由「意」到「象」的轉換過程。而這種由「意」到「象」之轉換則進一步涉及了「象」在主體意識中之產生及其作用機制爲何的問題。是以綜觀王昌齡《詩格》中之論述，可以發現，「象」之產生及其作用機制，在該理論系統中同時涉及了「以心擊之」與「搜求於象」等兩個概念，前者是外在物象投射於主體意識中所產生之感象，經由主體闡釋，而進一步以某種意義呈象〔註 93〕之方式儲備於主體經驗意識之中；後者則是當主體在產生某種意識樣態之時，透過意識之搜索而與某種意義之呈象進行聯結之過程。

是以就主體呈象之機制來說。所謂「呈象」意指創作主體在創作構思之前，對於物象的闡釋與儲備。這種闡釋與儲備必須透過創作主體之主體意識與外在物象在思維經驗中進行交流，而這種交流除了心理性的審美因素外，尚且包含認知性的社會因素〔註 94〕，透過這兩種因素的交相影響，使得主體面對客觀物象時，對於該物象之本質產生相對之情感反應，而這種情感反應或者對於本質之闡釋，源自於某種主體情感的客觀化對應。換言之，「呈象」作爲一種意識經驗，基本上是由「個性化」與「本質化」相互作用所產生的，是以《詩格》裡提到：

> 夫置意作詩，即須凝心，目擊其物，便以心擊之，深穿其境。如登高山絕頂，下臨萬象，如在掌中〔註 95〕。

〔註 93〕爲了與符號所具現之意象進行區隔，是以在主體意識中所呈現之意識圖象，本文在此將其稱之爲是一種意識的「呈象」。

〔註 94〕某種具有社會意義或者形式意義之本質。譬如由花開而感到新生的喜悅，或者是由高大的樹木感受到挺拔……等。格式塔心理學認爲這是由於外在物象的形式感所帶來的一種力的同構反應，然而事實上，這種反應應當包含文化結構在主體潛意識中之作用，正如李澤厚所提到的：「所以，客觀自然的形式美與實踐主體的知覺結構或形式的互相適合、一致、協調，就必然地引起人們的審美愉悅。這種愉悅雖然與生理快感緊相連繫，但已是一種具有社會內容的美感型態。」（李澤厚：《美學論集》，台北，三民書局，2001 年 8 月，頁 732。）

〔註 95〕張伯偉：《全唐五代詩格校考》南京，鳳凰出版社，2002 年 4 月，頁 162。

這一段話明白地指出了在創作活動前，創作主體「呈象」時之意識經驗。此經驗說明了審美呈象就其過程而言，包含了心理意識之凝聚，以及心理意識之闡釋等兩個部分，是以在「夫置意作詩，即須凝心」中，「凝心」意指的是一種主體意志之焦聚與專注，屬於審美準備的部分；而在「目擊其物，便以心擊之」裡，「心」所意指的則是一種主體的意識內容。因此「以心擊之」說明了主體以其意識內容對於事物之結構或形式本質進行歸納與闡釋，則屬於審美經驗之範疇。

是以「深穿其境」一詞亦應接續「以心擊之」之概念以進行說明。在審美經驗之中，對於物之審美或者說是接受，皆應將此對應物象視之爲一種符號的概念。既然是符號，就應具有該符號之表徵或外在形式，以及該符號之內容或內在肌理等兩個部分。其中，外在形式所帶來的大部分是一種直觀的知覺感受〔註96〕，而內在肌理所引起的則多半包含接受主體之闡釋與理解〔註97〕，是以這種闡釋與理解涉及了該符號內容之能指（signifier）與涵指域的觀念，例如「雲」這個對象本身所意指的除了是一種自然現象外，還包含了從其流動的型態解釋爲流動不居，或者是從其變換不止的型態解釋爲幻變不息，因此如果說流動不居與幻變不息皆是「雲」這個符號對象之「可能所指」的話，那麼，將其所指與所指間聯結起來，便會形成一個在「雲」這個語境範圍下的符號內容。換句話說，符號之語境可能包含無數所指〔註98〕，而此所指域中之唯一所指，必須透過主體之解釋才得以形成。

〔註96〕例如：由外型的「大」所引起的壯闊、宏偉的感覺。

〔註97〕例如：由樂符與樂符間之音感的轉折，而將其解釋爲淒涼或蕭索。

〔註98〕在符號學中，所謂能指（signifier）乃是就符號可見的形式層面這個意義上來使用的。正如趙毅衡在《文學符號學》一書中提到：「能指是符號中『顯現』的部份。」（趙毅衡：《文學符號學》，北京：文藝新學科建設叢書，1986年，頁14。）然而如果單從符號的結構來看，能指（signifier）與所指（signified）對應這樣的說法顯然是過分簡單且武斷的。因此本文在此多考量了同一符號之能指並非僅有一單一所指，而是同時具有許多意旨性之可能。是以本文將這種可能稱之爲能指之「涵指域」，用以說明一符號能指之中蘊含無數所指之現象。

是以所謂「以心擊之」，便是將「心」這個主體的接受知感置於物的符號解釋之中，而「深穿其境」則是透過這種主體知感之涉入，對於該符號之涵指範域進行闡釋與理解，以從其涵指域中，選擇一個足以表現其意識內容之唯一所指。

是以其在「詩有三境」中之「物境」一則裡亦提到：

> 物境一。欲爲山水詩，則張泉石雲峰之境，極麗絕秀者，神之於心。處身於境，視境於心、瑩然掌中，然後用思，了然境象，故得形似〔註99〕。

所謂「物境」，所意指的正是泉石雲峰等表層物象。而「處身於境，視境於心」則說明了將主體置於該表層物象之涵指域中。是以掌握物象之涵指，便能進一步「用思」以思索與主體知感對應之所指。因此所謂「了然境象」應是形容在此過程之中，主體找到了其知感內容與客觀物象間之聯結，所以透過主體意識對於該物象進行敘述，遂能夠以「形似」〔註100〕之方式，營造出合於主體知感之物境來〔註101〕。

可以發現，在此過程之中，這種「以心擊之」之審美經驗，並非

〔註99〕張伯偉：《全唐五代詩格校考》南京，鳳凰出版社，2002年4月，頁172。

〔註100〕王昌齡反對單純「形式」之描寫，其認爲物象之中必須有意存在，是以其舉詩例時提到：「詩有『明月下山頭，天河橫戍樓。白雲千萬里，滄江朝夕流。浦沙望如雪，松風聽似秋。不覺煙霞曙，花鳥亂芳洲』。並是物色，無安身處，不知何事如此也。」（張伯偉：《全唐五代詩格校考》南京，鳳凰出版社，2002年4月，頁168。）可見王昌齡認爲只有物色之描寫並非即是好詩，而必須有安身之處，最好是意與景相互融洽。正如其所提到：「詩貴銷題目中意盡。然看所見景物與意愜者當相兼道。若一向言意，詩中不妙及無味。景語若多，與意相兼不緊，雖理通亦無味。昏旦景色，四時氣象，皆以意排之，令有次序，令兼意說之爲妙。」（同上註，頁169。）

〔註101〕是以「象」與「境」間的差異應是：「象」乃是一個絕對的客觀對應物，而「境」則是主體對於此客觀對應物之闡釋語界。換言之，創作主體之「意」乃唯一所指，透過主體之判斷力對於物象之涵指進行闡釋，以組織成一種以「象」表意之語界型態，而「境」則是語界本身。是以「境」就創作文本而言，是一種符號語義的聯結空間，而所謂「境象」乃是此號義空間所寄託之形象。

是一種消極地讓審美對象於心理產生同構效應之心理反射，而是一種積極地參與與涉入，將主體我置於一個積極感物的處境裡頭，以主體我的角度對於審美對象進行「闡釋」的一個過程。此過程雖然是以創作爲目的，但並非創作活動本身，而是創作主體對於美感材料的收集與解釋，透過這種收集與解釋，將某種「象」之意感〔註 102〕積澱於記憶之中，於是創作主體之記憶遂有一個聯結各種情意材料之意象庫，等到創作之時，創作主體在確立其創作意識之後，便能夠提取此意象庫中之材料，以進行敘述意識與物象間之聯結。

而這種將創作意識與意象庫中之材料進行聯結的經驗機制，在王昌齡《詩格》之中即稱之爲「搜求於象」。正如王昌齡所提到的：

取思三。搜求於象，心入於境，神會於物，因心而得〔註 103〕。

這裡，「因心而得」說明了「搜求於象」、「心入於境」、「神會於物」都是一種主體意識活動時之意識效能。其中「搜求」、「心入」與「神會」皆可視爲是這種主體意識效能的同義複詞，而「象」、「境」與「物」則可看作是對於客觀之對應物象的不同說法。以圖式示之即爲：

搜求（主體）→象（客體）

心入（主體）→境（客體）

神會（主體）→物（客體）

由這樣的結構可以發現，無論是「搜求」、「心入」或者是「神會」皆寓有將主體對應、投射或者是融合之意。也就是說，所謂「搜求於象」

〔註 102〕這種象之意感正如高友工在〈中國文化史中的抒情傳統〉一文中所分析的那樣，其提到：「對抒情美典來說，一切媒介的物感自然是重要的，它是一切經驗的根據。但進一步的認識經驗的基層是在心界存在處，必然會分辨美感外在的媒介和內在的材料。形成心界中的材料才是眞正的美感材料。」（高友工：《中國美典與文學研究論集》，台北，台灣大學出版，2004 年 3 月，頁 117。）以其進一步將這種美感材料對於人之意義分爲「指稱」和「象意」兩種，其中「象意」所意指的正是「以感覺材料的某些本質作爲象徵心理情意的媒介」。

〔註 103〕張伯偉：《全唐五代詩格校考》南京，鳳凰出版社，2002 年 4 月，頁 173。

應是透過創作思維中之「聯想」〔註 104〕作用，尋找主體意識裡，經由主體闡釋過後之象意材料，以進行意識樣態之具象化表現〔註 105〕。因此主體之意識樣態可視之爲是一種主導原則（立意），在其將該意識樣態符號化的思考之中，該意識與象意材料之結合，可視之爲創作意識裡之首要過程。

正如《詩格》中所提到的：

> 春夏秋冬氣色，隨時生意。取用之意，用之時，必須安神淨慮。目睹其物，即入於心。心通其物，物通即言〔註 106〕。

由此可見，所謂「目睹其物，即入於心」意謂著外在物象之視感透過主體闡釋而成爲一種象意材料〔註 107〕。當這種象意材料成立，意謂著主體之知感與物象具有某種本質化之互通（心通其物），因此，當

〔註 104〕關於「聯想」，王夢鷗認爲：「聯想也就是構造一種想像的過程。因爲原意象具有特殊的性質型態，那性質型態經過聯想選擇，由附從的想像品共同合成實體……倘從聯想而來的東西來看，那些都是固有的經驗之再生，也就是我們逐漸記憶起來的東西，故聯想就靠著記憶力之行使。」（同上註，頁 111。）

〔註 105〕是以「搜求於象」之概念與劉勰「神用象通」不同之處在於：「搜求」二字除了點出以「象」作爲「意」之寄託的主導原則外；更進一步地透露出創作主體欲以「象」進行表現之創作意識。而這種創作意識更使得文學由傳統心志之對應，走向了創作主體有意識地進行組織與表現。

〔註 106〕張伯偉：《全唐五代詩格校考》南京，鳳凰出版社，2002 年 4 月，頁 170。

〔註 107〕格式塔心理學對於這種「目睹其物，即入於心」的說法，提出了一種稱之爲「視覺思維」的闡釋。其認爲當外在物象透過視感投射於意識中時，其實已經包含了某一種意識的判斷過程，是以其舉例說：「一個人在觀看一個物體時所看到的這個物體的大小（或尺寸），與這個物體在他的視網膜上的投影的大小（或尺寸）通常並不相等……視網膜上出現的這個與事實不符的意象，一定是得到了某種無意識判斷活動的糾正，這種判斷是基於觀看者在實踐中學習到的有關事實進行的。」（魯道夫．阿恩海姆著，滕守堯譯：《視覺思維——審美直覺心理學》，四川，四川人民出版社，2010 年 2 月，頁 20。）然而這種理論單方面地強調了事物之「型」透過視覺所產生的心理作用，而忽略了該事物在文化語境之中，對主體所產生的闡釋影響。是故本文認爲，應將文化亦納入美感判斷的考量之中。

主體之意識確立，遂可透過這種與知感互通之象意材料，進行符號化之表現（物通即言）〔註 108〕。然而，在符號化表現之前，主體意識中，其意識樣態經過構象思考而與象意結合的這一個階段，仍需視爲是一種思維內容，並以這種思維內容作爲創作過程中之主導思維。是以當創作主體在進行創作結構之思考時，必須取用此思維內容作爲符號化之對象以進行修辭與結構之書寫，而這樣的一種創作時之意識經驗，王昌齡遂將其稱之爲「取思」。

「取思」這樣一個概念就詩學系統而言，具有兩個層面的意涵：首先就創作主體來說，意謂著主體之意識必須經過具體之創作思考，而此創作思考是建立於一種以象表意的模式之上。換言之，抒情言志之活動因爲「詩學」這樣特殊的美學要求〔註 109〕，遂在詩學文本的規範性與典範性下，產生主體「創作」之自覺。再者，就文本呈現而言，由於「取思」必須經過主體與象意相互聯結之階段，因此，文本符號中之物象呈現，皆須具有「意」之涵蘊，正如《詩格》中所提到的：

> 詩有「明月下山頭，天河橫戍樓。白雲千萬里，滄江朝夕流。浦沙望如雪，松風聽似秋。不覺煙霞曙，花鳥亂芳洲」。並是物色，無安身處，不知何事如此也〔註 110〕。

這裡「安身」應解讀爲是一種創作主體的主體意識〔註 111〕，是以所

〔註 108〕 至於意與象互通後的語言構型，則是屬於另一個階段的「用思」。本文主題以創作主體思維中之象意爲主，故於此存而不論。

〔註 109〕 黃景進認爲：「根據六朝的創作理論，理想的作品是能用適當而逼眞的物象寄託情意，並用優美的文辭與聲律表現出來。」（黃景進：《意境論的形成——唐代意境論研究》，台北，學生書局，2004 年 9 月，頁 121。）是以本文在此所謂的「美學要求」即是在這種對於「理想作品」的理論預設下，理論主體對於創作一事所提出的理論陳述與典範追求。

〔註 110〕 張伯偉：《全唐五代詩格校考》南京，鳳凰出版社，2002 年 4 月，頁 168。

〔註 111〕 必須進一步論析的是：「身」在王昌齡詩格之中，所意指的應是一種眞實作者的情志感。這種情志感必須與創作主體之敘述意識交融，而產生一種以眞實知感爲本源的意識樣態。正如《詩格》中說到：「凡詩人，夜間牀頭，明置一盞燈。若睡來任睡，睡覺即起，

謂的「無安身處」應當解釋爲缺乏主體意識之表述。由其詩例看來，整首詩所展現的皆是物象之描寫，而物象與物象之間並無主體意識以進行聯結，因此，王昌齡認爲：「並是物色，無安身處，不知何事如此也。」所意指的便是該詩缺乏意識內容，卻空有物色這樣的缺點。可以發現，就文本的符號表現而言，王昌齡所追求的，亦應是將主體取思時，那種將意識樣態與客觀物象結合之思維內容，落實於創作實踐的符號化過程之中。

是以，如果說「以心擊之」屬於前創作時期的審美經驗的話，那麼「搜求於象」則應當視之爲是創作主體在進行創作思考時，以主體之意識樣態作爲主導原則所進行的一種對應選擇。換句話說，就王昌齡《詩格》中之理論系統而言，「象」於創作主體意識中之概念，可進一步概括爲是一種主體記憶積澱裡，被主體闡釋過後之象意材料。而這種象意材料由於與主體某種知感聯結，因此，當創作主體之意識內容確立，必須尋找對應物象以使得該意識具象化時，創作主體便會向記憶中之審美經驗尋求，從其美感素材中尋找可對應之物象〔註112〕。而如果說前一種象意材料之產生是透過「以心擊之」這樣一種

興發意生，精神清爽，了了明白。皆須身在意中。若詩中無身，即詩從何有。若不書身心，何以爲詩。是故詩者，書身心之行李，序當時之憤氣。」（同上註，頁 164。）黃景進在解釋此段落時，亦認爲：「這是強調作詩先要『身在意中』，即身心受到某種感動並引起鬱積的情志」（黃景進：《意境論的形成——唐代意境論研究》，台北，學生書局，2004 年 9 月，頁 143。）

〔註112〕王夢鷗在《中國文學理論與實踐》一書中曾經提到：「『感覺』雖屬於感官的職責，但所謂感官，必須包括六根：眼耳鼻舌身意；亦即除了向外開張的生理上感覺器官之外，還有包藏在內心的『經驗再生的作用』與『潛意識的作用』……大抵內發的意思，它最初感覺到的那點『東西』也和得自眼前的任何一種印象一樣，都只是打開我們記憶的鑰匙，或亦可說作引發記憶力的一種動能，由它牽引向兩方面活動。一面是強迫性的，定要尋找與那東西相關聯的記憶材料；一面則是自由地檢閱一些記憶力所能提供的材料。」（王夢鷗：《中國文學理論與實踐》，台北，里仁書局，2009 年 9 月，頁 103。）此說亦可補充本文上述之心理過程。

機制而積澱於意識裡頭的話，那麼後一種搜求記憶中之象意材料，以與該材料進行聯結之思維經驗，則是創作主體有意識地「搜求於象」下的經驗過程。此兩者皆爲一種意識經驗之運作，差別在於，前者是後者的準備，而後者則是前者的意識化體現。

第四節　「以意爲主」之構象意識

一、「以意爲主」之概念意涵

王昌齡《詩格》中之討論，可以視之爲是中國詩學系統裡，有意識地將創作行爲朝向某種美學原則之典型。透過「搜求於象」這樣一個概念，在創作主體之「意」與「象」間，強調了「用思」這樣的思維活動，進而以「象」來表現創作主體之敘述意識。這種以「象」作爲創作時之主導原則，進而認爲創作時，創作主體應將其主體之「意」投射於「象」中之詩學概念，直至明代可說臻於成熟〔註 113〕。例如何景明在〈與李空同論詩書〉中便曾經提到：「夫意象應曰合，意象乖曰離，是故乾坤之卦，體天地之撰，意象盡矣。〔註 114〕」可見「以象表意」，「象」與「意」必須具有理解意義上之合理性，已經成爲一種共識。然而，進一步鑿深這樣的共識，並具體論析「意」之概念型

〔註 113〕根據胡雪岡在「意象範疇的流變」一書中所提出的說法認爲，明代「意象」論之所以興起的原因概略可分爲三個部分：一是由於不滿宋代理學「窒情明性」的文藝觀。二是因爲以盛唐爲師的中心思想。三則是由於明代詩歌創作流派紛呈所致。（胡雪岡：《意象流變的範疇》，百花洲文藝出版社，2009 年 10 月，頁 66～69。）事實上，胡雪岡在該書中之說法顯得籠統，畢竟明代「意象」論之所以興起乃是一個大問題，必須從文藝思潮與社會文化等多方面進行考察，並非本文所要討論之重點。本文主要是以理論概念做爲討論核心，因此，此處僅意在於說明「意象」說在明代各種相關概念皆已經大抵完成。而本文所要進行討論之王夫之詩論，則是在此歷史背景下所產生的一種美學意識。

〔註 114〕郭紹虞主編：《中國歷代文學論著精選中》，台北，華正書局，1991 年 3 月，頁 266。

態以及其與物象間之感知關係的，則以明末清初的王夫之（1619～1692）所提出之「以意爲主」這樣的說法較具有代表性。

事實上，「以意爲主」並非王夫之之創見，在王昌齡《詩格》中已經可以看見這種以創作主體之思感，作爲創作時之主導原則的說法。是以王夫之就這一個層面而言，並未脫離前人所論述之範域。然而，針對創作主體之「意」的形成，從物感於主體意識中之感象，到主體與此感象進行融合後之呈象，王夫之則以其「現量」一說，將審美主體轉換爲創作主體之過程，從美學角度辯證地結合起來。換言之，王夫之之論見清楚地界定了審美時之經驗型態的特殊性，並由此特殊性，進一步與創作主體構象時之思考結合，引申論述了創作思維之特殊性。因此由事物到主體再到文本的這一個過程，遂由原本單純的抒情言志，轉換爲具有某種概念前提，並在這樣的概念前提下，產生特殊的審美經驗與創作型態。是以，就這一個層面來說，王夫之之詩論無疑是將「文學創作」一事，從直貫地「言志」轉變爲有意識地「表意」，並系統地論及了「意」在文學創作的前提下，從物象之「感知」到「構想」皆與單純「言志」不同的經驗型態。

是以「以意爲主」之「意」在王夫之詩論中之概念意涵爲何，則是本文首須論證之問題。所謂「以意爲主」一說，主要見於《薑齋詩話》裡，一段關於創作概念之陳述：

> 無論詩歌與長行文字，俱以意爲主。意猶帥也，無帥之兵，謂之烏合〔註115〕。

由此可見，「意」在這樣的論述系統裡具有主導原則之意義。也唯有「以意爲主」，文字符號之創造才是有機統合之整體。換言之，「意」在這樣的理論系統中乃是能動性的，透過「意猶帥也」這樣的形象化定位，使「意」成爲一統攝之主體，負有帶領結構內容與形式由主體之「意」出發，復又歸返於「意」之作用。

〔註115〕丁福保編：《清詩話》，王夫之《薑齋詩話》，台北，明倫出版社，頁8。

是以，綜觀《薑齋詩話》中之論見，可以發現，「意」除了具有創作主體之主體意識這樣的意涵外〔註 116〕，更應當將「意」之具體概念，視爲是一種以審美意象作爲立論軸心之理論陳述。正如其文中提到：

> 把定一題、一人、一事、一物，于其上求形模，求比似，求詞采，求故實；如鈍斧子劈櫟柞，皮屑紛霏，何嘗動得一絲紋理？以意爲主，勢次之。勢者，意中之神理也。唯謝康樂爲能取勢，宛轉屈伸，以求盡其意，意已盡則止，殆無剩語；夭矯連蜷，煙云繚繞，乃眞龍，非畫龍也〔註 117〕。

這段論述具體地說明了王夫之對於詩歌創作活動之核心概念，即認爲創作一事不應從「形模」、「比似」、「詞采」、「故實」等追求形似（再現）與形式（詞采雕琢）等兩方面著手。而應當以創作主體內在之情志爲主，再將此內在情志透過某種具象化之勢態表現出來。換言之，這種內在情志可視之爲是一種內在的精神型態，透過外在物象之勢態化表現而加以具象。因此這種表現形態遂與追求形似與形式之表現方式不同，其所呈現的是一個具有內在主體之生命動能的表現體（眞龍），而非徒具外在形貌與雕琢的再現體（畫龍）。

從這樣的推論中可以發現，在王夫之詩論裡，創作主體之內在情志必須具有一外在形象來展現該主體情志之情志樣態，因此當主體處於審美階段之時，該主體對於外在形象之接受與闡釋，遂具有了與主體之意相互感通或換喻之作用。換句話說，在審美感象與創作形象之間，主體情思是融合感象成爲一種形象的中介因子，其關係應可以以圖示表現如下：

審美感象＋主體情思→主體的美感形象（心理之美）。

美感形象（心理之美）→形象情態＋具象造型→創作形象

〔註 116〕例如《薑齋詩話》中提到：「『采采芣苡』，意在言先，亦在言後，從容涵泳，自然生其氣象。」（同上註，頁 3。）可見這裡所謂「意在言先」所意指的是先在於文本符號構象前之主體意識，而「亦在言後」則是此構象意識透過符號構象於接受主體意識中之接受效果。

〔註 117〕同上註，頁 8。

（物理之美）。

由上圖可以知道，從審美感象到形象化之過程，必然經過客觀之「景」與主觀之「情」的內在交融而成爲一種審美形象。此審美形象從「心理之美」轉向「物理之美」的關鍵在於：將主體美感之形象情態貫注於文字符號的造型之中，於是此符號造型便同時具有了主體情感與形象美感等兩個部分，進而具體表現爲一種文字結構之擬態。這種擬態主要是將創作主體之情態具現，呈現出一種內在之「情」與外在之「景」交融的結構方式。換句話說，這裡所謂審美形象意謂著船山對於文學創作之見解並非是透過外在形式來追求一種陌生化的審美感受，而是藉由文字組構，將其心目中之審美形象表現爲一種能夠誘發審美效應之審美圖式。這種審美圖示是以審美經驗中之形象意念作爲一種創作時的主導原則，因此，在此經驗的「干涉」下，創作並非是一種追求語言修飾的文字遊戲，而是就一整個審美的氣氛場來說，營造出可「再經驗」的審美視域。這種可「再經驗」的審美視域之創造，目的則是爲了顯現物之眞實。正如船山在詮釋現量之「現」時所提到的：

> 現者有現在義，有現成義，有顯現眞實義。現在，不緣過去作影，現成，一觸即覺，不假思量計較。顯現眞實，乃彼之體性本是如此，顯現無疑，不參虛妄〔註 118〕。

這裡的「顯現眞實」是就物之本性而言。而所謂物之本性，就創作經驗來說，即爲一種被經驗過的審美形象，在文字結構中被「表現」出來〔註 119〕。換言之，當創作主體與外在物象接觸，主體遂會透過其

〔註 118〕 王夫之：《船山全書》第 13 冊，長沙，嶽麓書社 1995 年，頁 536。

〔註 119〕 這裡特別強調「表現」一詞，是因爲王夫之之創作觀，在此層面上與西方表現主義的中心論述不謀而合。「表現主義」對於外在客觀物的描寫，所強調的便是相對於「模仿論」與「再現論」來說的一種「表現論」。其理論主張認爲：「藝術家去經歷一切，透過主觀精神進行內心體驗，體驗的結果產生一種激情……藝術家就是要以這種激情來表現事物的幻象。所謂幻象是事物的更深一層形象，亦即事物純粹的眞實。如果是表現房子，那就要捨棄房子的形似，使其本質顯露出來。」（伍蠡甫、林驤華編著：《現代西方文論選》，台北，書林出版社，1992 年 8 月，頁 152。）

內在感知對於物象進行闡釋，而將其所感知之物之本性積澱於意識之中。是以就創作經驗而言，當創作主體產生某一種情志，遂會將此情志之思感與意識中之物之本性對應，進而構思呈現此情志與物性交融的心理形象。而這一整個內涵皆爲主體內在的一種意識活動，以圖示示之即爲：

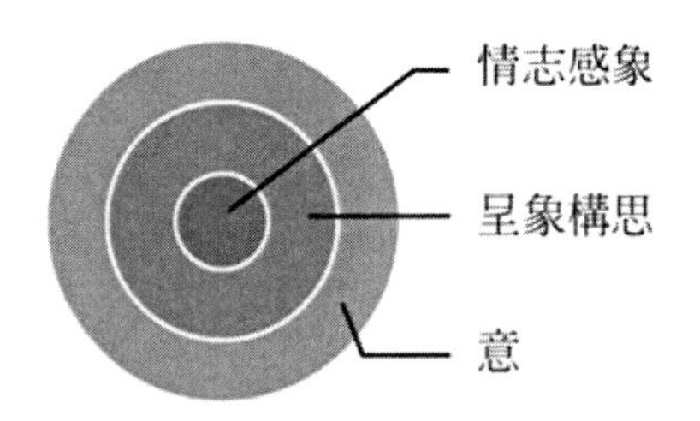

由此可見，「意」包含了以「情志感象」爲主之內核，以及呈現此情志感象之構思，因此「以意爲主」之「意」必然同時涉及兩個主導原則：首先是與此主體意識相對應之審美形象的產生；再者則是表現此審美形象爲符號化形象之構象前提。前者涉及了王夫之「現量」一說的感象經驗，而後者則與其「動人興觀群怨」之詩學概念有關。是以本文以下即從這樣的角度切入，探討《薑齋詩話》〔註 120〕中「以意爲主」之「意」，就其審美感象而言如何形成？以及此意識之呈象構思，是在怎樣的詩學前提下進行轉換〔註 121〕。

〔註 120〕據郭紹虞的說法，王夫之的著作中並無《薑齋詩話》之目，是丁福保將其《詩繹》一卷與《夕堂永日序論》內篇，合輯於《清詩話》之中，並易稱之爲《薑齋詩話》（見丁福保編：《清詩話》，郭紹虞著〈前言〉，台北，明倫出版社，頁 4。），因此《薑齋詩話》可說是納集了船山對於詩學美學的主要看法，故本文之討論將主要以該詩話之論述爲主。

〔註 121〕王夫之對於「詩學」之看法約略可以分爲兩個部分：一種是從外在文化視角對於詩經之文化意涵進行考證與詮釋；另一種則是從文藝美學角度探索詩之爲詩的美感來源、創作與審美現象。前者是以《詩廣傳》作爲主要代表，而後者則散見於零碎之詩話敘述裡頭。是以本文主要針對後者，透過對於《薑齋詩話》之爬梳與整理，釐析王夫之所陳述之概念裡頭，「以意爲主」之構象意識，就創作主體而言，其「審美經驗」與「美感構象」間的結構關係。

二、「現量」說之感象經驗

1、「現量」說之經驗型態

「現量」本是釋家之語，乃船山移用自唯識學中之說法。在唯識學裡，「量」意指的是一種知識型態，其主要分爲：現量、比量與非量等三種。其中比量指稱的是透過比較、推導所獲得的認識；而非量則是既非現量也非比量卻又類似於現量與比量的認識形態；至於「現量」則意指一種當下即是的直覺體證，就對象而言，這種直覺體證必須認識到物之自性，而非透過一種既定的知識概念來加以分別。是以所謂：「現在義」、「現成義」與「顯現眞實義」，可以視之爲是這種知識型態的三種特徵，即「當下的」、「直覺的」與「物之本質的」〔註 122〕。

是以王夫之在《相宗絡索》中認爲，「現量」乃是一種「圓成實性」的顯現，並提到：「『圓成實性』即眞如本體，無不圓滿，無不成熟，無有虛妄，比度即非，貶眼即失，所謂『止此一事實，餘二定非眞』，此性宗所證說，乃眞如之現量也。」可以發現，這裡的說法事實上仍是在強調「現量」的三種特性，以圖式示之即爲：

貶眼即失	現在義	當下的
比度即非	現成義	直覺的
眞如本體	顯現眞實義	物之本質的

因此，如果說船山對於「現量」的認知是結構在這三種特性之上的話，那麼當「現量」由《相宗絡索》裡的佛學用語移用爲詩學概念時，必定是因爲船山認爲「現量」這樣的認知活動，就結構上而言，具有某種與詩學創作時之意識經驗相通之處。正如《薑齋詩話》中提到：

〔註 122〕這種知識型態近似於西方美學對於「直覺」之看法。正如克羅齊（Benedetto Croce）在《美學原理》一書中提到：「知識有兩種形式：不是直覺的，就是邏輯的；不是從想像得來的，就是從理智得來的；不是關於個體的，就是關於共相的；不是關於諸個別事物的，就是關於他們中間關係的；總之，知識所產生的不是意象，就是概念。」（克羅齊著，朱光潛譯：《美學原理》，上海，上海世紀出版集團，2007 年 4 月，頁 6。）

> 因景因情，自然靈妙，何勞擬議哉？「長河落日圓」，初無定景；「隔水問樵夫」，初非想得。則禪家所謂「現量」也〔註123〕。

在此，如果將「情」與「景」視爲是創作時，主體與客體間的互動關係的話，那麼在上述引文裡，情景之所以能夠融洽無間的關鍵，便在於一種自然靈妙、不經概念設想的直覺體現。這種直覺體現使得主體之情的本質與客體之景的本質互通，而得以呈現出一種「情」與「景」在經驗裡自然交融的經驗型態，而這種情景以直覺交融的經驗型態，即爲本文所謂的「感象經驗」。

「感象經驗」或稱爲「審美經驗」，意謂著「我們在欣賞自然美或藝術美時的心理活動〔註124〕」。這種心理活動是創作主體在執行其創作行爲前的前驅階段；也就是說，每一個藝術的創作主體在執行其創作行爲前必定爲一審美主體，此審美主體將其對於審美客體之內在感應等審美經驗，透過藝術符號再現出來，於是其所再現之藝術成品便將與其審美意識同構，而復現爲一與審美時之景況相似的美感語境。此美感語境除了審美客體之部分現實外（景），還包含了審美主體經過主觀意識活動之重新闡釋所再現的審美結構（情）。換句話說，審美經驗是審美主體自身帶有濃厚主觀經驗的一種心理活動，此心理活動凝縮外在客體之感象與主體之美覺於一瞬間，而重新於審美主體之意識中結構爲一再現之美感形象，這種美感形象由於包含了審美當時之美感環境與審美主體之美感意識，因此便重新顯現爲一種帶有審美主體性之主觀美覺，而構成此一主觀美覺之經驗樣態，即爲王夫之所謂的「現量」〔註125〕。

〔註123〕克羅齊著，朱光潛譯：《美學原理》，上海，上海世紀出版集團，2007年4月，頁9。

〔註124〕朱光潛：《文藝心理學》，安徽教育出版社，1996年9月，頁9。

〔註125〕「量」論是古印度佛教對於知識論的探析，其中「現量」一詞所指稱的應該是一種「當下」的經驗知識，正如胡勇與劉立夫在〈王夫之認識論中的佛教影響〉一文裡提到：「就『能量』來看，陳那量論因明學將其分爲兩種，一者現量，二者比量。陳那通過分析『所量』而得出『能量』的兩種區別。而『所量』唯有二相，一曰自相，

換句話說，王夫之之所以將「現量」一詞由釋家用語移用爲詩學用語，乃在於就創作過程而言，王夫之發現在創作行爲之前，主體之審美經驗與「現量」所形容之認知經驗在結構上具有若干相合之處，因此，就創作主體來說，「現量」乃是一種審美主體審美時之經驗狀態，即一種不假思量、當下即是，卻又能夠見證物之本質的經驗型態。這種經驗型態是一種與名理認知（比量）有別的形象認取，就形式而言，其所涉及的是一種不經理智與邏輯思考的感知方式。正如朱光潛在《文藝心理學》一書中提到：

> 名理的知識是『對於諸個別事物之間的關係的知識』(know ledge Of there lations between them)。一切名理的知識都可以歸納到『A 爲 B」的公式。比如說「這是一張桌子」，「玫瑰是一種花」，「直線是兩點之間最短的距離」。這個「A 爲 B」公式中 B 必定是一個概念，認識「A 爲 B」就是知覺 A，就是把一個事物「A」歸納到一個概念「B」裏去。看見 A 而不能說它是某某，就是對于 A 沒有名理的或科學的知識。就名理的知識而言，A 自身無意義，它必須因與 B 有關系而得意義。我們在尋常知覺或思考中，決不能在 A 本身上站住，必須把 A 當著一個踏腳石，跳到與 A 有關係的事物上去。直覺的知識則不然。我們直覺 A 時，就把全副心神注在 A 本身上面，不旁遷他涉，不管它爲某某。A 在心中只是一個無沾無礙的獨立自足的意象 (image)。A 如果代表玫瑰，它在心中就只是一朵玫瑰的圖形。如果聯想到「玫瑰是木本花」，就失其爲直覺了。這種獨立自足的意象或圖形就是我們所說的「形象」〔註 126〕。

二曰共相。自相就是事物的差別相，這個差別相存在於具體的時間和空間中，是剎那生滅的。所以『現量』是離分別的，是對事物當下的正確的鮮活的理解，這個理解是忘我的、無言的。」（參見胡勇、劉立夫合著：〈王夫之認識論中的佛教影響〉，《衡陽師範學院學報》，第 30 卷第 4 期，2009 年 8 月，頁 3。）然而就船山的美學觀來看，此處的「現量」應當是一種挪用，是一種創作主體與審美客體遇合時，當下的審美經驗。

〔註 126〕朱光潛：《文藝心理學》，合肥，安徽教育出版社，1996 年 9 月，頁 12。

朱光潛在此主要是解釋克羅齊之「直覺說」就審美型態上之概念與名理知識有何不同。然而從這樣的舉證中可以發現，朱光潛認爲外在現實知識所強調的其實是一種關係性的概念整合，而創作主體之審美經驗所指涉的則主要是一種形象性的直覺感知，因此就思維的演進來看，現實知識主張的是客觀之邏輯與概念的統一，而審美經驗所強調的則是相對主觀之感象到形象的造型。

朱光潛的解釋正好可以說明「現量」作爲一種審美感知時之經驗型態，以及此經驗型態在主客間的感知方式〔註 127〕。也就是說，外在之經驗對象會以「直覺」的方式造成審美主體內在的心理活動，在此活動裡，印象成爲一初步之感象，在未經主體綜合的表現前，此感象仍只是心理活動中處於印象之階段〔註 128〕。因此，美感之形成首先必須是外在景象於內在心理的初步感象，這種初步感象的提出必須排除空想的可能。也就是說，美感經驗必然有一確切的經驗對象，而此經驗對象透過直覺的方式，在心理活動中轉換成美感的素材。

是以從外在客體到審美主體，必然經過一段審美時之感象與解釋的過程，這種感象與解釋過程涉及了王夫之所謂：「因景因情，自然靈妙」如何可能之議題，本文以下將進一步析論。

2、「現量」說之感象過程

王夫之於《薑齋詩話》中，曾經提出：「含情而能達，會景而生心，體物而得神，則自有靈通之句，參化工之妙。〔註 129〕」這樣的說法。

〔註 127〕易言之，「現量」是一種當下即經驗的知識型態，與以理知推敲建構的知識型態有所不同。

〔註 128〕正如高友工提到：「『形象』是一種狹義的『感象』，因爲它是專指個別的『簡單印象』（simple image），雖然可能與其他的形象並立，或者相繼而生，但尚各自獨立，未形成一個有內在結構的複體（complex）。這就是我所謂在這直覺印象階段的感象。」參見高友工：《中國美典與文學研究論集》，臺灣大學出版，2004 年 3 月，頁 53。

〔註 129〕丁福保編：《清詩話》，王夫之《薑齋詩話》，台北，明倫出版社，頁 14。

此說法可以視之爲是描寫主體將其審美經驗轉換爲符號化構象時之經過，也就是說，「含情而能達」應視之爲是主體帶有某種情志趨向來審照客觀事物，而「會景而生心」則進一步說明了當此主體與客觀事物交會，客觀事物會以某種思感形象投射於主體心理，進而形成一種「感象」。這種「感象」是內在審美經驗時之初步材料，當主體感知這種經驗材料，遂會以其主體意識之能動性進行材料詮釋，也就是透過「體物而得神」這樣的解釋過程，將自身置於感象之中以自我觀照。於是外在客體的內在感象便透過了「人化」的程序，而具有了「人化」〔註130〕後之精神形象。此精神形象由於包含了審美主體之情感移置，因此可說是在審美主體的心理，完成了一次「物我交融」之審美經驗。

換言之，這種審美經驗乃是一審美主體帶著某種情志趨向觀物審物之結果，因此其初始乃源自於一種感官經驗。正如《薑齋詩話》中提到：「身之所遇，目之所見，是鐵門限。〔註131〕」由此可見，所謂「身之所遇」講究的應當是審美主體與審美對象相遇時之「身感」；而「目之所見」則意謂著審美主體在凝視外在景物時之「視感」。在此，「身感」與「視感」是審美對象抵達審美心理時的必然中介，透過「身感」與「視感」，船山認爲審美對象之美感形成，應當是將此「身感」與「視感」以一直截之方式，不經理性思考，自然產生於心理意識之中。

〔註130〕根據李澤厚的說法，所謂「人化」還可進一步區分爲「外在自然的人化」與「內在自然的人化」等兩個部份，正如其所提到的：「自然的人化包括兩個方面，一個方面是外在自然即山河大地的人化，是指人類通過勞動直接或間接地改造自然的整個歷史成果，主要指自然與人在客觀關係上發生了改變。另方面是內在自然的人化，是指人本身的情感、需要、感知、願欲以至器官的人化，使生理性的內在自然變成人。」（李澤厚：《美學四講》，台北，三民書局，2001 年 10 月，頁 85。）而本文在此所說之「人化」乃意旨外在物象透過人的闡釋與理解，進而投射出人的情感或品德的一種審美現象。

〔註131〕丁福保編：《清詩話》，王夫之《薑齋詩話》，台北，明倫出版社，頁 9。

因此「會景而生心」所意指的便是這樣一個由感覺官能，進而將客觀物象直覺性地映照於內在心理，而成爲一種心理「感象」之過程。易言之「身之所遇」與「目之所見」並非自身即爲美感經驗的完成，而是以此行爲捕捉外在對象爲一素材，此素材經由內在之情感經驗與文化經驗之理解，而成爲一個可經由心理感知的對象物。此對象物之客觀型態也就是所謂的「景」，此「景」透過心理意識的認取而成爲一個形象材料，即所謂「會景而生心」之心理過程〔註 132〕。

然而，「會景而生心」時之直覺感象，在未經自我觀照並以情感綜合之前，僅是一外在客體於心理印象中所存在的內在情態，此情態已非客觀對象物本身，而是一積存於審美經驗中之前趨階段的經驗材料。此經驗材料之所以能夠於審美經驗中成爲一種美感表現，還有待於創作主體以自省之方式，將自身置於經驗材料之中，以解釋此經驗材料之內質〔註 133〕。並藉由主體感官的捕捉，於內在心理進行「相似」或是「相關」之情感置入與聯想，進而將客觀對象物「人化」，產生與人之精神氣質相類似之形象。此形象實非客觀對象物的現實存在，而是客觀對象物之經驗素材，經過主體心理作用後之審美產物。

至於「體物而得神」則意謂著審美對象物作爲主體內在心理之經驗材料，經過主體解釋與自我觀照，進而重新融合的審美形象。此形象由於尚未透過文字符號賦形，而僅存在爲一心理活動的美覺感知，因此船山便以「神」來稱呼。也就是說，「體物而得神」應可理解爲「客觀物體之內在情狀與主觀情感綜合後之美覺」。這種美覺勢必包含了客觀之「景」與主觀之「情」，正如船山所提到的：

〔註 132〕這種「會景而生心」的心理過程即是「情景交融」說的另一種能動的表述。

〔註 133〕這裡所謂「內質」應該加以定義。其所意指的是創作主體與審美對象間的情感性互動，透過這樣的互動，創作主體自審美對象上，發現與其感覺相對應的內在特性，並透過此特性進行聯想上的連結。而此內在特性即爲本文所說的「內質」。

> 情景雖有在心在物之分，而景生情，情生景，哀樂之觸，榮悴之迎，互藏其宅〔註 134〕。

這裡，由情在心而景在物，進而景生情、情生景這樣的說法，可說是恰當地解釋了「體物而得神」這種形象美覺在心理活動中的實際蘊含。此處「景」字的解釋應當分爲兩個階段；首先是作爲一種客觀對象物來說，「景」是觸發主觀之審美心感的誘因，此審美心感透過心理活動之過程，又與「景」之感象結合，因而重新融合成一種帶有濃厚之主觀情感寄託或轉移的審美形象（景），其流程可概略圖示如下：

> 客觀景物（景）→主觀情思（情）→綜合聯想（情＋景）→審美形象（景）

由此可知，主觀之情思實爲外在客體之感象向審美形象過渡之中介。透過主體情思之涉入，外在客體（景）可超脫於自身形象的限制，而與主觀之情感（情）融合一片，進而提純其形象感象，成爲一種與人之情感樣態同構的形象樣態。也由於此形象樣態與人之情感樣態同構，因此便彷彿內具本有之精神生命在此審美經驗的過程中，瞬間被「體會」到了一般。於是這種體會成爲了有別於外在實際客體的眞實狀態，而與審美主體之情感融合，進而成爲一種詮釋主體之審美感知的審美形象〔註 135〕。

〔註 134〕丁福保編：《清詩話》，王夫之《薑齋詩話》，台北，明倫出版社，頁 6。

〔註 135〕正如同李澤厚在〈審美與形式感〉一文中說到：「不僅是物質材料（聲、色、形等等）與視聽感官的聯繫，更重要的事它們與人的運動感官的聯繫。對象（客）與感受（主），物質世界和心靈世界實際都處在不斷的運動過程中，即使看來是靜的東西，其實也有動的因素……其中就有一種形式結構上巧妙的對應關係和感染作用……格式塔心理學家則把這種現象歸結爲外在世界的力（物理）與內在世界的力（心理）在形式結構上的『同形同構』，或者說是『異質同構』，就是說質料雖異而形式結構相同，他們在大腦中所興起的電脈衝相同，所以才主客協調，物我同一，外在對象與內在情感合拍一致，從而在相映對的對稱、均衡、節奏、韻律、秩序、和諧……中產生美感。」（李澤厚：《李澤厚哲學美學文選》，台北，谷風出版社，1987 年 5 月，頁 503。）

然而，必須強調的是「現量」作爲一種美感經驗，從「會景而生心」到「體物而得神」，實際上仍只是一種主觀心理上之美覺。這種美覺並非如字面上所分析的那樣具體，而是訴求於一種瞬間的直覺感悟，這種直覺感悟具有時間上之當下性與主客交融之蘊含，因此純爲一種心理活動的經驗過程。

這種經驗過程所造成的審美經驗，仍是未物化前的「心理之美」，只存在於審美主體的心理意識之中。然而當審美主體從審美的心理意識轉向創作的實踐意識時，除了意謂著審美主體向創作主體之轉移，還涉及了如何將這種「心理之美」轉向「物理之美」的思維過程。是以，從「心理之美」的感象原則，過渡向「物理之美」的構象原則，還需進一步討論王夫之對於「文學創作」之概念及其結構意識爲何。

三、「動人興觀群怨」之構象意識

從審美主體到創作主體，意謂著在主體意識中，必須將其審美經驗轉化爲創作經驗。也就是說，必須將意識中所感受到的「心理之美」轉化成「物理之美」。因此，審美時所接受到的形式美感，遂成爲一種動因，驅迫著主體必須透過符號將其所感受到的美覺復現出來。是以，當審美主體轉化爲創作主體，其關鍵在於：要將心裡的審美感受化爲怎樣的符號形式〔註 136〕？而此時，創作主體對於此一問題的先在概念，即爲本文所謂的「構象意識」。

是以「構象意識」一詞必須先行定義。「構象意識」指的是創作

〔註 136〕雖然「現量」之美學觀看似必須直貫地將其美感知覺翻譯爲外在物質，然而事實上，這種翻譯行爲已經屬於另一度的創作概念。就經驗上來說，美感經驗與形式構造經驗乃是兩種不同層次的思考範域，正如王夢鷗在《中國文學理論與實踐》一書中認爲「在心爲志，發言爲詩」這句話其實意謂著兩度的事實，其提到：「第一度是『在心爲志』，『志』是一種內在的記號；『發言爲詩』，『詩』則是一種外在的記號。外在記號未必盡同於內在的記號……簡單地說，內在外在，這兩度事實，儘管所表述的內容完全相同，但至少它的形式必有改變。」（王夢鷗《中國文學理論與實踐》，台北，里仁書局，2009 年 9 月，頁 35。）

主體結構其符號意象時的先在概念，就《薑齋詩話》而言，則意指探討其理論脈絡中，對於創作主體進行文本創作前，針對文學效能及其結構意圖所提出的一系列後設陳述。簡言之，本文所謂的「構象意識」，探討的主要是《薑齋詩話》裡，其認爲創作主體所應具有何種創作文學之先在概念，此先在概念必然落實於創作過程之中，成爲一種主導原則，而稱其爲「意識」，則意在指出這種先在概念於創作過程裡，主體思維之規範性與其能動之性質。

在《薑齋詩話》中，這種主體思維之構象意識，可以以「動人興觀群怨」作爲代表。「動人興觀群怨」之提出乃見於《薑齋詩話》中的一段陳述，其提到：

> 用事不用事，總以曲寫心靈，動人興、觀、群、怨，卻使陋人無從支借；唯其不可支借，故無有推建門庭者，而獨起四百年之衰〔註 137〕。

這裡，「動人興觀群怨」之本意應視爲是一種符號效能，其核心意識是對於客觀物象之「物理」的描寫，透過這種對於「物理」描寫所表現之內質，來達到「廣通諸情」的目的，進而創造出「動人興觀群怨」之效果。準此，前者與後者互爲因果，本不應該切割論述，但是爲了概念之明晰，本文以下將相對地區分爲兩個部分：一是就「象」之內質而言，所提出的「物理」之說；再者則是就文象效能之創造來談，所提出的「動人興觀群怨」之論。

1、「物理」之明見觀象

「物理」在此並非意指一種自然科學的知識形態，而是王夫之於其詩話中所陳述的一種概念。在《薑齋詩話》裡，王夫之如此提到：「要以俯仰物理而詠嘆之，用見理隨物顯，唯人所感，皆可類通〔註 138〕」，可見這裡所謂「物理」乃是一種客觀「物象」之「理」，亦即

〔註 137〕丁福保編《清詩話》，王夫之《薑齋詩話》，台北，明倫出版社，頁 17。
〔註 138〕同上註，頁 16。

本文所謂物象之「內質」。這種「內質」並非是一種知識系統上的概念分析，而是透過客體與主體互動，主體對於客體加以闡釋之結果〔註139〕。所謂「唯人所感，皆可類通」意指著這種「內質」必須透過主體之心感加以感通方能獲得，是以從「情」與「景」這樣的結構來看，這種內質可以視之爲主體之「情」與客體之「景」相互交融時所獲得的一種意識觀象，之所以稱其爲「觀象」乃意在於指出這種象之獲得涉及了主體觀物感物時之主觀視角，且由於此視角必須觸及某種物感之理，是以本文遂將此觸及某種物感之理之視角，稱其爲是一種主體之「明見」。

是以所謂「明見觀象」涉及了兩種概念之結集，其一乃意旨主體透過某種角度所觸及到的主觀物理；其二則是此主觀物理於主體意識上之投影，必須進一步說明。所謂觀象本意指主體凝視客體時，該客體於主體視覺印象上之投射。然而由於這種投射並非即是客體本身，甚至不是客體之整體影象，而往往只是客體以其片面所投影於視覺上之印象，因此當客體之片面以觀象的姿態投射於視覺之中，該觀象之「質」遂會與觀象時之主體產生某種互動關係。而這種互動關係取決於主體觀象時之意識與角度。換言之，當客體以觀象的姿態存在於主體印象裡頭，該客體片面之外的事物遂會以一種「未被填充的質」與主體產生互動，而這種「未被填充的質」之完型狀態取決於主體觀物時之意識視角，當此視角得以將這種「未被填充的質」顯現出來，即爲本文所謂的「明見」〔註140〕。且由於這種「明見」本身帶有某種

〔註139〕王夫之在定義「現量」之「現」時曾經提出：「現者有現在義，有現成義，有顯現眞實義。」（王夫之：《船山全書》第13冊，長沙，嶽麓書社1995年，頁536。）之說。其中「顯現眞實」一說，乃意在指出在現量的指導原則底下，創作主體以其主體情志對於客體進行解釋時所抽譯出的物之本性。這種物之本性是一種主體心理意識上的經驗定義，唯有透過某一個情志主體，方能掘發出來。

〔註140〕正如羅曼・英加登在《論文學作品》中所提到的：「在每一個我們感知的事物的觀相中，都有一系列不同類型的未被填充的質」（羅曼・英加登著，張振輝譯：《論文學作品》，河南大學出版社，2008

主體意識之活動性，此活動性能夠將客體觀象中，那種「未被填充的質」顯現出來，是以這種「未被填充的質」於主體意識上之形象投影，本文即以「明見觀象」一詞稱之。

在船山的理論系統中，這種主體之「明見觀象」必須落實爲符號形式的構象結構。正如《薑齋詩話》中說到：

> 蘇子瞻謂「桑之未落，其葉沃若」，體物之工，非「沃若」不足以言桑，非桑不足以當「沃若」，固也。然得物態，未得物理。「桃之夭夭，其葉蓁蓁」，「灼灼其華」，「有蕡其實」，乃窮物理。夭夭者，桃之稚者也。桃至拱把以上，則液流稚結，花不榮，葉不盛，實不蕃。小樹弱枝，婀娜妍茂爲有加耳〔註 141〕。

在此，王夫之認爲「沃若」一詞不過只形容出了桑葉繁盛之物態，並未涉及此物態背後之內質。是以其提到：「然得物態，未得物理」由此可見，就作品中之呈現來看，王夫之認爲文字符號所投射之主體意識，不應當只是一種客觀性的認知與描寫，而必須從其形象之形容上，表現出由該形象所得出的物態背後之思理。因此其認可「桃之夭夭」這樣的說法，認爲此說法表現出了桃樹那種「小樹弱枝，婀娜妍茂」之情態。可以發現，如果將文本符號之呈象視爲是一種審美概念之呈現的話，那麼從上文的分析便可以理解，王夫之「物理」一詞之意義乃是在「顯現眞實」這樣的概念下，透過主體對於某種物態之明見，所呈現出的一種事物之觀象。

這種事物之觀象乃是透過某種主體視角之明見所投射於主體意識之中，復又表現爲文本之符號結構。因此這種透過明見而投射於主體意識中之形象，可以稱之爲是一種「意向性客體〔註 142〕」。從表意

年 12 月，頁 256。）一樣，這種「未被填充的質」會通過我們某種意識活動，而使得其觀相內容中，那種特殊的性質得以顯現。而這種使得該性質得以顯現之意識活動，本文即稱之爲「明見」。

〔註 141〕丁福保編：《清詩話》，王夫之《薑齋詩話》，台北，明倫出版社，頁 3。

〔註 142〕王岳川在《現象學與解釋學文論》一書中，曾經引介英加登（Roman

之結構來看，這種「意向性客體」乃是介於主體之明見的發送與主體之明見的接受兩端，因此，當主體意識中之明見觀象落實爲符號結構，該符號結構之關係便會由主體而意向性客體，轉變爲意向性客體而主體。以圖式示之如下：

表意結構爲：主體明見→意向性客體→主體明見

該結構可相對地區分爲意之發送：「主體明見→意向性客體」；與意之接受：「意向性客體→主體明見」

此圖示的意義在於使我們清楚地發現：透過主體將其明見觀象表現物之物理於符號結構中時，該符號結構中之物理將會轉換其功能爲表現主體之明見。也就是說，當物之物理從主體之心感轉化爲符號結構，此符號結構必須進行一種「擬象」之書寫，以表現該物之物理與物理背後之主體明見。因此，在這樣的理論底下，文本符號遂直截地成爲了一種「擬象」，此「擬象」必須與主體所凝視之客體互置〔註143〕，

Ingarden）關於「意向性客體」這樣一個說法，並將其分爲「認知行爲的意向性對象」與「純意向性對象」等兩種型態。其中，「認知行爲的意向性對象」意旨的是不依賴主體而獨立存在的對象，如實在對象與觀念性對象等。而「純意向性對象」則意旨「除了部分特性可以藉作品加以呈現以外，則必須依賴於觀賞者的想像力去加以填空，因而純意向性對象不是自足的，無法將其還原爲概念性的東西。」（王岳川：《現象學與解釋學文論》，濟南，山東教育出版社，2003 年 9 月，頁 50。）而本文則引申這樣的概念指稱在主體意識之中所呈現的客觀物象之觀象。

〔註143〕王夫之認爲，這種對於事物之明見觀象落實爲符號構象之經過，事實上是一種自然展現之過程。正如其在《薑齋詩話》中提到：「興在有意無意之間，比亦不容雕刻；關情者景，自與情相爲珀芥也。情景雖有在心在物之分，而景生情，情生景，哀樂之觸，榮悴之迎，互藏其宅。天情物理，可哀而可樂，用之無窮，流而不滯，窮且滯者不知爾。」（丁福保編：《清詩話》，王夫之《薑齋詩話》，台北，明倫出版社，頁 5）這裡，「比」、「興」在此應皆意指一種文學之創作技巧，是以所謂「興在有意無意之間，比亦不容雕刻」所否定的，並非是「比」、「興」所造成的接受效能，而應是針對技巧而言，反對詩家刻意雕琢所提出的一種「詩法」，誠如蔡英俊在《比興物色與情景交融》一書中提到：「王夫之重新以『景生情，情生景』、『興在有意無意之間，比亦不容雕刻』來詮釋詩經的比、興，主要爲打

或者是說，必須與主體所凝視之客體具有同樣的功能，以使得接受者透過這樣的功能，得以創造性地經驗主體透過該「擬象」所欲表現之明見〔註 144〕。

換言之，當主體感知客體之物理時的明見觀象落實爲符號結構，該理論之探討遂從審美經驗轉變爲構象經驗，而此構象經驗又必須能夠興起第二度的審美經驗，是以本文以下即針對《薑齋詩話》中所傳達的這種構象意識，進行進一步討論。

2、「動人興觀群怨」之美學意識

從構象意識的角度來看，「動人興觀群怨」實爲一種美學要求。此美學要求是以「現量」之概念作爲主導，意圖將主體審美感知時，其意識內在之情景交融的形象情態，透過文字組織成一種「可被」感知的情境景象。換言之，即意圖使得文本符號成爲主體內在之明見觀象的擬象體。此擬象體的目的在於召喚接受主體之感知能力，且透過

破以往詩家認爲作詩要先規劃詞句對偶，然後遇題充用的論調」(，蔡英俊：《比興物色與情景交融》，台北，大安出版社，1986 年 5 月，頁 318。) 可見在王夫之的論述裡，從創作主體之「明見觀象」到文學符號之情景交融，無疑只是一種自然流露的表現，正所謂：「心中目中與相融浹，一出語時，即得珠圓玉潤；要亦各視其所懷來，則與景相迎者也。」(王夫之《薑齋詩話》，頁 6) 這種即景、即心、即物的構象概念，使得「俯仰物理」這種主體意識經驗中之「物」的明見觀象，得以直截地表現於符號構象中，成爲一種「擬象」化之情景意象。

〔註 144〕之所以說是「創造性」的原因在於：在王夫之的詩論中，接受主體所感知的文本意識，不盡然會於創作主體相同。正所謂：「作者用一致之思，讀者各以其情而自得。」(王夫之《薑齋詩話》，頁 1。) 對此，鄔國平於《中國古代接受文學與理論》一書中所提出的看法認爲：「從作品方面說，它們應該蘊涵豐富，能夠啓誘讀者無窮的興會；從讀者方面說，他們可以憑藉自己的情致感緒去自由地觸摸詩歌的內蘊，對作品本文作出各自不同的解說。這就是王夫之之所說的『讀者個以其情而自得』、『各以其情遇』。讀者之『情』決定著他們在閱讀時與作品內蘊相『遇』和從作品所『得』，這必然會使閱讀解說絡上讀者個人的印記。」(鄔國平：《中國古代接受文學與理論》，哈爾濱，黑龍江人民出版社，2005 年 11 月，頁 222～223。)

這樣的感知能力使接受主體在與文本遇合之時，透過文本達到以景象感發意志之功用。換言之，船山之創作論述就概念上而言，認爲創作實應有別於「敘事說理」的明白指涉，而是企圖營造出一種圖像化之語言模式〔註 145〕，此語言模式內涵著創作主體之審美經驗，因此，當接受者透過想像塡補這樣的圖像化語言模式時，便也可以藉著情境感召而「再經驗」創作主體之審美經驗〔註 146〕。正如其所提到的：

> 「詩可以興，可以觀，可以群，可以怨。」盡矣。辨漢、魏、唐、宋之雅俗得失以此，讀《三百篇》者必此也。「可以」云者，隨所以而皆可也。於所興而可觀，其興也深；於所觀而可興，其觀也審。以其群者而怨，怨愈不忘；以其怨者而群，群乃益摯。出於四情之外，以生起四情；游於四情之中，情無所窒。作者用一致之思，讀者各以其情而自得〔註 147〕。

此處涉及了文學語言之結構效能與接受等兩方面的問題。首先就結構效能來說，王夫之將興、觀、群、怨之重心轉移到「可以」上面來〔註

〔註 145〕所謂「圖像化的語言模式」意指一種透過語言結構出圖像性的用語方式，此用語方式由於奇「意符」不直接指涉「意指」，是以具有一種美學上的「含蓄」效果。

〔註 146〕魏春春在〈王夫之詩學概念「現量」探析〉一文中也提到：「首先，讀者在閱讀文學作品時，總是具有獨特的心境，體現了主體的特定時空性；而且，接受者的接受活動必須以審美的態度介入審美，同時保持審美的距離，不可割裂與審美物件的聯繫，也不可忽視彼此之間的這種差異，這樣審美本身才能得以保持，審美活動才可以進行下去。在此環節中，主體之情感與客體之景致就開始進入一種交流的狀態。這裡也就體現了『現量』的『現在義』的美學意蘊。」（魏春春：〈王夫之詩學概念「現量」探析〉寶雞文理學院學報，第 29 卷第 5 期，2009 年 10 月，頁 65。）

〔註 147〕同上註，頁 3。

〔註 148〕鄔國平在《中國古代接受文學與理論》一書中認爲王夫之對於興、觀、群、怨四者的闡說並沒有特別的新見，其解釋的突出之處在於：「將《論語》中這句話的重點從『興觀群怨』轉移到『可以』上來，揭示了『興觀群怨』四者的聯繫和轉化，並進而對讀者自由地解讀作品作出了肯定。」（鄔國平：《中國古代接受文學與理論》，哈爾濱，黑龍江人民出版社，2005 年 11 月，頁 222。）

148〕。是以「詩可以興，可以觀，可以群，可以怨。」遂成了四種文學語言所必備的結構效能，正所謂：「出於四情之外，以生起四情」指的便是文學語言那種能夠以其符號語象勾喚起興、觀、群、怨等四種情思反應的文學現象。因此，就文學接受來說，船山認為，接受主體必然能夠透過興、觀、群、怨等四種情思途徑進入文本之符號語象裡頭，以積極地與該符號語象產生互動。是以所謂：「游於四情之中，情無所窒。」意指的便是接受主體透過此四情而主動參與文本，並且對其進行主觀之闡釋。

因此從另一個角度來看，這種具有興、觀、群、怨等四種結構效能之符號語象，實為一種概念範域，其分別從此四種結構效能中，界定出了創作主體所應認知與創造的詩學特性。而這種詩學特性其實是創作主體將其明見觀象化為符號擬象時之產物。因為該符號擬象中具有創作主體的某種明見觀象，是以接受者在接受此明見觀象時。遂會隨著符號擬象而產生一種感發意志的效果。換言之，因為創作主體之明見並非以抽象的概念型態呈現出來，而是透過形象情態加以具現〔註 149〕，因此該形象情態遂不只是「靜態」地處於文本的敘述單位裡頭，而能夠「動態」地具有興、觀、群、怨之效能，以使得文本創作時之美感形象，得以從文本的符號結構之中，過渡為接受者之審美心理活動。

由此可見，船山所意識到的文學語言必然與其他語言結構有所不同。正如其所提到的：

> 興、觀、群、怨，詩盡於是矣。經生家析《鹿鳴》、《嘉魚》為群，《柏舟》、《小弁》為怨，小人一往之喜怒耳，何足以

〔註 149〕因此這種形象情態具有繪畫式的圖象效果，將創作主體之審美意象投射於文字系統的結構意象之中，正如魏春春在相關研究中提到：「情景側重從詩歌所顯現的繪畫效應來談論內在情態的展現，故船山說有『景中情』『情中景』的情景生成、外化模式。」（魏春春：〈王夫之詩學概念「現量」探析〉寶雞文理學院學報，第 29 卷，第 5 期，2009 年 10 月，頁 66。）

> 言詩？「可以」云者，隨所以而皆可也。《詩三百篇》而下，唯《十九首》能然。李杜亦仿佛遇之，然其能俾人隨觸而皆可，亦不數數也。又下或一可焉，或無一可者。故許渾允爲惡詩，王僧孺、庾肩吾及宋人皆爾〔註 150〕。

這裡船山由文學語言的接受方式出發，進一步區別了經生之接受方式與其所認爲之接受方式有何不同。從其對於經生之批評中可以發現，王夫之認爲文學之語言模式所要表現的，並非是一種以訓詁考究之方式所逆推的理知結構，而是一種「隨所以而皆可」的可感應語象。換言之，在船山的詩學系統裡，文學構象之首要在於使其符號結構成爲一具有「動人」功能之擬象體，其效能是以興、觀、群、怨作爲四種接受主體與主體情志間的聯結路徑，因此建構此路徑乃是其詩學美學之構象意識，正如其在討論詩家是否應當建立門庭之問題時亦提到：

> 立門庭者必餖飣，非餖飣不可以立門庭。蓋心靈人所自有而不相貸，無從開方便法門，任陋人支借也……用事不用事，總以曲寫心靈，動人興、觀、群、怨，卻使陋人無從支借；唯其不可支借，故無有推建門庭者，而獨起四百年之衰〔註 151〕。

門庭在此可以視之爲是一種相襲之創作法則，然而對王夫之來說，文學語象之建構並非是以「法則」作爲基礎，而是源自於主體之心靈意識。因此船山反對建立門庭，因爲其認爲「心靈人所自有而不相貸」，是以每一位創作主體皆有其獨特之心靈意識，無法以統一法則來進行規約與整合，是以無論使用典故與否，文學的關鍵在於「曲寫心靈，動人興、觀、群、怨」之上。可見「動人興、觀、群、怨」作爲一種美學要求，其同時亦是王夫之詩論中，對於符號語象如何建構的基本原則。

〔註 150〕丁福保編：《清詩話》，王夫之《薑齋詩話》，台北，明倫出版社，頁 8。

〔註 151〕同上註，頁 17。

總而言之，在船山的詩論裡，文學這種語言藝術〔註 152〕必須在以「動人」作爲前提的一種概念下，進行興、觀、群、怨等四種結構效能之追求與塑造。此追求與塑造之目的在於使文學語言得以表現出一種與經生之知識系統有別的「現量」美感。是以所謂的以「意」爲主之「意」，應當同時涵攝審美主體之「現量」美覺，以及構設可使接受主體興起此「現量」美覺之構象意識。前者以「現量」作爲一種經驗型態，引申論述審美主體接物感物時之美覺型態；而後者則以「動人興觀群怨」作爲一種結構效能，引申論述創作主體在顯現主體之明見觀象時之構象意識。

〔註 152〕事實上，船山之詩論當以「詩」作爲討論主體。然而考量「詩」語言乃爲文學藝術的一種典型語言，是以將船山詩論中理論模式，引申爲廣義地討論文學藝術之理論模式。

第三章　立「象」盡意之文本主體與呈象形態

從創作的審美主體到文本主體，「象」可以說是一種認知經驗的轉化。這裡，所謂認知經驗包括「審美經驗」與「理知經驗」等兩種。在「象」的構建過程中，創作主體的經驗樣態，會成為符號物象之所以如此組織為這種符號物象的主導意識。也就是說，如果單就文本主體而言，則象作為一種符號性的組構，應視為是主體意識之審美經驗與理知經驗的具象化表現，與科學語言的差異在於，這種表現所訴求的是感知與同情，是以其過程必須經歷想像聯結的曲折，而科學語言的訴求則是傳達與理解，是一種表面語言等同於內在意識的直接表現〔註1〕。

〔註1〕恰如I·A·瑞洽慈在《文學批評原理》一書中所提到的：「科學就是對種種指稱的組織化，唯一的旨趣在於方便和促進指稱。」（I·A·瑞洽慈：《文學批評原理》，南昌，百花洲文藝出版社，2010年5月，頁256。）是以其進一步認為：「在語言的科學用法中，不僅指稱必須正確才能獲得成功，而且指稱相互之間的聯繫和關係也必須屬於我們稱之為合乎邏輯的那一類。指稱不可互相妨礙，必須經過組織，從而不會阻礙進一步的指稱。但是就感情目的而論，邏輯的安排就不是必要的了。他可能而且往往是一種阻礙。因為重要的是由於指稱而產生的系列態度應當有其自身應有的組織，有其自身感情的相互聯繫，這往往並不依賴產生態度時可能相關的那類指稱的邏輯關係。」（同上註，頁258。）

因此，「象」的符號化表現可以說是源自於創作主體某種意識的主導與貫注。其中就大方向的表現形式來說，則這種意識的主導應該是規範性的，即意識裡先具有某種被稱之爲「詩」或「文學」的組織概念，再依據這種組織概念進行語言的設計，而當這種組織概念表現爲文學典律時，將會產生一種規範性質使符號組織中之「象」的表現具有某種結構性形態，而這種結構性型態本文將其稱之爲「符指原型」，意在於指出「象」的文本建構，乃是立基於使其指意過程符合於某種結構概念的符號類型。

在這種「符指原型」的規約下，「象」的呈現狀態應當再區分爲「形式」與「內質」等兩個部分。正如陳滿銘在《意象學廣論》一書中所提到的：「辭章內容的主要成分，不外情、理與事、物（景）。其中情與理爲『意』屬核心成分；事與物（景）乃『象』，爲外圍成分……而此情、理與事、物（景）之辭章內容成分，就其情、理而言是『意』；就其事、物（景）而言，是『象』。」〔註2〕這裡「事」與「物」，應視爲是內在情志的投射對象，然而就形式而言，這種投射對象必然依據創作主體意識中之「符指原型」，表現爲一種特殊的構象形態；而這種構象形態屬於符號意象中之「象」的組成，其所討論的是外在符號形式透過怎樣的結構組織具體地表現主體的內在情志。所以相對於此，則「情」與「理」應當看作是主體內在情志的兩種樣態，就其具象化的表現來說，則此兩種樣態是透過主體對於「事」與「物」的闡釋來進行聯結的，因此表層的「事」與「物」所展現的是內在的「情」與「理」，也就是說「情」與「理」亦可看作是表層「事」與「物」的一種「內質」。

綜上所述，則「象」之呈象形態應當可依序分爲三個部份來進行討論：首先是針對「象」這種「詩性符碼」來探討其特殊指意形態之符指原型；再者則是針對結構這種符指原型之形式，來討論其特殊用

〔註2〕陳滿銘：《意象學廣論》，萬卷樓圖書股份有限公司，2006年11月，頁14。

語結構之構象型態，最後則是針對此構象型態之內在呈現，進一步探究該呈現所投射之意識模式與經驗樣態。以下本文將分別進行探討。

第一節　立「象」盡意之符指原型

「符指原型」的概念在此應先行界定。所謂「符指原型」意指的是將主體意識表現視爲是一個由創作主體、符徵與符指推演而成的意識性流動組織。此流動組織必須透過某種中介符號以產生主體意識之可闡釋性。換句話說，隨著該符號之中介型態不同，對於其主體意識之闡釋與接受效能便有所不同。也正是由於這種不同，使得語言型態具有了「詩性符碼」與「非詩性符碼」間的區別。而這種區別事實上是一種概念上的區別，換言之，由於該符指型態已在某種概念上被界定爲是「詩性」的，因此便具有了「詩性符碼」之範型特徵，而這種範型特徵本文便稱其爲是一種「符指原型」，意指在某種概念範域裡，透過表意之語言型態所形成的基元式形式典範。

依據這樣的定義考察「立象盡意」之相關概念，可以發現，所謂「立象盡意」乃意指在表意階段中，透過某種可被稱之爲「象」的符號型態來進行意識之表現。也就是說，在這個符指過程裡，創作主體之主體意識並沒有被語言直接陳述，而是透過「立象」這樣的方式來呈現出意義。因此，「象」在這樣的符指過程中所扮演的角色，除了是一個主體意識輸入與輸出間的中介，還必須在某種程度上使其自身之意義與所輸出之意義交混，進而產生一種在表層意與涵指域間的「符指間性」〔註 3〕，以呈現出可供接受主體逆推或聯想的釋義空間。

〔註 3〕這裡，所謂「表層意」意指的是就與符號直接對應的意義而言。例如以「—」爻這個符號代表「陽」；以「— —」這個符號代表「陰」。而「涵指域」則意指在這種表層意與文化文本產生互文性積累的成果下，其符號於釋義行爲之中可以衍義而產生的無數所指。正如趙毅衡在《文學符號學》一書中解釋意義與所指間之關係時提到：「只有內涵才能使符號具有無限衍義能力，而一個符號只有在特定的文化（包括文學藝術）中才有內涵意義。內涵本身就是文化的『互文性』之積累。」

這種釋義空間在《周易》的系統中是利用一種自我規約的內在關係，透過將「陰」與「陽」分別以「—」爻與「--」爻這樣的象符進行替代，並透過這樣的思維模式組構出一個自爲的語意世界。以「乾卦」爲例，「乾卦」乃是透過六個陽爻所疊合而成之卦象來與六個陰爻所疊合之「坤卦」相對。其中，「陽」這個概念本身即蘊含了有「父」或「天」這樣的象徵意義，是以當六個陽爻堆疊在一起，這樣的卦象符號遂透過「—」爻在系統中的符號意涵投射出「天」或「父」的引申概念。因此《說卦》中釋「乾」與「坤」時認爲：「乾，天也，故稱乎父。坤，地也，故稱乎母。〔註4〕」其中，又由於在中國的文化系統中，「天」還具有「創生」之意，因此〈象傳〉中釋「乾」時則進一步說道：「天行健，君子以自強不息。〔註5〕」

由此可見，如果所謂聖人（創作主體）以「乾卦」之象表意是爲了陳述「天行健，君子以自強不息。」這樣的主體意識的話，那麼該卦象便是利用陽爻之意與其涵指域中之「義理」進行聯接，並利用此符號意與涵指域間之「符指間性」，使詮釋者在未表述之空白處透過文化語境或者政教意圖進行聯想，以逆推敘述主體（聖人）之敘述意識。

從這樣的符指過程中也可以發現，在言、意、象這樣的互動關係裡，主體之意必須透過符象來加以表達，而符象則透過諸如〈象傳〉這樣的文字形式來進行詮釋。是以王弼於《周易略例》〈明象篇〉中所謂：「夫象者，出意者也；言者，明象者也。盡意莫若象，盡象莫

（趙毅衡：《文學符號學》，北京：文藝新學科建設叢書，1986年，頁115。）而本文則立基於這樣的觀點，進一步提出於「立象盡意」這樣的符指過程中，意義之產生事實上來自於符號的「表層意」與「涵指域」間所共構而無確指之空白之處。本文將這種空白之處稱爲是一種「符指間性」，意在於說明一種在能指與所指間，由「表層意」與「涵指域」所共構的模糊地帶與釋義空間。

〔註4〕陳鼓應、趙建偉注釋：《周易今注今譯》，北京，商務印書館，2005年11月，頁724。

〔註5〕同上註，頁9。

若言。〔註6〕」中的「明」象，如果解釋爲「詮釋」的話，那麼「言」與「象」間的關係在一開始其實是分離的。「言」不過是「象」的後設說明，並非是構築「象」本身的基元。然而在詩學語言之中，由於「象符」的組織是利用文字之符號意與符號意間的相互規約所形成，因此文字系統逐漸替代了以「⚊」爻與「⚋」爻組織的圖象系統，而文字符號也替代了圖象符號，是以在詩學文本中所謂的「意象」，乃是一以文字符號進行組織，在文化規範的文字系統規約下，對於物象或者事象的一種描寫。

因此在詩學的系統之中，所謂的「象」其實是一種語言的組構，而這種語言的組構就符指過程而言，遂涉及了語言功能的兩種結構，即「表意」與「指意」等兩個部分。所謂「表意」意指的是語言符號呈現其主體意指時的組構型態；而「指意」則表示該組構型態與意義產生聯結時的釋義型態。以此對應「立象盡意」中之「象」，可以發現，前者所關涉的基本上是一種符號透過表層語象之呈現，而內在地將意義封存起來的表意現象；而後者則涉及文本主體之釋義功能，透過表層語象與其所涵指的衍伸義進行聯結，進而外向地產生另一層意義的指意現象。

以李白的〈行路難〉爲例。〈行路難〉這個樂府詩題，李白寫過不只一首，其中第一首的內容提到：

金樽清酒斗十千，玉盤珍羞值萬錢。
停杯投箸不能食，拔劍四顧心茫然。
欲渡黃河冰塞川，將登太行雪暗天。
閒來垂釣碧溪上，忽復乘舟夢日邊。
行路難！行路難！多歧路，今安在？
長風破浪會有時，直挂雲帆濟滄海。〔註7〕

〔註6〕王弼：《周易略例》，香港，迪志文化出版社，2007年，《文淵閣四庫全書電子版》，2007年，頁15。

〔註7〕瞿蛻園等校注：《李白集校注》，台北，里仁書局，1981年3月，冊一，頁239。

可以發現，這首詩是以景象表達敘述主體內在情狀的一個典型。就「表意」的組構型態而言，該詩透過一連串景象的書寫，使得敘述主體內在的情感矛盾伏藏在景象的動態畫面之中，如首段以「金樽清酒斗十千，玉盤珍羞值萬錢」打開了一個繁華富麗的物質場面，然而筆鋒一轉，卻馬上以「停杯投箸不能食，拔劍四顧心茫然」這樣的動態景象來與前段構成一個矛盾的語境場。在這樣的語境場中，語言的表象型態並沒有直白地指出該敘述主體內在之敘述意識，而僅僅只是透過與富麗景象相對的矛盾行爲呈現出一個表層狀態。就這樣的表層狀態看來，詩中之敘述主體面對眼前的珍饈美食表現出一種興味索然的姿態顯然是極不合理的，也正因爲這樣的不合理對稱，使得語言所描繪的景象拉展出一個可以進一步推想的空間，而詩中的敘述主體並沒有明白地表述該空間的確指是甚麼，只是反覆地以這種相互矛盾對立的景象來加以表現。譬如：「閒來垂釣碧溪上」與「忽復乘舟夢日邊」也是如此。是以就「表意」的組構型態來說，該表層語象並未直指其意，而是透過某種景象的書寫，將主體意識封存在該景象動態的畫面之中。於是就「指意」的釋義型態來說，這樣的景象畫面必須進一步與其涵指的衍伸義進行聯結，以得出該語象背後之實際意指。是以當「拔劍四顧」這樣的景象與「心茫然」對應，「拔劍四顧」所涵指的一種豪情激盪便與「心茫然」所涵指的無所適從相互支撐起一種情感激盪卻又挫敗的內在情狀，甚至更進一步引申，將「拔劍四顧」視爲是敘述主體對於理想之嚮往，而「心茫然」則意指著對於這種內在嚮往的斷折，因此該語象的指意便指向了語言符號所形容的景象之外，而具有了另一層必須透過聯想以加以解碼的弦外之音。

可以發現，這種透過語象的表意型態將意義封藏，卻又別有意指之符指現象。早在漢儒詮釋「詩言志」的系統中便已經發現了。例如〈毛詩序〉中說到：

> 上以風化下，下以風刺上，主文而譎諫，言之者無罪，聞

之者足以戒，故曰風〔註 8〕。

這段論述雖是針對六義中之「風」所立言的，然而從「詩用」的角度來看，顯然已發現了詩語言那種透過能指（詩語言）之變形，進而間接暗示所指（主體情志）之結構方式。是以在這樣的結構裡，「臣」與「君」間的關係便是一個「用詩主體」與「接受主體」間的對立組合，在這樣的組合當中，由於「用詩主體」一方面想要達到「聞之者足以戒」的勸諫效應；一方面又想要獲得「言之者無罪」的避禍效果，因此採用詩語言來將內在情志涵攝起來，以「主文而譎諫」的方式來使得「表面能指」涵指「深層所指」。這種方式雖然是在以「政教」為首的思量下所產生的用詩行為，然而這種行為事實上也已經掘發了詩語言那種「不直刺」的表意型態與「另有所指」的指意型態，而進一步使得這種語言型態或者用語模式與人格之涵養對應，進而衍生出「溫柔敦厚」這樣的詩教觀來〔註 9〕。

是以進一步探討這種不直刺的表意型態與另有所指之指意型態，可以發現，在「立象盡意」這樣的概念系統中，此兩種型態可說是成為了一種詩學美典的符指原型。而這兩種符指原型在中國詩學範域裡最典型的衍生概念，當以「含蓄」與「意在言外」作為代表〔註 10〕。

〔註 8〕郭紹虞主編：《中國歷代文論精選》，台北，華正書局，1991 年 3 月，頁 44。

〔註 9〕《禮記》〈經解篇〉中提到：「入其國，其教可知也，其為人也，溫柔敦厚，詩教也。」可見古人認為「溫柔敦厚」這樣的品格型態，乃是透過詩語言的濡染所教育而成的。也就是說所謂「詩教」其實是將詩的語言特色，包括詩的表現結構與用詩行為移轉為接受主體之品格特色的一種說法，其首先預設了詩語言會透過接受者之接受產生一種品格上的移轉作用，是以認為某種品格之產生必然來自於這種語言型態在人格型態上的轉化。因此，所謂「溫柔敦厚」就詩教的系統而言應該是語言性的，其同時涉及了使用「詩」這種語言進行表意的行為結構，以及詩語言本身之表述型態等兩個方面，然而由於篇幅所限，本文不擬針對這樣的議題深入探討。

〔註 10〕例如蔡英俊在《中國古典詩論中『語言』與『意義』的論題——『意在言外』的用言方式與『含蓄』的美典》一書中也認為：「就中國詩論的整體發展而言，如果論及語言文字與表現的議題，則基本上以是以本文以下擬針對這兩個概念進行討論。

一、「含蓄」之表意原型

歷來談論「含蓄」，多半是以唐代司空圖於《二十四詩品》中論「含蓄」時所提到的：「不著一字，盡得風流。〔註11〕」一說作為代表。事實上「含蓄」一詞在《二十四詩品》中不過是詩之語言風格的一種狀態，其與「雄渾」、「沖淡」等二十三種語言風格並列，並無特殊標舉之處。然而，由於「含蓄」這樣一種型態涉及了文學之所以為文學之基型，因此後世遂展演「含蓄」這樣一種概念作為詩的一種美典追求，或者說是文字結構的詩性所在。例如南宋張表成在《珊瑚鈎詩話》中便曾經提到：「篇章以含蓄天成為上，破碎雕鏤為下。〔註12〕」可見，「含蓄」作為一種表意時之符指型態，在中國詩學概念裡頭，基本上已被視為是一種詩語言之美學形式的表意原型。

是以談論「含蓄」，仍須回到司空圖於《二十四詩品》中之概念著手。在《二十四詩品》中，司空圖提到：

> 不著一字，盡得風流。語不涉己，若不堪憂。是有眞宰，與之沈浮。如漉滿酒，花時反秋。悠悠空塵，忽忽海漚，淺深聚散，萬取一收〔註13〕。

其中以「不著一字，盡得風流」這樣的敘述開頭，點出了「含蓄」這種表意型態在符指過程中所造成的矛盾性質。這種矛盾性質必須將

『意在言外』為主軸所形成的『含蓄』美典，可以說是詩學的核心問題之一，而其理論的來源與歷史的發展更是一個複雜而多向的過程。」（蔡英俊：《中國古典詩論中『語言』與『意義』的論題——『意在言外』的用言方式與『含蓄』的美典》，台北，學生書局，2001年4月，頁113。）

〔註11〕司空圖著，郭紹虞集解：《詩品集解》，北京，人民文學出版社，2006年6月，頁21。

〔註12〕（宋）魏慶之：《詩人玉屑》，台北，世界書局，2005 年 10 月，頁209。

〔註13〕司空圖著，郭紹虞集解：《詩品集解》，北京，人民文學出版社，2006年6月，頁21。

〈含蓄〉一文相對地切割爲兩個部分方能理解：首先是針對其「橫向說明」來看，再者則是針對其「縱向對應」來說。在司空圖論「含蓄」的敘述裡頭，「含蓄」一詞並未出現在內容的敘述列裡，也就是說，在此，「含蓄」應當視爲是該文章的一種主導符碼，隨著這種主導符碼所進行之語言敘述，則應可進一步視爲是受此主導符碼規約，以進行闡釋此主導符碼之符號序列。而此符號序列又可進一步區分爲「橫向說明」與「縱向對應」等兩個部分。所謂「橫向說明」意指的是相對於形象選擇而言，對於「含蓄」這種符號現象之組織進行闡述；而「縱向對應」則是承接這樣的闡述來說，透過形象選擇進行意義之具象化投射〔註 14〕。是以其文本之結構關係應可析分如下：

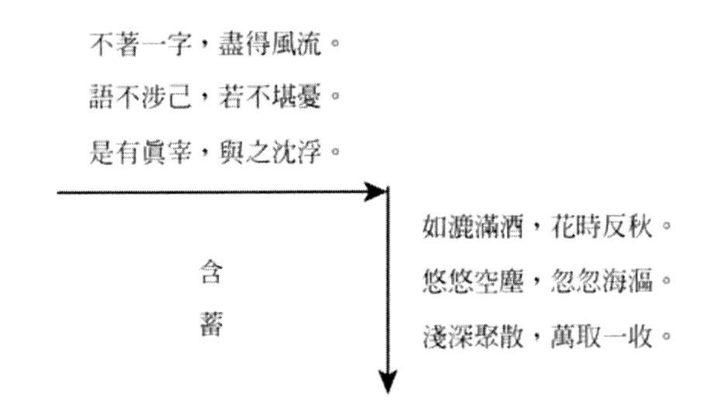

可以發現，「縱向對應」其實是以「橫向說明」作爲基礎以進行選擇。因此，當「橫向說明」向「縱向對應」投射，「含蓄」一詞遂具有了外在形象與內在意涵相互呼應佐證之特色。就「橫向說明」而言，司空圖明顯地將「含蓄」之特徵劃分爲三個等分：首先是就整體效應來

〔註 14〕由此亦可發現，就語言表現來說，司空圖在《二十四詩品》中之語言表現方式，事實上已替「含蓄」一詞做了最好的註解。其全文以形象描寫主體接受詩語言之符號時，該語言型態的某種審美特徵，就符徵與意旨的關係來說，這種後設性的討論內容，本應以符徵直接對應符指的形態出現，然而司空圖卻利用一個接著一個的形象來進行其對於詩語言研究之後設說明。換句話說，《二十四詩品》本身是以一種審美語言在表述理知性的後設內容，因此就其形式本身而言，即是以「詩性」作爲主導的一種語言模式。

說，司空圖認爲「含蓄」所意指的應是一種語意的簡約狀態〔註15〕。而這種簡約狀態所表現的是一種能指並未直接對應所指（不著一字）卻依然表現出某種隱性意旨之現象（盡得風流）。正如黃維樑在〈中國詩學史上的言外之意說〉一文中所提到的：「藉景象表現情意，而

〔註15〕蔡英俊在《中國古典詩論中『語言』與『意義』的論題——『意在言外』的用言方式與『含蓄』的美典》一書中認爲：「就文本而言，『含蓄』的美典是指稱作品在語言層面上的經營應予節制或精簡，但仍然容許、甚至可以召喚更大量的意義的引申或聯想，同時這種意義的引申或聯想主要又是以作品所要呈示的情感意念自身爲解讀的對象。」（蔡英俊《中國古典詩論中『語言』與『意義』的論題——『意在言外』的用言方式與『含蓄』的美典》，台北，學生書局，2001 年 4 月，頁 106。）事實上，倘若僅針對司空圖就「含蓄」一詞之說法來看，這樣的解釋可謂相當肯切的。因爲所謂「萬取一收」本來就寓有以一簡潔之語言型態指引更爲大量之涵指內容的意義。然而就實際表現來說，語言符號使用之多寡不見得與符指型態具有必然關係。換言之，如果「含蓄」這種表意型態之重點在於能指不直接指向所指而是指向能指自身的話，那麼就符指過程而言，這種表意型態應是就意義呈示之方式來說，透過某種語言之設計使得其所指呈現出一種朦朧與曲折化之效果。因此爲了達到這種效果，有時反而需要語言的擴大與渲染，來使得某部分文本之形象得以突出以聯結背後之涵指，以「我愛你」一詞爲例。「我愛你」明顯地說明了某一個敘述主體「我」對於接受對象「你」產生了愛戀的情愫，因此「我愛你」這個能指在敘述主體與接受主體同樣在場的語境間，該能指遂直接地指向了所指，而成爲一個並不含蓄的表意型態。但是同樣地表現情意，如果敘述主體遞向接受主體之說法並不是直接地陳述「我愛你」一詞，而是對他說：「你是我眼中的蘋果」的話，那麼「蘋果」這個物象遂可能在文化的闡釋中與馨香、可口、珍貴等涵指聯結在一起，因此當接受對象「你」這個人被替代爲「蘋果」時，那麼該語句之解釋遂可以起碼相對地產生「你是我眼中最馨香的人」、「你是我眼中最可口的人」以及「你是我眼中最珍貴的人」等三種，再考量當時的敘述主體與接受主體傳遞意義時的語境，那麼「我愛你」這樣的意識遂轉化爲「你是我眼中的蘋果」，進而指向「你是我眼中最珍貴的人」，最後透過接受主體之闡釋，復又回到「我愛你」這樣的主體意識之中。可以發現，比較「我愛你」與「你是我眼中的蘋果」兩者，後者之符號列明顯地被拉長了！然而其表意型態卻也顯然較前者更具有「詩性」，相對地也顯得更爲含蓄。是以本文認爲，將「含蓄」視爲是一種語意上的節約現象，應當是比較適合的。

不把情意爲何，一語道破、一字標明，如此才有韻外之致、味外之味。〔註 16〕」因此針對這種現象，司空圖進一步指出了其表層能指（語不涉己）與接受意識間（若不堪憂）的不對稱關係〔註 17〕，而這種不對稱關係由於立基於一種創作主體之主導意識（是有眞宰），是以該主體意識遂透過其語詞之選擇進行表現（與之浮沉），而使得該語言之符指現象雖然不直截地表現爲一種語詞的單向敘述，卻依然使其意指存在於其語象的組構之中。

是以就「縱向對應」而言，司空圖遂將〈含蓄〉一文之敘述意識投入於與該意識具有同樣結構關係之形象中以進行呼應。因此以「如」作爲轉接語，便成功地將後設式的概念說明，透過「就好像」這樣的轉換，投射爲一種形象的呈現。是以該文中提到「如漉滿酒，花時反秋」、「悠悠空塵，忽忽海漚」便是透過各種形象之呈現，來將「含蓄」那種表層符徵並不指向所指，反而指向能指自身之停蓄、或者說是矛盾的符指型態進行說明〔註 18〕。最後再以「淺深聚散，萬取一收」作爲歸納，指出了「含蓄」這種詩語言狀態就表現而言，那種以簡馭繁、以一喻萬之符指特性。

然而必須強調的是，歷來談論含蓄，多半都是以「含蓄」所造成的

〔註 16〕黃維樑：〈中國詩學史上的言外之意說〉《中國詩學縱橫論》，台北，洪範書店，1977 年，頁 145。

〔註 17〕正如楊振綱在《詩品解》中所提到的：「不必極言患難，而讀者已不勝憂愁，蓋由神氣之到，眞宰存焉，不在鋪排說盡也。」（司空圖著，郭紹虞集解：《詩品集解》，北京，人民文學出版社，2006 年 6 月，頁 21。）

〔註 18〕事實上，對於這兩句中之形象確指爲何？歷來頗有爭議。本文所採取的是蔡英俊之說法，其認爲：「這兩句是用以指明『含蓄』之手法其實是出自一種清澈樸素的表現方式，猶如經過滲漉的純酒以及經過盛夏的秋氣；更重要的，這種清澈樸素的狀態不是自爲清澈樸素的，而是經過了一段飽和濃密之後的沉澱停蓄，然後才得以顯現出來，因此是有著厚實的基礎並且飽含無比的生命力。基本上，這兩句即是以具體的意象一方面表明了創作手法上『以少總多』所內蘊的一種技巧，而在另一方面卻也同時展示了一種寓厚實於樸素的審美典式。」（蔡英俊：《中國古典詩論中『語言』與『意義』的論題——『意在言外』的用言方式與『含蓄』的美典》，台北，學生書局，2001 年 4 月，頁 222。）

複義現象來進行談論的。譬如清代沈祥龍在《論詞隨筆》中便說到：「含蓄者意不淺露，語不窮盡，句中有餘味，篇中有餘意，其妙不外寄言而已。〔註19〕」可見論者多半都以「句中有餘味，篇中有餘意」這樣的觀念來看待「含蓄」這樣的一種概念〔註20〕。然而「含蓄」本身作爲一種表意型態，並未獲得充分之討論。換言之，如果僅僅只是針對「含蓄」這樣的概念來說，那麼我們所應深入探究的應是「意不淺露，語不窮盡」這樣的符指型態，以及該符指型態之特性爲何？是以將這樣的符指型態置於表意的符指過程之中，可以發現，如果說語言系統中之符號預設，是以能指對應所指，來達到表情達意之效果的話，那麼，「含蓄」之語言型態便是透過一種不直接指意的敘述結構，使得意義含藏於能指的迴圈之中，再以該迴圈中之空白語境，調動接受主體之視覺性、感覺性或者是知覺性之反應，以進行感受或者是聯想之聯結。是以如果說語言系統之符指型態爲一種直線式的對應結構的話，那麼「含蓄」之表意結構便是一種迴圈式之符指型態。以圖式表現如下：

語言系統之符指型態：

含蓄之符指型態：

〔註19〕沈祥龍：《論詞隨筆》，唐圭璋輯：《詞話叢編》第五冊，北京，中華書局，1986年，頁4055。

〔註20〕由此狀態亦可進一步推論，就文學實踐而言，以象表意之「意」，應可更細緻地區分爲涉及思想脈絡的理知樣態與涉及感覺脈絡的情感樣態等兩種。是以「餘味」所指的多半是以意象中可感知的情感樣態而言；而「餘意」所涉及的多半是就意象中可推敲還原的理知樣態來說。兩者雖然皆可統攝於敘述意識這樣的概念之中，然而就其表現形態與接受效果而言卻是有所不同的。

可以發現，在「含蓄」的符指型態之中，所指並未出現於能指的形態裡頭，因此，該能指僅僅只是不斷地迴旋指向自身，進而構成一個就型態而言，因爲能指之所指缺席，所以內在封閉之語境場。換句話說，如果語言系統之符指型態可以視爲是一種語意透明的符指型態的話，那麼「含蓄」之符指型態則應當看作是一種語意不透明之符指型態。

仍以李白〈行路難〉爲例。〈行路難〉首聯以「金樽清酒斗十千，玉盤珍羞值萬錢」開場，僅僅只是敘述了一個富麗堂皇的物質場，而次聯提到「停杯投箸不能食，拔劍四顧心茫然」則轉換爲一個心緒跌宕的心理場，是以就能指而言，這首詩的首聯與次聯皆未提到其意指爲何，然而當富麗堂皇的物質場與心緒跌宕之心理場結合起來，遂構成了一個以符號建構起的語言空間，可以召喚接受主體透過不同的生命經驗或者是文化內涵，對於該語言符號之選擇進行闡釋。

也因此所謂「不著一字，盡得風流」，並非意指不使用文字便能使人感受到一種意義或者情態，而應當解釋爲一種深層意指不出現在表層能指之上，然而該表層能指卻依然指向了深層意指之符指狀態。正如元朝楊載所說到的：「詩有內外意，內意欲盡其理，外意欲盡其象，內外意含蓄，方妙。〔註 21〕」這裡所謂內外意之「意」應當皆視爲主體之意識解。其中內意指的是主體之敘述意識，而外意則是意指主體之結構意識。敘述意識必須透過結構意識來進行表達，因此「外意欲盡其象」事實上也就是「立象盡意」的別說，唯有透過「象」來婉轉表「意」，才符合於詩語言必須「含蓄」之符指型態，且由於這種符指型態被視爲是一種詩性之所以產生的基型，因此本文遂稱其爲「表意原型」，意在於強調此符指型態之美典追求與其呈現方式。

〔註 21〕（元）楊載：《詩法家數》，何文煥輯，《歷代詩話》下冊，北京，中華書局，1981 年，頁 736。

二、「意在言外」之指意原型

「意在言外」這樣一個命題，歷來論者甚多〔註 22〕，多半是將其與「含蓄」作爲一種互動概念以進行闡述。誠然，就「含蓄」這種「表意原型」來說，由於其能指並未直接指向所指，因此該語言結構往往呈現爲一種涵指豐富之圖象場。此圖象場並不直接指示意義，而是透過強調該圖象場之某種特徵來與接受者之釋義聯想或生命經驗結合起來。是以相對於此，所謂「指意原型」即是針對詩語言這種表意方式之符指過程而言，本文認爲：當某種表意型態造就了某一種指意方式，而被稱之爲某種類型之表述時，該表意型態或者指意型態則可視爲是一種原型，以強調該型態對於後世相關表現之內在基型。準此，當「含蓄」與「意在言外」皆被視爲是詩語言的某種美典追求的時候，那麼逆推這種美典追求，則可分別理解詩語言之詩性所在，以及其就表意型態與指意型態上之典式爲何？正如姜夔在《白石道人詩說》裡所提到的：「語貴含蓄。東坡云：『言有盡而意無窮者，天下之至言也。』山谷尤謹於此。清廟之瑟，一唱三嘆，遠矣哉！後之學詩

〔註 22〕譬如黃維樑在〈中國詩學史上的言外之意說〉一文中，便曾經將「意在言外」區分爲哲學的、群學的與美學的等三種，並進一步援引英美關於「意之象」（objective correlative）的說法，認爲所謂「意在言外」事實上就是一種使接受者「因象悟意」之手法。而蔡英俊則在《中國古典詩論中『語言』與『意義』的論題——『意在言外』的用言方式與『含蓄』的美典》一書裡，透過『語言』與『意義』對應之結構，討論「意在言外」這種用言方式之具體內涵，並將「意在言外」這種用言方式區分爲「寄託」與「神韻」兩種。尤有甚者，凌欣欣更以「意在言外」作爲主題，在其《意在言外——對中國古典詩論中一個美學觀念的研究》之博士論文中，透過「言意關係」、「象與意在言外」、「比興與意在言外」及「詩歌語言與意在言外」等幾個章節，具體剖析了「意在言外」這樣一個概念在歷史發展中之應用與演變，全書論析清楚、引用詳盡，可謂已將「意在言外」在中國詩學中之涵義清楚地解碼。唯獨關於「意在言外」之指意型態，論者多半將其與「含蓄」之概念含混運用，似乎仍有進一步討論之必要。因此，本文透過「指意原型」這樣一個概念，意在於釐清「指意」與「表意」之區別，並且對此進行一點意見補充與探討。

者，可不務乎？若句中無餘字，篇中無長語，非善之善者也；句中有餘味，篇中有餘意，善之善者也。〔註 23〕」可見，「句中有餘味，篇中有餘意」這樣的一種指意型態，的確已被視爲是一種詩作品鑑之標準。重點在於這種標準之型態爲何？以及「言外之意」的探求如何可能？

關於「意在言外」這樣一個概念的形成，當可追溯到「詩言志」這一個概念下所產生的用詩行爲。譬如《毛詩序》中提到：「上以風化下，下以風刺上，主文而譎諫，言之者無罪，聞之者足以戒，故曰風。」可見，在臣爲敘述主體而君爲接受主體這樣的互動關係上，透過詩句的使用與徵引，其所訴求的接受效果「言之者無罪，聞之者足以戒」無疑是意在言外的。然而比較清楚地從文學的角度自覺地進行後設說明的，則以劉勰在〈隱秀〉篇中之說法較爲突出。在〈隱秀〉篇中，劉勰提到：「隱也者，文外之重旨者也；秀也者，篇中之獨拔者也。隱以複意爲工，秀以卓絕爲巧。斯乃舊章之懿績，才情之嘉會也。〔註 24〕」在此，劉勰雖未明白指出「意在言外」這樣一個說法，然而從其提到「文外之重旨」、「以複意爲工」看來，事實上也已經注意到文學作品在指意型態上，應當具有雙重意指這樣的現象。是以劉勰進一步提到：

> 夫隱之爲體，義生文外，秘響旁通，伏采潛發，譬爻象之變互體，川瀆之韞珠玉也。故互體變爻，而化成四象；珠玉潛水，而瀾表方圓。始正而末奇，內明而外潤，使玩之者無窮，味之者不厭矣〔註 25〕。

由此可見，劉勰認爲，當「隱」作爲一種文學表現之形態時，該形態會產生「義生文外，秘響旁通」之效果，進而使得「玩之者無窮，味之者不厭」。是以這裡所謂的「隱」基本上可與「含蓄」類通，而所

〔註 23〕郭紹虞主編：《中國歷代文論精選》，1991 年 3 月，頁 148。
〔註 24〕周振甫：《文心雕龍今譯》，北京，中華書局，2010 年 4 月，頁 357。
〔註 25〕同上註。

謂「義生文外，秘響旁通」則可視爲是一種「意在言外」之先聲了！類似這樣的說法，在鍾嶸《詩品》中亦曾提出。鍾嶸認爲：

> 故詩有三義焉：一曰興，二曰比，三曰賦。文已盡而意有餘，興也；因物喻志，比也；直書其事，寓言寫物，賦也。宏斯三義，酌而用之，幹之以風力，潤之以丹彩，使味之者無極，聞之者動心，是詩之至也〔註26〕。

其中，在討論「興」時所提到的：「文已盡而意有餘」以及「干之以風力，潤之以丹彩，使味之者無極，聞之者動心，是詩之至也」等語，皆可看出就詩之美典追求而言（詩之至），鍾嶸已認知到了在詩語言的表現形態裡，有一種構築技巧可以在語言的表意層面上含蘊更爲廣闊的主體意識，因此使得「味之者無極，聞之者動心」。凡此種種說法，皆可視爲是「意在言外」這樣一個概念形態之原型，而後世針對「意在言外」之討論，亦多半是從這樣的概念形態下所進行的推演與開展。

然而比較具體地提出「意在言外」這一個說法的，應以歐陽修在《六一詩話》中，引用梅聖俞的話時所提到的一段話作爲代表。《六一詩話》中說到：「詩家雖率意，而造語亦難。若意新語工，得前人所未道者，斯爲善也。必能狀難寫之景，如在目前，含不盡之意，見於言外，然後爲至矣。〔註27〕」這裡，所謂「意新語工〔註28〕」之「意」，應是一種主體的思想或者體會，而這種思想或者體會必須透過語言的鍛鑄，方能「得前人所未道者」，是以所謂「必能狀難寫之景，如在目前……」諸語，即是針對這種「語工」來進行闡釋的。其以「必能」作爲開頭，即間接諭示了「狀難寫之景，如在目前，含不盡之意，見

〔註26〕鍾嶸著，曹旭箋注：《詩品箋注》，北京，人民文學出版社，2009年12月，頁25。

〔註27〕郭紹虞：《中國歷代文學論著精選中冊》，台北，華正書局，1991年3月，頁17。

〔註28〕歐陽修、釋惠洪著，黃進德批注：《六一詩話、冷齋夜話》，南京，鳳凰出版社，2009年12月，頁6。

於言外」應是這種「語工」的構建前提，而這種構建前提同時揭示了詩語言在構築時的兩種特徵：即本文所謂的「表意型態」與「指意型態」等兩種。就「表意型態」而言，必須「狀難寫之景，如在目前」，而就「指意型態」來說，則要「含不盡之意，見於言外」，可見，此兩者實爲一相即卻又相離之概念，前者是後者之成因；而後者則是前者的效能，倘若將前者視爲是一種「含蓄」之「表意原型」的呈示方式的話，那麼後者則可說是針對這種「表意原型」之接受面，進一步提出了「意在言外」這種指意方式之呈示型態了。

這裡，所謂「狀難寫之景，如在目前」之「景」不應當狹義地視爲「風景」之意，而應當看作是一種「情景」，泛指任一可引起主體「情志」反應之景象。是以包含「風景」、「事景」甚至於某種「物象」之動態，皆可納入「景」之範域之中。由此推導出所謂「意在言外」之「意」，即可看作是由這種「情景」所召喚而來的「情志感」〔註29〕。其初始是以創作主體對於外在景象的審美反應爲主，再透過該創作主體將此審美反應之對象物，以語言符號進行組構，以期傳達出同樣的審美反應。換句話說，就創作主體而言，語言符號中之詩性應當來自於詩語言中對於該審美對象物的複製，這種複製預設了同樣的對象物能夠在不同的讀者心理產生類同的情志反應，是以「意在言外」之「意」並不內存於此一對象物中，而是外存於接受主體對於該對象物所產生的情志反應裡，而這種情志反應除了直覺式的接受美感外，還包含了該對象物在文化系統中之涵指性。也就是說，所謂「意在言外」之「意」應當相對地包含兩個部分：一是透過直覺式的審美反應而來；一是透過文化涵指的審美反思產生。前者本文稱之爲「美感性」的，而後者則稱之爲「釋義性」的〔註30〕。

〔註29〕在此，所謂「情志感」意指的是相應於「景」之象態而言，審美主體意識中所對應而生的情緒或思理感受。

〔註30〕針對此一問題，錢鍾書認爲：「夫『言外之意』（extralocution），說詩之常，然有含蓄與寄託之辨。詩中言之而未盡，欲吐復吞，有待引申，俾能圓足，所謂『含不盡之意，見於言外』，此一事也。詩中所未嘗言，

別取事物，湊泊以合，所謂『言在於此，意在於彼』，又一事也。前者順詩利導，亦即蘊於言中，後者輔詩齊行，必須求之文外。含蓄比於形之與神，寄託則類形之與影。」（錢鍾書：《管錐篇卷一》，北京，三聯書局，2001 年 1 月，頁 186。）這樣的分類方式雖然能夠有效地區別「含蓄」與「寄託」之不同，但是就表意型態來說，「寄託」亦應當視爲是「含蓄」的一種表意形態。兩者皆是利用詩語言的表層能指來進一步指涉另一層可具體表述之敘述意識，差別僅僅在於錢鍾書所謂的「含蓄」是藉由符號在能指之處留白，以造成「說之未盡」之感；而其所提到之「寄託」則是透過某種事象或者是物象之影射，來達到言此而意彼的效果，兩者皆是以所指之留白來構成一種語境場。是以就型態而言，兩者都應看作是「含蓄」的一種表意形態。再者，此間所論之「意」乃傾向於是一種訴諸於理解性的涵指意，並未提及所謂「美感性」的餘味，是以本文認爲此種分類方式仍有其不足之處。是以凌欣欣在《意在言外——對中國古典詩論中一個美學觀念的研究》一書中，透過「比興」思維進一步探討此一議題時，似乎頗能透過引申，進一步補足錢鍾書之論點，其認爲：「但是我們若能從「比興」思維的角度來看「寄託」與「含蓄」，會發現「言在此而意在彼」的「寄託」之所以形成，是建立在「類比推理」的基礎之上，而「含蓄」作爲一種審美感受，光是只有類比是不夠的，它還必須訴諸於讀者豐富的聯想與感通，也就是不但要「觸類旁通」、「舉一反三」，還需要讀者發揮無窮的想像力，才能完成「文已盡而意有餘」的詩歌審美效果。」（凌欣欣：《意在言外——對中國古典詩論中一個美學觀念的研究》，，中國文化大學中國文學研究所博士論文，2004 年，頁 202）凌欣欣的這段論述基本上是針對錢鍾書在《管錐篇》中，對於「意在言外」這一個概念所提出之界定來說的。本文雖不認同錢鍾書將「意在言外」區分爲「寄託」與「含蓄」等兩種類型，但是就其分析而言，似乎也已注意到這種「意在言外」的指意過程，應當包含「理解」與「審美」等兩種方式。也就是說「意在言外」這樣的指意型態，應當同時具有「表意性質」與「美感性質」，而此兩種性質並不直接地表現於語言符號的敘述結構之中，而是透過該符號對其「涵指」之暗示以及對其「特徵」之強調來達到間接指意的效果，正如蔡英俊在《中國古典詩論中『語言』與『意義』的論題——『意在言外』的用言方式與『含蓄』的美典》一書中之分類，其認爲：「『含蓄』的美典除了要求在情感意念本身的描寫有所節制之外，最重要的則更在於情感意念的內容如何能與詩篇本身的章法結構相互搭配，因此所謂的情感內容的問題，其實也是形式本身的問題。在這種觀點的引導下，情感意念一方面可做爲創作活動中具有引導詩篇主題構造作用的『啓引』因素，而另一方面，又可做爲創作活動中完成詩篇主題構造作用之後的『延伸』因素。同時，既然情感意念本身又要求盡量加以節制，因而在創作活動中間接借助於景物的烘託傳寫的表現形態，便也成爲作品本身的經營安排因此，進一步從歐陽修所列舉的詩例中，亦可以發現，所謂的「含不盡之意，見於言外」應當同時包含「美感性」與「釋義性」等兩種。所謂「美感性」意指的是當創作主體將其感物時之美感特徵透過語言符號呈現出來，接受主體遂能於這種對於某種物象特徵之描寫的語境裡，接受到創作主體應物感物時之美覺感受。以嚴維「柳塘春水漫，花塢夕陽遲」爲例，該詩的符號僅僅只是將某處春天的景象透過選擇，以一靜一動的物象交替呈現。於是，被符號化後所呈示於眼前的敘述，遂成爲了：「一個垂柳的池塘邊（靜態），悠悠的春水漫流（動態）；繁妍爭麗的花塢上（靜態），夕陽緩緩落下（動態）」這種表面上看似沒有意義的景象描寫。然而，因爲該描寫將景象之特徵突前（池塘垂柳、繁妍爭麗），再加上動態生命力之展現（春水漫流、夕陽緩落），遂予人一種在春天向晚時分，景象繁麗（柳塘與花塢）卻又靜好（春水漫與夕陽遲）的接受美感。由此可見，該詩乃是利用其所描寫之景物在美感觸發上之涵指性，進一步使得接受者得以在語言符號的引導下，複製創作主體的審美感知。這種以物象召喚審美感知之描寫，有時可能僅僅只是某種美感的傳遞；有時卻也在美感傳遞的同時，與人的處境相結合，進而產生「釋義性」的思維效果，譬如溫庭筠的〈商山早行〉：「雞聲茅店月，人跡板橋霜」，同樣只是針對景象的描寫，但是由於點出了時間與處境，遂使得人在其中的遭遇，得到彰顯，進而表現出創作主體所要呈現出的意識與思維。以「雞聲茅店月，人跡板橋霜」爲例，由於「雞聲」這一個符號在文化語境中象徵著凌晨或者是早晨，因此當「月」的這一個符號出現時，便使得該時間序列被進一步定位爲凌晨時分。而「茅店」則顯示出地點應是

得以獲致『意在言外』的『含蓄』審美效果的重要方式。」（蔡英俊：《中國古典詩論中『語言』與『意義』的論題——『意在言外』的用言方式與『含蓄』的美典》，台北，學生書局，2001 年 4 月，頁 230。）因此，蔡英俊在該文中，將含蓄這種表意型態進一步區分爲「寄託」與「神韻」兩種，頗可與本文認爲具有「釋義性」與「美感性」等兩種特徵相互呼應。

在郊野之處，是以「雞聲茅店月」一句點出了詩中的敘述者在時間與空間上的處境，應是處身於凌晨杳無人跡的郊野，而在這樣郊野中，「人跡板橋霜」則更深刻地說明了該敘述者之足跡正踏過佈滿霜雪的橋上。是以，如果說「雞聲茅店月」之涵指暗喻了一種清晨而寂寥的景象的話，那麼「人跡板橋霜」則將人置入了這樣的處境裏頭，透過「板橋霜」之涵指喻示了道路之艱困，而「人」從這樣的處境中走過，則使得時空上的寂寥與困頓，全都成爲了「人」在旅途中的背景，因而表現出了一種莫名艱苦的愁思〔註31〕。

可以發現，這些語句中之景象，除了純粹美感的調動外，之所以能夠引起某種情志感，皆源自於該景象在文化系統中所具有的另一層隱義。然而，即使是美感之調動，其參照點仍是來自於現實人生中，對於某種情景的審美感知。至於涉及文化系統的部分，則是以文化系統中對於某種物象或事象之涵指，作爲釋義時的參照對象。換句話說，「意在言外」之所以構成，是因爲在語言系統之外，另有一文化系統作爲創作主體與接受主體透過文本主體交流時的潛在文本。而這種潛在文本趙毅衡將其稱爲是一種「伴隨文本」，趙毅衡在定義「伴隨文本」時提到：

> 任何一個符號文本，都攜帶了大量社會約定和聯繫，這些約定和聯繫往往不顯現於文本之中，而只是被文本「順便」攜帶著。在解釋中，不僅文本本身有意義，文本所攜帶的大量的附加因素，也有意義，甚至可能比文本有更多的意義。應當說，所有的符號文本，都是文本與伴隨文本的結合體，這種結合，使文本不僅是符號組合，而是一個浸透了社會文化因素的複雜構造〔註32〕。

〔註31〕倘若這種艱苦是立基於某種現實之困頓的語境的話，那麼，該道路便成爲了前往某種理想的途徑（譬如從政），而人在其中的辛苦遂演展成一種隱喻，意謂著追求理想的艱困與寂寥。（譬如士不遇）。

〔註32〕趙毅衡：《符號學原理與推演》，南京，南京大學出版社，2011 年 3 月，頁 141。

簡言之，趙毅衡之說法即是將文本的指意過程視爲是一符號文本與文化文本的互動作用，而這種文化文本與符號文本交涉之處，即爲本文所謂的「涵指」，本文認爲，任一符號或者文本背後，除了其線性所指涉之意指外，尚且會因爲其於文化系統中的應用範圍，而產生不同的涵指，這些涵指隨著其性質與概念的不同而互相之間連結成一個「涵指域」〔註33〕，是以所謂的「意在言外」即是符號文本透過其涵指性質，在其涵指域中找到屬於文化系統裡之對應意義的過程。換句話說，所謂的「意在言外」應是一符號能指不以其線性所指加以對應，而利用其於文化中之涵指，在其涵指域中找到對應義之過程。

是以該指意結構以圖示示之即爲：

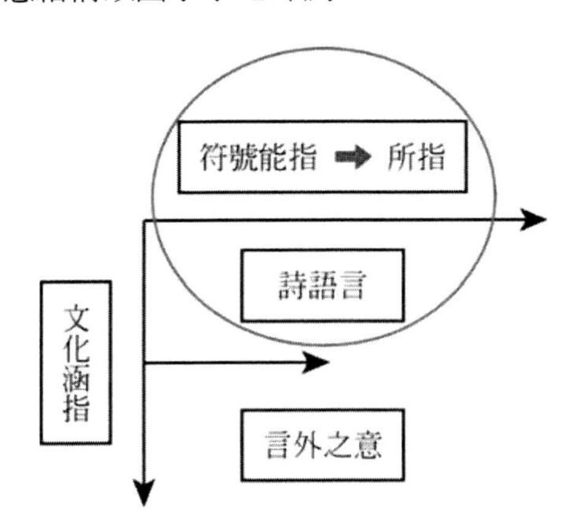

由此可見，符號能指與所指間之對應基本上應該是線性的，然而在詩語言的系統之中，由於該「含蓄」之表意方式並不直接指陳所指，而是透過能指之自指性來構成一種圓形的指意型態，因此是一種側重於符象本身之符指結構〔註34〕。而這種符指結構之指意型態並不內具於

〔註33〕例如「紅玫瑰」之所指應是一種帶刺的植物名，然而因爲文化系統的引用，而使得紅玫瑰同時具有「熱情」與「愛情」等涵指。是以在這些無數的涵指之間，「紅玫瑰」一詞遂因爲涵指的存在與衍生，而構成了一個可提供進一步釋義之「範域」。

〔註34〕對此應進一步進行說明。假設文本符號乃是創作主體意識之外化，當我們將創作主體之意識視爲「A」，而文本符號之對應義則視爲

其表層意本身，而是透過該詩語言所結構而成之能指與文化涵指交會，進而找到其所對應之意義。這種透過文化涵指以對應出意義之指意型態，即稱之爲是一種「意在言外」的指意型態。且由於該指意型態構成了中國詩學在美典追求上之原則，是以本文將其稱爲是一種「指意原型」，即意在於強調這種指意型態於詩語言構築時的一種規範性。

第二節　賦、比、興之構象型態

順著「含蓄」與「意在言外」這種符指原型之討論，可以進一步衍生的理論問題是：「含蓄」與「意在言外」如何被語言符號的組織模式所結構？換言之，由於「象」勢必具有「含蓄」與「意在言外」等兩種特性，那麼討論此兩種特性是透過怎樣的符號型態來進行表現，就必須進一步考量描寫時之「用語型態」與「呈象型態」等兩個部分。其中所謂「用語型態」指的是主體情意如何透過語言符號建構爲「象」〔註35〕；而所謂「呈象型態」則意指該「象」之呈現是透過描述對象的何種切面，來與主體情態進行呼應。前者主要涉及主體情

「B」，再將文化中之伴隨文本視爲「X」時，如果一符指過程所表現出來的序列爲 A（作者意）＝B（符號意），那麼該符指序列即可稱其爲是一種側重於符號義的符指結構；反言之，當「A」不直接等於「B」，而是必須先行考量「X」之定義，進而呈現出 A＝X＋B 的情況下，而X被選取之意義亦可換算爲 X＝A＋B 時，該符指序列本文即稱其爲是一種側重於符象本身之符指結構。

〔註35〕正如陳滿銘在《意象學廣論》一書中認爲：「辭章內容的主要成分，不外情、理與事、物（景）。其中情與理爲『意』屬核心成分；事與物（景）乃『象』，爲外圍成分。」（陳滿銘：《意象學廣論》，萬卷樓圖書股份有限公司，2006 年 11 月，頁 14。）陳滿銘在此是將辭章的內容相對地區分爲「內在情意」與「外在形象」等兩個部分，認爲辭章乃是由此兩個部分所結構而成。然而事實上，就文學而言，主體的「內在情意」往往是不顯露於外的，也就是說，我們所看到的文本，事實上只有「外在形象」的這一個部分，而所謂「內在情意」是我們透過「外在形象」所逆推而得的，所以「內在情意」與「外在形象」之間必然存有某種互動關係，而成爲兩個可以互相證成之概念。

意如何與「象」在符號系統中產生聯結關係，而後者則主要關涉主體情意透過怎樣的視角在符號系統裡呈現出其敘述對象。此兩者之側重點各有不同，本文以下主要討論前者。

仍以「立象盡意」之概念進行說明。在創作主體的創作思維裡頭，由於「盡意」必須「立象」，因此該主體意識之思維與感知，遂必須透過投射於「象」以婉轉表現「意」之型態。這裡的「象」應該廣義地理解，即除了物之形象外，事態的呈現與物態之情狀亦應包容於「象」的內涵之中，在這樣的前提下，創作主體透過對於某種事態或者物態之洞見，與其主體意識進行聯結，進而透過某種形式將其符號化為一種具象化之描述，即為本文所謂的「構象型態」。

這種「構象形態」主要涉及創作主體在表達其主體情志時之用語形式，在中國詩學系統中，針對此一問題之回答，主要仍以「賦」、「比」、「興」之相關討論作為代表〔註 36〕。「賦」、「比」、「興」一說本源於詩經詮釋系統裡之六義，然而在漢儒解釋下，風雅頌遂與賦比興被逐日區隔為「文體」與「用語」間之不同。這種看法至唐代似乎已成定見，例如孔穎達在《毛詩正義》中便提到：「風、雅、頌者，詩篇之異體；賦、比、興者，詩文之異辭耳。大小不同，而得並為六義者，賦、比、興是詩之所用，風、雅、頌是詩之成形，用彼三事，成此三事，是故同稱為義。〔註 37〕」足見，賦比興在此已被視為是一種詩的用語方式了！只是這種詩的用語方式實際上是一種後設式的說

〔註 36〕正如葉朗在《中國美學史大綱》中提到：「戰國儒家學者提出的『賦』、『比』、『興』這一組範疇，既然是講『意』和「象』的關係，是對詩歌藝術中『意』和『象』的關係的一種分析和概括，因此，實際上也就是在審美領域把《易傳》提出的『立象以盡意』這個命題加以進一步地展開。『立象以盡意』，僅僅是把『象』和『意』聯繫在一起，而『賦』、『比』、『興』這組範疇則涉及詩歌藝術中，『意』和『象』之間以何種方式互相引發，並互相結合成統一的審美意象，而這種審美意象又以何種方式感發讀者。」（葉朗：《中國美學史大綱》，上海，人民出版社，2010 年 8 月，頁 89。）

〔註 37〕阮元刻：《十三經注疏本》《毛詩正義》卷一。

明，也就是說從詩語言的表現結構上，視其句首之型態來加以歸類。因此，賦、比、興一開始並非被視爲是一種詩語言的組織技巧，而是從詩語言的表現型態上所進行劃分與區別的組織形式。正如鄭玄在《周禮注疏》中所說的：「賦之言鋪，直鋪陳今之政教善惡。比，見今之失，不敢斥言，取比類以言之。興，見今之美，嫌於媚諛，取美事以喻勸之。〔註 38〕」撇去其中對於政教觀念之比附不談，單就內容與表現方式而言，已可發現，這樣的說法乃是針對賦比興於文本中之表現形態，以進一步區別該用語方式之殊性。然而，從鄭玄之說法看來，「賦」與「比興」間之區別顯然是明顯的，但是「比」與「興」間的差異，卻難以從這樣的看法中獲得釐清。因爲就表現形態而言，鄭玄所謂的「比」是創作主體見「今之失」，遂以某種可聯想之物類來加以比喻；而所謂的「興」則是見「今之美」，是以透過某一種美事來加以喻示，兩者皆同屬於一種比喻之手法，差別僅在於敘述對象在「失」與「美」間的不同而已，並不能從技巧或形態上有效區隔比興間之異別。

是以比較明確地從表現形態上對賦、比、興進行定位的，應以鍾嶸在《詩品》中之看法作爲代表。鍾嶸在《詩品》中將賦、比、興之順位從新進行排序，改以「興」作爲首位而以「賦」殿後，因此在《詩品》中之賦、比、興之順序遂轉變爲興、比、賦，鍾嶸提到：

> 故詩有六義焉：一曰興，二曰比，三曰賦。文已盡而意有餘，興也；因物喻志，比也；直書其事，寓言寫物，賦也。宏斯三義，酌而用之，幹之以風力，潤之以丹彩，使味之者無極，聞之者動心，是詩之至也〔註 39〕。

可見鍾嶸乃是單純從語言符號的表現形式上，來思考賦、比、興這三種寫作方式之展陳〔註 40〕。因此其將賦、比、興改爲興、比、賦應具

〔註 38〕阮元刻：《十三經注疏本》《周禮注疏》卷二十三。

〔註 39〕鍾嶸著，曹旭箋注：《詩品箋注》，人民文學出版社，2009 年 12 月，頁 25。

〔註 40〕事實上鍾嶸在此之說法已脫離儒家傳統，認爲文學必須與政教發生關聯之宗經思想。正如凌欣欣所提到的：「鍾嶸只稱『詩有三義』，

有兩種可能：首先是針對意象之推演型態來說，「興」是最高級的象，而「比」次之，「賦」則是構象之基礎。再者則是針對此三種手法就其構成詩之效能的重要性而言，「興」之手法最能含蓄地表現出「意在言外」之效果，而「比」次之，「賦」則由於「直書其事」，因此其意象性大不如「興」與「比」那麼明顯。這從《詩品》的序文中亦可看出：「若專用比興，患在意深，意深則詞躓。若但用賦體，患在意浮，意浮則文散，嬉成流移，文無止泊，有蕪漫之累矣。〔註41〕」可見在鍾嶸的概念裡，對於興、比、賦之排列，已經意識到在表現「意」時，該效能具有從晦澀艱深到粗淺直白這樣的一種次第效果，且從鍾嶸將此三義同樣視爲「酌而用之」便能「使味之者無極，聞之者動心」這樣一個觀點來看，亦可發現其看法乃是將興、比、賦皆視爲是構成詩之形象的創作方式，差別僅在於對「意」之展陳的表現上，具有「意深」或「意浮」這樣的差異而已。

由此進一步引申，則可發現賦、比、興這樣的概念相對地產生了兩個層面上之問題。首先是就「修辭型態」來說；再者則是就「心物關係」而言。就修辭型態來說，王夢鷗認爲賦、比、興應可進一步地區別爲「直述法」、「譬喻」與「繼起之意象」等三種。此三種方式皆具有構成意象之功能，差別僅在於，如果說「直述法」是「A＝A」的話，那麼「譬喻」則是以「B」形容「A」，而「繼起之意象」則是因「A」想到「B」又聯想到「C」，因此「A＝C」，又該「A」爲原生之意象，而「B」則爲「A」與「C」間的關係點。正如其文中所提到的：

> 凡是詩人文學家爲著某種意象而發動述說，不管用的是直接法或間接法，都可說是一種「隱喻」，也就是說，他所講

這不僅表明，他不再爲儒家經籍所拘限，背離了傳統的宗經派，而且顯現了明確的意圖，只從藝術創造的角度來探討『賦、比、興』的特徵與作用。」（凌欣欣：《意在言外——對中國古典詩論中一個美學觀念的研究》，中國文化大學中國文學研究所博士論文，2004年，頁198。）

〔註41〕同上註。

> 的一切話語，都在「隱喻著」他的「母題」(motif)。但從狹義來說，間接的表達法，它的語式不過是，第一、母題：這母題經過標明（直喻）或不標明（隱喻），我們皆謂之 A。第二、譬喻語：這譬喻語無論是簡略的或繁詳的，皆須表出，我們稱之爲 C。第三、母題與譬喻語之間的共通點或可連接的關係點 B，則可以表出或不表出〔註 42〕。

透過母題爲 A，而譬喻爲 C 這樣的代碼，王夢鷗從「意象推演」之角度闡釋了賦、比、興間之差異。表面上看似清楚明晰，然而實際推論下來卻是有瑕疵的。因爲原生意象不管推演幾個層次都應該屬於「比」的範疇，所以「興」不應該立足於這樣的序列上進行比較。換句話說，由於「興」必須具有由此物引發彼情之聯想，因此該聯想基本上是情態性的。也就是說，如果「比」的推演形式是一種理性編排，其重點在於「A」與「B」間的共性尋找的話；那麼「興」之推演形式則是一種情感引發，其重點在於透過「C」所表現的某一種事態或者物態來召喚一種「情態」。因此，如果「比」是一種類比邏輯上之推演，那麼「興」則應當視爲是一種「語境」與「情境」在審美感受上之對接〔註 43〕。

是以葉嘉瑩從「心物關係」的角度上，認爲「賦」、「比」、「興」皆應視爲是情意與形象互相結合之方式的說法，似乎比較全面。葉嘉瑩提到：

> 情志之感動由來有二，一者由於自然界之感發，一者由於

〔註 42〕王夢鷗：《中國文學理論與實踐》，台北，里仁書局，2009 年 9 月，頁 136。

〔註 43〕不過値得一提的是，王夢鷗在討論「賦」這種「直述法」時，仍是將其置於詩美學的觀點底下，從「積極」運用符號的角度，以「簡省」與「擴充」等兩種型態，論述了「賦」仍可視爲是一種「不用譬喻而直接表述作者意象的方式」（王夢鷗：《中國文學理論與實踐》，台北，里仁書局，2009 年 9 月，頁頁 117。），實際上也可算是一種「隱喻」，是用「單詞本身或單詞所組成的一種敘述語來隱喻作者的意象。」（同上註，頁 128。）這種說法對於學界歷來重視「比興」之美學效果而輕視「賦」之探討實有相當重要的提示作用。

> 人事界之感發。至於表達此種感發方式則有三，一爲直接書寫（即物即心），二爲借物爲喻（心在物先），三爲因物起興（物在心先），三者皆重形象之表達，皆以形象觸引讀者之感發，惟第一種多用人事界之事象，第三種多用自然界之物象，第二種即可爲人事界之事象，亦可爲自然界之物象，更可能爲假想之喻象〔註44〕。

葉嘉瑩一方面釐清了構成情志感動之對象物，另一方面則說明了以符號表現結合此情志感動與形象間之法則。是以從葉嘉瑩之說法看來，創作主體之情志感動，遂因其所選擇之書寫方式，而與敘述對象之形象連成一線。因此，綜合葉嘉瑩與王夢鷗兩者間之說法，即可發現，關於賦、比、興在構象結構上之研究，可以以圖示整理如下：

	心物關係	構象對象	修辭型態
賦	即物即心	事象	直述其事（直述法）
比	心在物先	事象、物象與喻象	比方於物（譬喻法）
興	物在心先	物象	以物興情（繼起之意象）

是以從心物關係到構象方式，「賦」、「比」、「興」就構象結構上之研究，至此已幾乎完全解碼。唯獨就其以構象方式呈現構象對象以表現主體情志之「構象型態」而言，則似乎仍有進一步討論之空間。本文認爲，由於文學形式所呈現於眼前的物質化形象僅僅限於敘述對象本身，因此該形象如何展陳？透過怎樣的方式進行暗示或者引導？應當回歸於文本主體之呈現上，討論此用語方式透過怎樣的組織，將敘述主體之「意」，游移至某種被型態化的「形象」之中〔註45〕。

〔註44〕葉嘉瑩：《迦陵談詩二集》，台北，三民書局，2010年10月，頁148。

〔註45〕是以稱其爲「構象型態」，遂不只單純指涉其對象物之形象本身，還考量到該形象乃做爲某種創作主體之意向性投注。而這種意向性投注包含主體之情志內容與詩學意義上之組織原則，因此所謂賦、比、興所要進行探究的，便是這種組織原則透過怎樣的變形，而使得敘述對象在符合「含蓄」與「意在言外」的符指原型下，婉轉隱喻主體之情志。

因此，本文不擬討論「賦」、「比」、「興」這樣的概念在歷史上的轉變與發展〔註46〕，而是將其視爲是中國詩學中，對於三種基本構象型態之分類。依其型態上之不同，本文擬將其相對區別爲三個部分：其中，由於「賦」之展陳方式是將主體情志，透過某事或某物在某一個片面上之直述來進行表達的；而「比」之展陳方式則是透過投射，將主體情志置於某種典故或者物象的比方之中；至於「興」之展陳方式則看似描寫某種物象，事實上是透過物態或事態之摹寫來呈現出某種情態。因此，本文以下遂將其相對地區分爲「描述式意象」、「比喻式意象」與「情態式意象」等三種〔註47〕，以進一步探討「賦」、「比」、「興」之概念在詩學系統中所呈現之構象型態。

一、描述式意象：「賦」之展陳型態及其詩性

相對於「比」、「興」而言，歷來對於「賦」在構象形態上之展陳與特性之看法，大抵比較固定。譬如鄭玄在《周禮注疏》中便提到：「賦之言鋪，直鋪陳今之政教善惡」，而摯虞在〈文章流別論〉中也

〔註46〕相關探討在劉懷榮於《賦比興與中國詩學研究》一書中已考證甚詳，可以參見。（劉懷榮：《賦比興與中國詩學研究》，北京，人民出版社，2007年7月。）

〔註47〕趙毅衡在《重返新批評》一書中，曾引用劉若愚之說法，將語象區分爲單式與複式兩種，其中單式語象意指的是：「當我們無法指出一個語象的取代物時，它就是一個字面上的意義，也就是說，是一個描述性語象。」（趙毅衡：《重返新批評》，天津，百花文藝出版社，2009年4月，頁119。）而複式語象則相對區分爲兩個部分，其一是比喻性語象，再者則是象徵性語象。因此其引用瑞恰慈的說法時提到：「瑞恰慈從語意上來區分兩者似乎更恰當些。他提出比喻的兩造之間的關係是『異中之同』，喻指和喻體之間多少總有一點相同之處。而象徵的兩造之間往往沒有相似點，它們主要靠由於各種原因而形成的聯想來聯結。」（同上註，頁121。）事實上這種區分方法的確有效地鑑別了語象在表現形態上之不同，且所謂描述式語象及比喻式語象更可分別與所謂的「賦」與「比」相對，唯象徵式語象並不等同於「興」之構象型態，因此，本文在此保留單式語象與複式語象這樣的鑑別方式，至於「興」之構象型態則有待本文以下進一步進行深入的闡釋與討論。

認爲：「賦者，敷陳之稱，古詩之流也。〔註48〕」可見，就構象形態而言，「賦」作爲一種「直述」式的展陳方式，應該是沒有他見的。重點在於這種「直述」式的展陳方式，就主體意識與敘述事象來說，應否畫上等號？也就是說，就其敘述內容而言，「賦」是否直述了其敘述意識？抑或者只是透過其敘述事象來進行表達？此論題由於涉及了「賦」作爲一種構象形態具有「詩性」與否的問題，因此必須先行釐析，以進一步確定「賦」在「立象盡意」這種詩學系統中之展陳，是否可視爲是一種具有「意象性」，且足以引起美感效果的組織型態。

1、「賦」之展陳型態

事實上，歷來對於「賦」作爲一種構象型態或者是構象方式之討論，往往不如「比興」來得踴躍。原因在於「賦」作爲一種直述式的表現方式，其意象性看來似乎不如「比興」那樣具有理論的探索價值〔註49〕，因此，就詩學美學這一個範域而言，論者多半傾向於討論「比」與「興」間的異同及其表現方法，至於「賦」在詩學意義上之建構與掘發就顯得相對貧弱〔註50〕，然而，如果以「含蓄」及「意在言外」

〔註48〕摯虞〈文章流別論〉，郭紹虞主編，《中國歷代文學論著精選》，台北，華正書局，1991年3月，頁157。

〔註49〕事實上關於「意象性」學界普遍存有一種偏見爲以語言的「稠密度」或者是形態的「美感度」來定義「象」的實踐與否。照這種說法看來，小說或散文永遠不會具有意象性，或者說，其意象性相對於「詩」而言是比較薄弱的。但是如果回到立「象」盡「意」這樣的結構來看，「意象性」與否應當取決於所描寫之「象」對於所表述之「意」的隱藏程度，或者是違反習見思維的陌生化程度。前者涉及到「象」在能指與所指對應時，其語言符號如何避開表層所指而以涵指聯結深沉意指；後者則關涉於「象」在文化之中是否已構成一種機械化反應。也就是說「意象性」與否與如何表述無關，而是取決於主體情志跟形象表現間的對應關係。因此所謂賦、比、興指示在這種對應關係表現上的不同，不能以此論證相對於「比」與「興」而言，「賦」的寫作手法就不構成意象性的組織。

〔註50〕例如凌欣欣在《意在言外——對中國古典詩論中一個美學觀念的研究》這本博士論文中就曾經提到：「至於『賦比興』中的『賦』，個人以爲他偏向『鋪陳』、『直述』的特性，與所謂『意在言外』詩學觀念

作爲該構象型態具有詩性與否的判斷標準的話，那麼無論是作爲一種詩用行爲的意義來說，或者是作爲後人討論《詩經》時，對於開端之創作方式所進行的歸納而言，「賦」之展現，都充分利用了語言的非直指性與雙重意指這樣的特點。以「賦詩言志」這樣的用詩行爲來說，「賦詩言志」這種斷章取義的表現方法，其指意結構即是利用不直指性的語言（引用詩句）與語言的言外之意（賦詩者之情志）所構成的。在春秋之時，這種用詩方式多半用於外交意圖之陳述，，譬如《左傳・襄公二十七年》記載鄭伯享趙孟於垂隴的事件時就提到：

> 鄭伯享趙孟于垂隴，子展、伯有、子西、子産、子大叔、二子石從。趙孟曰：「七子從君，以寵武也。請皆賦以卒君貺，武亦以觀七子之志。」子展賦〈草蟲〉，趙孟曰：「善哉！民之主也。抑武也，不足以當之。〔註 51〕」

在這樣的對答行爲中，主體的情志是以引詩的方式來含蓄表現的。而這種用詩方式乃是利用所引詩句之斷章，間接將賦詩者之意圖表露出來。譬如子展所賦之〈草蟲〉一詩，其詩之首章本爲：「喓喓草蟲，趯趯阜螽。未見君子，憂心忡忡；亦既見止，亦既覯止，我心則降。〔註 52〕」意指的是婦人思念遠行之丈夫，直到見到他才能夠放下心中

之建立，並無直接關聯性，雖然現代學者葉嘉瑩從情物關係上探索『賦比興』的奧秘，認爲『賦』具有即物即心的特性，同樣可以有形象的表達，同樣具有感發的力量，但那些經由賦法所直接敘述之情象、事象或喻象，所引起的聯想和感發作用，其實與『象』本身所具備的特性相關，並非『賦』之表現手法所造成。」（凌欣欣：《意在言外——對中國古典詩論中一個美學觀念的研究》，中國文化大學中國文學研究所博士論文，2004 年，頁 162。）然而事實上，如果說「比」的表現手法是以「以彼喻此」來造成審美的具象化；而「興」的手法是透過擬態來構建審美的可感性的話，那麼「賦」的手法同樣可說是以「直述」來營造出一個事象場，並且透過此事象場來「體物寫志」。準此，本文認爲「賦」亦可透過「含蓄」的表意方式來產生「意在言外」的指意型態，因此遂將「賦」亦納入討論的範域之中。

〔註 51〕李夢生撰：《左傳譯注》，上海，上海古籍出版社，2004 年 7 月，頁 836。

〔註 52〕屈萬里：《詩經釋義》，台北，中國文化大學，1983 年 11 月，頁 39。

的憂思；然而趙孟卻從這樣的賦詩之中，逆推其主體意識而解讀爲是一種藉由「君子」之涵指義來稱美自己，因此其應答時說到：「不足以當之」，顯然是針對這種意圖的一種謙稱。由此可見，在這樣的用詩與接受行爲裡，主體的情志並不直接地顯露，而是透過引用詩句，以斷章的方式來取其喻義，是以詩的本意遂與賦詩者使用這首詩的意義截然不同，也就是說，從指意的模式來看，這種透過詩之斷章以趨附主體情志之作法，已類同於詩學要求中，那種「含蓄」之表意方式與「意在言外」的指意形態，是以根據這樣的美典範則來檢視賦詩這樣的用詩行爲，則可以發現，這種主體透過「含蓄」客體表現「言外」之主觀情志的方式，本身即可視爲是一種詩性的指意結構〔註53〕。

再者，就《詩經》句首之「賦」的形式來看。這裡「賦」之陳述雖然是以直述爲主，然而所謂直述只是意指其構象方法，不代表其意義也是透過直述所陳列出來。換句話說，「直述」只是「賦」這種構象型態的表現方式，關鍵在於敘述對象與內在情志間的互動，是否透

〔註53〕正如李正治在〈比興解詩模式的形成及其意義〉一文中所提到的：「賦詩言志之時，賦詩者常取《詩經》的斷章以表示其外交意圖，其方式正如《左傳．襄公二十八年》齊盧蒲癸云：『賦詩斷章，余取所求焉。』這種『斷章取義』的方式，與詩本義的探尋毫無關聯。外交使節借詩言志的結果，詩本義被具有意義類同性的外交意圖所取代，詩的借義因此潛隱於詩的表層義之下，聽詩的人配合外交的場合語境，可以明白的解讀賦詩言志所給予的借義。」（李正治：〈比興解詩模式的形成及其意義〉，林明德策畫：《中國文學新境界——反思與觀照》，立緒文化事業有限公司，2005年3月，頁353。）事實上，早在朱自清的《詩言志辨》中，便已曾經引用《左傳．襄公二十七年》所記載之鄭伯享趙孟於垂隴的事件提到：「譬如《野有蔓草，原是男女私情之作，子大叔卻堂皇的賦了出來；他只取其中『邂逅相遇，適我願兮。』兩句，表示歡迎趙孟的意思……斷章取義只是借用詩句作自己的話。」（朱自清：《詩言志辨》，台北，頂淵文化事業有限公司，2001年12月，頁22。）由此可見，對於「賦詩言志」的表現模式，學界早已清晰地解碼，本不勞在此疊床架屋，然而，本文所要進一步指出的是，這種表現模式在符指過程中之結構，與「意在言外」之表現模式類同，而這種類同，使得「賦」詩這樣的用詩行爲，就結構上而言，即可視爲是一種詩性的表現。

過「直述」而直接呈示，抑或者其所「直述」之事象不過是一種主體情志的「映現」（mapping），在其主體情志與事象間具有一種超越釋義結構的表現關係〔註 54〕。若是前者，那麼該表意形式是在「直述」之後直接表意，遂不符合於「象」之美學原則；但是倘若是後者，那麼「直述」只是語言組織型態上之不同，其內在情志仍婉轉潛藏於符號的聯結之外，因此，就概念而言，仍須將其視爲是一種符合於「象」之美典範疇的構象型態。

以〈七月〉一詩爲例。其首章提到：

> 七月流火，九月授衣。一之日觱發，二之日栗烈。無衣無褐，何以卒歲！三之日于耜，四之日舉趾。同我婦子，饁彼南畝，田畯至喜〔註 55〕。

此詩以「賦」之手法寫成，就表象而言，不過是「直述」每個月份的農人生活。但是，這樣的描寫並未直接陳述其所以描寫這些農村生活的「目的」爲何？換言之，其用語結構並非只是科學性地紀錄農村之生活習慣，而是在這些生活習慣中，加入該敘述主體的經驗意識。從這樣的經驗意識看來，該敘述主體對於農村之生活顯然是具有情感的，其視角之選擇，一開始便以「七月流火，九月授衣」這種季節流轉中之文化特色來展現出農人與時序間的生命連結，接著又將這樣的生命連結轉換爲個人的生命經驗，以「無衣無褐，何以卒歲」表現出農人困苦，卻對於現實日子具有某種敏感與憂心的現象。是以從時序之文化特色到個人生命經驗，當這些視角之游移在敘述列中串接起來，便可以發現，透過「直述」的方式，該事象再現了某個片面的農村生活，而這種農村生活不過是某種主體情志的「映現」，其所欲表

〔註 54〕正如趙毅衡在《符號學原理與推演》一書中，探討「比喻」時所提到的，其認爲：「比喻發生在語言之上的概念層次，兩個概念域之間出現一種超越中介的映現（mapping）關係。」（趙毅衡：《符號學原理與推演》，南京，南京大學出版社，2011 年 3 月，頁 188。）本文認爲，這樣的理論有助於辨析「賦」這樣的構象型態，是否亦是透過「直述」來展現一個與主體情志相映現之概念，是以借用之。

〔註 55〕屈萬里：《詩經釋義》，台北，中國文化大學，1983 年 11 月，頁 187。

述的，很可能是對於這種農村生活的依戀，或者是懷緬〔註 56〕。

正如摯虞在〈文章流別論〉中援引古詩之源流時所提到的：

> 古之作詩者，發乎情，止乎禮義。情之發，因辭以形之；禮義之旨，須事以明之。故有賦焉，所以假象盡辭，敷陳其志〔註 57〕。

可以發現，在「賦」這樣的構象形態裡，主體情志與物象間之關係，並非具有一種直截對應之結構。因此，「敷陳」所意指的只是「賦」的敘述形態，然而，不管「情之發」抑或者是「禮義之旨」這樣的內在情志，皆是由「賦」這樣的敘述形式所構成之事象來加以表達。是以所謂「假象盡辭」應當解釋爲透過這種直述形式所構成之「象」來表現情感；或者是透過某種事象以表達義理之表意結構。也就是說，該直述式之事象並不直接等同於情志，而僅僅只是透過敷陳之形態來加以映現，以產生釋義經驗上之情感或者是理知上之聯結。

然而，由於本文所討論之「賦」，事實上是架構於「立象盡意」這樣的概念下，透過「含蓄」與「意在言外」之美典進行雙重限定的「構象型態」，因此，並不能完全排除「賦」在直述的情況下，的確有可能產生所言等於所指之現象，只是在「立象盡意」這樣的論題中，本文認爲「賦」之用語方式，亦得以構成意義產生於映現事象之外的現象，至於這種現象就理論上而言如何可能？還有待於本文以下從符號學的角度進行更深一度的探討與剖析。

〔註 56〕此詩乃選自《詩經・國風》中之〈豳風〉，因此欲對此詩進行正確闡釋，還必須進一步考究敘述主體當時所身處之時空背景，唯此並非本文所欲處理之問題。然而，若以屈萬里之解釋作爲根據，認爲此詩可能是「豳國人隨著周公東征的時候，懷念鄉土的作品」（屈萬里：《詩經釋義》，台北，中國文化大學，1983 年 11 月，頁 187。）的話，那麼敘述主體的「懷念」之情，便是透過直述其對於農村生活之文化習俗的熟悉，以「映現」主體生命在此文化習俗中的依戀，或者是失去後的緬懷之情。

〔註 57〕摯虞〈文章流別論〉，郭紹虞主編，《中國歷代文學論著精選》，台北，華正書局，1991 年 3 月，頁 157。

2、「賦」之結構詩性

劉熙載在《藝概》中，曾整理前人之說法，將「賦」之結構從內容與形式上區分為「所鋪」與「能鋪」等兩種，在其引用司馬相如之說法時提到：「鋪，有所鋪，有能鋪。司馬相如〈答盛覽問賦書〉有賦迹賦心之說。迹，其所；心，其能也。心迹本非截然為二。〔註58〕」又說：「賦，辭欲麗，迹也；義欲雅，心也。〔註59〕」簡言之，「迹」是屬於形式上的修辭，而「心」則是屬於內容上的展現，形式上的修辭必須典麗，而內容上的展現必須雅正，是以從此兩方面界說「賦」之構象形態，一方面是以美學的要求來加以釐訂，另一方面則同時涉及了「賦」於形式與內容上之表現特色。此表現特色在劉熙載所引用的說法中是二分的，然而，從文學表現的觀念來看，形式與內容必須辯證式地結合，也就是說，「雅義」須由「麗辭」來進行表述才能成其為「雅」，因此，「賦」之符號特性如何以「直述」之形態透過「麗辭」呈現出「雅義」，當是須要進一步鑿深之論題。

以《藝概》中所援引之李仲蒙的說法認為：「敘物以言情謂之賦，索物以託情謂之比，觸物以起情謂之興。〔註60〕」在這樣的論述裡，「賦」雖然是以直描的方式表現某種物象，然而在此直描的符號形態下，勢必承載其敘述主體之情志，是以關於「敘物以言情」，劉熙載又舉例說到：

> 敘物以言情謂之賦，余謂《楚辭・九歌》最得此訣。如「嫋嫋兮秋風，洞庭波兮木葉下」，正是寫出「目眇眇兮愁予」來；「荒忽兮遠望，觀流水兮潺湲」，正是寫出「思公子兮未敢言」來，俱有「目擊道存，不可容聲」之意〔註61〕。

在其所舉〈九歌〉景象的直述句中，景象的相關概念引導了某種主體情志的聯結，而這種主體情志是透過感知的共性，或者是主體與主體間所

〔註58〕劉熙載：《藝概》，台北，漢京文化，1985年9月，頁94。
〔註59〕同上註。
〔註60〕同上註，頁86。
〔註61〕同上註，頁89。

共用的「伴隨文本〔註62〕」來加以解碼的，因此是以「目擊」這種視覺思維的主觀經驗，來展現「不可容聲」之「道」。例如「嫋嫋兮秋風，洞庭波兮木葉下」一句，便是藉由將客觀景物的符號突前（秋風與洞庭波兮木葉下），以聯結對此客觀景物之主體意識，以圖示分析如下：

嫋嫋兮秋風（物象）→心感→憂愁

洞庭波兮木葉下（物象）→視感→蕭索

因此，當視感上的蕭索加上心感上的憂愁，便結構出了「目眇眇兮愁予」這樣的主體意識；同理可證，「荒忽兮遠望，觀流水兮潺湲」，亦是將一蒼茫遠望之主體投入流水不息的景象之中，使其以遠望所象徵之主體期待或思念，與流水潺湲不止的形象同構，進而表現出思念之形態源源不息的隱喻之意。由此可見，如果單就情意與形象的互動關係來說，賦之形態所展現的，的確是一種主體意識與客觀形象同構的意象形態，正如葉嘉瑩所提到的，是一種「即物即心」的表現方式〔註63〕；然而若以文字符號的組織概念而言，這種「述物以言情」的組織結構，則進一步涉及了語言符號在組合軸與選擇軸上互相切換之問題。以雅各布森（Roman Jakobson）的理論來說，雅各布森認爲文學「詩性」之構成，應是來自於語言雙軸中之選擇軸投入組合軸的結果，雅各布森提到：

〔註62〕「伴隨文本」是趙毅衡在《符號學原理與推演》一書中所提出之看法，其認爲：「任何一個符號文本，都攜帶了大量社會約定和聯繫，這些約定和聯繫往往不顯現於文本之中，而只是被文本『順便』攜帶著。」（趙毅衡：《符號學原理與推演》，南京，南京大學出版社，2011年3月，頁141。）

〔註63〕葉嘉瑩認爲，所謂形象，應當意指：「凡是可以使人在感覺中產生一種眞切鮮明之感受者，便都可視之爲一種『形象』之表達。」（葉嘉瑩：《迦陵談詩二集》，台北，三民書局，2010年10月，頁142。）是以其由這樣的根據出發，認爲「賦」亦應當視爲是一種具有形象表現的寫作方式，差別在於，就情意與形象間的互動關係來說，「賦」應當屬於是「即物即心」的，其提到：「即如所謂『賦』的作品，就其感發之由來與性質而言，便不僅是指作者的感發是由於對情事的直接感受，而且也是指這種作品是以直接對情事的陳述來引起讀者之感發的。」（同上註，頁145。）

> 選擇的標準是名詞間的相當、相似不同，同義和反義；組合（即次序的構造）則是根據「鄰接性」原則進行的。詩的功能則進一步把「相當」性選擇從那種以選擇爲軸心的構造活動，投射（或擴大）到以組合爲軸心的構造活動中〔註64〕。

是以按照這樣的分類，所謂「賦」之寫法，排除涉及比興之狀態，應當視之爲是一種單純組合軸上之組接。這種單純組合軸上之組接在這樣的推論裡，應當是不具有詩性的，因爲其符號之構建是單純利用聯接性所組成的一種語言形態，而這種語言形態由於缺乏選擇軸在相似性上的投入，因而必然產生一種因爲敘述直白而詩性匱乏的現象。可是事實上並非如此，從以上的例證可以發現，即使是直述之語句依然可以辨析出表層事象與內在情志等雙重意指。以「嫋嫋兮秋風」爲例，「嫋嫋」意指的是風動的樣子，因此「嫋嫋兮秋風」所形容的便是一種秋風的形態，是以針對意識中的景物而言，「嫋嫋兮秋風」這一個敘述列純粹只是以聯接性來陳述對於一客觀景象之形容，在雅各布森的理論中，這樣的敘述列之詩性必然是匱乏的，因爲缺乏一個陳述句可以讓此事象進行轉換，或者是只能將其看成是一個以聯接性組合之陳述句。但是細細分析卻又可以發現，在雅各布森的理論中，組合軸與選擇軸的對接方式之所以構成詩性的原因，來自於將兩個不同陳述列上之概念，透過相似性聯結在一起，例如「你是我眼中的蘋果」一句之所以具有詩性，來自於組合軸上的「你是我眼中的」與選擇軸上的「蘋果」接合，因此「蘋果」在其涵指域裡所代表的「珍貴的事物」或者「甜美的事物」便得以投入「你是我眼中的」這一個敘述列中，因而產生陌生化之美覺。換句話說，該敘述列是利用選擇軸在文化意涵上的「附加文本」投入組合軸的「語意文本」之中，進而使得「語意文本」之符指過程斷裂，轉向了「附加文本」之涵指域裡。然而，這樣一個轉換過程事實上也存在於「賦」這種單純以組合軸所結構的

〔註64〕趙毅衡編選：《符號學文學論文集》，羅曼・雅各布森：〈語言學與詩學〉，天津，百花文藝出版社，2004年5月，頁182。

符號形態裡頭，差別在於符指過程的斷裂並非來自於選擇軸的投射，而是來自於符指形態的未完成，譬如「嫋嫋兮秋風」只是單純地描寫了秋風吹拂的這樣一個事象，並無指出該事象之意指爲何，因此，該語言之結構遂產生了另一層平行的符指過程，亦即將「嫋嫋兮秋風」全視爲是一種選擇軸，於是組合軸上的「嫋嫋兮秋風」遂與選擇軸上的「嫋嫋兮秋風」對應，而產生了雙重符指，一爲組合軸上的「秋風拂動的樣子」；一爲選擇軸上的「涼冷與憂愁的心感」，而這種「涼冷與憂愁的心感」分別來自於主體感受時的審美經驗或者是附加文本中的文化衍義。是以當這樣的文化衍義投入字面上的符號義時，「涼冷與憂愁的心感」便會轉而投入「秋風拂動的樣子」之中，因而使得字面上的「語意文本」同樣因爲文化意識裡的「附加文本」之投射〔註65〕，進而產生詩性美感之效果。

因此王夢鷗在《中國文學理論與實踐》一書中，便也將「賦」視爲是一種「意象直接傳達」之形式，在其書中提到：

> 意象之直接的傳達，除了一方面不用比喻，另一方面沒有離題之外，在作爲它自己的傳達方式，仍可有很多。那些形式，我們或者可以先就修辭性質上加以區分：一種是消極地運用語言記號的效能，一種是積極地運用語言記號的效能。前者以「知解」作用爲最高目的，後者則以審美目的爲唯一目標。雖然日常的語言有時也含有審美目的，但是文學的語言則以此爲主要的目的〔註66〕。

〔註65〕事實上這種「附加文本」之投射還涉及了另一個命題。即該接受者必須有意識地將此符號呈現視爲是一種「文學」，也就是說，該敘述列必須置於文學的語境中來進行討論，而接受者亦必須透過這種文學的語境逆推其假想之創作者的意圖意義。如此一來，才能夠將「秋風」從其實際意旨（秋季的風息），過度爲某種審美意指（憂愁悽鬱的文化涵指），最後從藝術的指意模式中進行釋義（如此敘述必有某一意在言外之符指）。然而此一命題由於涉及了「文學」這個概念的構成及其使用，是以本文在此不擬深入討論，僅提出說明，以彌補表述之不足。

〔註66〕王夢鷗：《中國文學理論與實踐》，台北，里仁書局，2009年9月，頁120。

從這段話可以意識到，歷來將「賦」視為是一種缺乏意象性的用語方式，大抵是從「消極地運用語言記號的效能」這一個面向來進行談論的，然而倘若從「積極地運用語言記號的效能」這一方面來看，則「賦」這種構象型態並不缺乏創造意象性之可能〔註 67〕。正如上文所論證的，當語言符號以「直述」作為過程，以「傳知」當作目的時，那麼文本的符指過程隨著文字符號的意義聯結與演進，而抵達意義本身，這種「消極地運用語言記號的效能」之方法，由於沒有變折與缺空，因此無法透過組合軸與選擇軸的切換來得到美感；但是，如果語言符號是以「直述」作為過程，卻以「言情」作為目的時，那麼，文本的符指過程隨著文字符號的意義聯結而圈圍成一個圖象，在此圖象中，由於意義的缺席，因此必須將此直述之語句分別視為組合與選擇等兩個主體，以得到語言事象的內在意指。這種「積極地運用語言記號的效能」之方法，正是「賦」之所以成為一種構象基元的主要關鍵，也是「賦」這種語言形態之所以構成詩性的美感由來。

二、比喻式意象：「比」之展陳型態及其詩性

歷來對於「比」之構象型態的探討，應當是最沒有爭議的。除了「比興」聯稱所導致「興」義曖昧不明的情況外，單就「比」而言，不論是就詩學定位上，或者是就其構象型態上之義界，都相對於「賦」

〔註 67〕例如王夢鷗便將這種「積極地運用語言記號的效能」之用語方式，區分為「放大的」與「緊縮的」等兩種。其認為：「……積極的修辭方法，實際只是把容易知解的一組語言，改變形式，不是把它放大來說便是把它緊縮來說，而兩者的目的都是要充分利用那些記號來傳達更完全更具體的意象，儘管它多少要離開日常語言的習慣。更說得精確一點，那就是要在常用的一個或一組聲音或文字裡面添進許多可想像的東西，而這東西有時見於記號，有時不見於記號而在記號之外，所謂『言外之意』便是。」（同上註，頁 121。）然而必須指出的是，不論是放大記號或是縮減記號，其之所以構成美感的原因都來自於一種符指過程的未完成（含蓄），透過這種符指過程的未完成，字面上的語意文本得以與文化意識裡的「附加文本」聯結，因而得到與將選擇軸投入組合軸相同的詩性效果。

與「興」來得清楚。唯其需要辯證的是，就《詩經》詮釋之本義而言，與後世所習用之「創作手法」來說，其所呈現之型態似乎略有不同，是以本文以下擬針對此兩者進行分類與界說，再綜述此「詩性」結構之型態，就符號概念而言如何形成。

1、「比」之展陳型態

在中國詩學史上，從文學概念之方向對於「比」進行探討的，應以劉勰在〈比興〉篇中之論見作爲代表，劉勰認爲：「故比者，附也；興者，起也。附理者切類以指事，起情者依微以擬議。〔註68〕」由這段論述可以發現，劉勰在此已將「比」視爲是一種表情達意之符號型態，而這種符號型態所運用的是一種「類」的相仿，透過事物與情志在某種類性上之擬同，而將敘述點 A 投射於 B 的類性之中。是以摯虞在《文章流別論》裡也提到：「比者，喻類之言也。〔註69〕」可見，將「比」視爲是一種以他象比擬此象之擬喻，基本上已成爲一種共識。因此本文以下所要討論的，則是這種擬喻形態之展陳。

鍾嶸在《詩品》中認爲：「因物喻志，比也〔註70〕」這裡所謂「因物喻志」指的應是就詩的「指意結構」而言，該結構可相對地分爲「主體情志」與「外在物象」等兩個部分，也就是說，在「比」的構象形態之中，其「主體情志」主要是以「外在物象」來進行表現的，而這種「外在物象」之表現又可相對地區分爲「象徵式展陳」與「比喻式展陳」等兩種。所謂「象徵式展陳」意指的是在敘述列裡，原敘述對象 A 缺席於陳述句上，而直接以 B 替代隱性 A 的一種敘述型態。而「比喻式展陳」則是將 A 與 B 平列於敘述列中，並且透過 A 與 B 的平列，或者是在其中加入中介詞「如」、「好像」、「是」等進行連接，以使得 A 與 B 間的關係固定於某種涵指的局部之間。前者主要受語

〔註68〕周振甫：《文心雕龍今譯》北京，中華書局，1986 年 12 月，頁 324。
〔註69〕郭紹虞主編：《中國歷代文學論著精選上冊》，台北，華正書局，1991 年 3 月，頁 157。
〔註70〕同上註，頁 271。

境制約而產生象徵，而後者則透過概念並列而產生比喻。

以〈碩鼠〉一詩為例，〈碩鼠〉首段中提到：

碩鼠碩鼠，無食我黍！三歲貫女，莫我肯顧。逝將去女，適彼樂土。樂土樂土，爰得我所！〔註71〕

可以發現「碩鼠碩鼠，無食我黍」與「三歲貫女，莫我肯顧」間的聯結，其實是不符合於尋常經驗的，也就是說就語境而言，「三歲貫女，莫我肯顧」後之陳述迫使「碩鼠」一詞改變其詞義的原指，而指向了敘述語境所引導的它指，然而詩中並沒有出現「如」或「若」這樣的字眼，因此其原敘述對象A並不存在於敘述列裡，必須透過整體語境的聯結來進行推敲，是以從該詩中之「無食我黍」與「莫我肯顧」間所產生的對照可以想像，〈碩鼠〉應是意指某種啃食人民糧食，卻不願意擔負照顧人民責任之形象，由此可知該形象乃是針對「聚歛之臣」蠶食於民而言，換句話說，「聚歛之臣」是詩中所隱藏的敘述對象 A，而「碩鼠」則是創作主體為了取代此隱性之A所選擇的B，A與B間的類同為「聚歛之臣」蠶食「民脂民膏」猶如「碩大的老鼠」竊食「人民倉糧」之行為，因此當蠶食「民脂民膏」卻又不照顧人民生活以至於人民想要離家出走的情志表現於敘述列裡，詩中的「碩鼠」遂產生了替代性，即透過「碩鼠」B的形象描寫來表現「聚歛之臣」A的概念意涵〔註72〕。

但是因為「聚歛之臣」在該詩中是一種隱性的存在，所以〈碩鼠〉一詩中之「比」應是屬於一種「象徵式」的展陳型態。在《詩經》的詮釋裡頭，由於「賦」、「比」、「興」皆是以句首的表現方式來進行判斷的，因此《詩經》中的「比」，往往屬於這種「象徵式」的展陳，

〔註71〕屈萬里：《詩經釋義》，台北，中國文化大學，1983年11月，頁145。

〔註72〕葉嘉瑩從主體與形象間之互動關係的先後解釋了這種句構形態之形成，乃是來自於主體先有了某種情志感受，因而透過某物象來進行表達。正如其所提到的：「一般說來，『興』的作用大多是『物』的觸引在先，而『心』的情意之感發在後，而『比』的作用，則大多是已有『心』的情意在先，而借比為『物』來表達則在後。這是『比』與『興』的第一點不同之處。」（葉嘉瑩：《迦陵談詩二集》，台北，三民書局，2010年10月，頁128。）

例如〈鴟鴞〉一詩亦是如此，其詩中提到：

> 鴟鴞！鴟鴞！既取我子，無毀我室。恩斯勤斯，鬻子之閔斯〔註 73〕。

詩中的鴟鴞是一種鳥，此鳥抓走了詩中敘述主體的兒子，因此敘述主體希望它不要進一步毀壞他的家室。由此可見，「鴟鴞」一詞必然也是一種象徵，是以這種禽鳥替代某種敘述主體所呼告的對象，因此「鴟鴞」是 B 而該呼告對象是 A，當 A 不存在於敘述列中，而僅僅是以 B 的某種共性進行聯結時，遂可以發現，〈鴟鴞〉一詩中之比喻方式，亦屬於本文所謂的「象徵式展陳」〔註 74〕。

〔註 73〕屈萬里：《詩經釋義》，台北，中國文化大學，1983 年 11 月，頁 191。

〔註 74〕必須進一步說明的是，所謂「象徵式展陳」還應當相對地區分爲「公用性象徵」與「私設性象徵」等兩種類型。正如趙毅衡在《重返新批評》一書中提到：「公共象徵就是在某種文化傳統中約定俗成的，讀者都明白何所指的象徵，而私設象徵是作者在作品中靠一定方法建立的象徵。」（趙毅衡《重返新批評》，天津，百花文藝出版社，2009 年 4 月，頁 130。）是以就「公用性象徵」而言，其展陳形態多半訴求於文化中之附加文本所既定之概念意涵，因爲原敘述對象 A 的缺空必須由 B 的闡釋來加以產生，所以在使用 B 取代 A 的敘述過程中，B 的類性多半必須在文化中具有某種固定的替代意義，再透過語境的壓縮使得該形象表現的不是原生意指而是替代意指，就好像就好像《離騷》中以「香草美人」展現君臣間的對應關係一樣，王逸在《離騷經序》中認爲：「《離騷》之文，依《詩》取興，引類譬諭，故善鳥香草，以配忠貞；惡禽臭物，以比讒佞；靈脩美人，以媲於君；宓妃佚女，以譬賢臣；虯龍鸞鳳，以託君子；飄風雲霓，以爲小人。其詞溫而雅，其義皎而朗。」（郭紹虞主編：《中國歷代文學論著精選上冊》台北，華正書局，1991 年 3 月，頁 121。）而白居易在《金鍼詩格》「詩有物象比」一節裡亦提到：「日月比君后。龍比君位。雨露比君恩澤。雷霆比君威刑。山河比君邦國。陰陽比君臣。金石比忠烈。松柏比節義。鸞鳳比君子。燕雀比小人。蟲魚草木，各以其類之大小輕重比之。」（張伯偉：《全唐五代詩格彙考》，南京，鳳凰出版社，2004 年，頁 359。）可見這裡的比喻多半是一種固定的文化象徵，也就是說在某種語境下，「龍」必定暗指君位，而「山河」亦具有隱喻君之邦國的意涵。是以就「象徵式」展陳而言，A 與 B 點間所共有之類性，多半來自於歷史與文化的介入，是透過歷史或文化所約定俗成的，因此是一種文化語境中的通用象徵。

然而，若不以詩中句首之表現方式作爲依據，而單純將「比」視爲是一種構象形態的話，那麼「賦」、「比」、「興」則皆可視爲是一種敘述形態的單位，正如葉嘉瑩所說的：

> 在篇中使用「比」或「興」之手法者，與六義中所謂「賦」、「比」、「興」之重在開端的含意，雖然有所不同，可是在篇中使用「比」或「興」之手法，既然是後人詩歌中常見的現象，因此後人在評賞詩歌時，所論之「比」或「興」，便往往也指的是在篇中所使用的一種敘寫手法，而不專指「六義」中之本義了〔註75〕。

是以由這樣的概念進行引申，則後世所謂的「比」還應當考慮單純作爲表現形態時，A點與B點間的第二種可能，即本文所謂的「比喻式展陳」之方式。在「比喻式展陳」中，由於必須將A與B點平列於敘述列裡，因此A與B點間的聯結多半必須經過敘述主體的介入，使其具有一種智性的參與〔註76〕。因爲必須在A點與B點間找出共性，好讓A與B點能夠並列於敘述列中，是以「比喻式展陳」之共性點是顯然而且局部的，正如王夢鷗在《中國文學理論與實踐》一書裡提到：

> 就這譬喻法來看，A之能比於B，其類似點並非A同於B，而只是A意象中某一特點同於B意象中的某一特點，有如「箇人風味」實際並不能同於「江梅」而只是與「江梅」在意象上的某種價值相同。因此這個相同是由「類推」而來，換言之，就是從聯想中得到其「如」或「似」。因此「如」或「似」等記號，不過是用以指定聯想方面的標誌〔註77〕。

〔註75〕張伯偉：《全唐五代詩格彙考》，南京，鳳凰出版社，2004年，頁150。

〔註76〕是以徐復觀認爲：「比，有如比常絜短一樣，只有處於平行並列的地位，才能相比。只有經過藝匠的經營，即是理智的安排，才可使主題以外的事物，也賦予與主題以相同的目的性，因而可與主題處於平行並列的地位。因此，比是由感情反省中浮出的理智所安排的，使主題與客觀事物發生關連的自然結果。」（徐復觀：《中國文學論集》，台北，學生書局，2001年12月，頁98。）

〔註77〕王夢鷗《中國文學理論與實踐》，台北，里仁書局，2009年9月，頁130。

簡言之，在「比喻式展陳」中，A與B點由於並列於敘述列上，因此，兩點之間必定加入某種詮釋定點，譬如「如」或「似」或者是透過敘述，直列出兩者間的共性點來。而這種透過「如」或「似」進行連接，或者是列出其共性點來之方式，遂進一步規約了A與B點間的概念中介。以李後主的〈清平樂〉爲例。〈清平樂〉中提到：「離恨恰如春草，更行更遠還生。〔註78〕」，是將「離恨」與「春草」對舉，將兩個截然不同之概念，透過「更行更遠還生」這樣的類性來加以聯結。於是「恰如」一詞遂限定了這樣的聯結是建立於「離恨」與「春草」間的「恰如」關係之上，而「更行更遠還生」則進一步解釋了所謂「恰如」是以這種共性點來進行思考的聯接與轉換。於是在「恰如」一詞的中介下，「離恨」這樣一個概念遂投射於「春草」之中，利用春草「更行更遠還生」之類性，而使得「離恨」這種情志樣態，在字面上產生形象化之效果。

又如〈衛風‧碩人〉一詩中提到：

> 手如柔荑，膚如凝脂，領如蝤蠐，齒如瓠犀，巧笑倩兮，美目盼兮〔註79〕。

如果單就這一個段落而言〔註80〕，可以發現其連續使用了五個「比」

〔註78〕張夢機、張子良選注：《唐宋詞選注》，台北，華正書局，2004年9月，頁40。

〔註79〕屈萬里：《詩經釋義》，台北，中國文化大學，1983年11月，頁89。

〔註80〕如果以其句首之表現形式進行判斷，那麼「碩人其頎，衣錦褧衣。齊侯之子，衛侯之妻。東宮之妹，邢侯之姨，譚公維私。」應視爲是一種「賦」的表現。但是倘若單就寫作形式來說，則將「手如柔荑，膚如凝脂，領如蝤蠐，齒如瓠犀，螓首蛾眉，巧笑倩兮，美目盼兮。」等敘述視爲「比」之手法是比較合適的。正如葉嘉瑩所說的：「一般所謂用『賦』、用『比』或用『興』的寫作方法，與『六詩』中所提到的『賦』、『比』、『興』三名的含義，原來是並不全同的，『六詩』中所謂『賦』、『比』、『興』三名，我們在前面雖也曾將之解說爲詩歌的三種表達的方法，然而卻並非泛指一篇作品中之任何一句或任何一部分的表達方法，而是特別重在一首詩歌開端之處之表達方法。」（葉嘉瑩：《迦陵談詩二集》頁145。）而本文則主要將「賦」、「比」、「興」皆視爲是一種寫作手法所呈現的型態來進行討論，並不侷限於六詩中的「賦」、「比」、「興」三名。

之形態來進行形容，其中前四句皆是在 A 點與 B 點之間，以「如」作為聯接，也就是說，其是將並列中之 A 點「直接」投入於 B 點之中，因此，B 點的某種類性必然與 A 點共通，而足以表現出該敘述主體對於 A 點之知感。以「膚如凝脂」為例，B 點「凝脂」意指的是「凝結的脂油」，因此當 A 點「皮膚」直接地投入於 B 點之中，兩者間的共性便會透過「凝脂」的外在類性表現出來，從而使得主體對於 A 點「皮膚」的知感得到 B 點「凝脂」的形象化表現。其中，比較特別的是「螓首蛾眉」一句，以「比」的構象形態來說，該句中之敘述應當相對地切分為「螓首」與「蛾眉」等兩個部分，此兩個部份的共同特點是 A 與 B 點雖然皆平列於敘述列上，但是兩者之間並沒有作為聯接中介的「如」或「似」，而是直接將 B 點置於 A 點前方，迫使 A 點的型態因為 B 點的介入而產生表現。是以當 B 點「螓首」的型態介入 A 點「首」的知感之中，該知感便由於 B 點之特性而得到了「寬而方正」的形容，同理可證，當 B 點「蛾眉」介入 A 點「眉」的知感裡頭，則「眉」的知感遂亦得到了「彎而細長」的形象表現。

然而無論是「象徵式展陳」或者是「比喻式展陳」，「比」之構象形態所呈現的都是一種「以此物比彼物」的符指形態。也就是說，在「比」的表意結構中，必定同時具有原意象點 A（彼物）與比喻點 B（此物）等兩個方面，差別僅在於在「象徵式展陳」裡，比喻點 B 必須透過語境的壓力而產生原意象點 A，而在「比喻式展陳」中，原意象點 A 與比喻點 B 往往平行於敘述列上，再透過「共性點」之聯結產生某種形象化之效果。是以該展陳之推移必定由原意象點 A 而至比喻點 B，復又以比喻點 B 之類性來確定其與原意象點 A 之共性為何。至於這種由 A 點加上 B 點以產生兩種語境間之交易的展陳形態，其符指過程具有怎樣的詩性結構，則有待本文以下進一步討論。

2、「比」之詩性結構

劉勰在〈比興〉篇中曾經提到：「且何謂爲比？蓋寫物以附意，揚言以切事者也。〔註 81〕」由這段定義可以發現，「比」的表意結構可以相對地分爲「意」與「物」等兩個部分。其中所謂的「意」往往必須透過語言結構以進行推求，是隱匿於敘述列中的符號指涉；而「物」則是某種概念的語象造體，其所對應的並非是客觀的物象本身，而是此物象所涵指的相關概念。是以「意」與「物」間的關係應該是表象爲「寫物」的語言結構，而內在爲附著於象的主體意識。也就是說，在這樣的結構之中，符號的表層結構所呈現的是「寫物」的過程，而這種「寫物」過程是透過 A 點與 B 點間的聯結所產生的。其中 A 點多半與敘述主體的情志有關，而 B 點則是與此情志具有共通類性的客觀物象。

是以在「比」的展陳形態裡頭，所謂 A 點與 B 點間的對應關係基本上是不同質的。因爲 A 點作爲原意象，不論其是否呈現於敘述列上，其本質都是固定的，是「比」這種展陳形態的原點。然而，相對來說，B 點作爲 A 點的衍伸與對應，則是非固定式的，是一種選擇的結果。是以當敘述列上的 B 點出現，不論是透過語境壓迫使其必須尋找 A 點，或者是與 A 點同列於敘述列上，因而必須將 B 點向 A 點投射，B 點的存在都使得該語言的解釋點集中於此符號的特徵之上，因而使得符號的指涉作用失去了主導地位。換句話說，正是由於 B 點這一個語象的存在，破壞了語言之間能指與所指的對應關係，進而以該形象作爲主導原則，於是產生了語言符號的詩性作用。

雅各布森認爲，這種「詩性作用」其實就是詩之所以爲詩的主要功能，在〈語言學與詩學〉一文中曾提到：

> 這樣一種功能，通過提高符號的具體性和可觸知性（形象性）而加深了符號同客觀物體之間基本的分裂。〔註 82〕

〔註 81〕周振甫：《文心雕龍今譯》北京，中華書局，1986 年 12 月，頁 326。

〔註 82〕趙毅衡編選：《符號學文學論文集》，天津，百花文藝出版社，2004 年 5 月，頁 180。

可以發現，「比」的構象形態正是語言之所以能夠產生這種功能的一種基型。而這種基型的最大特徵是當 B 點的形象性替代了 A 點的指意性，則該敘述列之「表意結構」遂因爲被形象所主導，而產生了所言不直接對應所指的「含蓄」形態，隨著這種形態的影響，連帶使得該敘述列之「指意結構」必須向符號之外的涵指域推求，因而成爲一種「意在言外」的指意模式〔註 83〕。

以〈螽斯〉一詩爲例。〈螽斯〉這首詩中提到:「螽斯羽，詵詵兮。宜爾子孫，振振兮。〔註 84〕」這首詩表面上看來似乎是白描「螽斯」的生命景況，實際上，一旦考量「螽斯」對農業社會而言算是「害蟲」的這個先在前提，那麼「螽斯」遂成爲一種象徵式的比擬〔註 85〕。此比擬是以該「害蟲」會「盜食穀糧」這一個共性點來與其敘述對象 A 產生聯結，換言之，由於「盜食穀糧」這一個共性點與強取人民資產之「剝削者」類同，因此當「螽斯」之形象投射於敘述列中，則敘述列上的其他組合便失去了與本意間的對應關係，轉以「螽斯」這種形象作爲內在含蘊的主導原則。於是該詩遂成爲了一種反諷，即透過對於 B 點「螽斯」之描寫，意指 A 點「剝削者」剝削手法之繁多（羽，詵詵兮），且同黨如眾（宜爾子孫，振振兮）。也就是說，該詩中之「螽

〔註 83〕是以本文在此提出一個假設，即任何被定義爲「文學」的構象形態應該都含有「比」的成分在其中，或者是以「比」的表意模式作爲一種基型。然而是否如此？則有待於進一步研究，無法在本文的篇幅中進行討論。

〔註 84〕屈萬里:《詩經釋義》，台北，中國文化大學，1983 年 11 月，頁 30。

〔註 85〕然而這首詩是否應理所當然地視爲「比」，基本上是有爭議的。如果將整首詩皆看作是描寫「螽斯」的生命情況其實亦無不可，況且單就詩中的敘述來說，並無足夠的暗示來迫使「螽斯」一詞指引他指，也就是說不存在足夠強烈的語境壓迫，迫使「螽斯」一詞離開原意指而指向其替代意，更別說是〈毛序〉中所認爲的:「螽斯，后妃子孫眾多也。言若螽斯不妒忌，則子孫眾多也。」這樣的說法了，然而考量「螽斯」素有害蟲之意，故以此「附加文本」之意進行衍伸聯想，將「螽斯」視爲具有喻指「剝削者」的引伸意涵，應不失爲是一個較爲合理之推測。

斯」作爲表層意象，其所挾帶之伴隨文本具有文化意義上的「剝削者」與「害蟲」之意，也因爲這種伴隨文本，使得原本形容繁多的「詵詵兮」一詞，脫離了表層對於螽斯羽翼之指涉，而指向了伴隨文本所挾帶的剝削者之剝削手法，聯帶使得形容子孫群集的「振振兮」一詞，也因爲這樣的伴隨文本，而產生了聯想後的黨羽成群之意。

值得一提的是，當原意象爲「剝削者」，而敘述主體之內在情志爲對剝削者的不滿時，此「剝削者」之形態由於選擇了以「螽斯」進行替代與展現，因此便同時產生了兩個方面的詩學意義。首先是就「表意形態」來說，主體情志不是透過語言的指意功能來加以呈示，而是透過語言的構象功能來予以展陳，因此，主體之情志並未直截地表現爲能指對應所指，而是選擇以「螽斯」之形象來產生語象的可感性。是以就其「指意結構」而言，則「螽斯」這個能指以形象之語言呈現出其優勢，是以在其符指過程之中，其所對應之所指則指向了該形象自身之涵指，必須透過表層語象之外的附加文本進行推求或聯想。

是以周英雄在《結構主義與中國文學》一書裡，便援引雅各布森（Roman Jakobson）在討論詩性構成時，將語言模式分爲「選擇」與「組合」等兩個軸向之說法〔註 86〕認爲：「比即是選擇與替代的語言

〔註 86〕雅各布森認爲語言的結構模式可以分爲「選擇」與「組合」等兩種，其中比較重要的是在討論「詩性」之構成時認爲：「詩的功能則進一步把「相當」性選擇從那種以選擇爲軸心的構造活動，投射（或擴大）到以組合爲軸心的構造活動中。」（趙毅衡編選：《符號學文學論文集》，頁 182。）事實上，雅各布森的這個理論仍有進一步修正的空間，雖然所謂將「選擇軸」投向「組合軸」的結構模式，的確是詩語言造成詩性時的表現結構，然而之所以造成形象化的關鍵，其實在於所選擇的對象，是否爲一可投射情感並呈現形象的客觀對應物，換句話說，只有當選擇之語詞爲一具有形象之概念時，「選擇軸」投向「組合軸」之行爲才能造成詩性，其中仍須考量該選擇之物象在歷史與文化脈絡中是否仍保有其生命力。例如「玫瑰」一詞歷來皆被形容爲愛情，因此當一敘述列之陳述表現爲：「我對你的愛就像一朵玫瑰」時，由於「玫瑰」這個概念早已與愛情約化成爲互相涵指的習用語，因此該陳述句之詩性便相對地顯得貧乏，不具有感染力。

表現[註87]」，更進一步提到：

> 比是明指一物，實言他物，是語義的選擇與替代，屬於一種「類似的聯想」[註88]

以這樣的概念進一步推論，可以發現就「象徵式展陳」來說，由於原意象並未出現於敘述列中，因此敘述列所強化的是其替代功能，如以「螽斯」替代「剝削者」；而就「比喻式展陳」而言，則首先呈現的是其選擇性，再者才是其替代性。這種構象手法其實並不獨獨出現於古詩之中，而應看作是一種文學藝術展陳時的共有現象。以余光中在〈重上大肚山〉一詩中之名句：「星空，非常希臘[註89]」為例。當敘述主體對於「星空」之形容是以「希臘」作為指涉對象時，「希臘」一詞之選擇性遂在敘述列中被突顯出來。也因為「希臘」是作為敘述主體詮釋其對於「星空」的情志感而被選擇的，因此在符指過程中，隨著該「選擇」所進一步衍生的便是這樣的選擇所「替代」的類性為何？是以當「希臘」這樣一個國名作為形容詞使用時，那麼「希臘」便也代表了某種知感的叢集。也就是說，其之所以在該敘述列中被選擇為形象的比喻對象，應是訴求於「希臘」所涵指之情志感的某種類性與「星空」類同，而進一步將「希臘」這樣的形象投射於敘述主體對於「星空」的情志感之中。

從另一個角度來看，這種「比」之構象形態之所以具有「詩性」，原因在於符指過程裡頭，其所指的表意程序被選擇物所截斷了，是以當符指的終點為一形象，該符指便回到了形塑此形象的符號語境之中，因而失去了以能指對應所指的指意功能。仍以「星空，非常希臘」為例，在「星空，非常……」這樣的組合軸中，隨著其表述過程所帶來的符指期待應是某種具有形容性的概念，譬如「璀璨」、「美麗」等，

[註87] 周英雄：《結構主義與中國文學》，台北，東大圖書公司，1992年8月，頁138。

[註88] 同上註，頁143。

[註89] 陳芳明選編：《余光中六十年詩選》，台北，印刻文學，2008年6月，頁101。

如此一來，「星空」的感知便直接因爲符號的詮釋而達到了指意的功能。然而，當這樣的符指期待落空，取而代之的是「希臘」這樣的國家概念時，從「星空」到「非常」這樣的符指過程遂被截斷，而取代爲一種國家的形象感。換句話說，「希臘」一詞使得能指與所指之間失去了直接對應的指事功能，進而被其所選擇的形象所投射、或者是取代，是以該敘述列遂以形象作爲主導，因而產生了語言敘述中之詩性。

三、情態式意象：「興」之展陳形態及其詩性

就「詩經」的詮釋系統來說，起首是否爲「興」的判斷，基本上與該表現形式沒有必然關係，而是考量其起首句與對應句間的因果，是否是透過起首句的感染而引起對應句的聯想，譬如由「關關雎鳩，在河之洲」的情態聯想到「窕窕淑女，君子好逑」。這種由起首句與對應句間的感應關係來判斷該詩是否爲「興」的鑑別方式，使得「興」與「賦」跟「比」事實上是不在同一個層面上進行判別的。比如就〈關雎〉的首句來說：「關關雎鳩，在河之洲」這樣的描寫，何嘗不能視爲是一種象徵或比擬，透過「雎鳩」這種禽鳥的某種生態，比喻「男女」之間的某種情態。然而由於次句「窕窕淑女，君子好逑」點破了這種比喻的企圖，又與首句具有某種聯想上的起承關係，是以斷定爲「興」的這一個判斷，基本上已經不是從語構的形態上來進行考量，而是以敘述段與敘述段間內容的關係性來作爲分別。

這種鑑別方式雖然後世已不沿用，然而對於「興」之判斷，仍不是以句構作爲斷別依據。譬如鍾嶸所提到的：「文已盡而意有餘，興也」，在此「意有餘」之「意」所指的並不是「意義」的意思，而是「意味」的意思〔註 90〕。也就是說，當文本的符指過程結束，在接受

〔註 90〕徐復觀在〈釋詩的比興——重新奠定中國詩的欣賞基礎〉一文中亦持相同的看法說到：「意有餘之『意』，決不是『意義』的意，而只是『意味』的意。意義的意是以某種明確的意識爲其內容；而意味的意，則並不包含某種明確意識，而只是流動著一片感情的朦朧飄渺的情調。」（徐復觀：《中國文學論集》，2001 年 12 月，頁 114。）

主體意識中仍產生一種語境裡的意味殘餘，而這種意味殘餘並不是指意性的，而是感受性的，換言之，「興」這種構象形態所產生的效果並非落於語言系統中之涵指，反而是側重於意識裡的感受經驗。

這種感受經驗事實上是創作主體對應物象時，那種審美經驗的符號化移植，從結構上來看，這種符號化移植基本上是透過某種語境來召喚一種情感意識的聯想，而這種情感意識的聯想又多半是感受性的，是以，其結構是一種文本與接受主體間的移情，也就是說，其界域落在了由「接受主體」作爲主導「意味」的這一個塊面上，而這一個塊面所涉及的是讀者的接受感知與主體對應物象時的直觀美覺，並不是從語言系統中來進行解析的〔註 91〕。

是以作爲一種構象形態，「興」在語言與意義對應的這一個層面上，事實上難以用當今文學理論來進行界定。原因在於就「賦」與「比」的呈象結構來說，其形態都離不開對應意義的這個層面，然而，古人對於「興」的提出與義界卻不落於指示意義的這一個界域，而是以審美經驗作爲聯想交換的中介，是以本文以下遂將此稱之爲是一種「情態式意象」，意在於指出這種意象在符號效能上之特性，並擬透過這樣的特性，來進一步歸納其展陳形態，並討論此形態之所以能產生「詩性」之結構。

1、「興」之展陳形態

正如徐復觀在〈釋詩的比興——重新奠定中國詩的欣賞基礎〉一文中所提到的：

〔註 91〕從這一個角度進行推想，則換句話說，由於「賦」是直述某事象以表述其意，那麼就結構上來看，這是一種主體與文本間的對應關係，因此其界域落在了由「創作主體」作爲主導以構建意義的這個塊面上；相對來說，「比」是透過某物象的比擬以投射其意，那麼這是一種由文本而主體的對應關係，是以其界域落在了以「文本主體」作爲主導以構建意義的這一個塊面上。此兩者都與「意義」的呈現與表達有關，唯獨「興」的界定方式，是透過某語境來召喚一種情感意識的聯想，因此不落於符號指意的範疇之中。

> 興的事物和詩的主題的關係，不是像比樣，係通過一條理路將兩者連結起來；而是由感情所直接搭掛上，沾染上，有如所謂「沾花惹草」一般；因而即以此來形容一首詩的氣氛、情調、韻味、色澤的〔註92〕。

又說：「它和主題的關係，不是平行並列，而是先後相生。先有了內蘊的感情，然後才能爲外物所觸發，然後才能引出內蘊的感情。〔註93〕」坦白說，這樣的觀察雖然是深刻的，卻不能夠滿足我們試圖對於「興」這種構象形態追求一種形式化解析之期待。換言之，如果不從「興」具有「起情」這種結構效能來進行觀察的話，那麼「興」之展陳與「賦」跟「比」間有何不同？也就是說，既然「興」是一種以符號化之物象情態來召喚類同之感知情態的話，那麼組織其符號化情態之語言，是否能從語言的系統之中找到與其相對應之組織原則？

基於這樣的考慮，本文認爲首先應將「興」作爲一個句段單元，從被認知爲「興」之句段與其繼起之句段聯結起來。以〈關雎〉爲例，所謂「興」之句段本是意指「關關雎鳩，在河之洲」一句，因此歷來分析遂無法避免將應句所引發之情感，視爲是由起始句所引發的另一個單位的開始，如此一來，遂造成了「興」是以其所產生之效果被進行討論，而非以其結構型態來進行定義。然而，一旦我們將被論定爲「興」之句段與其相應之句段視爲同一結構，那麼就可以發現，撇開引發的情感不談，單就句型之展陳形態而言，則「興」的這種展陳形態其實是一種詩性結構的微型縮影，即以一種替代性的比喻式意象（選擇軸）加上一種陳述性的事象形態（組合軸），差別在於「賦」與「比」的構象形態中，句段的組合基本上都是爲了陳述一種主體的情志，而在「興」的構象形態裡，這種組合卻是在形象端上所進行的聯結，而非在指意端上所進行的投射〔註94〕。

〔註92〕徐復觀：《中國文學論集》，頁100。

〔註93〕同上註。

〔註94〕因此，本文並不同意周英雄在〈賦、比、興的語言節構——兼論早期樂府以鳥起興之象徵意義。〉一文中，援引雅各布森之理論區分

換言之，假設「賦」之構象形態爲 A，而「比」之構象形態爲 B 時，那麼所謂的「興」就是一種 A 與 B 或 B 與 A 在形象情態上之同構與結合。這種結合所展現的只是 A 之事象情態與 B 之比喻情態在「情態」這一個共性點上之互換，因此，符號的指示功能遂被形象功能所取代，而指意之過程因而必須轉向以透過「情態」這一個共性點來進行推敲。以〈桃夭〉一詩爲例，由〈桃夭〉一詩中所提到的：「桃之夭夭，灼灼其華。之子于歸，宜其室家。」可以發現，前者「桃之夭夭，灼灼其華」這一個敘述段是屬於一種「比喻式的意象」，而後者「之子于歸，宜其室家」則屬於一種「直述式的事象」，兩者間的共性點爲「女子成年婚嫁猶如花開盛放」那樣，因此該詩遂將「桃花」與「出嫁的女子」在「盛放的花朵」這樣的展現情態上進行轉喻式的聯結，是以當前敘述視角之形象（桃之夭夭）連接後敘述視角之形象（之子于歸）時，兩個形象之共性情態遂被彰顯出來，而呈現爲一種表象之特徵。

可以發現，所謂「興」之展陳形態即是在這樣的結構下所展現出的一種情態式意象，這種情態式意象就詩經的系統而言，多半是透過 B＋A 的結合來進行表現的，而這種表現亦能夠符合於論者對於「興」在構象形態上之討論，譬如劉熙載援引李仲蒙對於賦、比、興之定義時便曾經提到：「敘物以言情謂之賦，索物以託情謂之比，觸物以起情謂之興。〔註 95〕」這段話事實上已意識到文學創作之中，主體情志與物象間的互動關係，而這種互動關係一旦必須透過文學符號進行展

「比」、「興」時提到：「比是明指一物，實指他物，是語意的選擇與替代，屬於一種『類似的聯想』；興循另一方向，言此物以引起彼物，是語意的合併與聯接，屬於一種『接近的聯想』。」（周英雄：《結構主義與中國文學》，頁 143。）事實上，這種說法過於武斷，其雖能解釋「比」、「興」間的不同，卻不能釐清「賦」與「興」間的差別。因爲如果單就表現形態來說，「賦」比興更接近於組合軸的表現形態，又「興」難道不具有選擇的成分？如果把「關關雎鳩，在河之洲，窕窕淑女，君子好逑。」視爲一個位元的話，那麼，「雎鳩」何嘗不是一種替代與選擇？

〔註 95〕劉熙載：《藝概》，台北，漢京文化事業有限公司，1985 年 9 月，頁 86。

陳，則針對「賦」之型態而言，可說是一種「敘物以言情」式的展陳形態，其關涉於創作主體敘物之時，是以詞與詞之間橫向比鄰聯接的組合作為主要的呈現方式，而就「比」之型態而言，則可以歸類為是一種「索物以託情」式的展陳形態，其主要涉及於主體情志必須寄託在物象之上，因此文本的陳述是以情志所投射之物象的縱向「選擇」作為主要的呈現結果，是以相對來說，對「興」而言，則其定義是一種「觸物以起情」式的展陳形態，因此遂關係到文本之表現必須透過「觸物」來引導主體「情志」之產生，是以句列之結構必須同時包含「物象」與「情志」等兩個部分，前者為後者之啓引，而後者為前者之衍生，然而倘若單以形態上之陳列來看，則所謂「觸物」必然陳列一個與情志相關之物象，因此該物象必須是「索物以託情」式的；而所謂「起情」則必須直述由該物象所引起之情志，因此該情志之呈現則必然如「敘物以言情」式的事象那樣進行表達。

由此而言，在「索物以託情」與「敘物以言情」之間，主體之情志樣態乃是兩者間的共性點，因此符合於本文認為「興」所展陳之意象必然是情態式的這一個看法。以〈隰有萇楚〉為例，〈隰有萇楚〉中提到：

隰有萇楚，猗儺其枝。夭之沃沃，樂子之無知〔註96〕。

該詩中的前三句是物象情態的書寫，而末句則是情志樣態的表述，比較特別的是在這首詩中，「萇楚」的情態描寫與「樂子之無知」的情志樣態恰巧是悖反的，也就是說其共性是建立於一種「因為無知而肥沃」的情態之上，是以對於這種情態的表述，透過「萇楚」的肥沃與樂其無知的結合，遂也進一步構成了一種經驗意義上的反諷。

然而，這樣的分析基本上是針對《詩經》詮釋中，論者對於「興」這種構象形態的歸納而言，但是對於「興」在後世獨立為一種單純之構象形態來說，則任一句段中之符號結構，皆有可能合於「興」之相關定義，甚至加以發展。譬如徐復觀便曾經將「興」之應用進一步區

〔註96〕屈萬里選注：《詩經選注》，台北，正中書局，2001年10月，頁128。

分爲章首、中段與章尾等三個部份，並著力論述過「興」於章首及章尾間之不同〔註97〕。但是單就展陳形態來說，事實上，不論該「興」是在詩之章首、詩之中段或者詩之章尾，則大抵不離「索物以託情」與「敘物以言情」兩者間的組合模式，差別僅在於先 A（敘物以言情）而 B（索物以託情）或者先 B 而 A 間的不同而已。然而，即使僅僅只是這樣的不同，也相對地造成了該詩所產生之美學效果有所不同，是以本文以下，將進一步討論「興」這種展陳形態所產生之詩性結構。

2、「興」之詩性結構

歷來對於「興」在詩性結構上之討論，大抵不離李仲蒙所謂的「觸物以起情」，以及鍾嶸所提到的「文已盡而意有餘」這兩個說法。其中「觸物以起情」似乎較合於以《詩經》詮釋作爲主體的這一個系統，因此不論是從「物」的興發感應這一個層面來說，或者是從轉化爲文字符號時，那種以物象選擇加上情志陳述的結構來談，「觸物以起情」似乎都較合於傳統《詩經》詮釋對於「興」這一種構象形態的典型定義。因此比較有爭議的是「文已盡而意有餘」的這一個部分，因爲就《詩經》中之「興」的判定而言，是否爲「興」所檢視的應是章首之呈現，然而「文已盡而意有餘」則似乎意指的是一章之結尾，那麼是否合於「興」之本意，就相當值得推敲了！事實上，「文已盡」雖然可以解釋爲文章之結尾，但是將其視爲是「文句」之結束又何嘗不可？再說，不論是「文句」的結束或者是「文章」的結束，基本上都不改變「興」的本質，正如徐復觀所提到的：

> 但《詩經》上的興，總是在一章的開端；而鐘嶸卻說『文已盡而意有餘』；既是『文已盡』，當然不在一章的開端，而是在一章的結尾；這豈非與詩經上的實例大有出入嗎？我覺得這種出入僅是形式上的問題，而不是興的本質上的

〔註97〕參見徐復觀〈釋詩的比興——重新奠定中國詩的欣賞基礎〉一文。（徐復觀〈釋詩的比興——重新奠定中國詩的欣賞基礎〉，《中國文學論集》，2001 年 12 月，頁 115。）

問題。〔註 98〕

因此，重點在於「興」這種展陳形態之本質究竟具有怎樣的「詩性」？又或者是說，這樣的「詩性」是透過怎樣的話語結構來加以產生？事實上，從「觸物以起情」與「文已盡而意有餘」等兩種說法，不難進一步歸納出「興」這種展陳形態，應當同時具有「啓引」與「迴盪」等兩種詩性功能。所謂「啓引」意指的是透過某種情態召喚某種接受感知時之意味，而「迴盪」則指出了在句段陳述結束之後，由於意義的不透明性，而使得該符指過程呈現爲一種循環反復之狀態。此兩者基本上並存於「興」所具有的詩性結構之中，是以必須分別進行討論。

首先就「啓引」這種特性來說，歷來對於「興」之見解，最常出現的就是「啓引」。不論是從創作主體在創作前的「興發感動」而言，或者是就文本接受時的「啓發情感」來說，「啓引」這種效果在歷來討論之中，始終被視爲是一種「興」的本質。例如劉勰在〈比興〉篇中便提到：

> 故比者，附也；興者，起也。附理者切類以指事，起情者依微以擬議。起情故興體以立，附理故比例以生。〔註 99〕

這裡，劉勰除了比較了比興在呈現內容上所具有「附理」與「起情」間的不同外，其所謂「興者，起也」似乎也已成爲學術界的一種共識。就文本結構來說，所謂的「起」意指的應是一種「啓引」的作用，而這種「啓引」作用由於文本展陳著一種意識的情態，因此，其所「啓引」的便也是另一種接受意識的情態。正如摯虞在《文章流別論》中所提到的：「興者，有感之辭也」，可以發現，如果說作者起興創作是由於某種物感之興發感動所以落筆爲文的話，那麼對於「興」的討論便不應著落於創作主體因物而起興的這一個過程，而應該聚焦於創作主體如何透過符號展陳來複製一個使他興發感動的語境場。在此語境

〔註 98〕徐復觀〈釋詩的比興——重新奠定中國詩的欣賞基礎〉，《中國文學論集》，2001 年 12 月，頁 111。

〔註 99〕周振甫著《文心雕龍今譯》，北京，中華書局，2010 年 4 月，頁 324。

場中，其所陳述的對象之情態必然與引起其感動之物象的情態是同構的，換言之，「興」的源頭來自於創作主體「觸物而起情」，然而就文本主體來說，所謂「觸物」所展陳的不再是原本的客觀物象，而是一種經過主體閱讀、闡釋後所符號化的情態擬象，因此所謂「起情」便也是將原本被客觀物象所興發感動之情，移轉爲文字符號化後的情感擬態。

所以回歸到文本來說，「觸物以起情」意謂著透過某一種物象情態之描寫，以接續或者說是引起某種特定的情志樣態。例如孟浩然在〈途中遇晴〉一詩中所寫到的：「今宵有明月，鄉思遠淒淒。」可以發現，這裡，創作主體表述「遠懷故鄉之情感」是接續於「夜晚一輪明月」的描寫之後，也就是說，從陳述句的結構來看，兩個陳述句之聯結，是藉由選擇「今宵有明月」這一個形象，來使得「鄉思遠淒淒」這種情志感可以被召喚，進而投射於「明月」在文化中之附加文本的物象情態裡頭。這種先 B（索物以託情）而 A（敘物以言情）之寫法，可以說是「興」這種構象情態之主流，因爲必須要合於「觸物以起情」這樣的定義，所以對於「興」之展陳，多半認爲必須是先有「形象」而後有「情志」，以符合於「興起」這樣的說法。然而猶有變體，即當詩句是以物象情態作結之時，則「興起」這樣的效用仍會產生，表面上看來這種寫法似乎是先 A（敘物以言情）而 B（索物以託情），然而實際上，由於其 B（索物以託情）作爲敘述的結束段，是以其所「興」之「情」並不表述爲一個語句的陳列，而是隱藏於語句概念所未明白指陳的結構之中。以王昌齡〈從軍行七首其二〉中的「撩亂邊愁聽不盡，高高秋月照長城」爲例。表面上看來，主體的情志樣態似乎是以前句「撩亂邊愁聽不盡」作爲陳述，再接續「高高秋月照長城」之物象情態，這種先 A 而 B 之寫法似乎不合於「觸物以起情」這樣的先後順序，然而實際上，當「高高秋月照長城」作爲詩文本的末句時，「高高秋月照長城」這樣的物象情態所引起的「邊愁」便隱藏於沒能陳述的句號之外，或者說是隱藏於結構的空白之處，因此「高高秋月照長城」仍具有一種「啓引」的作用，差別僅在於其所「啓引」之情志樣態，必須引導接受主體之涉入，以透過想象，產生讀解之時的情感空間。

而這種情感空間同時也涉及了「興」在語文結構上，當文句結束時所產生的一種情態感受之「迴盪」特性。這裡所謂「迴盪」意指的是文句在其符指過程結束時，會有某種情態感受依然游移於起句與應句之中，因而造成循環。而這種循環即爲鍾嶸所謂的「文已盡而意有餘」之「意」在句構中的流轉樣態。正如蔡英俊所提到的：

> 我們可以理解到古典詩學論述傳統所謂的「意」，其實是著重在情感意念在作品整體語境中所可能具顯的意味或韻致，而不僅限於作品本身的語詞所指示的字義或相關的引伸義。大抵上說來，既以情感意念可能引發的豐富內涵爲主，則詩歌創作的要義就不在於固定的作品語文構造範圍內相關語詞的經營與安排，而所謂的意義或意味，便也永遠都是指向作品語文構造範圍之外的情感與想像的空間。
>
> 〔註100〕

是以這裡的「意」應當視爲是一種「意味」解，而這種「意味」所指涉的便也是藉由某種主體之情感意念所引發的情態感受，這種情態感受基本上是肇因於「作品語文構造範圍」所啓引的「情感與想像空間」，換言之，由於在「興」的展陳裡頭，其組織構造基本上是由「敘物以言情」及「索物以託情」這兩種事象與物象所組構而成的，因此該符指過程，便也不再是一種透過聯接或者轉換，以產生推移或者投射的指意過程，相反地，由於在「興」的展陳之中，該事象與物象皆呈現爲一種情態，是以當情態與情態間的共性點突前，無論物象在前或者在後，該情態都會由於後者之展陳，而使得藉由情態所啓引之情感延伸，進而使得突前之共性點得以回過頭來解釋作爲背景之語象，而這種作爲背景之語象又反覆成爲該情態之共性點得以突前之要

〔註100〕蔡英俊：《中國古典詩論中『語言』與『意義』的論題——『意在言外』的用言方式與『含蓄』的美典》，頁25。

素，是以在起句與應句之間，由於情態的對應與相互詮釋性，進而使得該情態感受，成爲一種反覆迴盪之感受循環。

簡言之，在「興」之展陳形態裡，其所造成之情態感受基本上是循環式的。不管該句式是由A而B或者是由B而A，「興」之展陳形態由於是「物象情態」與「主體情態」間之對應，因此，當「物象情態」接續「主體情態」，主體情態遂會投入於物象情態的解釋之中，進而使得兩者間的情態共性點突前，而在「物象」與「主體」間來回擺盪。這種擺盪在以「興」作爲結尾的語構形態裡特別明顯，譬如上文所引王昌齡〈從軍行七首其二〉之詩句，其句末是以「高高秋月照長城」這樣的形象陳述作爲結束，是以「撩亂邊愁聽不盡」之情志樣態遂在「高高秋月照長城」這樣的形象裡獲得啓引，因而使得「撩起邊愁」這樣的情態共性點得以突前，而回到「撩亂邊愁聽不盡」這樣的主題之中，也就是說，原本的語言結構是由A（敘物以言情）而B（索物以託情），但是因爲B是具有寄託情感之物象，因此該物象之情態遂被提出，而啓引出「邊愁」之情態想像，然而由於「撩亂邊愁聽不盡」已在「高高秋月照長城」之句前，是以這種「邊愁」的興起無疑是在呼應著「撩亂邊愁聽不盡」這一句的陳述，於是造成了一種情態感受上的迴盪循環〔註101〕。

換句話說，當情態共性點在「物象情態」與「主體情態」之語境擠壓間被突前，那麼該共性點便成爲了由B啓引A再由A詮釋B的一種反覆過程，反之亦然。在此過程之中，由於A與B間的啓引與詮釋互爲循環，因此對於該情態之相關感受遂也隨著這樣的循環迴盪不盡，原因在於，由於A與B的組合無法在接受的詮釋過程裡達到

〔註101〕正如蔡英俊所說的：「然而，最重要的是，開頭的興的作用是要把因外物而觸發的感情引向主題，並且由是成其爲『主題構造的作用』；至於位於結尾的興，則是在感情已盡了主題構造的作用之後，仍然可以繼續保留情感的延伸……」（蔡英俊：《中國古典詩論中『語言』與『意義』的論題——『意在言外』的用言方式與『含蓄』的美典》，頁25）

一個指意的終點，因此當表面上的符指過程結束，該情態感受遂也留存於接受的意識之中，而成爲一種「意有餘」。

可以發現，在這樣的過程裡頭，「文已盡而意有餘」是與「觸物以起情」相互關聯的。也就是說，由於歷來對於「興」之義界皆是著意於「啓引」的這一個部分，因此當某一個句式具有「啓引」的功能時，遂足以據此判定其爲「興」這種構象形態之使用。然而，又由於該構象形態所「啓引」之對象必須是某一種主體之情態，是以無論該情態呈現爲一種「敘物以言情」之事象，或者是將該事象擺置於「索物以託情」之物象之前，進而使得該物象之啓引必須透過與前事象之對應來尋找情態之同構。當情態的共性點突前，「物象情態」與「主體情態」間的對應皆會產生意指的空缺，進而使得該情態感受流轉於背景與突前、詮釋與被詮釋的互置之中，最終，使得隨著句構結束的符指期待，因而產生「意有餘」的迴盪感受。

第三節　「風骨」與「理事情」之言志模式

相對於「賦」、「比」、「興」在符號構象形態上之討論，中國詩學還有另一個層次的概念是針對詩文本語象之「內質」來進行探究的。這裡所謂「內質」必須進一步解釋：「內質」這個概念所代表的是相對於外在修辭而言的「內在意識經驗」，而這種「內在意識經驗」意指的是語言結構中，透過語義之涵指所建構而成的某種意識呈象，換言之，在以「象」爲主體的概念裡，外在的符號形式必須表現敘述主體的內在意涵，而這種內在意涵之呈現是體現在物象符號的涵指域裡，因此，當主體之意識樣態與物象符號之涵指產生同構性聯結時，遂產生了詩文本符號形式所表現之內質。

是以這種「內質」應當包含主體的意識樣態與客體的呈象樣態等兩個部分。首先就主體的意識樣態來說，中國詩學對於這種「內質」之探討，多半是透過品評人物時所用的某種內在概念來加以建構的。例如：「肌理」、「神韻」……等。皆是以人物外在不可直見的內在樣態，來加以比附文本主體之意識樣態，其中又以劉勰所提出的「風骨」這樣一個概念最具有代表性。「風」與「骨」本是品評人物之用語，卻被移用爲文學創作理論之概念，因此「風骨」必然與符號形式下的主體意識具有某種存在形態上的相似性，而歷來對於這種相似性的詮釋聚訟不斷，是以本文擬從「意識樣態」這樣的角度來進行探討，企圖釐清「風骨」一辭之概念於文本系統中的結構性意涵。

再者，從客體的呈象樣態來說。在文學文本之中，客體之呈象基本上是主體闡釋的體現，而這種體現，應是將主體意識之內容透過某種經驗模式來與物象結合所致。也就是說，這種物象涵指內之主體詮釋，事實上是經驗性的，而這種經驗性的表現模式，在葉燮所提出的「理、事、情」這樣的概念裡有過十分深刻的探討，是以，本文透過「經驗模式」這樣一個概念的導入，即試圖從物象涵指的角度，來進一步解析物象涵指與主體經驗間的互動關係，並且擬從這樣的互動關係裡，釐清「理、事、情」之論所意指的呈象樣態。

因此綜上所述，本文以下遂擬從主體之意識樣態與客體所負載之經驗樣態等兩個部分，以劉勰的「風骨」之說與葉燮的「理、事、情」之論作爲代表，對於「象」之內質形態的呈現進行討論。

一、劉勰「風骨」論中之情志意識

〈風骨〉篇乃是《文心雕龍》書裡，較爲人所爭議的一章。依據王更生在《文心雕龍新論》一書中之研究，歷來對於「風骨」一說之詮解，約略可以分爲幾個方向：

> 一、認爲「風」即文意，「骨」即文辭者，有黃季剛、范文瀾、張立齋、曹昇等。
>
> 二、認爲「風」是情思，「骨」是事義者，有劉永濟、廖仲安、劉國盈、潘辰等。

三、認為「風」乃氣韻，「骨」乃結構者，有程兆雄、廖維卿、舒直、王達津等。

四、認為「風骨」意旨文字的風格者，有羅根澤、郭紹虞、李樹爾等。〔註102〕

而王更生自己則從上述四種觀點出發，以《文心雕龍》中對於「風骨」之解釋作為依據，同時考察劉勰著書時的繼承與開展，提出「風」是「辭趣」，而「骨」為「思理」之說法〔註103〕。可見，從「喻體」到「喻指」，「風骨」一詞之詮釋性是較為廣大的，如果再加上中國古代論者事實上並沒有嚴格區分「創作主體」、「文本主體」與「接受主體」間的概念的話，那麼同一個概念同時涉及了二至三種不同面向之意涵是時時可見的，凡此種種，皆使得「風骨」在文學意義上之定位更加顯得困難〔註104〕。

再者，具體考察王更生等諸家對於「風骨」之解釋，可以發現，每一種說法都各自有其缺陷存在，無法令人滿意。首先是以黃季剛等人為主的「文意」與「文辭」之說，事實上是將「風骨」切割為文本結構的兩個層面，一種是『敘述意識』；一種則是「文本形式」。但是事實上，劉勰在〈風骨〉篇中曾經提到：「是以怊悵述情，必始乎風；沉吟鋪辭，莫先於骨。」可見在劉勰的觀念裡，「風」與「骨」是分別關及於主體將其「怊悵」與「沉吟」化約為敘述鋪辭時的組織關鍵。換句話說，「風骨」絕不等同於敘述鋪辭之形式，而應當同屬於「文

〔註102〕王更生：〈劉勰的風骨論〉《文心雕龍新論》，台北，文史哲出版社，1991年5月，頁77～81。

〔註103〕同上註，頁83～92。

〔註104〕其難處在於將原本品評人物之概念移轉至文學理論上時，本身即存有論述主體對於「文學」這個概念進行比附想像的推演過程。換句話說，作為文學討論之後設語言，「風骨」本應具有一定程度的理論明晰性，但是由於其乃是作為某種敘述主體對於「文學」這個概念的感知與聯想，因此，這種理論明晰性遂被「風骨」本身的形象性質所取代，進而成為一種必須以品鑑人物時的某種「質感」，來逆推其之所以被挪借為文學術語之成因。

意」的這個層面〔註105〕，如此說來，那麼以劉永濟爲代表的「情思」與「事義」之論似乎較合於「風骨」之確解，然而「情思」與「事義」基本上是將同屬於文章內質之「風骨」，從主體層面上區分爲「主體情思」與「客體事義」等兩個部分，但是從上述引文看來，所謂「怊悵」與「沉吟」皆應當屬於主體發用之意識形態，即使是「事義」也應當經過主體之詮釋而成爲一種「思理」，因此，本文無法認同「情思」與「事義」這樣的說法，更別說是從語勢形態之角度所提出的「氣韻」與「結構」之說了！所謂「氣韻」與「結構」皆是著重於一種語言表現時之勢能，說「風」之語言展現了某種事物之氣韻，而「骨」之語言呈現了某種文章之結構，基本上，除了仍在相當程度上使「風」與「骨」處於不同的文本層次之外，更是從語言在某種勢態時之效能所立義的，並非直指「風骨」的本來面目。至於認爲「風骨」是一種文章風格之說法，則顯得過於寬泛，無法有效區隔「風」與「骨」間的不同，更別說其亦是從「風骨」所引起的效能來間接推斷「風骨」的內在本義了。

儘管如此，王更生所定論之「辭趣」與「思理」亦同樣無法讓人認同。所謂「辭趣」所指涉的應是「文章辭采之感染力」的這個部分，但是「風」雖然具有這樣的效果，並不能從此效果來逆向地定義「風」即是這樣的效果本身。換句話說，由於劉勰在〈風骨〉篇中，基本上是以「風骨」替代某種有別於文章形式之內在質素，是以對於這種內在質素之形容便多所譬喻，甚至爲了論述之曉暢，遂連帶地列舉了許

〔註105〕相似的論見，陳耀南在〈文心風骨群說辨疑〉一文中亦曾提出，其引劉勰：「瘠義肥辭，繁雜失統，則無骨之徵也」一句時提到：「可見：辭的方面不可『浮膘』太多，『義』的方面不可精質太少，才算是有『骨』；更可見：所謂『骨』，不只和『辭』有關，也和因辭而見的『義』——包括了『情』、『理』有關。」又引：「思不環周，索莫乏氣，則無風之驗也。」時說到：「可見『風』不只和『情』有關，還和『思』有關；而不論感情或者思想，都必因『辭』而後可見。所以，『風情骨辭』之說，漏洞實在太多了！」（陳耀南：〈文心風骨群說辨疑〉《文心雕龍綜論》，台北，學生書局，1988年5月，頁43。）

多關於這種內在質素之效能，以至於論者紛紛糾結於「風骨」所引起的敘述效能之中，忽略了「風骨」作爲一種譬喻之本義是由品鑑人物的內在情態而來，是以當其移轉至文本之敘述時，亦應將其看作是有別於外在形式或者敘述效能的某種內在情態，如此，方能知曉「風骨」作爲一種文學理論之建構原則，在創作指導上，究竟具有怎樣的理論意義？

以下本文將進一步申論。

1、「風骨」與「辭采」之對等關係

「風骨」本爲人物品評時之習用語，此用語代表著透過人物外在肢體的表面儀態，進而推敲出對其精神風範所進行的美感形容，是以背後必有一美學判準在進行支撐，進而將「風」與「骨」之涵指，置於人物之生命美學的結構之中。是以單由「風骨」一辭的表層意義來看，「風」與「骨」皆應視爲是一種不可見的形質，這種形質一則爲柔，一則爲剛〔註106〕，就其與人物間的結構關係而言，應指其外在儀態所予人的兩種感知樣態。換言之，這種感知樣態雖然是由外在儀態所散發出來的，但是就其本質而言卻是內質性的，其分別關涉於主體之情感及其人格特質等兩種層面，及此兩種層面所予人的美覺感知。

是以當劉勰將其用之於文學術語時，亦應是一種結構上的移置，也就是將文學的外在組織視爲是人的儀態，進而討論此儀態當中所包含的內在要質。換言之，若以文學作品中之結構關係來進行闡釋，則

〔註106〕徐復觀認爲：「所謂風骨，乃是氣在文章中的兩種不同的作用。」（徐復觀：《中國文學論集》，台北，學生書局，2001年12月，頁307。）又說：「風骨的後面，當然有其精神的根據；但表現而爲儀態，則必由氣而見；所以風骨皆是氣的兩種不同儀態」（同上註，頁309。），是以：「就彥和『氣有剛柔』之意推之，則剛者爲骨，柔者爲風；這可以說是風骨的通義。」（同上註，頁311。）徐復觀以「氣之剛柔」解釋風骨當然十分深入，然而，由於「氣」的問題涉及過廣，且前人論述已繁，不勞在此疊床架屋，是以本文在此僅註記此一說法，不擬再對此一說法進行深論。

可以發現，如果說作品內在必然具有某種以文字所構築之主體意識的話，那麼這種主體意識則必然是透過文字的修辭組織，來以某種物象特徵進行突前〔註 107〕，是以修辭組織、語言文象與主體意識遂構成了一種可循環辯證之結構關係，以圖式表示即爲：

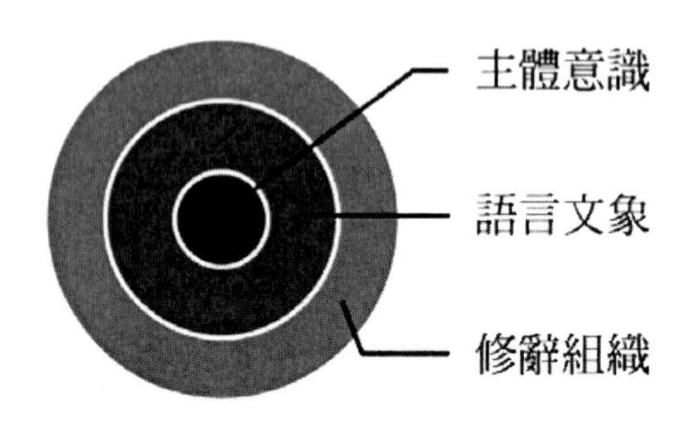

可以發現，「語言文象」是以某種「客觀對應物」之描寫來表現主體意識，而「修辭組織」則是透過將語言單位進行特殊排列與變造來陳述「語言文象」，是以「主體意識」決定語言文象，而修辭組織又使此「語言文象」之特徵突前，如此環環相扣，使得「修辭組織」可說是一種表層形式，而「主體意識」則是此表層形式之內質，這種結構關係在〈風骨〉篇中有著十分形象化之形容：

> 夫翬翟備色而翾翥百步，肌豐而力沈也；鷹隼乏采而翰飛戾天，骨勁而氣猛也。文章才力，有似于此。若風骨乏采，則鷙集翰林；采乏風骨，則雉竄文囿：唯藻耀而高翔，固文筆之鳴鳳也〔註 108〕。

〔註 107〕換言之，外在的客觀物象於文學的構建行爲之中，會取決於主體的意向性因素。也就是說，文學中的客觀物象事實上也只是現實物象中的某一個部分，此一部分透過主體的意向性闡述而成爲主體的一種觀相，透過此觀相，該意向性於是得以實踐爲一種具象化的展示。正如羅曼・英加登在《論文學作品》一書中所說的：「每個事物的視覺觀相只是洞見主體在那個時刻和環境中所動見的整個觀相的一部分，它原初是和這個觀相內容中其他的因素混在一起的，但它在它們中明顯地突現了出來。」（羅曼・英加登：《論文學作品》，河南，河南大學出版社，2008 年 12 月，頁 257。）

〔註 108〕周振甫：《文心雕龍今譯》，北京，中華書局，2010 年 4 月，頁 554。

由此可見，劉勰在此是以「翬翟」比喻空有辭采卻無風骨之文本；以「鷹隼」擬喻空有「風骨」卻無辭采之作品。兩相對舉的結果說明了劉勰心中眞正的「鳴鳳」，應是風骨與辭采兼備的。換言之，所謂「鳴鳳」正是劉勰心中對於完美作品的一種擬象，而這種擬象投射出劉勰對於文學創作美典之認知必須能夠「藻耀而高翔」。因此在劉勰的觀念裡，「風骨」與「辭采」間的對應是一種互爲表裡的對等關係，如果說「辭采」這種外在組織就像是禽鳥的漂亮羽毛的話，那麼「風骨」這種內在形態則使得禽鳥這身漂亮羽毛，得以表現出該禽鳥之精神以及氣骨。

是以，如果說「辭采」屬於「修辭組織」這個層面的話，那麼「風骨」應是指稱相對於此外在形式而言的主體意識，正如〈風骨〉篇中所說的：「故辭之待骨，如體之樹骸，情之含風，猶形之包氣。〔註 109〕」可見「風骨」與「辭采」間的結構關係，當如「形體」與「內質」間的對應關係。而這裡的「內質」又包含「骸」與「氣」等兩個部分，所謂「骸」是骨架，而「氣」則意指氣質，就作品之結構關係而言，骨架與氣質皆應同屬於「主體意識」的這個層面，而分指兩種不同類型之「意識樣態」〔註 110〕，換言之，本文在此雖然是將所謂作品視爲是一種「意向性客體」〔註 111〕，然而主體透過作品這個客體所表現的意識樣態，除了意向性之外，該意向性無疑會隨著該意識內容而

〔註 109〕周振甫：《文心雕龍今譯》，北京，中華書局，2010 年 4 月，頁 554。

〔註 110〕所謂「意識樣態」在此意指的並非是具有某種意向性之價值意識，而是以「意識」之內在性質爲主，談論關於此性質之類別性。

〔註 111〕「意向性客體」乃是羅曼・英加登在《論文學作品》一書中所提出之論見，其認爲應將「文學作品」視爲是一種「意向性客體」，意指一種以作者意向作爲主導之作品呈現。其認爲：「一個客體如果是直接或間接由意識行動或者由許多這樣的內在的意向性的驅使所採取的行動創造的，那它就是純意向性的。這些行動是它賴以產生的根源和它的需要的根源。照這個意思，可以說這事一種意識的『創造性的』活動，也可以說是一種『創造出來的存在』和純意向性客體的存在。」（羅曼・英加登：《論文學作品》，河南，河南大學出版社，2008 年 12 月，頁 143。）

有了性質上之區分。是以本文並不同意從「藝巧」〔註 112〕的角度來看待「風骨」，而傾向於從作品「內質」之層面來加以論定。

在《文心雕龍》書中，這種「內質」分別與「述情」與「鋪辭」有關，正如該書中所提到的：「是以怊悵述情，必始乎風；沈吟鋪辭，莫先於骨。」是以「述情」與「鋪辭」如何與「風骨」產生關係？則進一步涉及了「風」與「骨」等兩種意識樣態在質性上之問題，本文以下將進一步進行釐析。

2、「情趣」與「辭理」之意識樣態

如果說〈風骨〉篇的提出，意在於反對空有辭采的文字組織，認爲符號陳列應具有「風」與「骨」這樣的內質的話，那麼沿著這樣的論題以下所要進一步定義的，應是這種內質之性質爲何？是以，對於「意識樣態」一辭之使用，在此應先行解釋，所謂「意識」當指創作主體在面對客觀物象時的某種感知，既然稱之爲「感知」，則應當相對地區分爲「感」與「知」等兩個部分，所謂「感」指稱的是一種直覺性的、不經思理判斷的同構反應，這種同構反應往往來自於主體情感的運作，譬如看到落花感到「凋亡」，看到流水覺得「逝者如斯」

〔註 112〕譬如王更生在《文心雕龍新論》一書中便提到：「『風骨論』之談辭趣思理，也就是談文章寫作的形式與內容，其惟一不同的地方，是辭趣思理較諸形式與內容更具藝術特徵。至於舍人用『風骨』命篇的原始動機是甚麼？關於此點，本人認爲必須從寫作的藝巧上來審定。」（王更生：《文心雕龍新論》，台北，文史哲出版社，1991 年 5 月，頁 107。）然而「情趣」與「思理」之本質並非是形式與內容式的。雖然「情趣」與「思理」必須透過形式與內容來加以展現，但是整體而言，形式與內容必然深受「情趣」與「思理」之影響與規約，是以「情趣」與「思理」必然不適合以外在藝巧來進行討論，而應該視爲一是種文字組織中之意識樣態。換句話說，這裡所謂「藝巧」很容易讓人將其與外在「辭采」聯結在一起，然而事實上，「風骨」雖然關涉於文學美典之核心，但是這種核心卻是屬於內質性的，也就是說，「風骨」在劉勰的論述系統中，應將其視爲是文學之所以成爲文學的必然條件，只是這種必然條件並非單純屬於「外在」的形式表達，而應是一種「內在」的意識呈現。

等，都是一種情感上的同構反應，這種同構反應本應源自於創作主體在其意識之中，因為感覺到類似的「力」的流動或方向，是以依此感應，遂以其生命經驗對此流動與方向進行闡釋，進而產生花的生命「凋落」類似人的生命「凋亡」這樣的感受與解讀，然而，當此感受與解讀產生創作衝動，進而以文築象之時，創作主體所意圖達到的接受效果，必然是透過該文象，使讀者迫近於主體接受該現實物象時的直覺感受，因此，創作主體在行文構象之時，遂會以某種「情態」來形容其所描述之對象，而接受主體受此物象中之「情態」導引，便容易產生創作主體所欲達成之預期效能。

換言之，在文本語象之中，存有某種創作主體透過文辭組織所欲表現的意識樣態。而其中一種意識樣態是情感性的，來自於創作主體應事接物時的直覺感受，這種直覺感受透過語辭的情態性摹寫會產生傳達情感之效能，也就是說，在文本語象的內質之中，主體之情感樣態會在物象的摹寫時產生引導，而這種引導具有感染性的功用，可使得接受主體感應創作主體意圖傳達的某種意向性感受，而這種透過主體之情感樣態的摹寫，因而產生感染性作用的語象呈現所涉及的，也就是《文心雕龍》中的「風」這樣一個概念。正如〈風骨〉篇中所提到的：

> 是以怊悵述情，必始乎風；沈吟鋪辭，莫先于骨。故辭之待骨，如體之樹骸；情之含風，猶形之包氣〔註113〕。

由此可見，〈風骨〉篇中之「風」作為一種文象的內質，就樣態而言，必然是情感性的。就好像身形裡的氣質那樣，「氣質」雖然並不可見，但是卻可以透過形體的表現來加以感受，而作品中之情感亦是如此，當其表現為一種具象的文辭組織，那麼該文辭便使得其主體之情感樣態具形，進而產生足以感染其接受者情感之敘述效能〔註114〕。同理

〔註113〕周振甫：《文心雕龍今譯》，北京，中華書局，2010年4月，頁553。

〔註114〕正如徐復觀在〈中國文學中的氣的問題〉一文裡亦認為：「由感情的鼓盪，便成為文章中的鼓盪；更由文章中的鼓盪，可以影響讀者

可證，就「知」的部分來說，所謂「知」乃指稱一種經驗性的思想內容，這種思想內容來自於主體思維的運作，因此是一種對於「事」或「物」之本質的調理性整理，這種整理透過主體對於事物之義理結構的洞見而以語言符號進行組織，遂成為了符號能指與能指如此進行聯結，並指向其所指之關鍵。是以所謂：「怊悵述情，必始乎風；沈吟鋪辭，莫先於骨。」這樣的說法，事實上不應簡單地歸結為「風情骨辭」這樣的結論，特別是「骨辭」一說中，對於「辭」字之義解，很可能並非是「表面辭句」之義，譬如〈體性〉篇中提到：

> 故辭理庸俊，莫能翻其才；風趣剛柔，寧或改其氣；事義淺深，未聞乖其學；體式雅鄭，鮮有反其習：各師成心，其異如面〔註 115〕。

可以發現，這裡的「辭」是與「理」相連接的，也就是說是一種組辭構句時的思維理路，而「風」則是與「趣」相聯繫，意指的是文字章法之間，涵藏著某種或剛或柔的情感形態〔註 116〕，是以所謂「骨」作為一種文象之內質，必然是以其思理作為文辭的組織原則，就好像身體中的骨骸那樣，「骨骸」雖不可見，卻可以透過身體的表現來加以覺知，因此，作品中之思理亦是如此，當其表現為一種具象的文辭組織，那麼該文辭便使得其主體之「思理」樣態具形，因而產生一種文本作品中的「形而上學質」（metaphysical qualities）〔註 117〕。

感情的鼓盪。其所以能發生化感——感動、感染的原因在此。因此，彥和在這裡所說的志氣，乃是以情為主的志氣。而風即是以情為主的內容。」（徐復觀：《中國文學論集》，台北，學生書局，2001 年 12 月，頁 313。）

〔註 115〕同上註，頁 96。

〔註 116〕此兩者在《文心雕龍》裡頭，皆是由主體之「才」與「氣」所呈象而來的，可見，在劉勰的觀念裡，這種文字所具現之內質，是由創作主體所灌注，並且與創作主體自身之秉具息息相關。

〔註 117〕「形而上學質」一說乃由羅曼·英加登（Roman Ingarden）所提出，英加登認為文學文本中之再現對象所能完成的最重要功能就是表現出某種「形而上學質」，英加登提到：「例如崇高（某種犧牲的）或者卑鄙（某種背叛的），悲劇性（某種失敗的）或者可怕（某種依此結構來看，則如果將「風趣」所意指之情感加上「辭理」所指涉之思維相連結，則所謂「風情骨辭」一說應當如此理解：即「骨」為一種組辭構句時之思理，而「風」則是一種文字章法間的情感，「風」與「骨」皆為同一層面上的兩種意識形態，一為「情感」；一為「思理」，這從〈情采〉一文中之論述亦可發現，〈情采〉篇中提到：

夫鉛黛所以飾容，而盼倩生於淑姿；文采所以飾言，而辯麗本於情性。故情者，文之經，辭者，理之緯；經正而後緯成，理定而後辭暢，此立文之本源也〔註 118〕。

這裡同樣再一次宣稱了「文采」來自於「情性」的這樣一種概念，因此提出「情」與「辭」乃是文理之雙軸，是以從「經正而後緯成，理定而後辭暢」這樣的說法可以發現，這裡的「辭」必然仍是「辭理」之意，透過「辭理」之擬定，劉勰認為：唯有情感得其所適，而主體之意識確然，這才是行文鋪辭之根本。

是以，文中之「辭理」必然來自於主體之「思理」，而其所形容之「風趣」則勢必源自於主體之「情感」，這種說法本也合於劉勰對於創作一事之觀念。在《文心雕龍》的論述裡頭，文本主體之符號形成，本來就是由一活生生之主體意識所移轉的，所以在劉勰的觀念裡，「才」、「氣」、「學」、「習」才會成為文本如此表現之關鍵，而此「才」、「氣」、「學」、「習」所要表現之內容，基本上仍不離主體之「情感」與「思理」兩端，正如〈體性〉篇中所說的：

夫情動而言形，理發而文見，蓋沿隱以至顯，因內而符外者也。然才有庸俊，氣有剛柔，學有淺深，習有雅鄭，並

命運的），震撼人心、不可理解或者神祕的東西……這既不是通常所說的某些客體的屬性的性質，也不是這樣或者那樣的心理狀態的特性，而通常是在一些複雜的、常常是在相互之間有很大的不同的生活環境或者人們之間發生的一些事件中出現的一種特殊的氣氛。」（羅曼・英加登：《論文學作品》，開封，河南大學出版社，2008 年 12 月，頁 283。）

〔註 118〕周振甫：《文心雕龍今譯》，北京，中華書局，2010 年 4 月，頁 599。

情性所鑠，陶染所凝，是以筆區雲譎，文苑波詭者矣〔註 119〕。

由此可知，文本形成之端起，乃是由於主體之「情動」與「理發」所產生的「言形」與「文見」。換句話說，唯有以「情動」與「理發」作爲根據的「言形」與「文見」是劉勰心目中構成文學範型的必然條件，也因此劉勰反對「爲文而造情」〔註 120〕，認爲必須使文采與內質相互搭襯：

聖賢書辭，總稱文章，非采而何！夫水性虛而淪漪結，木體實而花萼振：文附質也。虎豹無文，則鞹同犬羊；犀兕有皮，而色資丹漆：質待文也。若乃綜述性靈，敷寫器象，鏤心鳥跡之中，織辭魚網之上，其爲彪炳，縟采名矣〔註 121〕。

從「文附質也」與「質待文也」可以理解，劉勰認爲「文采」與「內質」間的結構關係應是一種有機的整合。是以「文采」與「內質」不可偏廢，如何使其文采與內質相互搭襯，而非空有文采而無內質？在《文心雕龍》中，正是以「風骨」來避免這樣的弊端。正如該文中所說的：「若豐藻克贍，風骨不飛，則振采失鮮，負聲無力。是以綴慮裁篇，務盈守氣。剛健既實，輝光乃新，其爲文用，譬征鳥之使翼也。〔註 122〕」可見「風骨」在此可說是使得文章同時具有質量與力度的一種美學要求。這種美學要求反對空有形式上之語言造體，而無眞實主體意識之灌注〔註 123〕，換言之，這裡所謂的主體意識，包涵了感

〔註 119〕 周振甫：《文心雕龍今譯》，北京，中華書局，2010 年 4 月，頁 96。

〔註 120〕 正如劉勰在〈情采〉篇中所提到的，其認爲：「昔詩人什篇，爲情而造文；辭人賦頌，爲文而造情。何以明其然？蓋風雅之興，志思蓄憤，而吟詠情性，以諷其上，此爲情而造文也；諸子之徒，心非鬱陶，苟馳夸飾，鬻聲釣世，此爲文而造情也；故爲情者要約而寫眞，爲文者淫麗而煩濫。」（同上註，頁 109。）

〔註 121〕 同上註，頁 108。

〔註 122〕 周振甫：《文心雕龍今譯》，北京，中華書局，2010 年 4 月，頁 553。

〔註 123〕 事實上，這種美學要求在反對空有辭采而無眞實思理情感之文章的同時，亦反對空有思理而無辭采修飾之作品，然而由於本文以「風骨」爲主，是以單就「內質」一端來說，本文認爲「風骨」論之提

性的「情感」與理性的「思理」，而「風骨」所談論的，正是這種「情感樣態」與「思理樣態」在語言造體中之呈象。這種呈象由於考量了「情感」所具有的感染性質（如風）與「思理」所具備的理知性質（似骨），因此「風骨」一說無疑是一種強調情理兼備的說法，也就是說，在劉勰對於文學美學的概念之中，「風骨」與「辭采」應是呈象結構的兩端，其中「風」與「骨」分別代表著創作主體在語言造體中，「情感」與「思理」等兩種意識樣態，此兩種意識樣態在此雖然爲了論述之方便而將其分而論之，然而實際上卻是相即相融，整合爲一的。是以缺乏了這種「情感」與「思理」的內質整合，單純的語言造體不管經過怎樣的修辭變異，都必然缺乏感染性與理知性等兩種文本效能，唯有風骨俱備與辭采相兼，方能如劉勰所說的那樣：「情與氣偕，辭共體並。文明以健，珪璋乃騁〔註 124〕。」展現出一種情氣顯盛，而辭體剛健昂然的文字呈象。

二、葉燮「理、事、情」論中之經驗模式

如果說文本中之「象」的描寫是透過對於客觀對應物之抽提，在某種特徵上使其承載敘述主體之情志的話〔註 125〕，那麼，所謂主體情志應當可相對地再區分爲「情感」與「思理」等兩個部分。所謂「情感」與「思理」指的是文本語象中，主體意識所存在的思維樣態，這種思維樣態隨著其所附載的內容不同而有所不同，是以，若單純地將文本視爲是一種創作主體之思維產物的話，那麼從「情感」與「思理」

出，無疑是相對於單就形式論而言，一種得以藉由主體之「情感」與「思理」的灌注，來使得文本主體在辭采之外，得到主體情感氣力之支持與展現的概念。

〔註 124〕周振甫：《文心雕龍今譯》，北京，中華書局，2010 年 4 月，頁 554。

〔註 125〕正如陳慶輝在《中國詩學》中所提到的：「這種化虛爲實，事實上就是賦予無形的情思以可感的形象。詩人著筆之處是具體的可感的景物，而傳達的則是詩人獨特的情感和心境。既然如此，對於心境和情感來說，意象就是一種載體、一種形式、一個過渡。」（陳慶輝：《中國詩學》，台北，，文史哲出版社，1994 年 12 月，頁 65～66。）

等兩個部分來進行分析，基本上已足以說明文本語象所應追求之內在意蘊〔註126〕。

然而，若進一步思索文本中之「象」與情志間的對應關係，則可以發現「象」的存在基本上是一種經驗樣態〔註127〕的呈現。這種經驗樣態的呈現就樣態而言固然可以相對地區分爲「情感」與「思理」等兩個部分，但是就呈現的「模式」來說，「象」作爲創作主體與世界對應後之產物，則該「象」之所以如此存在，遂與主體凝視此象時之審美經驗，以及當下所欲表現之內在情志有關。是以針對這個部分而言，在中國詩學的理論範域裡，應以葉燮在《原詩》中之討論最爲深刻。

《原詩》一書本是葉燮爲了推究詩歌創作之本原所提出的一種理論建構，其論述結構可以相對地區分爲「創作主體」與「創作客體」等兩個部分。此兩個部分就經驗樣態的呈現來說，應是以「創作主體」投注於「創作客體」之中，然而，當客體呈現主體，客體與主體間的關係遂爲一種表現關係，既然說是表現關係，便有相對於此關係而言的方法論與原則論上的問題，對此，葉燮是以「法」這樣一個概念來闡述其相關見解，在《原詩》的架構中，所謂「法」之定義基本上具有雙層性質，首先是就「詩之創作方法」來說，葉燮認爲：

〔註126〕這種追求作品中必須具有創作主體之「情感」與「思理」的說法，早在劉勰《文心雕龍》中便已經提出，透過「風」與「骨」這兩個概念的結構關係，劉勰兼及述及了此兩種內質對於文本語象所造成的結構效應。是以本文透過分析認爲，「風骨」應分別代表「情感性」與「思理性」等兩種語象內質，而這種情感與思理之內質乃是針對文本語象中之主體樣態而言，因此從另一個角度來看，如果將文本中之內質視爲是敘述主體與敘述客體在意識樣態與物象樣態間進行闡釋與交換的結果，那麼，劉勰之立論則是針對物象所呈現出的敘述主體這一個部份來說的。

〔註127〕這裡「經驗樣態」之說並非直接等同於「經驗」一詞，而是「潛藏於作者的經驗世界之中」（拉瓦爾、馬勒伯著，李正治譯：《意識批評家》，台北，金楓出版社，頁95。），依據某種特殊表現手段以呈現作者獨特意識之呈現形態。

> 詩之可學而能者，盡天下之人皆能讀古人之詩而能詩，今天下之稱詩者是也；而求詩之工而可傳者，則不在是。何則？大凡天資人力，次序先後，雖有生學困知之不同，而欲其詩之工而可傳，則非就詩以求詩者也〔註128〕。

可見葉燮對於「創作」一事的看法，傾向於認爲創作是沒有「方法論」可以遵循的，因此其針對創作主體提出了「胸襟」這樣的說法，認爲：「有是胸襟以爲基，而後可以爲詩文。不然，雖日誦萬言，吟千首，浮響膚辭，不從中出，如剪綵之花，根蒂既無，生意自絕，何異乎憑虛而作室也！〔註129〕」這裡，「胸襟」一詞應解釋爲是某一創作主體之世界觀與人生觀〔註130〕，而這種世界觀與人生觀是以某種價值觀念作爲組織前提，也因爲這種組織前提，使得創作主體產生某種應物接物時之相應情志，正如其以杜甫爲例時所說的：

> 千古詩人推杜甫，其詩隨所遇之人、之境、之事、之物，無處不發其思君王、憂禍亂、悲時日、念友朋、弔古人、懷遠道，凡歡愉、幽愁、離合、今昔之感，一一觸類而起，因遇得題，因題達情，因情敷句，皆因甫有其胸襟以爲基。如星宿之海，萬源從出；如鑽燧之火，無處不發；如肥土沃壤，時雨一過，夭矯百物，隨類而興，生意各別，而無不具足〔註131〕。

可以發現，就杜甫而言，對「君王」之「思」、對「禍亂」之「憂」、對「時日」之「悲」與對「友朋」之「念」……等，都在在表現了創作主體依據某種價值觀念對於人事際遇所進行的聯想與判斷。正因爲這種判斷，所以才相對地產生了主體之「思」、「憂」、「悲」、「念」……

〔註128〕丁福保編：《清詩話》，台北，明倫出版社，頁518。

〔註129〕丁福保編：《清詩話》，頁519。

〔註130〕正如葉朗在《中國美學史大綱》中所提到的：「葉燮特別強調詩人『胸襟』在創作中的重要性。『胸襟』包括在『志』之中，但『志』不等同於『胸襟』。如果說『志』是泛指一個人的思想情感，那麼『胸襟』就是指一個人的世界觀、人生觀，屬於更高的層次。」（葉朗：《中國美學史大綱》，上海，人民出版社，2010年8月，頁517。）

〔註131〕丁福保編：《清詩話》，頁518。

等種種情志反應。也就是說，在葉燮的概念裡，主體之世界觀與人生觀無疑因爲挾帶了某種組織前提，而足以影響創作主體產生相對應之「情志感」。也因爲這種「情志感」產生了創作之趨力，是以葉燮並不強調工具性的創作方法，而是認爲應將主體之「胸襟」視爲創作之本源。

然而，方法論上雖然可以變化無窮，但是對於物象如何在文學之中被呈現，則應有相應之準則。正所謂「變化而不失其正」，這裡的「正」指的便是「正法」，也就是葉燮所說的「定位」〔註 132〕，《原詩》提到：

> 故法者，當乎理，確乎事，酌乎情，爲三者之平準，而無所自爲法也。故謂之曰『虛名』。又法者，國家之所謂律也。自古之五刑宅就以至於今，法亦密矣，然豈無所憑而爲法哉！不過揆度於事、理、情三者之輕重大小上下，以爲五服五章、刑賞生殺之等威、差別，於是事、理、情當於法之中。人見法而適愜其事、理、情之用，故又謂之曰「定位」〔註 133〕。

可見，葉燮認爲這種文學系統中之呈象原則，正如國家的法律那樣，是不可不遵守的，而這種不可不遵守之律法，事實上是一種文本中之客觀對應物所普遍共有的呈象樣態，此呈象樣態在《原詩》的系統之中，被葉燮進一步地區分爲「理」、「事」與「情」等三種，意在於透過此三種呈象樣態，來加以範定文學呈象的規律性結構。然而，由於此三種呈象樣態乃是源自於主體經驗所進行之判斷，而這種主體經驗

〔註 132〕正如葉燮在《原詩》中說到：「法在神明之中，巧力之外，是謂變化生心。變化生心之法，又何若乎？則死法爲『定位』，活法爲『虛名』。『虛名』不可以爲有，『定位』不可以爲無。不可爲無者，初學能言之，不可爲有者，作者之匠心變化，不可言也。」（丁福保編：《清詩話》，頁 521。）可見，這裡所謂「活法」指的是創作方法；而「死法」則意指符號表現時的呈象原則。透過對於「活法」與「死法」之辯證，葉燮乃是將「詩」之創作概念建構於沒有「創作法則」卻固有「呈象原則」的架構之上。

〔註 133〕丁福保編：《清詩話》，頁 521。

之判斷又來自於創作者之「識」所構成的經驗原則，因此本文以下將分別從「『識』之經驗原則」與「理、事、情之呈象樣態」等兩個角度進行論說〔註 134〕，企圖透過「經驗」由主體向客體流動的這樣一個觀念，進一步探討在文學意象的呈象表現中，葉燮「理」、「事」、「情」之說法論及了怎樣的經驗模式。

1、「識」之經驗原則

關於「識」在文學創作中之作用，並非葉燮首創，早在嚴羽〈詩辨〉裡便曾經提到：

> 夫學詩者，以識爲主。入門須正，立志須高；以漢、魏、盛唐爲師，不作開元、天寶以下人物〔註 135〕。

根據《佛光大辭典》的解釋，「識」具有「分析、分類對象而後認知之作用〔註 136〕。」也就是說，這裡的「識」必須當作是一種「認知經驗」來理解，而這種認知經驗在〈詩辨〉一文裡是以「熟參」這樣的進路來產生的〔註 137〕，換句話說，所謂「熟參」意指的是一種對於文學典

〔註 134〕這裡，「理、事、情之呈象準備」是針對創作主體來說，而「理、事、情之呈象樣態」則是針對客體而言，此一分判亦符合於葉燮在《原詩》中之理論系統，其提到：「曰理、曰事、曰情，此三言者足以窮盡萬有之變態。凡形形色色，音聲狀貌，舉不能越乎此。此舉在物者而爲言，而無一物之或能去此者也。曰才、曰膽、曰識、曰力，此四言者所以窮盡此心之神明。凡形形色色，音聲狀貌，無不待於此而爲之發宣昭著。此舉在我者而爲言，而無一不如此心以出之者也。以在我之四，衡在物之三，合而爲作者之文章。」（丁福保編：《清詩話》，頁 525。）由此可見，葉燮在《原詩》之中，亦是分別從物我兩端來加以建構其對於詩之創作的見解。

〔註 135〕郭紹虞主編：《中國歷代文論精選》中冊，台北，華正書局，1991 年 3 月，頁 169。

〔註 136〕參見《佛光大辭典網路版》，http：//sql.fgs.org.tw/webfbd/。

〔註 137〕在〈詩辨〉一文中，審美主體的審美心理功能與審美經驗，是學詩者從詩文本進入詩道的唯一途徑，正如何明在《嚴羽的美學理論思維及其與禪宗的關係》一書中所提到的：「嚴羽建構美學理論的一個根本性的思維特徵是向內關照審美主體的審美心理功能，體悟自我的審美心理經驗，把審美事實看作是審美心理場、完整的心理現象和心理空間，不把其思維直接指向審美對象或其構成元素，而是

律的接受與分析，正如〈詩辨〉裡提到：「天下有可廢之人，無可廢之言，詩道如是也。若以爲不然，則是見詩之不廣，參詩之不熟爾。試取漢魏之詩而熟參之，次取晉宋之詩而熟參之，次取南北朝之詩而熟參之……〔註 138〕」其中，「熟參」這個行爲應當包含形式上的創作手法與效能上的美感接受等兩個層面，透過閱讀文學典律時所產生的分析經驗與美感經驗，典律的接受者遂可以得到關於文學創作的「深層經驗原則」〔註 139〕。而同樣的詮釋亦可用於葉燮對於「識」這樣一個概念的提出，在《原詩》的系統之中，葉燮將創作主體之發用分爲「才」、「膽」、「識」、「力」等四者，其中又以「識」作爲核心關鍵：

直接指向審美主體的心理功能和心理活動。」（何明：《嚴羽的美學理論思維及其與禪宗的關係》，收錄於《中國佛教學術論典》第五十六冊，佛光山文教基金會，2002 年 3 月。）何明在此精準地論述了嚴羽之詩美學的部分特徵，即就「熟參」的這個部份來說，詩之美學組織的「深層經驗原則」的確是透過審美主體（學詩者）對於詩文本之接受行爲，而產生於審美意識的接受感知。此接受感知之途徑與禪詩公案之表意結構所不同之處在於：禪詩公案從表層詩意到深層禪理之間，是一種從符徵進入符指的過程。然而嚴羽在〈詩辨〉一文中，學詩者透過詩的表層結構所要證悟的，則是詩之美學的組構方式。

〔註 138〕郭紹虞主編：《中國歷代文論精選》中冊，台北，華正書局，1991 年 3 月，頁 169。

〔註 139〕林湘華在《禪宗與宋代詩學理論》中認爲：「從詩歌本質來考量的，是詩有『不可學』的認識。所『不可學』在宋人的立場，主要是指不可由語言文字中學，是『不死於句下』。詩人認爲『味外之味』、『興趣』這種美感體驗，超然文字之外，不是句法這類經驗法則所能攘括的，追求這種語言法則，只會與作詩宗旨更加背離。站在這種立場，首先重視『具識』的問題，此『識』即美感體驗的認識，爲詩歌之『正法眼藏』」（林湘華：《禪宗與宋代詩學理論》，台北，文津出版社，2002 年 2 月，頁 216。）然而事實上，這種說法預設了「熟參」之過程在獲得「美感經驗」後便停止了！但是從〈詩辨〉一文看來，所謂以漢、魏、盛唐爲「師」，指的應是對於漢、魏、盛唐詩作之某種結構法則的分析與學習，也就是說，除了美感體驗的認識外，分析這種美感體驗如何在詩符號的序列裡被構成，亦應是「熟參」時的過程之一，是以本文認爲嚴羽所謂的「識」應當同時包含分析經驗與美感經驗等兩種。

在我者雖有天分之不齊，要無不可以人力充之。其優於天者，四者具足，而才獨外見，則群稱其才；而不知其才之不能無所憑而獨見也。其歉乎天者，才見不足，人皆曰才之歉也，不可勉強也；不知有識以居乎才之先，識爲體而才爲用〔註 140〕。

在葉燮的概念裡，「才」之發用，必須以「識」作爲組織原則，而這裡所謂「識」也就是一種主體的認知經驗，在葉燮的理論系統中，更爲強調的是這種認知經驗在結構取材時的辨別作用，葉燮提到：「人惟中藏無識，則理事情錯陳於前，而渾然茫然，是非可否，妍媸黑白，悉眩惑而不能辨，安望其敷而出之爲才乎！〔註 141〕」可以發現，「識」在創作主體中之功能，基本上是辨認性的，也就是說透過對於過往文學典律的分析與理解，可以獲得一種認知經驗是關於詩美感創作的「深層經驗原則」，而這種深層經驗原則包含形式與內容等兩個部分，正如《原詩》中所說的：

夫作詩者，要見古人之自命處、著眼處・作意處、命辭處、出手處，無一可苟，而痛去其自己本來面目。如醫者之治結疾，先盡蕩其宿垢，以理其清虛，而徐以古人之學識神理充之。久之，而又能去古人之面目，然後匠心而出，我未嘗摹擬古人，而古人且爲我役。彼作室者，既善用其材而不枉，宅乃成矣〔註 142〕。

這裡「自命處」、「著眼處」與「作意處」皆可視爲是文學內容的展演關鍵，以現代的說法來說，即爲文學內容之「主題」、「焦點」與「洞見」等四者，也就是說透過觀察文學典律呈現了怎樣的主題？如何聚焦？又在其所聚焦的事象或物象之中產生出怎樣的意識聯結？並以此得到關於文學內容呈象時之認知經驗；而從另一方面來說，則「命辭處」與「出手處」亦可相對地視爲是文學形式的表現技巧，透過分析文學典律在辭句的使用與敘事結構之所以構成美感之原則，來藉以

〔註 140〕丁福保編：《清詩話》，頁 525。

〔註 141〕同上註。

〔註 142〕同上註，頁 519。

獲得文學形式表象時之認知經驗。

是以藉由這種認知經驗的獲得，典律的接受者遂能「徐以古人之學識神理充之。久之，而又能去古人之面目，然後匠心而出，我未嘗摹擬古人，而古人且爲我役。〔註 143〕」可見，所謂「識」所意指的當是文學典律之所以形成文學典律的認知經驗，其中包含著形式上的符號形象與內容上的情志呈象等兩部分，然而不論是外在的符號形象或內在的情志呈象，「識」都代表著一種對於文學規律的經驗積累，透過這種經驗積累，從思維與形式雙方建構起葉燮對於藝術形象「變化而不失其正」的追求，正如《原詩》中所說的：

> 惟數者一一各得其所，而悉出於天然位置，終無相踵沓出之病，是之謂變化。變化而不失其正，千古詩人惟杜甫爲能〔註 144〕。

這裡的「正」所指的便是透過「識」這種認知經驗所定位的文學典律，葉燮認爲：唯有透過對於這種文學典律的充分認知，才可以使創作主體之「才」、「膽」與「力」得以發揮〔註 145〕，進而將這種發揮作用

〔註 143〕丁福保編：《清詩話》，頁 519。

〔註 144〕同上註，頁 520。

〔註 145〕葉燮在其《原詩》中認爲「識明則膽張」，其提到：「任其發宣而無所於怯，橫說豎說，左宜而右有，直造化在手，無有一之不肖乎物也。」又「膽能生才」，因此「但知才受於天，而抑知必待擴充於膽邪！」而「如是之才，必有其力以載之」，是以「惟力大而才能堅，故至堅而不可摧也。歷千百代而不朽者以此。」可見，葉燮所謂「才」、「膽」、「識」、「力」四者實爲一層層推擴之整體，必須以「識」爲核心，彼此之間交相爲濟，如此一來，才能登作者之壇，正如其所說的：「大約才、膽、識、力，四者交相爲濟。苟一有所歉，則不可登作者之壇。四者無緩急，而要在先之以識；使無識，則三者俱無所託。無識而有膽，則爲妄，爲鹵莽，爲無知，其言背理、叛道，蔑如也。無識而有才，雖議論縱橫，思致揮霍，而是非淆亂，黑白顛倒，才反爲累矣。無識而有力，則堅僻、妄誕之辭，足以誤人而惑世，爲害甚烈。若在騷壇，均爲風雅之罪人。惟有識，則能知所從、知所奮、知所決，而後才與膽、力，皆確然有以自信；舉世非之，舉世譽之，而不爲其所搖。安有隨人之是非以爲是非者哉！」（丁福保編：《清詩話》，頁 530。）

於對象物的詮釋之上，正如葉燮所提到的：

> 惟有識，則是非明；是非明，則取捨定。不但不隨世人腳跟，並亦不隨古人腳跟。非薄古人爲不足學也；蓋天地有自然之文章，隨我之所觸而發宣之，必有克肖其自然者，爲至文以立極。我之命意發言，自當求其至極者〔註 146〕。

由此可見「識」是關於一種「典律」的認知經驗，這種認知經驗是以後天之「識」來主導先天之「才」、「膽」與「力」。也就是說透過「識」這種認知經驗作爲結構原則，而「才」、「膽」與「力」等先天能力作爲發用，客觀物象之內質才能透過主體詮釋而成爲一種美學形態上之呈現，是以本文以下將進一步進行論說，討論在葉燮理論中，這種主體認知經驗具體表現爲物象呈現時之相關說法。

2、理、事、情之呈象樣態

在《原詩》中，葉燮將創作主體寫詩之經驗原則分爲「在物」與「在我」等兩個部分，其提到：

> 曰理、曰事、曰情，此三言者足以窮盡萬有之變態。凡形形色色，音聲狀貌，舉不能越乎此。此舉在物者而爲言，而無一物之或能去此者也。曰才、曰膽、曰識、曰力，此四言者所以窮盡此心之神明。凡形形色色，音聲狀貌，無不待於此而爲之發宣昭著。此舉在我者而爲言，而無一不如此心以出之者也。以在我之四，衡在物之三，合而爲作者之文章〔註 147〕。

這裡「在我之四」，指的是「才」、「膽」、「識」、「力」等四者；而「在物之三」指的便是「理」、「事」、「情」等三者。在葉燮的理論中，「理」、「事」、「情」乃是「才」、「膽」、「識」、「力」對於物之衡量後的詮釋，因此「理」、「事」、「情」應視之爲是在以「識」爲前提的原則下，主體透過「才」、「膽」與「力」對於客觀物象進行詮釋後的主觀化表現。而這種主觀化表現無疑是意識性的，換言之，從文學形象的角度來

〔註 146〕丁福保編：《清詩話》，頁 526。
〔註 147〕同上註，頁 525。

看，所謂「象」之構成，是一種主體與客體互動的結果。主體帶著某種意志或者審美眼光來看待客體，而客體遂以某種符號性之能指來回應主體，因此，文學作品中之「象」的呈現，可以說是一種主體「觀象」的意識性表述，這種意識性表述正如羅曼・英加登在《論文學作品》一書中所提到的，是一種「擬實在」的客體〔註 148〕，所謂「擬實在客體」指的是作品中之物象必然具有主體意識之意向性，而這種意向性之構成來自於主體應物感物時之主觀美覺與客觀理知，也就是說，是這種揉合主觀美覺與客觀理知之主體意識使得該觀象產生某種形而上質，是以文本中之物象遂不僅僅只是外在現實的再現客體，而是主體透過洞見〔註 149〕，進而加以闡釋理解後之主體觀象。

同理可證，就文學作品而言，這裡所謂主體亦非是一個眞實的主體自身，而是透過符號擬構之「擬實在客體」來加以表現的某種生命經驗。這種符號擬構之「擬實在客體」與生命經驗之呈現，必須符合於文學作品被認知爲「文學」的經驗原則，換言之，所謂文學作品應當包含兩個層面的認知理解，首先是就其外在符號形象而言，再者則是針對其內在情志呈象來說，由於文學藝術表現具有其外在符號形象之規律性與內在情志呈象之結構性，是以對此規律性與結構性必須具有後天的概念認知，而這種概念認知也就是所謂主體之「識」的問題，至於內在情志呈象的部分，則由於涉及了文學符號透過某一客觀對應物以表現內在情志的現象，因此對於文學形式之符號表現，便也必須進一步對此客觀物象之表現形態進行分析。

葉朗在《中國美學史大綱》一書中認爲，葉燮所謂「理」、「事」、

〔註 148〕羅曼・英加登在《論文學作品》一書中認爲：「它們不屬於眞正實在的客體，而屬於純意向性之客體，它們的內容是擬實在的。在想像中顯現的觀象是用一種擬印象的材料構建的，他們雖能夠顯現，但和原本的印象特徵有本質的區別。」（羅曼・英加登：《論文學作品》，河南，河南大學出版社，2008 年 12 月，頁 264。）

〔註 149〕這裡，「洞見」一詞意謂著主體以其生命經驗對於物象之本質產生某種意義之聯結，進而將此洞悉之見透過形象的方式呈現出來。

「情」之說乃是受到宋代理學家葉適哲學之啓發，進而以這樣的一組範疇來「唯物主義」式地討論藝術之本源，葉朗提到：

> 南宋的唯物主義思想家葉適（1150～1223）在同理學（客觀唯心主義）和心學（主觀唯心主義）的鬥爭中，曾提出用「情」和「理」這一對範疇來規定客觀的「物」。葉燮繼承了葉適的思想，在美學領域內把它加以發展，形成了「理」、「事」、「情」這樣一組範疇，提出了他的著名的理事情說，即唯物主義的藝術本源論〔註 150〕。

事實上「理」、「事」、「情」的確是就物象呈現這一個層面來談的，但是是否可以簡易地歸納爲「唯物主義」則似乎仍可商榷。在葉燮的理論中，「理」、「事」與「情」是一組足以概括世間萬物之內在樣態的概念，其認爲萬事萬物之中，必然存有「理」、「事」、「情」這樣的內質，且由於文學文本表現客觀萬物，因此物象在文本中之存在樣態，亦可以透過「理」、「事」與「情」之相關概念來加以詮釋，《原詩》中提到：

> 曰理、曰事、曰情三語，大而乾坤以之定位，日月以之運行，以至一草一木一飛一走，三者缺一，則不成物。文章者，所以表天地萬物之情狀也。然具是三者，又有總而持之，條而貫之者，曰氣。事、理、情之所爲用，氣爲之用也。譬之一木一草，其能發生者，理也。其既發生，則事也。既發生之後，夭矯滋植，情狀萬千，咸有自得之趣，則情也〔註 151〕。

可見在葉燮的概念裡，所謂「理」指的是事物如此發生的規律，而「事」指的是事物發生的過程，至於「情」所意指的則是事物如此表現時的情狀，此三者皆內在本具於萬事萬物之中，具有結構上的普遍性。然而事實上，這種結構的普遍性是經由主體詮釋所析分而出的，因此，當其表現爲文字符號時，便成爲了一種客觀物象的主體呈象，而這種

〔註 150〕葉朗：《中國美學史大綱》，上海，人民出版社，2010 年 8 月，頁 496。

〔註 151〕丁福保編：《清詩話》，頁 522。

主體呈象乃是創作主體依據「理」、「事」與「情」等三個範域對於物象所進行的主觀定位，也就是說，文本中所呈現的「理」、「事」、「情」這樣的內質，取決於經驗主體的主觀視角，而這種主觀視角是將經驗主體的某種認知投入於被經驗客體的形式裡頭〔註 152〕，因此就該呈象的表現而言，是以事物中之「理態」、「事態」與「情態」等內質來聯結創作主體之情志的。

所謂「理態」、「事態」與「情態」在這裡所強調的，便是「理」、「事」、「情」於文本符號中所呈現的樣態性。之所以稱其爲「樣態」，便是著意於「樣態」在符號表現時不直接指意的這樣一個特徵，正如《原詩》中所說的：

> 要之作詩者，實寫理事，情可以言，言可以解，解即爲俗儒之作。惟不可名言之理，不可施見之事，不可徑達之情，則幽渺以爲理，想像以爲事，惝恍以爲情，方爲理至事至情至之語。此豈俗儒耳目心思界分中所有哉！則余之爲此三語者，非腐也，非僻也，非錮也。得此意而通之，寧獨學詩，無適而不可矣〔註 153〕。

這裡，「不可名言之理」、「不可施見之事」與「不可徑達之情」是立基於主體情志之表現程度而言的，倘若主體情志顯見於文字符號的呈現之中，那麼該呈現即爲「可解」的，也就是葉燮所說的「俗儒」之

〔註 152〕 正如高友工所提到的：「『經驗』既爲自我所獨有，『經驗』作爲『自我經驗』似乎也是應當的。但在『經驗』的『意識層』上很顯然的是一個『主體』與『客體』的對立。試想如果『經驗』是『再經驗』，那麼第二次經驗必然有它的『經驗主體』，而原始經驗必然成爲此經驗的『客體』或『材料』，這個主體具體地代表了一種自我態度、意志、欲望，而這意欲的實現即在這『主體』主動地去『經驗』這個客體。這種『經驗』即是在『注意』焦點下的『意識活動』。」（高友工：《中國美典與文學研究論集》，台北，國立台灣大學出版中心，2004 年 3 月，頁 25。）由此申而論之，則在此「意識活動」下對此「經驗客體」所進行的闡釋，即爲一種主體洞見下的內質樣態，而這種內質樣態在葉燮的《原詩》之中，則進一步區分爲「理」、「事」與「情」等三種。

〔註 153〕 丁福保編：《清詩話》，頁 533。

作，但是如果「理」、「事」、「情」之呈象，是以「幽渺以爲理，想像以爲事，惝恍以爲情」的話，那麼，這樣的呈象方式即爲「理至事至情至之語」，由此可見，在葉燮的概念裡，「理」、「事」與「情」之表現是不直露的，而這種不直露的表現形態顯然承襲自中國詩學強調溫柔敦厚的含蓄道統〔註 154〕。

《原詩》中提到：

> 古人妙於事理之句，如此極多，姑舉此四語以例其餘耳。其更有事所必無者，偶舉唐人一二語：如「蜀道之難，難於上青天」，「似將海水添宮漏」，「春風不度玉門關」，「天若有情天亦老」，「玉顏不及寒鴉色」等句，如此者何止盈千累萬！決不能有其事，實爲情至之語。夫情必依乎理；情得然後理眞。情理交至，事尚不得耶！要之作詩者，實寫理事，情可以言，言可以解，解即爲俗儒之作。惟不可名言之理，不可施見之事，不可徑達之情，則幽渺以爲理，想像以爲事，惝恍以爲情，方爲理至事至情至之語。此豈俗儒耳目心思界分中所有哉！則余之爲此三語者，非腐也，非僻也，非錮也。得此意而通之，寧獨學詩，無適而不可矣〔註 155〕。

由其對於「俗儒之作」的批判可以知道，「理」、「事」與「情」之呈象必須表現「不可名言之理，不可施見之事，不可徑達之情」，並且「幽渺以爲理，想像以爲事，惝恍以爲情」，方爲「理至事至情至之語」，而這樣的說法與中國傳統強調「含蓄」及「意在言外」的美學

〔註 154〕以符號學的角度來看，所謂「幽渺以爲理，想像以爲事，惝恍以爲情」，即爲追求一種指義結構上的「朦朧」（ambiguity）效應。這裡所謂「朦朧」指的就是一種能指不直接對應所指的現象，正如燕卜森所說的：「『朦朧』一詞本身可以指你自己的未曾確定的意思，可以是一個詞表示幾種事物的意圖，可以是一種這種東西或那種東西或兩者同時被意旨的可能性，或是一個陳述有幾重涵義。」（威廉．燕卜森：《朦朧的七種類型》，杭州，中國美術學院出版社，1998 年 1 月，頁 7。）

〔註 155〕丁福保編：《清詩話》，頁 532。

典式實有相通之處。以李賀〈金銅仙人辭漢歌〉的「天若有情天亦老」一句爲例,「天若有情天亦老」這個陳述句旨在描寫一個想像的事件,將生生不息之天與壽命有時之人生狀況進行併排,認爲如果「天」亦有情,那麼「天」就會與人一樣頹老。是以其內在之理態是建構於「天」本無情這樣的前提下,因此,如果說有「情」世間因情而枯老,那麼「天若有情」則會與人世擁有相同的際遇。是以在「天若有情天亦老」這樣一個想像的勢態中,其所具現之情態則表現出了一種對於「天本無情」而「人間有情」之感嘆。

是以「如果天亦有情,那麼天就會與人一樣頹老」這樣的理態,可說是「幽渺」地隱伏於「天若有情天亦老」這樣的事態之中,而「天若有情天亦老」這樣的事態又是以虛構之「想象」作爲主導,透過這樣的想像之事,進而表現出了「天本無情」而「人間有情」這種「惝恍」而不可直說之情態。

總言之,在葉燮《原詩》中,「理」、「事」與「情」乃是主體藉由對於客體形式之詮釋,以表現其意識內容之中介。這種中介是以客體之涵指所內具的「理態」、「事態」與「情態」作爲表現,透過事象或物象之「理態」、「事態」與「情態」之呈象,含蓄地呈示著主體的意識內容。是以「理」、「事」與「情」就物象之符號呈現而言,是一種客觀內質與主觀意識的交會,而就文本之呈象來說,則是透過這種交會,而結構出一整個創作主體之世界觀。也因爲主體之世界觀是透過外在事物之「理」、「事」與「情」來加以呈現,因此這種呈現之美學追求並非是對應式的,而是企圖透過這樣的呈現,幽渺地展演著想像事件裡的惝恍之情。

第四章　立象盡「意」之接受主體與感興效應

當符號組織是以「象」這種表意形態來產生特殊之指意結構時，則創作主體之主體意識即透過符號陳述之形式轉化，從一種不可見之形式經驗轉化為一種可見之符號系統。這種符號系統是一種客觀的語詞組織，單就組織的表象而言，僅僅只是一種能指的聯結與堆砌。換言之，能指與所指，甚至是其與涵指域間的對應關係或許具有約定俗成的社會文化因素，然而，眞正使得這樣的表意形態與指意形式產生接受效能的，乃是文本主體之投射對象，也就是閱讀時之接受主體所產生的意識反饋。

這種意識反饋即為所謂的「感興」效應。所謂「感興」效應意指的是當表現「象」之符號組織由於表意形態上之情志感與留白，因而促使接受主體在符指過程之中以其主體經驗與想像投入於「象」的「符指間隙」裡頭〔註1〕，這種「符指間隙」遂會因為主體意識的再創造

〔註 1〕這裡「符指間隙」一詞必須進行解釋。所謂「符指間隙」意指的是在能指與所指的符指結構之中，文本語象透過簡約的表意形式，將符號指意之對應過程截斷，使得文本主體之終極意指投射於符號能指的涵指域裡。因此在符號能指與所指之間便存有一種空白，而這種空白正是文本語境與意義的交會之處。是以本文將其稱之為是一種「符指間隙」，意在於說明「象」的表現形態裡，存有一種未具體指涉意義之涉入點，用以等待接受主體意識中的能動作用來進行填補為意義或形象之完形。

效應，因而產生了「形式」與「情志」等兩端的美覺感受。這種美覺感受是一種「象」與「接受主體」間的互動式關係，以圖式示之即為：

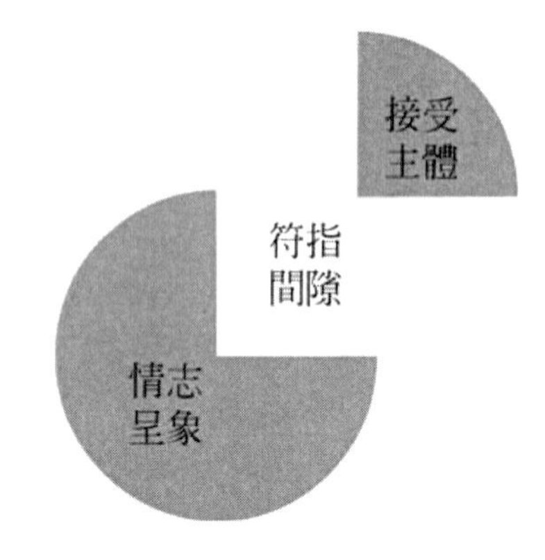

由於「符指間隙」的存在〔註2〕，使得接受主體具有可以進入文本主體表意形態之空間，而這種空間的召喚與興引效能，亦成為「象」這種詩學主體之所以具有不同於以能指對應所指這種等值接受反應之關鍵。也就是說，所謂的「感興效應」是由文本主體是否具有「符指間隙」以興起接受主體之感興作用來決定的。正如李重華在《貞一齋詩說》中提到：

興之為義，是詩家大半得力處。無端說一件鳥獸草木，不

〔註2〕羅曼・英加登（Roman Ingarden）曾以「觀相」與「被洞見之事物」等兩個概念來說明，通過事物的「未被填充的質」，接受主體可以從事物之觀相來發現被洞見之事物。其提到：「例如一個在所有的方面都受到限制和確定的球，它有它的內部，除了現在朝著我們的一面外，還有背著我們的一面。如果從另一面看這個球，那它背後的一面就成了前面的一面，原來前面的一面就背著我們了。但是在他相應的觀相中，我們只看見『前面的』也就是對著我們的一面和由相應的顏色質所代表的他的『表面』。但是任何人——如果沒有成見的話——也不會懷疑，這個關相給我們展示的是在所有方面都確定了的球，同時它也給了我們背著我們的那一面，而不僅僅是『前面的一面』。其實這個球根本就沒有什麼背著的一面，它的背著的一面是一起給予的。」（羅曼・英加登（Roman Ingarden）：《論文學作品》，開封，河南大學出版社，2008年12月，頁255。）而這種「未被填充的質」表現於詩學語象的呈現之中，也就是本文所謂的「符指間隙」。

明指天時而天時恍在其中；不顯言地境而地境宛在其中；且不實說人事而人事已隱約流露其中。故有興而詩之神理全具也〔註3〕。

這裡，「無端說一件鳥獸草木，不明指天時而天時恍在其中」中的「不明指」也就是本文所謂的「符指間隙」，這種「符指間隙」透過接受主體的涉入而使得「天時恍在其中」。由此可以發現，接受主體實乃文本主體之形式意象與情志意義得以完形之關鍵〔註4〕，而其中，構成此關鍵之能動作用的因素在於：透過具有「符指間隙」之符號形式所造成的「能興」之文本效能。也就是說，這種文本效能與接受反應在中國詩學的論述系統之中，是以「興」這個概念所相應衍生出來的，是以對於這種接受反應之討論，事實上應從中國詩學傳統中，對於接受主體之概念與文本效應等相關說法進行切入，透過釐析詩學主體與讀者間的對應關係及其反應形態，以進一步論析文本主體之美學效能與接受主體之美學反應等兩個部分。前者在中國詩學中是以「興象」這個概念作爲代表性說法，而後者則是以中國文論系統裡對於「興趣」之提出進行概括，而此兩者本具有辯證互動之整合關係，以圖式示之即爲：

〔註3〕李重華：《貞一齋詩說》，丁福保編：《清詩話》，台北，明倫出版社，頁856。

〔註4〕這種特殊性關鍵必須分別從審美主體、創作主體、文本主體與接受主體等四個層面來加以推論。首先就審美主體來說，客觀物象會產生某種美感效應必然來自於審美主體在審美之時對於該審美經驗的一種意識儲澱，換言之，也就是審美主體必然在其接受行爲之時，面對某種客觀物象「興起」某種美感效應，因此遂將能夠興起這種美感效應之物象儲備於意識之中，等到進行創作行爲之時，創作主體之意識樣態必須透過某種物象來加以聯結，遂將審美經驗中之物象素材進行語言描繪，以重塑該素材呈現於審美意識中時之語境與面向，而這種重塑表現於文本主體之中便是一種「興」象的展現，是文字符號透過物象之擬象所創造出來的可感知體，當這種可感知體進入到接受主體之接受過程時，便會隨著接受過程的進行而產生與審美主體相應之審美反應，進而在該語境之中，與創作主體之意識樣態進行聯結。

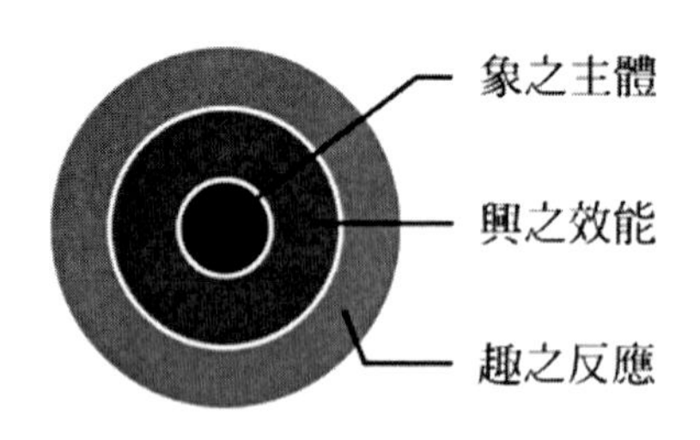

由此可見，「興象」之「象」是以「興」之效能作爲訴求，而「興趣」之「趣」則是以「興」所引起的美覺形態進行探究，此兩者應爲一整體之概念，本不應進行切割，因爲不論著重於效能或者著重於美覺形態，皆不足以代表接受主體此一概念之整全。然而爲了使得論述之層次明晰，礙於構論方式之所限，本文以下仍將其相對地區隔爲「形式感興」與「知覺感興」等兩個部分，期能透過「興之效能與接受反應」這樣的中介，以側重點不同之方式，先釐析「象」之詮釋路徑與接受主體所代表的相關概念，再透過這樣的概念，分別對其形式感知與情態感知進行討論，以求進一步鑿深「象」於接受主體意識中之接受現象與美感效應。

第一節　「以意逆志」之詮釋路徑與接受主體

這裡「詮釋路徑」一詞必須先行解釋。所謂「詮釋路徑」意指的是接受主體透過怎樣的方式來推演出文本主體之情志樣態，換言之，所謂的「接受主體」乃是概念上的「讀者」之意，而「詮釋路徑」則是此讀者透過怎樣的方式對於文本中之情志意義進行闡發。在中國詩學之中，涉及於這方面的相關論述，主要是以孟子所提出的「知人論世」與「以意逆志」等兩個概念作爲代表。其中，「知人論世」一說典出於《孟子》〈萬章下〉的一段討論，孟子認爲：

> 以友天下之善士爲未足，又尚論古之人。頌其詩；讀其書，不知其人，可乎？是以論其世也：是尚友也〔註5〕。

〔註5〕楊伯峻譯著：《孟子譯注》，北京，中華書局，2010年2月，頁232。

〈萬章下〉的這段論述本意在於談論交友修身之道，然而由於孟子提及了與古人交友時必須「頌其詩；讀其書」，並「知其人」、「論其世」這樣的說法。因此經過後人的歸納與闡發，遂成爲了閱讀文學作品時的一種通則，即必須透過對於眞實作者與社會母體間之互動關係，來確切解析文本內在之思想與情感樣態。換言之，其詮釋路徑乃是透過外在於文本之文化主體〔註 6〕，由外而內地推導出外在文化主體對於眞實之創作主體，乃至於該創作主體投射於文本主體內在之情志意識。

然而，這樣一個概念必然相對地引發出兩個層面的問題：首先是就意義的指向來說，雖然符號語詞的習用及闡釋與文化主體的關係密不可分，但是符號語詞的使用與組構卻不盡然簡單地等同於創作主體對於文化主體的選擇與對應。是以這種文學反映客觀現實，又客觀現實證成主體意識之說法，在西方已經有過許多方面的探討。譬如西方新批評即有所謂的「意圖謬見」（intentional fallasy）與「感受謬見」（affective fallasy）之論。其中「意圖謬見」指的是：「將詩與其產生過程混淆……其始是從寫詩的心理原因中推導批評標準，其終則是傳記式批評與相對主義。〔註 7〕」而「感受謬見」則是「將詩與其結果相混淆，及混淆詩本身與詩的所作所爲……其始是從詩的心理效果推導批評標準，其終則是印象式批評與相對主義。〔註 8〕」可見，西方新批評所反對的正是這種將文本主體與社會母體聯結，或者是將文本主體與其閱讀印象聯結之批評方式。前者所反對的是一種廣義的作者，而後者所反對的則是一種廣義的讀者，是以其主張將批評回歸到文本之中，透過對於文本組織之詳盡分析，來得出文本系統的效應與

〔註 6〕從符號與意義的角度來看，所謂「知人論世」應當如此理解：即將這裡的「世」視爲是一種文化主體，此文化主體由於影響創作主體對於某事或某物之判斷，因此，透過對於該文化主體之探討，可以更正確地掌握創作主體於文化主體中所選擇的價值意識。

〔註 7〕趙毅衡：《重返新批評》，天津，百花文藝出版社，2009 年 4 月，頁 69。

〔註 8〕同上註。

美學價值所在。然而事實上，將文學作品之意義歸屬於符號組織間的聯結關係，與將文學作品之意義歸屬於眞實作者及其與社會母體間之互動關係同樣是不可想像的，因爲作品的意義乃是由讀者之能動意識於符號結構中的內在統一性來加以完成，因此就意義的完形而言，則主觀的閱讀印象或許有其缺陷，卻也進一步地說明了文學意義之所以產生的必然機制。正如羅蘭・巴爾特（Roland Barthes）在提出「作者已死」這樣的概念時認爲：

> 給文本一個作者，是對文本橫加限制，是給文本以最後的所指，是封閉了寫作。這樣一個概念對於批評很合適，批評接著把從作品下面發現作者（或其本質：社會，歷史，精神，自由）作爲己任。找出作者之時，文本便得到「解釋」——批評家就勝利了〔註9〕。

因此羅蘭・巴爾特主張要給寫作以未來，就應該推翻以作者作爲文本統一性之起源的這個神話，因爲：「讀者是構成寫作的所有引文刻在其上而未失去任何引文的空間；文本的統一性不在於起源而在於其終點。」是以「讀者的誕生必須以作者的死亡爲代價。〔註10〕」可見，羅蘭・巴爾特已經意識到必須將文本產生意義之核心轉移到讀者身上，而不應該過度地關注作者或者社會母體之本質。也就是說在這樣的理論概念裡，「作者」已經被徹底地從文本的釋義核心中給移去了！既然「作者已死」，那麼所謂的「知人」與「論世」之存在，也就相對地顯得無關於作品意義之接受效能與生成理解了。

因此，就接受主體與「象」之間的對應關係來看，則「以意逆志」這樣的概念是較爲符合於符號意義應以文本表現作爲詮釋基準之客觀原則。也就是說，「以意逆志」基本上是一種接受主體透過對於文本系統之整體性理解，進而感知文本中之情志樣態的詮釋路徑。而這種詮釋路徑在《孟子》〈萬章上〉的敘述中，是以其與咸丘蒙間的一

〔註9〕羅蘭・巴爾特（Roland Barthes）：〈作者之死〉，趙毅衡選編：《符號學文學論文集》，天津，百花文藝出版社，2004年5月，頁511。
〔註10〕同上註，頁512。

段對話來加以提出的：

> 咸丘蒙曰：「舜之不臣堯，則吾既得聞命矣。詩云：『普天之下，莫非王土；率土之濱，莫非王臣。』而舜既爲天子矣，敢問瞽瞍之非臣如何？」
>
> 曰：「是詩也，非是之謂也，勞於王事而不得養父母也。曰：『此莫非王事，我獨賢勞也。』故說詩者，不以文害辭，不以辭害志；以意逆志，是爲得之。如以辭而已矣，雲漢之詩曰：『周餘黎民，靡有孑遺。』信斯言也，是周無遺民也〔註11〕。

這段論述主要是藉由咸丘蒙對於〈北山〉一詩之錯解所發出的：「既然『普天之下，莫非王土』，爲何瞽瞍卻不算是臣民？」這樣的疑問，來進一步導出孟子認爲對於該詩之闡釋應當回到〈北山〉這首詩的語境之中，透過對於詩本意之詮釋（不以文害辭，不以辭害志），進而得出「勞於王事而不得養父母」這樣的詩義（以意逆志）。也就是說在「以意逆志」這樣的詮釋路徑裡，接受主體必須以其意識中之能動作用〔註12〕，「逆向」地推導出文本主體結構中之經驗樣態。換句話說，孟子認爲，詩的詮釋主體不應該「以文害辭」遂又「以辭害志」，也就是說不應以文辭的表面結構來推敲語境的深層意旨，而應當透過「以意逆志」之方式來得到符號組織之本義。由此可見，「以意逆志」這樣的說法基本上是一種強調接受主體之能動意識的主張，透過這樣的主張，而以接受主體之生命經驗去逆推作者表現於文字當中的情志經驗。這種接受方式看似以創作主體之情志爲主，實則已經意識到了讀者在此中的能動作用。其中「逆」字更點出了接受主體與文本主體

〔註11〕楊伯峻譯著：《孟子譯注》，北京，中華書局，2010年2月，頁198。

〔註12〕這裡，對於「以意逆志」之「意」，歷來皆有不同理解。有人認爲這句話的解釋應是「以己之意，逆詩人之志」；但是也有人認爲「意」應指作品中的固有本意。但是從敘述的脈絡看來，孟子所說的是「故說詩者」，也就是解讀詩文之人，而後續的文字陳述則是指陳此說詩者不應當如何（以文害辭，以辭害志）與應當如何（以意逆志），是以此「意」指讀者之意，應較爲貼合於孟子之本說。

間的意識交流，透過這種意識交流，接受主體可以「逆向」地得到文本主體結構下的經驗樣態。而這種透過接受主體之能動意識來逆向完成其與文本主體間之意識交流的詮釋路徑，可以進一步以圖式示之如下：

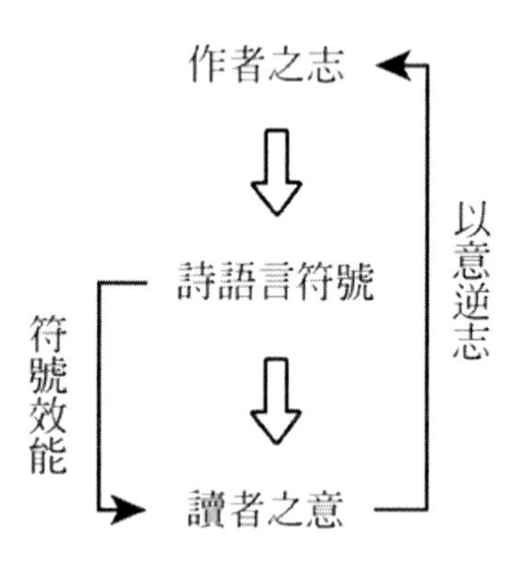

由這樣的構圖可以發現，所謂的讀者之「意」乃是經由詩語言符號之效能所引發的。也就是說，這裡的讀者與詩語言符號具有某種相應的對應關係，而這樣的對應關係來自於作者情志的文本化擬象，因此這種文本化擬象遂透過其構象組織對於接受主體產生了規約與引導之效能，於是接受主體方能藉由這樣的擬象呈現，逆向地推導出創作主體之情志樣態。然而事實上，當作者之情志樣態化作文本擬象的具象化呈現，該情志便已隨著詩語言特殊的擬象形態而成爲一種能指與涵指間的引發關係，也就是說，在這樣的引發關係裡，接受主體所闡釋或感知到的情志樣態並非全然疊合於創作主體之情志樣態，而僅僅只是反應了文本主體之結構效能與接受主體當時之經驗反饋。也就是說所謂的「作者之志」實際上只是「文本之志」，而接受主體對於這種「文本之志」所產生的「情志感」，則是由語象的構築與情境的生成所相互引發的。

是以根據此論，則所謂「接受主體」之涵指概念亦應相對地指涉一個具有假設性的「此在讀者」。此讀者一方面爲創作主體創作時之投射對象；一方面負有破譯文本中之形式策略，並進而闡釋其中之情志意識的詮釋責任。也就是說「接受主體」在這裡的討論既是後設性的，也是文本性的，其乃是假設有一文學符象之接受者爲完美讀者，而此完美讀者能夠在與文本交流的接受行爲之中，將「象」的結構意涵進行一種創造性的意義闡釋。換言之，「接受主體」這一個概念應當相對地區分爲「眞實讀者」（real reader）與「隱藏讀者」（implied reader）等兩個部分〔註 13〕。所謂「眞實讀者」指的是閱讀現象發生時，眞正於燈下捧書閱讀之生命體。此生命體由於各自的文化經驗不同，因而對於同樣一部作品往往產生不一樣的理解狀態，是以從這個部份來說，閱讀這種接受行爲所產生之接受效果應該是極其主觀的，因爲每一個眞正閱讀著的接受主體都難免被其意識的先在理解所侷限，因此會從其各自的視角出發，去與文本主體中之文象特徵產生聯結，所以「一百位讀者就有一百位哈姆雷特」之意義在此。

然而，所謂的「隱藏讀者」則意指一種與文本結構相對應之假定讀者，其內在預設是每一個文本符號都必然存在著一個敘述對象，是以相

〔註 13〕「隱藏讀者」這一個概念是沃爾夫岡・伊瑟爾（Wolfgang Iser）所提出之說法，用以相對於「眞實讀者」而言，在其概念之中，所謂「眞實讀者」意指的是文學反應史中，我們所擁有的那些「被記載下來的反應」，其提到：「實際讀者主要在反應史研究中被提及，即當注意力集中在一部文學作品被一個特殊的讀者群接受的方式上的時候。」（沃爾夫岡・伊瑟爾：《閱讀行爲》，長沙，湖南文藝出版社，1991 年 4 月，頁 35。）而「隱藏讀者」則是相對於此而言，意指其「體現了所有那些對一部文學作品發揮其作用來說是必要的先在傾向性。」（同上註，頁 44。）其認爲：「人們普遍意識到，文學文本只有通過閱讀才能呈現出它的現實。這反過來意味著文本一定已包含某些實現條件，這些條件允許文本的意義被聚合在讀者的反應頭腦之中。因此，隱在讀者的概念是一種文本結構，他期待著一位接受者的出現，而不對他進行必要的限定：這一概念預構了每一位接受者所要承擔的角色，甚至當文本故意表現出忽視其可能接受者或主動地拒斥他的時候，這一點同樣適用。因此，隱在讀者概念就表示了一種反應邀請結構的網絡系統，這一系統迫使讀者抓住本文。」（同上註。）然而本文在此則將「眞實讀者」視爲是眞實捧書閱讀的接受生命體，而將「隱藏讀者」視爲是依據文本策略之傾向進行反應的假定讀者。

應於此文本中之結構形態與指意模式，該隱藏讀者必定能夠對其結構形態裡的每一個策略與符號呈現產生預設之審美反應。所以從這樣的角度來說，則文本主體必然產生某種客觀規定性來制約其接受主體，因此，所謂「隱藏讀者」這樣一個概念所假定之讀者乃是一個理想之讀者，是對於文本語象之呈現形態及其結構效能皆具有全知性理解之反應對象。

但是事實上，在「眞實讀者」與「隱藏讀者」之間是具有重疊範域的。因爲任何「隱藏讀者」之實現都必然落實於「眞實讀者」之閱讀行爲，而「眞實讀者」亦可能對於文本結構中之組織策略皆產生反應，因而成爲一種「隱藏讀者」的眞實顯現。換句話說，當「眞實讀者」意識中的認知經驗與「隱藏讀者」預設中之符號反應產生類疊，那麼此「眞實讀者」遂實現了文本主體對於「隱藏讀者」將產生策略反饋之假定，因而使得文本中之客觀規定性成爲一種必然的反應前提。是以倘若這樣的推論可以成立，則對於所謂接受主體之分析亦必然處於這兩個範域之間，必須將其視爲是一種由文本主體之結構效能與意識經驗之能動作用所相互產生對話之接受反應。

然而，這裡需要進一步強調的是：這種相互產生對話之接受反應基本上是在閱讀的「時間線性」中所產生的。所謂的「時間線性」意指的是在閱讀的時間流程裡，接受主體不斷地將前景投射於背景中所進行之釋義理解。也就是說，接受反應這種作用機制的產生，基本上是隨著閱讀行爲，依著文本符號之符指程序，透過文本敘述之先後來加以完成的。正如斯坦利・費什（Stanley Fish）在〈讀者中的文學：感受文體學〉一文中提到：

> 在具有任何長度的一句話中，讀者總會在某一時刻上讀到第一個詞，然後，第二個，第三個，如此進行下去。對讀者來說，有關所發生的事物報告總是在這一點以前所發生的〔註14〕。

〔註14〕斯坦利・費什：《讀者反應批評：理論與實踐》，北京，中國社會科學出版社，1998年2月，頁138。

可以發現，隨著這種閱讀時之「時間線性」的流動，「象」之詩性結構與其美學效能遂能夠以一種符號擬象之方式來進一步調動接受主體之能動作用。而這種能動作用一方面是語詞性的，一方面則是情感性的。正如伊瑟爾在《閱讀行爲》中談論文學作品時所提到的：

> 實際上小說中的每一個可以分辨的結構都具有兩面性：它是語詞的，也是情感的。語詞的方面支配這種反作用並使它避免隨意性，情感的方面則實現文本語言預先建構的反作用，因此，對兩者間互相作用的任何描述都必須將（文本的）效能結構與（讀者的）反應結構結合起來〔註15〕。

若將引文中之「小說」代換爲「象」，則就「象」之表現系統而言，亦可將所謂「象」之接受主體相對地區隔爲「效能結構」與「反應結構」等兩個部分。其中「效能結構」主要涉及的是詩文學符號中之「能興作用」，而「反應結構」主要討論的則是這種能興作用在接受主體意識中所產生的「感興反應」。也就是說，所謂接受主體是以「效能結構」與「反應結構」等兩者間之先後對應關係所產生的，因此本文以下將對於「效能結構」之部分先行分析，再對於「反應結構」之層面進行討論。

第二節　「興象」之能興作用

「興象」這個概念的提出，應以唐代殷璠在《河岳英靈集》中之說法作爲代表：

> 至如曹、劉多直語，少切對，或五字並側，或十字俱平，而逸駕終存。然挈瓶膚受之流，責古人不辯宮商徵羽，詞句質素，恥相師範。於是攻異端，妄爲穿鑿，理則不足，言常有餘，都無興象，但貴輕豔。雖滿篋笥，將何用之〔註16〕？

這裡，所謂「興象」乃是在反對齊梁文風的前提下，相對於「理則不

〔註15〕沃爾夫岡・伊瑟爾：《閱讀行爲》，長沙，湖南文藝出版社，頁26。
〔註16〕王克讓：《河岳英靈集注》，成都，巴蜀書社，2006年7月，頁1。

足，言常有餘」這種「但貴輕艷」的重形式風格而來的。其中「理則不足」指的是內容思理上之匱乏，而「言常有餘」則是一種辭浮於意的形式展現，是以相對而言，「興象」所追求的是一種內容與形式上的有機整合。而這種有機整合一方面強調了以「象」表意之指意型態，一方面則突出了這種指意型態之形式效能〔註 17〕。是以「興象」聯稱指的是一種能「興」之「象」，而這種能「興」之「象」乃是透過「象」這種表現型態來得到「興」之接受反應的。

是以從一整個經驗的流動過程來看，則可發現，「興象」之結構之所以產生「興」之效能，應分別從審美主體、創作主體、文本主體與接受主體等四個層面來加以釐析。首先就審美主體來說，客觀物象之所以會產生某種美感效應，必然來自於審美主體在審美之時對於該審美經驗的一種意識儲澱。簡言之，也就是審美主體必然在其接受行

〔註 17〕從符指過程來看，以「象」表意與直接指意的不同之處在於：直接指意之表意結構是一種對應式的指意形態，其隨著接受時間進行可以在辭意與辭意間產生對應式的聯結以得到唯一所指；而以「象」表意之機制則是充分地利用了時間與空間化之接受經驗，在意義的橫向閱讀過程中，縱向地拉開了意義的空間，使得意義涵攝於「象」的涵指結構裡頭。換言之，「象」這種表意型態與「理知語言」之表意型態的差異在於：所謂「理知語言」運用的是一種理智與邏輯的思維方式，其所需求的是語言的明晰性與指意性，而「象」之語言型態所關涉的則是一種審美直覺，其對於形式效能的要求則是曖昧性與感知性的。是以就意義的呈現來說，立「象」盡意在意義呈現的這個部分上是空缺的，是利用圖式化語言之「符指間隙」來召喚接受主體對於該圖式之審美反應。而這種利用「符指間隙」以召喚接受主體之審美反應之文本效能，也就是所謂的「能興」。「能興」的重點在於將「興」意的啓情作用，有意識地界定爲文本結構中的積極作用，而這種積極作用也就成爲了「詩性符號」與「非詩性符號」在效能認知上的區隔所在。譬如王夫之便認爲：「『詩言志，歌詠言。』非志即爲詩，言即爲歌也。或可以興，或不可以興，其樞機在此。」（王船山：《唐詩評選卷一》，《船山全書》第十四冊，長沙，岳麓書社，1998 年，頁 897。）可以發現，王夫之在此提到了一個重點，即將「興」視爲是詩歌與否的關鍵。是以「情志」不等同於詩，「語言符號」也不見得是詩。「詩」的語言特性是以其能否產生「興」這種召喚效應來進行決定的。

爲之時，面對某種客觀物象「興起」某種美感效應，因此能夠將興起這種美感效應之物象儲備於意識之中，等到進行創作行爲之時，創作主體之意識樣態必須透過某種物象來加以聯結，遂將審美經驗中之物象素材進行語言描繪，以重塑該素材呈現於審美意識中之語境與面向，而這種重塑表現於文本主體中便是一種「興象」之展現，是文字符號透過物象之擬象所創造出來的可感知體。當這種可感知體進入到接受主體之接受過程時，便會隨著接受過程之進行而產生與審美主體相應之審美反應，進而在該語境之中，與創作主體之意識樣態產生聯結。

換言之，「興象」原初應是在創作主體意識中「興起」了某種感知之客觀對應物，而這種客觀對應物由於曾使得創作主體睹物而興情，因此成爲了一種經驗材料，在創作主體抒情表意之時，透過對於這種客觀對應物之描寫來產生興起相應感知之效果。這種效果事實上來自於創作主體以其生命經驗對於隱藏讀者所進行之推想。而這種推想是以某種感知作爲基礎，進而將其感知對象視爲能夠引起相類感知之中介物。由此可見，「興象」之呈現事實上應當相對地區分爲兩個部份：首先是一種審美視域之呈現，再者則是這種視域呈現之結構形態的召喚性構築。以下本文將分別進行討論。

一、「物以情觀」之視域移轉

正如劉勰在《文心雕龍》〈詮賦〉篇中所說的：「原夫登高之旨，蓋睹物興情。情以物興，故義必明雅，物以情觀，故辭必巧麗。〔註18〕」這段話雖然旨在說明創作主體登高而賦之寫作意義，卻也間接闡明了文學語象從創作主體到文本主體間的經驗流動〔註19〕。首先就

〔註18〕周振甫：《文心雕龍注釋》，台北，里仁書局，2007年10月，頁138。

〔註19〕然而，劉勰的這段論述忽略了接受主體之接受意識。雖然就形式而言，「義必明雅」與「辭必巧麗」必然皆從屬於文本型態的敘述效能；但是就接受意識來說，則「情以物興」指的是主體審美時的經驗反應，而「物以情觀」指的是此經驗反應下的物象呈現，那麼該經驗

「情以物興」來說，指的是外在物象對於審美主體所興起的情緒感知；而就「物以情觀」而言，則可視爲是創作主體以其主觀意識所詮釋理解之物象情態〔註 20〕。是以就文本的呈現以及作用於接受主體意識中之效能的層面來看，則「情以物興」與「物以情觀」應會隨著文本的符號化轉變，而於接受主體意識中產生一種逆反的接受反應。這種接受反應必須將「情觀之物」與「興情之物」皆替代爲文本中之呈象，也就是說，該程序表現應隨著符號性之組織而轉變替換爲「象以情觀」與「情以象興」這樣的反饋效應。

其中，最爲關鍵的問題在於「物以情觀」這個概念。此概念由於點出了情志呈象之所以如此表現，乃是由於創作主體以其情志觀物之結果，因此當這種觀物結果表現於文本之中，則文本中之物象便成爲了某種「情觀」視角之產物。也就是說，這裡的「情觀」應指一種主體意識經驗下的觀看視角，透過這種觀看視角，客觀物象之呈現並非是一種忠實的再現，而是藉由主體意識所進行選取的一種呈象。是以就文本主體而言，客體之符號化擬象必然依循著主體觀物時的這種視角而呈現爲一種符號敘述所鋪陳而出之視域〔註 21〕，這種視域之所以

流動還必須在「情以物興」與「物以情觀」之後，接續接受主體的「情以文興」，如此一來，一整個主體意識的經驗流動才算完成。

〔註 20〕是以「義必明雅」與「辭必巧麗」則進一步點出了符號意象在創作主體意識的轉化之下，於內容與形式上的有機整合。這種有機整合雖然闡明意義卻不直露；雖然用詞精美卻不刻意雕琢。由此可見，文學語象與意義的對應特色是建立在一種將主體意識投射於物象中的表現型態上，而這種表現型態使得創作主體、文本主體到接受主體的經驗流動成爲一種美感循環。

〔註 21〕這裡，「視域」一詞應進一步進行說明。所謂「視域」乃是從屬於「視角」而來。「視角」意指的是觀看之角度，而「視域」則是透過此觀看角度所觀見之內容，正如楊義在《中國敘事學》一書中所提到的：「敘事角度是一個綜合的指數，一個敘事謀略的樞紐，它錯綜複雜地聯結著誰在看，看到何人何事何物，看者和被看者的態度如何，要給讀者何種召喚視野。」（楊義：《中國敘事學》，嘉義，南華管理學院，1998 年 6 月，頁 208。）由此可見，文本意義如何表現，以及這種表現的效應爲何？基本上取決於主體所選取的視域內容。而

與主體意識互為一種對應關係，關鍵便在於這種物象表現是一種情觀之物，而這種情觀之物在符號敘述的表現下復現了主體觀物時之視角，因此當接受主體隨著此視角進入該物象呈現的視域裡頭，遂會透過這樣的視域回到主體觀物時之角度，進而以其感知經驗還原文本視域所呈現之意識樣態〔註22〕。

從這一個層次來說，則「物以情觀」之文本表現在接受主體意識中應為一種逆反性的接受效應。這種接受效應是一種視域移轉之過程，當接受主體從呈象之視野進入到呈象視域裡頭，並從這樣的視域轉入文本主體所欲表現之情志空間，而隨著接受閱讀時之時間流動，則表現為是一種因為「象以情觀」，因此「情以象興」這樣的反應流程。

這裡所謂「象以情觀」與「情以象興」之「情」皆是意指接受主體意識中之情志經驗。透過「視域移轉」這樣的概念，將創作主體之情觀經驗透過文本主體移轉至接受主體的接受意識裡頭。換句話說，所謂「視域移轉」乃意指這種情觀經驗由創作主體到文本主體再到接受主體的移轉過程，這種移轉過程是以創作主體觀物時之視域表現為文本符號中之視域，再透過接受主體循著這樣的視域而進一步感知創作主體觀象時之情志，因此由情志觀象再到觀象情志，其中的中介在於「視域」這樣一個概念由創作主體移轉向文本主體後所產生的感興效應。這種感興效應就心物關係而言，是相對於創作主體「由象生情」

這種視域內容由於是依據意識的能動作用來加以選擇，因此，當接受主體對於這種視域選擇進行接受，則該選擇之視野遂會於接受主體意識中造成反饋。這種反饋在某種程度上而言，是一種文本主體之視域與接受主體之視域的交會，而這種交會也就是接受主體之所以能夠對於文本意義進行詮釋的關鍵所在。

〔註22〕簡言之，從意義創生的符指過程來看，「物以情觀」指的是被主體移情後了的意識呈象，這種意識呈象表現於文本之中，可相對地表述為是一種透過「物中情態」來「以物表情」之構象模式。而這種構象模式對於接受主體之意義在於：符號呈象中之「物中情態」會對於接受主體產生情志感知之效能，而這種由「物中情態」來「以物表情」復又回到「物中情態」來產生「以物表情」之功能的闡釋循環，關鍵便在於「物以情觀」之「觀」的這種視域經驗之移轉。

復又「以情觀象」這樣的感象過程所逆向反饋的一種「以情觀象」復又「由象生情」。也就是說，視域之移轉事實上是一種循環，不僅主導了敘述對象所能承載之敘述意識，並且規範了接受主體進行接受行爲時之釋義範圍。

因此，「物以情觀」這種呈象方式所產生之視域移轉，就接受主體而言，應是由「物」而「情」的一種轉移，這種轉移可以進一步區分爲「文字符號的表層轉移」，與「意識經驗的深層轉移」等兩種。所謂「表層轉移」應可視爲是一種「接聯式」的轉移，意指在語言組構之中，陳述段透過選擇，而把陳述意義投射於所選物象或事象裡頭，譬如李煜的〈虞美人〉：

> 雕欄玉砌應猶在，只是朱顏改。問君能有幾多愁，恰似一江春水向東流〔註23〕。

這裡，敘述主體一開始是將視角置於過去景象與現在的對比之中，透過「雕欄玉砌應猶在，只是朱顏改」這樣的對比而呈現出一種「物象」依舊、「人事」已非之景況。是以當接受主體從這樣的視角進行切入，隨著「雕欄玉砌應猶在，只是朱顏改」這樣的視域呈現，遂會投入一種今與昔互不對稱之情志空間，而接連在這種情志空間之後的，是由此情志空間所興引而出的另一度視角，此視角透過「問君能有幾多愁」這樣的疑問句，帶出了「一江春水向東流」這樣的視域，於是「一江春水向東流」這樣的視域空間，遂使得「問君能有幾多愁」這樣的情志叩問轉向了那種連綿不盡，卻又不可挽回的情態之中，因而產生了一種擬喻時間與事態皆不可挽回之情志感受〔註24〕。

〔註23〕張璋、黃畬選注：《全唐五代詞》，台北，文史哲出版社，1986年10月，頁444。

〔註24〕而這種將不可見之情志樣態轉變爲可見之形象情態的表現方式，就符號學來說，所利用的並非描述對象本身，而是描述對象的某種心理性質。正如索緒爾所指出的：「語言符號連結的不是事物和名稱，而是概念和音響形象。後者不是物質的聲音，純粹物理的東西，而是這聲音的心理印跡，我們的感覺給我們證明的聲音表象。它是屬於感覺的，我們有時把它就做「物質的」，那只是在這個意義上說的，

可以發現，在這樣的陳述句裡，外在客觀物象是與內在主觀情感緊密接聯的。以上引〈虞美人〉一詞爲例，心物間的對應關係直接地表現於敘述結構裡頭，先是由「物」而「情」，再由「情志樣態」導引出「物象情態」。因此，接受主體之視域遂會隨著心物關係之轉換而於閱讀過程中產生移轉，當「物象情態」成爲背景，則「情志樣態」遂接引著該「物象情態」而導出；當「情志樣態」成爲背景，則「物象情態」遂接聯地成爲了「情志樣態」的具象化表述，是以當接受主體之視域處於這樣的視角之中，其視域便也隨著「以情觀象」復又「由象生情」之文本表述，而相對地「以情觀象」復又「由象生情」〔註 25〕。

同理可證，李煜在〈清平樂〉裡的名句：「離恨恰如春草，更行更遠還生」亦可進行這樣的分析。單就此句來說，敘述主體一開始是以「離恨」這樣的視角來進行導出，進而推展出「春草，更行更遠還生」這樣的視域。是以當接受主體基於這樣的視角進入到這樣的視域空間裡頭，則「離恨」遂成爲了一種視域規範，而「春草，更行更遠還生」則必須在這樣的規範下與「離恨」進行接聯。是以隨著「離恨」這種「情志樣態」移轉至「春草，更行更遠還生」這樣的「物象情態」之中，接受主體遂會隨著敘述主體之「以情觀象」復而「由象生情」，進而使得情志樣態之表述，轉換爲透過「物象情態」之呈現以進行表現之情志空間〔註 26〕。

而且是跟聯想的另一個要素，一般更抽象的概念相對立而言的。」（索緒爾：《普通語言學教程》，北京，商務印書館，1999 年 5 月，頁 101。）

〔註 25〕前者之「象」是外在的客觀物象；而後者之「象」則是文本的符號擬象。兩者之間分別由敘述主體與接受主體之介入而產生情志經驗。

〔註 26〕正如雷淑娟在《文學語言美學修辭》一書中提到：「但是從發生學的角度來說，屬於第二信號系統的語言是對第一信號系統即感覺經驗的抽象，一些語彙雖然已經概念化、理性化，但在造詞之初的那種瀰漫的感性的、表象的、情感的意蘊仍潛伏在語彙的表層義下，在那僅露出一角的冰山下面，是一片無限的、隨時可能被喚醒的深淵。」（雷淑娟：《文學語言美學修辭》，上海，上海世紀出版社，2004 年 9 月，頁 129。）

可見，不論是「先象而情」或者是「先情而象」，就文學符號的表層轉移來說，象與情之視域皆是緊密接聯在一起的。然而，就「意識經驗的深層轉移」而言，則象與情所接聯之視域必然共構爲一個相對爲大之視域，此視域會在閱讀的接受經驗中共同指向一個表現主題，是以這種由表層而深層之聯結型態可視爲是一種「串聯式」的移轉型態。其與表層移轉的區別在於：表層移轉是一種橫向移轉，是符號擬象的接引與投射，而深層移轉則是一種縱向移轉，是文本呈象與接受主體在意識經驗上之移轉，也是表層移轉聯結後之完成形態。

以陶淵明〈形影神三首並序〉爲例。〈形影神三首並序〉分別以「形」、「影」與「神」來作爲三種不同之視角，由此攤展出〈形贈影〉、〈影答形〉與〈神釋〉等三篇互相問答之視域。透過這樣的視域，表面上看來似乎只是「形」、「影」與「神」三者間的對話關係，實際上卻是透過這樣的對話關係來縱向地隱喻創作主體之某種情志。例如〈形贈影〉一詩中提到：

> 天地長不沒，山川無改時。草木得常理，霜露榮悴之。謂人最靈智，獨復不如茲。適見在世中，奄去靡歸期。奚覺無一人，親識豈相思。但餘平生物，舉目情悽洏。我無騰化術，必爾不復疑，願君取君言，得酒莫苟辭〔註27〕。

這裡，〈形贈影〉通篇皆爲「形」對「影」之陳述。也就是說從「形」之視角在其與「影」的對話關係中攤展出視域。當接受主體依循著這樣的視域進行閱讀，遂可發現「天地長不沒，山川無改時。草木得常理，霜露榮悴之」等物象生態之展陳，是與「謂人最靈智，獨復不如茲。適見在世中，奄去靡歸期」等人生情態進行對比。透過這樣的對比，則可進入天地山川恆常不沒與草木枯而復榮之視域，進而與「奄去靡歸期」之生命形體進行對照。當這樣的對照成爲背景，則「得酒莫苟辭」之陳述便與上述之物象情態一同結構爲一種情志空間，是

〔註27〕袁行霈撰：《陶淵明集箋注》，北京，中華書局，2003年4月，頁59。

以，當接受主體將其視角置於這樣的情志空間裡頭，遂可向下聯結出該視域所涵指之深層視域，亦即透過這樣的陳述而得出「形」所代表的是人類有限之生命形體（情觀之象），以及因為生命有限，所以必須即時享樂之主體情志（由象生情）。

如此推而究之，則可發現，在「物以情觀」之意象表現中，外在客觀物象或事象事實上只是一種表層視域。而詩學符號之策略目的乃是透過這種事象或物象之表層視域來與敘述主體之深層視域進行接聯，於是，接受主體之視域會隨著心物關係而由表層轉向深層，進而透過這種由表層而至深層之移轉，縱向地「以情觀象」復又「由象生情」。如以孟郊在〈烈女操〉一詩中所寫的詩句來說：「梧桐相待老，鴛鴦會雙死。貞女貴徇夫，舍生亦如此。波瀾誓不起，妾心井中水。」可以發現，這裡「梧桐相待老」與「鴛鴦會雙死」皆是一種「物象情態」之描寫，透過「老」與「死」這樣的視域來與生命經驗之視域融合，而「貞女貴徇夫，舍生亦如此」，則是將背景中的「物象情態」作為一種比喻，透過這樣的比喻進一步地導出「波瀾誓不起，妾心井中水」這樣的「情志樣態」。其中「妾心井中水」是相應於「波瀾誓不起」而提出的，以「井中水」這樣的物態來暗喻妾心「波瀾誓不起」之情態，遂點出了該「情志樣態」之主旨。是以當接受主體隨著這樣的視域轉移，由「物象情態」轉換為「情志樣態」，遂可透過這樣的表層視域進行闡釋，因而向下聯結出該視域所涵指之深層視域，亦即透過這樣的陳述進入到該符號表述之情志空間裡頭，進而得出此情志空間所涵指之堅貞不移、且不起二心之主體情志。

綜言之，「物以情觀」這種由主體意識推演為意象形態之視域結構，應可相對地區分為「表層移轉」與「深層移轉」等兩種接受效應，此兩種效應分別透過橫向轉移與縱向轉移，使得接受主體可以由表層視域轉向深層視域，並且以此感知敘述主體透過外在情觀之物所要進行表現之內在情志。是以從另一個角度來看，這種「物以情觀」之表現方式，就其效能而言，則會在閱讀的時間線性裡，造成一種意義理解時的「推遲」與「游移」。其中「推遲」屬於意義性的〔註28〕，而「游移」則是屬於美感性的〔註29〕，此兩者間的側重點有所不同。「推遲」意指的是透過視域之替代，使得符號義涵的域境擴大，進而延長感知解碼時的立即性；而「游移」則是透過譬喻之視域，將敘述意由不可見之狀態轉移為可見之象態，進而使得文本中之意識樣態得以與審美時之美感樣態接合。因此，當接受主體對於這樣的文本進行接受理解時，由於創作主體意識並不直接陳述於表層符號之中，是以就美感來說，會因為符號敘述時，敘述意識轉移至形象的這個機制，而使得視角隨之游移，並且以此感應符象敘述之形象性。換句話說，符號系統所訴求的畢竟是其表意性，因此當「情志」投入於「形象」之中，接受主體所要探究的仍是「形象」下的核心情志。是以在「象」的表意結構裡，由於此核心情志被形象所替代或者轉移，因此意義的求索便產生了推遲，相對於意義直接表述的說理性語言，則「象」的表意結構由於將內在情志轉化為形象感知，是以一方面拉展出了美感的廣度，一方面則拓深了意義之深度，並使得接受主體在接受之時，得以使其接受感知延長、擴展，延遲其由表層符象逆推主體深層情志之詮釋的經驗過程。

準此，針對符號之形象性所衍生之接受反應，還須進一步辨析，以進行釐清。

二、「鏡中之象」之間隙反饋

在西方，以「鏡象」比喻文學，是在以模仿論為前提下所提出的一種概念〔註30〕。然而在這裡，所謂「鏡中之象」一詞，則是來自於

〔註28〕這裡所謂「意義性」意指的是「象」之推遲作用產生於意義之符指過程，因為符指過程加入了主體對於「象」的經驗樣態，因此使得感知拓展，對於意義之解碼時間亦相對地延長。

〔註29〕所謂「美感性」意指的是文學符號中的「象」之書寫，往往試圖複製創作主體的某種審美經驗。因此相對地說，透過接受行為，其在接受主體的意識之中便會喚起類似的經驗樣態，而這種經驗樣態是美感性，是屬與審美經驗的一種再創造。

〔註30〕正如艾布拉姆斯所說的：「在近代批評中（文藝復興早期的繪畫理論

嚴羽《滄浪詩話》中的一段描述：「故其妙處瑩徹玲瓏，不可湊泊，如空中之音，相中之色，水中之月，鏡中之象，言有盡而意無窮。〔註31〕」這段話本在說明所謂合於「第一義〔註32〕」之詩作的形式特色。其中，「鏡中之象」是一個比喻辭，與「空中之音」、「相中之色」與「水中之月」並列，意在具象化地表現出這種對於第一義詩作之形式印象。是以「鏡中之象」可視爲是一種詩學美學的型態顯現，對其進行分析，則有助於釐析文學興象在呈現形態上之表意特色與接受反饋。

在此「鏡中之象」這個概念應相對地區分爲「鏡」與「象」等兩個部分，其中「鏡」是一種呈象素材，相等於以文字符號進行呈現之表現系統，而「象」則是一種客觀物象之折射，相應於以文字符號進行表現時之物象情態。換言之，「鏡中之象」是一種反射之象，是透過鏡中片面所折射之物象光影，因此其本質並不等同於現實物象本身，而是一種現實的擬仿。這種擬仿對比於文學，就其本質來說是一種現實物象的擬象化呈現〔註33〕；而就其呈象型態而言，則是以某種

在某種程度上亦然），藝術即模仿的觀點以及它所包含的鏡子的比喻，常常標誌著對藝術的現實主義要求，然而在新古典主義批評中，這些觀念則是藝術即『理想』這一學說的規範因素，這裡所謂理想，即一般意義上的所謂藝術恰當地表現美好的事實。」（艾布拉姆斯（M·H·Abrams）：《鏡與燈》，北京，北京大學出版社，2004年1月，頁39。）

〔註31〕魏慶之：《詩人玉屑》，台北，世界書局，2005年10月，頁3。

〔註32〕這裡所謂的「第一義」源自於嚴羽的說法，其提到：「禪家者流，乘有小大，宗有南北，道有邪正。學者須從最上乘、具正法眼悟第一義，若小乘禪聲聞辟支果，皆非正也。論詩如論禪，漢魏晉與盛唐之詩則第一義也」（魏慶之：《詩人玉屑》，頁2。）可見這裡的「第一義」是一種概念與價值範域，以此評定詩作呈現方式之等級。

〔註33〕雖然艾布拉姆斯在《鏡與燈》一書中，曾經探討過這種以鏡論詩不恰當之處，其提到：「以鏡喻詩有著明顯的缺陷，因爲鏡中的形象稍縱即逝，而在照相術發明以前，畫家的作品最能捕捉並保存他所描繪的對象。因此一幅畫本身即是一種藝術品，又能有效地與鏡子相關，並能說明諸如詩歌等藝術中不太明顯的模仿性，因爲詩歌對有形世界的反映是間接的，是通過詞語的意義完成的」（艾布拉姆斯（M·H·Abrams）：《鏡與燈》，頁36。）然而，嚴羽所謂的「鏡中之象」並非立足於客觀反映論的觀點上來加以建構的，而是從物象

角度來取代整體之表現方式。

換言之，以「象」呈現於鏡中作爲比喻，等於點出了文學語言之形象性特色，差別只是，圖畫中之形象所訴求的是一種直接視感，而文本中之語象所訴求的則是一種間接視感。這種間接視感不論其論述多麼詳盡，都只能透過符號能指與所指間之概念聯接來進行事象或者是物象之顯現。因此，這種顯現必然只是一種單面顯現，其關鍵在於背後有一「未被填充的質〔註34〕」能夠與表層顯現產生聯結，因而使得符號敘述具象化，甚至，突顯出形象與主體意識間的聯結關係。

是以必須進一步分析這種「未被填充的質」。

所謂「未被填充的質」即爲文本符號與意指間之「符指間隙」。這種「符指間隙」是文本鏡象所呈現出來的一種表意特徵。透過這種表意特徵之提出，而相應地引伸出一個文學符號的核心論題：即在文學的「意向性客體」中〔註35〕，符號所表現之形象必然只呈現出某種客觀物象之片面，就好像鏡象中無法照現現實物象之整體一樣。因此在此片面背後，必然有一些整體中的其他部分是被省略的。而這種被

與物象反映間的表現途徑（羚羊掛角無跡可求）所進行的擬喻，也就是說，「鏡中之象」的立論意義在於：如此反應之能指不等同於所指，卻又眞實地表現了所指的具象型態。

〔註34〕這裡「未被填充的質」之概念必須進一步解釋。英加登認爲：「未被填充的質」指的是「事物特定的背面」，也就是事物觀相外的其他部分。在《論文學作品》一書中，其以一顆球的顯現作爲例證，認爲當球的一方被接受者所接受，那麼未顯現的一方亦會隨著這樣的顯現也一起給予。其提到：「球的前面的一面在觀相中顯示了一種填充了的顏色質，球的背著我們的一面是根據觀相內容的一種特殊的明見的性質一起給予我們的，它說明了這個球有這樣一個特定的背著我們的一面，同時也有一個紅顏色的表面等等。我們將要稱之爲「未被填充的質」的這種特性能夠表現在觀相的內容中，是因爲這個球還有另一些觀相。」（羅曼・英加登：《論文學作品》，開封，河南大學出版社，2008年12月，頁255。）

〔註35〕英加登認爲：「文學作品中的再現客體是在語言的意義造體的單元中的意象所創造的一種純意向的客體，是派生的。」（羅曼・英加登：《論文學作品》，頁219。）

省略的、「未被塡充的質」即是一種「符指間隙」。這種「符指間隙」就繪畫而言是一種不完整之形象，而就文學來說則是一種不完整之表述。然而，無論是不完整之形象或者是不完整之表述，其作用於接受主體意識中之關鍵都在於呈象結構上的空缺，正如滕守堯在《審美心理描述》一書中所提到的：

> 知覺中這種對簡潔完美的格式塔的追求，還被某些格式塔心理學家稱之爲「完形壓強」，這一物理學上的類比，生動地標示出人們在觀看一個不規則、不完美的圖形時所感受到的那種緊張，以及極力想改變它，使之成爲完美圖形的趨勢〔註 36〕。

這裡，格式塔心理學本是探索人之知覺經驗對於視覺經驗中之物象所具有的一種塡補其空缺之心理追求。然而，這種塡補其空缺爲完型之心理機制其實並不僅僅表現於型態的建構上，同時亦表現於意義的鑲塡中，譬如孟克在《吶喊》這幅名畫裡之呈現，便是藉由圖畫中之人體與時空的扭曲，以及繪畫呈現上之限制，來充分表現出一個人飽受壓迫、想要吶喊，卻始終喊不出聲音來的存在困境。然而就紙面上之表現而言，接受主體只會看到一個扭曲的人體與時空形象，這形象並沒有明白表述形象背後之指涉，因此接受主體便會調動其內在尋求意義完型之機制，來透過該圖象的一系列未定點以聯結出意義。

這種透過塡補圖像之未定點以找到符號所指之心理機制，亦可適用於接受主體對於「鏡中之象」的接受反饋。因爲所謂「鏡中之象」是以文字之鏡表現某種與主體意識相對應的片面物象，因此，當接受主體對於此片面物象進行接受，則物象與意義間之符指間隙遂會透過物象片面之規約與引導，經由想像，而在接受主體意識中產生完型。這種對於「符指間隙」之效能及其反應之意識，在中國詩學中，應以司空圖對於「含蓄」之定義作爲一種典型。所謂「不著一字，盡得風

〔註 36〕滕守堯：《審美心理描述》，成都，四川人民出版社，2001 年 3 月，頁 98。

流」。這裡「不著文字」所指的並非是「不立文字」，而是不以文字落實敘述主體之敘述意識；而「盡得風流」所強調的雖然是一種接受感知，然而，這種接受感知來自於「不立文字」，也就是說，司空圖認爲，這種「不著文字」之含蓄表現相對於以文字寫實的敘述方式更能夠達到「淺深聚散，萬取一收」之展現效果。然而，這種「不著文字，盡得風流」卻又「淺深聚散，萬取一收」之符象形態之所以能夠成立，主要仍在於文本語象中之「不立文字」所產生的符指間隙，以及相應於此符指間隙所產生之「感興」作用。

這種「感興」作用透過含蓄美典之建立，強調了表現形式上之「間接」與「簡省」的用語模式〔註37〕。然而「間接」與「簡省」之所以能夠產生相應之接受感知，亦即讓人感覺到「語意簡省」與「指意間接」的形式感受，正是來自於用語結構中之「符指間隙」所造成的形式效果。就接受主體來說，「符指間隙」之意義在於利用不完整之事物來激發人們意識中追求完整與對稱之完形心理，換言之，在文學的意向性客體中，意向性客體之結構必然只呈現出某種客觀物象之片面，然而透過想像，接受主體卻可以由此片面填充文本主體所未表明

〔註37〕正如蔡英俊在《中國古典詩論中『語言』與『意義』——的論題》一書裡認爲，含蓄美典之形成，主要根源於一種「特殊的語言哲學上的預設及其所展現的思維模式」（蔡英俊：《中國古典詩論中『語言』與『意義』——的論題——『意在言外』的用言方式與『含蓄』的美典》，頁 162。），其提到：「根據這種語言哲學的預設，語言文字的表述與其所欲求承載的意義之間其實並不對等、甚至是有落差的，亦即語言文字作爲一種傳達情意的工具，自有其限制與不足之處，因此語言哲學的主要課題即在於思考如何解決此一難題，而借助於具體事例或物象的體現的創作模式、以及循此而來的暗示或象徵的表現手法，便成爲語言實踐活動中可能的解決方式。」（同上註。）是以根據上論，其認爲：「假如說古典論述傳統所揭示的『意在言外』的用言方式與『含蓄』的審美典式，其重點在於強調一種間接委婉的表現手法、以及一種精簡省淨的語言風格，那麼，這種主張除了是建立在一種對於情感意念的特質的理解、以及一種對於語言作爲表達工具的有效性的反省之外，更重要的可能是在於古典文化傳統對於情感意念的表達方式所提神的某種理想方案。」（同上註，頁 168。）

之語意。而這種由「符指間隙」所產生之「感興」效應，事實上是一種心理意識上的結構反應。正如劉熙載在《藝概》中所提到的：

> 詞之妙莫妙於以不言言之，非不言也，寄言也。如寄深於淺，寄厚於輕，寄勁於婉，寄直於屈，寄實於虛，寄正於餘，皆是〔註38〕。

所謂「寄深於淺，寄厚於輕，寄勁於婉，寄直於屈，寄實於虛，寄正於餘」皆是使前者作爲後者之所指，透過後者之留白，來產生一種心理意識上的「感興」效應。而類似的看法在袁枚的《隨園詩話》中亦曾提到：「凡詩文妙處，全在於空；譬如一室內，人之所遊焉息焉者，皆空處也；若窒而塞之，雖金玉滿堂，而無安放此身處，又安見富貴之樂耶？〔註39〕」由此可見，袁枚也已經意識到「空白」這種「符指間隙」能於詩文中所產生的積極作用。而這種積極作用之目的，正是爲了使接受主體能夠產生「感興」之效能，也就是促使接受主體必須透過某種情感或者生命經驗來參與符號意義之完成。因此，當符號所表現之客體以其不完整形態呈象於接受主體的意識之中，接受主體遂會調動其意識經驗來填補其符號形象之間隙。譬如駱賓王在〈詠鵝〉詩中寫到：「鵝鵝鵝，曲項向天歌。白毛浮綠水，紅掌撥清波。〔註40〕」該詩並未對鵝的所有物象姿態進行寫實，僅以短短數語來將「曲項」、「白毛」與「紅掌」等關於鵝之形象特徵突前，並以「向天歌」、「浮綠水」與「撥清波」等三種動態姿態來展現鵝之生命形象，是以，當接受主體經由接受的時間流動，將視角從「曲項向天歌」到「紅掌撥清波」進行閱讀，遂會因爲「曲項」、「白毛」與「紅掌」等外在特徵的提示，而分別產生「頸」、「毛」與「掌」在形態（曲項）與顏色上（白毛、紅掌）的經驗反應，再加上「向天歌」、「浮綠水」與「撥清波」等生命動態之展現，則一隻鵝在水面上優雅浮游之完整型態，於

〔註38〕劉熙載：《藝概》，台北，漢京文化出版公司，1985年9月，頁121。
〔註39〕袁枚：《隨園詩話》，台北，廣文出版社，1979年，卷十三，頁208。
〔註40〕（清）聖祖御編《全唐詩》，台北，盤庚出版社，1979年2月，冊二，頁864。

是就透過接受主體心理上所產生之完形作用而呈現出來。

可以發現，上引〈詠鵝〉一詩之所以能夠在接受主體心中產生如鏡象之鵝般的反饋效應，原因便在於符號語言在概念提示間所留下之符指間隙激起了接受主體的聯想作用，進而於接受意識中，再現生命經驗裡之鵝的形象。換言之，當接受主體透過符號的再現物象所描寫之通性特徵（曲項向天歌。白毛浮綠水，紅掌撥清波。）而與現實經驗中之「鵝」產生聯結時，那麼現實之「鵝」的接受經驗便會適時補足符號再現物象在特徵與特徵聯結間所留存之空白。

然而，由於文學語象之呈現應視爲是一種意向性客體，而意向性客體之接受目的在於對敘述主體之意向性進行揭示，是以透過聯想所構成之形象完形只能算是一種表層性顯現，這種表層性顯現必須進一步以接受主體之情志經驗來進行塡補，進而使得形象背後之敘述意識可以透過這樣的塡補而獲得推演。以李白〈行路難〉三首之一的開頭爲例：

> 金樽清酒斗十千，玉盤珍饈值萬錢。停杯投筯不能食，拔劍四顧心茫然〔註41〕。

詩中透過兩個相反意象來造成接受主體之懸念，首聯「金樽清酒斗十千，玉盤珍饈直萬錢。」寫的是一種外在的宴飲享受，這種宴飲享受以「金樽清酒」加上「玉盤珍饈」等兩個概念，於接受主體的聯想中呈現出一種十分豐盛且珍貴之景況。而這種所謂「豐盛且珍貴」的接受感知是一種經驗判斷，這種經驗判斷使得文中之敘述主體面對如此珍貴佳餚卻忽然「停杯投筯不能食」的反常現象得以產生巨大的落差。是以當符號進一步表述爲：「拔劍四顧心茫然」時，接受主體意識中遂會具象地出現一位充滿豪情之敘述主體，而這位敘述主體由於內心茫然，遂使得其面對「玉盤珍饈」卻「停杯投筯不能食」的反常舉止指向了某種心理因素。然而，由於敘述主體並未具體地表述究竟是甚麼樣的心理因素造成這種反常現象的產生，也就是說，在這樣的

〔註41〕瞿蜕園等校注：《李白集校注》，頁238。

陳述句裡，透過兩個反差形象所要表現的是某種主體的情志意識，而這種主體的情志意識主要來自於一種心理因素的存在，但是在該陳述句裡，並未具體陳述該心理因素爲何？是以就心理因素這個部分而言，即可視爲是該詩之感興結構中的一種符指間隙。透過這種符指間隙使得接受主體追求意義的完形心理產生阻礙，因此接受主體遂調動其內在的生命經驗，透過「拔劍四顧心茫然」一句，將「拔劍四顧」這樣的創作主體形象置於文化語境中進行聯想，於是推演出「拔劍四顧」在文化行爲裡之意識內涵，進而得出「四顧心茫然」這樣的形象，其實是表現了一種想要擁有一番作爲，卻偏偏在現實人生裡難以實現的激憤與感慨。

經由這樣的分析可以發現，由於該詩並未明白闡述之所以「停杯投筯不能食」的具體原因，因此便讓「拔劍四顧心茫然」之可感性成爲了塡補符指間隙之關鍵，在此間隙之中，接受主體必須將文字所描寫之意向性對象置於文化的語境裡頭，透過自身之經驗與想像進行塡補以得到該敘述主體之主體意識。也就是說，語象之符指間隙成爲了一種興起接受主體感知與聯想之結構，而這種結構對於接受主體意識中之完形心理具有召喚性，因此，面對這種具有召喚性之結構，接受主體遂會因爲「感興」之效應而與文本主體進行互動交流〔註42〕。而這種互動交流並不止於將文本中之語符形象再現爲一種經驗對象，而是在此經驗對象的基礎下延續聯想，透過文化系統將某種情志判斷投入於形象之中，進而使其語符形象不僅僅只是再現了某種客觀事象或者物象，更表現出了某種主體意識之情志樣態。

準此，可以發現所謂的「鏡中之象」其實是一種不完整的形象呈

〔註42〕是以龍協濤在《文學閱讀學》中認爲：「文本是召喚性的語符結構。語言符號的抽象性質，使它所轉譯的形象和表達的情感失去了直接可感性。讀者要想通過文本感受藝術形象，就必須用自己炙熱的情感和有血有肉的經驗去融化語符，塡充圖式，重構形象，使作者的經驗、情感由凝固的物化形態，重新變爲流動的觀念形態。」（龍協濤：《文學閱讀學》，北京，北京大學出版社，2005年6月，頁21。）

現，透過這種形象呈現，產生了接受主體利用符指間隙而加以感興之反饋效應。這種反饋效應是一種接受主體追求意義完形之能動機制，而這種能動機制會在形象完形的基礎上，進一步推演其意義之完形。是故，所謂「興象」之特異處便在於以這種形象片面來展現主體之關照，並透過「象」在表意過程裡的符指間隙來產生召喚效能，進而促使接受主體以其情志經驗進行反饋交流。

第三節 「興趣」之美感效應

「興趣」是嚴羽在《滄浪詩話》中所提出之概念，嚴羽認爲：

> 夫詩有別材，非關書也；詩有別趣，非關理也。然非多讀書、多窮理，不能極其至，所謂不涉理路、不落言筌者，上也。詩者，吟詠情性也。盛唐詩人，惟在興趣，羚羊掛角，無跡可求〔註 43〕。

這段論述主要涉及了幾個層面的論題：其中就詩的內質來說，是以「吟詠情性」作爲詩語言符號之表現核心，在此表現核心的主導原則下，詩的構築與接受反應遂相對地與理知性的文本系統有所不同，因而具有「別材」與「別趣」之對應特色〔註 44〕。而這種對應

〔註 43〕嚴羽：《滄浪詩話》，台北，金楓出版社，1986 年，頁 34。

〔註 44〕歷來對於「別材」與「別趣」之解釋總是眾說紛紜，正如張少康與劉三富在其合著的《中國文學理論發展史》一書中所提到的：「嚴羽的『別材』、『別趣』說是其整個詩學理論的基本出發點，對此後人爭議也最多，各家的理解也頗多分歧。『別材』，可以有兩種理解，一是將『材』視爲『材料』之意，指詩歌創作要有特別的材料，而不是書本知識所構成的，有人認爲就是陸游所說的『功夫在詩外』之意。一是認爲『材』與『才』通，即是『才能』之意，指詩歌創作要有特別的才能，而不是學了許多書本知識就能寫好詩的。」（張少康與劉三富合著：《中國文學理論發展史》下冊，北京，北京大學出版社，1995 年 12 月，頁 109。）而在季羨林等編著的《宋代文學研究》中，則進一步將「別材」與「別趣」之各家說法分爲五種。以圖表示之即爲：

特色從另一個層面來說是興引式的，也就是說「別材」的功能在於引起「別趣」，是以嚴羽遂稱這種介於「別材」與「別趣」間之中介效能爲一種「興趣」效能，這種「興趣」效能因爲來自於「別材」這種「非關書也」的展現方式，所以其所訴求的是一種「不涉理路、不落言筌」之感知形態。換言之，在這樣的理論系統裡，對於詩語言符號之界定應可相對地區分爲三個部份：首先是就文學本原來說，嚴羽特別強調了以情性作爲文學本原之概念，也就是說文學發抒於創作主體情性，而這種創作主體情性必然化約爲一種可以表述該創作主體情性之符號結構，是以就文本主體而言，則該符號結構透過「非關書也」之「別材」進行展現，必須具有可以產生「興」之符號效能的結構特性，而當這種結構特性作用於接受主體的意識

	吳調公	張少康	陳祥耀	梁道禮	郭晉稀
別材	指詩境中有悠然韻味之詩人。	指藝術家要有特別的才能。	否定詩歌過分散文化，詩文不分的「材」。肯定講究「興致」的「材」。	解決「甚麼是詩人」的問題。	詩的題材個性
別趣	廣義：詩歌形象的特色和媚力 狹義：最富形象魅力的詩歌即爲唐詩之特色。	指詩歌中要有美感形象。	「趣」就是興致、興趣，是詩別於文的特性。	解決「甚麼是詩」的問題。	詩的思想個性

（參見季羡林等編著：《宋代文學研究》，北京，北京大學出版社，頁 276~277。）然而平心而論，嚴羽「別材別趣」說指涉文本中之素材與接受反應的可能性應該更大一點。因爲〈詩辨〉一文中也同時提到：「而古人未嘗不讀書、不窮理，所謂不涉理路，不落言筌者，上也。」這樣的說法。可見，此處的「書」與「理」應是對應於「別材」與「別趣」而言，因此讀書與不讀書的對稱關係，正好也可以說明「別材」之「材」具有素材之意涵。同理可證，「窮理」與「不窮理」間的對稱關係，亦足以說明所謂「別趣」之「趣」，應是指相對於「理趣」而言的一種「情趣」，是一種接受主體對應於「別材」所興起的接受反應。

之中，接受主體遂可以透過這種「興」之符號效能來產生所謂「別趣」之美覺感受。

這種透過「別材」引起「別趣」之美學概念，正是「不涉理路，不落言筌」這段話的旨歸，其中間接預設了一種對於「詩」之接受反應的詩性美學，用以說明「象」這種語言表現之特殊形態：亦即以一種不以名理知識進行組織之表現方式（非關書也）來產生一種不落於符號詮解之審美感知（非關理也）。

重點在於就接受主體而言，這種審美感知（別趣）的具體內涵爲何？

事實上，「別趣」一說基本上是一種相對式說法，其意指的是一種相對於理知反應之意趣，所以說「詩有別趣，非關理也。」可見詩所產生的接受反應有別於理知的灌輸，而在於一種情志的感應。這種情志感應論者多半將其約稱爲是一種「韻味」，如張健在《滄浪詩話研究》一書中便提到：「我以爲『興趣』的定義是：作品中所表現的悠遠的韻味。〔註45〕」這裡「悠遠的韻味」是就接受主體接受時的感知經驗來說的。然而，何謂「悠遠的韻味」呢？則又相對地顯得模糊〔註46〕。在〈詩辨〉一文中，「興趣」這樣的概念來自於「別趣」這樣的說法，其立論觀點是站在反對當時江西詩派「以文字爲詩，以議論爲詩，以才學爲詩」這種不良風氣的前提下所建立的，是以其分別

〔註45〕張健：《滄浪詩話研究》，台北，五南出版社，1992年8月，頁25。

〔註46〕黃景進在《嚴羽及其詩論之研究》一書中亦同時指出，張健這樣的說法只注意到結果，而沒有注意到原因，其提到：「固然嚴羽說過盛唐詩的特色在『言有盡而意無窮』——亦即有悠遠的韻味，但這只是結果，問題是盛唐詩爲何能達到這種效果？觀『詩辨』云：『盛唐詩人唯在興趣』，可見，依『興趣』作詩是盛唐詩有韻味的原因。興趣是原因，韻味是結果，兩者並不相等。張健先生似乎注意到這點，所以補充說是『含蓄表現』。但如此一來，其說法就產生裂縫，到底興趣是指『含蓄表現』，還是指『悠遠的韻味』？另外，這個說法也無法完全解釋興趣爲何『不涉理路，不落言筌』。而更重要的，是未能說明興趣與『性情』的關係，這是很大的缺陷。」（黃景進：《嚴羽及其詩論之研究》，台北，文史哲出版社，1986年2月，頁89。）

提出「別材」（非談道論理）與「別趣」（非理知滿足）等兩種概念來談論詩文學的表現素材與美覺感受〔註 47〕。其中，表現素材涉及「興」的符號效能如何可能，而美覺感受則與「趣」之情志感知有關。因此，所謂「不涉理路」指的是「興」這種符號效能的表現型態；而「不落言筌」則意指這種表現型態所造成的接受美覺是一種感知性反應，而不是一種理知性建構。

然而，單單指出「興趣」之「趣」是一種感知性反應並不能有效地釐清這種感知性反應的反饋形態，所謂「感知」應當相對地區分爲感覺與知覺等兩種。其中，前者是後者的啓引，而後者是前者的歸納，正如滕守堯在《審美心理描述》一書中所說的：

> 知覺與感覺不同的地方在於：感覺是對事物個別特徵的反映，而知覺卻是對於事物的各個不同的特徵——形狀、色彩、光線、空間、張力等要素組程的完整形象的整體性把握，甚至還包含著對這一完整形象所具有的種種含義和情

〔註 47〕所謂「美覺感受」本指審美主體對於外在客觀事物所產生的一種直覺反應，這種直覺反應會成爲一種經驗形態儲存於審美主體的意識之中。換言之，這種美覺感受與知識經驗較爲不同的地方在於：在「主」與「客」的對立模式裡頭，如果說知識理解是一種主客對立的認知形態的話，那麼「美覺感受」則是一種主客渾然一體的感受經驗，正如葉朗在《美學原理》一書中所提到的：「審美活動並不是要把握外物『是什麼』，並不是要把握外物的本質和規律，並不是要求得邏輯的『眞』。審美活動是要通過體驗來把握「生活世界」的活生生的整體。這個『生活世界』的整體，最根本的是人與世界的交融」（葉朗：《美學原理》，北京，北京大學出版社，2011 年 3 月，頁 87。）然而，這是單就審美時的初級反應而言，從「象」的構成與接受來說，這種審美經驗無疑是流動性的，是一種創作主體將其審美經驗透過語言形式進行組織，並意圖使得接受主體可以「再經驗」這種審美經驗的一種傳遞過程。換言之，這種「再經驗」的接受美感來自於創作主體對於外在客觀事物的某種感象經驗，而這種感象經驗透過語言符號，企圖再現出構成這種感象經驗時的審美語境。其內在邏輯是虛擬了一個隱藏讀者，假設該讀者能夠充分地感受所有語言組織之設計，進而在接受文本呈象之時，得以透過這樣的呈象表現「再經驗」創作主體意識中之情志感象。

感表現性的把握〔註48〕。

由此可見，感覺與知覺在接受主體的審美心理中其實是一種互動結構，這種互動結構在滕守堯的論述裡，是以局部與整體間所產生的接受反應來進行區分的。然而從另一個角度來看，如果將「象」的語言結構視爲是一個「情感空間」的話〔註49〕，那麼，當接受主體進入到這種情感空間裡頭，則該情感空間所描寫之「物象情態」與「感知樣態」遂會在接受主體心理產生雙重的感知反應。首先就「物象情態」來說，物象情態意指的是詩學文本之中，透過語言文字所進行展示的符號擬象。這種符號擬象由於帶有創作主體構象時之經驗判斷，因此當接受主體對此符號擬象產生感知，則會因爲該符號擬象之表象情態而興起相應之情感經驗；再者則是就「感知樣態」而言，由於「象」之情感空間是一種「不涉理路」之符指形態，因此當接受主體對此符指型態進行接受，則尋求符號所指之完形心理遂被符號擬象的感知效應所取代，而這種取代進一步衍生出了接受主體對於該符指形態在符指過程中的相應感知，但由於尋求理解的心理意識在能指不直接指向所指的型態中被阻隔了，因此其感知視域便隨著情境的意會而產生出了一種不確定理解，或者說是一種理解的泛化。

基於上論，本文以下遂擬從「物象情態」與「感知樣態」等兩個角度進行切入，透過對於中國詩學中之「起情」說與「境生象外」說等兩個概念之探討，進一步釐析所謂興趣之「趣」，應當包含怎樣的接受經驗與美學意涵。

〔註48〕滕守堯：《審美心理描述》，四川，四川人民出版社，2001年3月，頁54。

〔註49〕正如吳曉在《意象符號與情感空間》一書中所提到的：「情感空間是詩歌意象藝術中的一種高級表現形態，是主客體相對應的意象關聯場，是意象結構與情感的深度、廣度與力度所產生的綜合藝術效應……情感空間是詩人創造的具有充沛活力的藝術空間，是情感、主體精神與內外世界相融合的最佳境界，是超越於詩中展現的空間之上的一種『心理的空間』」（吳曉：《意象符號與情感空間》，北京，中國社會科學出版社，1990年，頁183。）

一、「觸象以起情」之語境感興

李仲蒙在談論「興」的定義時曾經提出「觸物以起情謂之興〔註50〕」這樣的說法，也就是說，所謂「興」之結構效能是以「起情」作爲主要效用。而這種興起對應情感之主要效用，本是針對創作時之審美主體而言的，然而，就接受主體來說，對於詩學中之「象」的接受反應，亦應將其視爲是一種與「觸物以起情」同構的「起情」反應。也就是說，在詩語言的接受過程裡，透過外在客觀物象引起內在主觀情感之「興」的反應被符號擬象所取代，進而使得接受主體在觸及文本主體之時，可以產生與創作主體接觸物象時相仿的情感知覺，而這種情感知覺由於是以文本語境所產生的感染力所引起的，因此本文遂將這種感興效應稱之爲「觸象以起情」。

這裡「語境」一詞必須先行解釋。所謂「語境」本指一種透過上下文之結構所構成的釋義範圍，而這種釋義範圍表現出了某種由符號語意所構成的經驗意識〔註51〕，這種經驗意識是一種此在世界與擬象世界的交疊，也就是說，文本中之經驗意識乃是透過此在世界的某種經驗，而以擬象世界的語意結構來加以展現。因此，「語境」的理解脫離不了現實經驗的投射，特別是當詩語言文本作爲一種表現主體情志的情感空間，接受主體一旦進入到這種情感空間裡頭，遂會透過想像，以現實中之情志經驗逆推此表現情態背後所隱含之情志經驗，也

〔註50〕轉引自劉熙載：《藝概》，台北，漢京文化出版社，1985年9月，頁86。

〔註51〕換言之，「語境」一詞本指語言組織結構中，在相互制約情形下所產生的一種意義之關聯域。這種關聯域通常與上下文有關，透過文本系統的結構功能，使得語詞具有某種特殊的審美信息。正如周曉鳳在《現代詩歌符號美學》一書中所提到的：「詞語的標準語意是民族語言共同體長期約定俗成的產物，存在於有形的和無形的『詞典』之中。然而詞語一旦進入具體的言語結構，便要受到這一特定系統的制約，使標準語義發生某些或大或小的改變。這便是所謂的『語境的壓力』。」（周曉鳳：《現代詩歌符號美學》，成都，成都出版社，1995年，頁159。）然而本文在此所使用之「語境」，則側重於此關聯域在擬仿外在環境與客觀物象間之對應關係的表現情態。

就是說，在詩語言的接受過程裡，接受主體之情志經驗乃是由文學語境之感興效能所召喚而起的對應美覺，正如《文心雕龍》〈知音〉篇所提到的：

> 夫綴文者情動而辭發，觀文者披文以入情，沿波討源，雖幽必顯〔註52〕。

由於創作主體「情動而辭發」，因此接受主體遂會隨著文字符號這樣的表現渠道「披文以入情」。這種以情志經驗反饋情志經驗的接受現象，首先是以詩語言符號中的物象描寫所造成的。也就是說，由於文本中之符號擬象具現出了某種物象情態，因此當語言符號所組構之擬象成為審美對象，則該審美對象所表現之物象情態遂會調動接受主體於意識中之情感經驗〔註53〕。譬如盧照鄰在〈行路難〉一詩中之描寫：「昔日含紅復含紫，常時留霧亦留煙。春景春風花似雪，香車玉輿恒闐咽。」這裡，表面上所有文字都在描寫昔日長安的客觀景物，然而，由於這些景物的描述背後同時隱含著一種創作主體對於景物的經驗判斷，因此當「含紅復含紫」與「留霧亦留煙」這樣的情態描述在接受主體意識中成為一種前景，則這種燈紅酒綠、煙霧瀰漫之景象遂與接受主體的經驗意識交感，進而展現出一種繁華如斯之情態。這種情態透過「春景春風花似雪」與「香車玉輿恒闐咽」的形容而進一步加以具象化，利用「春景春風」與「香車玉輿」等在經驗概念中之感受性，調動了接受主體於意識經驗中之感知，是以當接受主體閱讀之

〔註52〕周振甫：《文心雕龍注釋》，頁888。

〔註53〕這種情態感知是一種物象經驗於感官經驗中的聯覺，而這種聯覺作用之產生，來自於「感官在向物體敞開時在他們之間建立了聯繫。」正如梅洛—龐蒂（Maurice Merleau-Ponty）所說的：「我們知道玻璃的鋼性和脆性，當玻璃伴隨著清脆聲碎裂時，這種聲音是由可見的玻璃產生的。我們知道鋼的彈性，燒紅的鋼的延展性，刨子的刀刃的堅硬，刨花的柔軟。物體的形狀並不是物體的幾何輪廓：物體的形狀與物體本身的性質有某種關係，它在向視覺說出眞相的同時，也向我們的所有感官說出眞相。」（莫理斯・梅洛—龐蒂：《知覺現象學》，北京，商務印書館，2005年7月，頁293。）

時，遂會隨著閱讀的時間流動，而將「含紅復含紫」、「留霧亦留煙」以及「春景春風」與「香車玉輿」等景物之感受被動地綜合起來，進而產生一種繁華無盡的審美聯覺〔註 54〕。

這種審美聯覺有時隱藏在整體的表層敘述之中，有時則直接表現爲上文引渡下文之啓引。以〈關睢〉一詩爲例，所謂「關關睢鳩，在河之洲」即是利用睢鳩相對鳴叫這種形象情態來產生出一種男女交好之情態感，並且透過這種情態感進一步啓引出「窈窕淑女，君子好逑」這樣的創作主體意識。是以「關關睢鳩」之情態描寫與「窈窕淑女，君子好逑」之情態聯覺共存於符號結構的陳述裡頭，當接受主體沿著這樣的敘述進行閱讀，遂會本於「關關睢鳩」這種物象情態之感受，而相應地產生對於「窈窕淑女，君子好逑」這種審美聯覺之共鳴。

而這種以某種物象情態（關關睢鳩，在河之洲）來啓引出主體情態（窈窕淑女，君子好逑）之擬象結構，可說是一種詩學美學的表現原型，以李白的〈烏夜啼〉一詩爲例：

> 黃雲城邊烏欲棲，歸飛啞啞枝上啼。機中織錦秦川女，壁紗如烟隔窗語。停梭悵然憶遠人，獨宿孤房淚如雨。〔註 55〕

從向晚城邊烏鴉之啼聲來啓引出秦川女思憶遠人的意識樣態，差別在於〈關睢〉是以「關關睢鳩」這種物象情態來直接引出「窈窕淑女，君子好逑」這樣的主體意識，然而〈烏夜啼〉一詩卻是以「黃雲城邊烏欲棲，

〔註 54〕這種審美聯覺是一種心理上的作用機制，正如雷淑娟在《文學語言美學修辭》一書中所提到的：「通感本是一種心理現象，心理學上稱爲聯覺。在一般情況下，人的某些感覺器官各司其職。人的某些感覺器官接受外物的刺激，經過內導神經傳到大腦的皮質，進入能夠引起興奮的相應的區域。這種興奮的『分化』，使其他區域相對『抑制』，因而，不同的區域對事物會產生不同的反應。載有視覺信息的結束於枕葉，對光波作出反應……但是，大腦皮層的各個『區域』間不是彼此孤立的、相互隔絕的，他們的邊緣地帶有許多『疊合區』，具有聯結、協調、溝通的作用，在『興奮分化』的同時，產生『興奮泛化』，引起『感覺的挪移』」（雷淑娟：《文學語言美學修辭》，上海，學林出版社，2004 年 9 月，頁 149。）

〔註 55〕瞿蛻園等校注：《李白集校注》，台北，里仁書局，1981 年 3 月，頁 218。

歸飛啞啞枝上啼」這樣的物象情態來啓引出秦川女「停梭悵然憶遠人，獨宿孤房淚如雨」這樣的主體情態。是以當「黃雲城邊烏欲棲，歸飛啞啞枝上啼」點出了黃昏時分，烏鴉棲枝的視覺意象與聽覺意象時，接受主體遂會藉由「黃雲城邊烏欲棲」這樣的視覺意象而興起一種孤獨之感；復又透過「歸飛啞啞枝上啼」之聽覺意象而感覺到一種情緒的戚然。因此，當「黃雲城邊烏欲棲，歸飛啞啞枝上啼」一段在接受行爲中成爲背景，從背景中突出的秦川女忽然「停梭悵然憶遠人，獨宿孤房淚如雨」這樣的形象，遂會延續該背景情態中的戚然之感，而進一步將某一特定個體的情緒樣態深化，透過符號的構象行爲，使得接受主體的閱讀感受循環於開端形象之啓引與接續形象的迴盪之間。

可以發現，由物象情態而至主體情態，這種形象與形象間的感受迴盪，是利用情態聯覺這種初度經驗來加以產生的。而這種初度經驗在接受主體的一致性要求下，會藉由其通性間之關聯而引起接受主體的情緒感受。換言之，文本中的情態與情態之間，會由於其所產生的某種聯覺而構成某種氣氛場，這種氣氛場是在情態聯覺的基礎上所產生的情緒反饋。以蘇軾的《江城子》爲例：

> 十年生死兩茫茫，不思量，自難忘。千里孤墳，無處話淒涼。縱使相逢應不識，塵滿面，鬢如霜。
>
> 夜來幽夢忽還鄉，小軒窗，正梳妝，相顧無言，唯有淚千行。料得年年腸斷處，明月夜，短松崗〔註56〕。

這闋詞是蘇軾悼念亡妻之作。上片以「十年生死兩茫茫」來展開序幕，在時間與空間相對爲大的別離下，透過「不思量，自難忘」的現象表述，突出了一種歷經漫長歲月與生死相隔，卻依然切切思念的深刻情感。而「千里孤墳無處話淒涼」與「縱使相逢應不識，塵滿面，鬢如霜」二句，則進一步將這種情感投射於現實空間與時間下之景況。是以，當「十年生死兩茫茫」與「不思量，自難忘」在敘述的過程裡成爲背景，透過「千里孤墳，無處話淒涼」與「縱使相逢應不識」二句，遂使得敘述主體之

〔註56〕龍榆生校箋：《東坡樂府箋》，台北，華正書局，2003年10月，頁64。

情感在思念的主題下，包含了空間裡的孤獨（千里孤墳無處話淒涼）與時間裡的滄桑（縱使相逢應不識，塵滿面，鬢如霜）。

因此，下片中的「夜來幽夢忽還鄉」則是在這樣的情感背景中，以「小軒窗，正梳妝」點出了思念的虛妄。在這樣的虛妄裡，透過「相顧無言」與「唯有淚千行」之景象陳述，來具象地表現出那種思念樣態之無奈（相顧無言）以及悲傷（唯有淚千行）。是以當這種思念的無奈與悲傷成爲背景，末了「料得年年腸斷處，明月夜，短松崗」則是透過時間的延展（年年）與空間的定位（明月夜，短松崗）。再次確認了敘述主體對於該敘述對象之情感，以及這種情感的長度與深度，進而使得這闋詞之情境，始終迴盪在一種生死相隔的思念語境之中。

準此，當接受主體透過接受行爲將接受意識投入這種情境裡頭，遂會隨著敘述過程的推進而啓引出相應之感觸。而這種情感之產生來自於接受主體對於各種擬象情態之綜合與深化，透過擬象「情態」之語境感染而產生某種特定的情緒感受。也就是說，由於在符號化的語境之中，文本擬象透過對於現實物象的特徵描寫，進而營造出某種氣氛場來導引出該物象所造成的情感經驗，是以當接受主體對於該文本擬象之展陳進行接受，遂會調動同構之情感經驗來與之呼應，因而產生了相應的情緒反饋。

換言之，就文本主體而言，由於符號的情態擬象表現爲一種抒情能指〔註 57〕，因此該物象與事象之呈現，遂因爲抒情能指之組構而成爲一種強烈的情感性語境，這種情感性語境使得敘述主體與接受主體

〔註 57〕正如滕守堯在《審美心理描述》一書中，提到情感之藝術性表現的特徵及其效應時認爲：「藝術家在表現一種感情時，並不是像日常人那樣，不由自主地將他發洩出來，在發怒時不一定暴跳如雷，在歡樂時不必蹦蹦跳跳、手舞足蹈；而是首先進入想象境界，將情感化爲意象——一幅畫面、一種情境、一樁事件等等。這些意象不是隨意的，而是與他表現的情感有著極爲密切的關係。」（滕守堯《審美心理描述》，四川，四川人民出版社，1998 年 3 月，頁 163。）而這種與主體情感有著密切關係之意象呈現，即爲本文所謂的「抒情能指」。

間的感知效能產生互通，透過文本主體，將接受主體置於一個虛擬的氣氛場中，以充分感知該氣氛場所強調的情緒感受。這種情緒感受是延續著接受主體對於文本中之擬象情態的聯覺而來，進而將這種聯覺被動綜合爲一個整體的情緒感知。

以李白的〈將進酒〉一詩爲例：

君不見，黃河之水天上來，奔流到海不復回！君不見，高堂明鏡悲白髮，朝如青絲暮成雪！人生得意須盡歡，莫使金樽空對月〔註58〕。

開端的「君不見」應視爲是一種引入詞，透過對於接受主體的直接呼告，而使接受主體產生置身於語境中之錯覺。於是，文本緊接在後之結構則可相對地區分爲「客觀意象」與「人生意象」等兩部分。首先就「客觀意象」來說，所謂「黃河之水天上來，奔流到海不復回！」是以「天上來」與「奔流」二詞，產生了一種既磅礡浩大又豪邁奔放的氛圍，在這樣的氛圍背景下，創作主體筆鋒一轉，遂從「客觀意象」置換爲「人生意象」，於是寫到:「高堂明鏡悲白髮，朝如青絲暮成雪！」透過由「朝」至「暮」，由「青絲」轉換爲「白髮」的對立，表現出人生在時間催迫下的幻變無常。因此，當「高堂明鏡悲白髮，朝如青絲暮成雪！」成爲前景，則相對地影響了「黃河之水天上來，奔流到海不復回！」作爲背景之詮釋，所以「黃河之水」在此應視爲是時間之借代，而其「奔流到海」之氣勢則用於指代歲月浪潮的洶湧，是以當接受主體以此洶湧如潮之歲月作爲背景進行理解，則「高堂明鏡悲白髮，朝如青絲暮成雪！」便由「客觀意象」過渡爲「人生意象」，表現出了一種青春年華轉瞬即逝的哀傷。

也因爲這種青春年華轉瞬即逝的哀傷，興起了「人生得意須盡歡，莫使金樽空對月」這樣的主體意識。其中「莫使金樽空對月」應視爲是一種形象的構建，透過「金樽空對月」來產生一種虛度人生之感，因此，當「得意須盡歡」的主體意識投入了「莫使金樽空對月」

〔註58〕瞿蛻園等校注：《李白集校注》，頁225。

的形象句裡，則主體意識復又透過「莫使金樽空對月」來導出一種應及時行樂的感悟。於是背景中的「黃河之水天上來，奔流到海不復回！」與「高堂明鏡悲白髮，朝如青絲暮成雪！」遂成爲一種映襯，與「人生得意須盡歡，莫使金樽空對月」一同構建出一種由於光陰似箭、歲月如梭，所以必須好好珍惜當下之氣氛場。

由此可見，在〈將進酒〉一詩中，其對於景象情態之描寫（黃河之水天上來）與對於事象情態之描繪（高堂明鏡悲白髮），皆產生出啓引某種形象，復又透過該形象來啓引出情感之效果。其中「莫使金樽空對月」一句，更是進一步將興的筆法用於末句，以「金樽」來替代應該以歡樂（酒）充實的人生，並藉以啓引出應當避免將「金樽」空對月的虛擲之感。可見，該詩中之形象不僅僅只是以復現形象本身作爲目的，更是以產生出情感的啓引效果來作爲構建前提。

正如王岳川在《現象學與解釋學文論》一書中所提到的：

> 因爲，從知覺主體內心產生的情感欣賞者與審美對象的深度即被表現世界保持協調，這時，我們通過情感與審美對象的固有的表現性建立了聯繫，知覺成爲了特定的審美知覺，因此，審美知覺的眞正的最高點存在於情感之中，情感揭示作品的表現性。如此一來，情感作爲「深層存在」就成爲了主體成全審美對象的最終方面，而呈現爲審美作品的特徵（情感是作者的情感）〔註59〕。

由此可見，由於所謂的文本擬象乃是主體依據某種情感樣態，透過文字符號所構建而成的一種召喚結構。這種召喚結構就語境的營造而言具有一種吸附性〔註60〕，是利用文字擬象的構造來調動接受主體對於

〔註59〕王岳川：《現象學與解釋學文論》，濟南，山東教育出版社，2003 年 9 月，頁 126。

〔註60〕余秋雨在《藝術創造論》中，曾將接受美學所謂的「召喚結構」轉換爲創作主體創作時的結構原則，並將其相對地區分爲「空筐結構」與「儀式結構」等兩個部分。其中，所謂「空筐結構」意指的是「一種嵌入性召喚結構」，其理論根據是：「一切藝術品既然無法獨立完成，那麼他們也不應該呈現爲完成狀態，而應該保留讓讀者進入的

擬象之聯覺與情緒反應。其中，情態聯覺涉及的是接受主體對於符號擬象的初度經驗，而情緒感知則是在這種初度經驗的綜合下所對應或深化的一種綜合感知。此兩種效能的作用機制使得接受主體得以「觸象以起情」，透過文本主體而產生一種與主體經驗疊合的情感經驗。這種情感經驗並非是一種理知性的對應，而是透過文本之情態疆界所造成的感知視域，這種感知視域相對地產生了接受主體意識中，對於意義理解時的某種境域感，是以關此，還須另作討論。

二、「境生象外」之接受反饋

上文提出「觸象以起情」之感興效應，意在於說明「象」的符號效能具有起情之作用，而這種起情作用僅僅只是一種語境的對應與感興，仍然不離文本語象的有限性範疇。然而，就中國詩學而言，文本語象所能興起之接受反應，應當不僅僅止於這種由文本語象所產生的對應情感，而是必須進一步超越這種對應情感，進而獲得一種更高層次的審美體驗。正如劉禹錫在〈董氏武陵集紀〉中所提到的：

> 詩者，其文章之蘊耶！意得而言喪，故微而難能，境生於象外，故精而寡合〔註61〕。

這段論述最具有價值的地方在於將「意」與「言」及「境」與「象」並列於同一個陳述句中，且提出「意得而言喪」及「境生於象外」這樣的一組概念。其中「意得而言喪」指的是接受主體對於「意在言外」這種符指過程之接受反應，而「境生於象外」則是接受主體對於詩學符號這種藝術性呈象之接受美覺。是以這段立論背後之主導意識可說

空間，埋伏一系列故意留下的空缺，像一個空筐。」（余秋雨：《藝術創造論》，台北，天下遠見出版公司，2006年1月，頁225。）而所謂「儀式結構」則意指「一種吸附性召喚結構」，其概念主要體現爲「把接受者吸附在作品週圍，構成審美心理儀式。」（同上註，頁232。）前者基本上是一種意義的留白，而後者則主要表現爲語境的氛圍，這樣的分類方式基本上說明了文象之「感興結構」所具有的結構特徵。

〔註61〕《全唐文》卷六百五，冊三，頁2708。

是美學性的，其理論概念建構於：詩的美學形態應以「言喪之意」與「象外之境」這樣的表現模式作爲訴求，而這樣的訴求基本上是一種層次上的推演，在這樣的推演過程中，前者是後者的初級反饋，而後者則是前者的整體掌握。

是以進一步討論所謂「象外之境」這樣的說法，則可發現這樣一個概念的提出，基本上涉及了中國詩學在語言與意義這個論題上之演化。首先就「象」與「意」間的對應關係來說，「象」與「意」聯稱之原始命題，應以「立象盡意」這樣的說法作爲一種前導概念。在此前導概念中，「意」原指一種經由符號呈象所展現出來之主體原意，正如王弼在《周易略例》〈明象〉篇中所提到的：

> 夫象者，出意者也。言者，明象者也。盡意莫若象，盡象莫若言。言生於象，故可尋言以觀象；象生於意，故可尋象以觀意。意以象盡，象以言著。故言者所以明象，得象而忘言；象者，所以存意，得意而忘象〔註62〕。

從這樣的論述中可以知道，王弼認爲，由於象乃由創作主體之意而生，因此尋象得以逆觀創作主體立象之意。然而，這種簡單的對應之說並未考慮到由象的簡約性所造成的理解問題，因爲在象的符指間隙中，由於創作主體之意並未明指，所以所謂的「尋象以觀意」事實上也是一種經驗的對照與塡補，只是古人當時並未如此自覺，且由於王弼在《周易略例》中所談論的並非是一種文學觀念，因此遂直截地逆推出「尋象」可以「觀意」這樣的釋義過程。然而，回歸到文學層面上來說，則這種「尋象以觀意」之「意」應當加入接受主體在闡釋理解時之感知反應，例如劉勰在《文心雕龍》〈知音〉篇裡便說到：

> 夫綴文者情動而辭發，觀文者披文以入情，沿波討源，雖幽必顯。世遠莫見其面，覘文輒見其心。豈成篇之足深，患識照之自淺耳。夫志在山水，琴表其情，況形之筆端，理將焉匿？故心之照理，譬目之照形，目了則形無不分，

〔註62〕樓宇烈：《王弼集校釋》，北京，中華書局，1980年8月，頁609。

心敏則理無不達〔註 63〕。

由此可見，如果說創作主體（綴文者）乃是因爲「情動」所以「辭發」的話，那麼在接受主體（觀文者）的詮釋路徑裡，遂可以因爲「披文」而加以「入情」。這裡，「入情」之概念的提出，說明了接受主體與文本主體間之互動關係，並非只是一種能指與所指間的對應結構，其間還包含了綴文者「情動」而觀文者「入情」這樣的感知反應。換句話說，由於劉勰在此加入了「情」這樣的一種概念，因此立基於創作主體至文本主體是因爲「情動而辭發」的原則下，接受主體「披文以入情」便不是訴諸於一種理知上的理解，而是一種經驗上的關照與疊合。就好像其所說的：「心之照理，譬目之照形，目了則形無不分，心敏則理無不達」那樣，其所訴求的是一種「以心照理」的感知經驗，而非是一種理知闡釋〔註 64〕。

是以，這種「以心照理」之感知經驗遂使得「立象盡意」之「意」從創作主體之原意演化爲一種符象呈現之意蘊，這種符象呈現之意蘊使得對於接受主體之接受反應的討論，也從理解闡釋之機制，轉化爲經驗感知之機制。而這種對於經驗感知之機制的強調，在佛學進入中國之後，由於受佛學影響，遂將佛學之感悟結構引入了詩學的概念裡頭〔註 65〕，其中最具有代表性之概念，當屬於以「境」論詩的種種說

〔註 63〕周振甫：《文心雕龍注釋》，台北，里仁書局，2007 年 10 月，頁 888。

〔註 64〕對此，鄭毓瑜於《六朝情境美學》一書中曾有過詳盡的分析，其提到：「『心』指讀者的感知活動，『理』則是評鑑關鍵——作品情理（『琴表其情』與『理將焉匿』相對），而『照』即『博觀』後致生之『圓照』……因此，『心之照理』是『心照神交』，共此『幽思』，『沿波討源』也彷如『尋其枝葉，究其所窮』；是讀者斟酌周旋，因緣作品『思理』，體受作者『神思』的鑑賞活動。如此，劉勰所論『知音』，不但不只是去『認知作品本身是否完滿地實現某一文體』，可也不是完全不假作品語言分析的直覺默會，而是以結合『情』與『文』（『心』與『物』；『形』與『神』），雙方完整的吐呐往還爲感知之最終目的。」（鄭毓瑜：《六朝情境美學》，台北，里仁書局，1997 年 12 月，頁 50）

〔註 65〕特別是唯識宗所提出的識與境間的辯證關係，更使得中國詩學援引此一概念來解釋創作主體如何緣識而創造出詩境之問題。正如孫武

法〔註66〕。因爲「境」在佛學之中原本就帶有感知之意涵，譬如色、聲、香、味、觸、法被稱之爲六境那樣，在佛學的相關概念裡，「境」是由內在的「識」所創造出來的，因此當其轉用於詩學之中，不論是「取境」或者是「造境」之說，都不免涉及某一主體對於某種客觀物象的判斷與區別。換言之，與其說是內在的「識」創造了客觀的「詩境」，不如說是由於內在的「識」感悟了某種主觀的「境」，因而投射於客觀的對應物中。而這種由「識」而「境」的感知關係，亦可作用於接受主體因「識」而透過文本主體產生「境」的接受經驗裡頭。換言之，由於佛學義理的滲入，遂使得原本被視爲是一種界域的「境」之本義，在參雜了釋家的概念之後，而直指由內在主體之識所變現的某種感知界域。

這種感知界域因爲是接受主體之意識經驗，在經驗交流的過程之中，對於意向性客體之內在特質所產生的某種泛化知覺，所以這種意向性客體之內在特質遂必須進一步釐析，以了解接受主體這種泛化知

昌在《佛教與中國文學》一書中所提到的：「從文學的角度看，文學是反映現實生活的，不是作家的隨意的主觀臆造，因而文學創作的規律與唯識的認識論根本不同。但文學反映的現實又要經過作家的頭腦，他又是一種主觀的創造，文學中所反映的『境』確實不能離『識』。這樣，唯識的境界説又與文學有相通之處。」（孫武昌：《佛教與中國文學》，上海，上海人民出版社，2007年6月，頁276。）

〔註66〕這些説法使得「境」在中國詩學中成爲了一個相對複雜之概念。正如黃景進在《意境論的形成——唐代意境論研究》一書中所考證的：「境字本意是指現時土地的邊界，其作用在區隔、限定土地的範圍。不過土地之疆界範圍，説到底仍是人所設定的，何處爲疆界，常隨人事的變化，甚至隨人的主觀意識作用而轉移，因此，境字很早就被引申指稱心理認知的邊界，到後來，更被廣泛應用，幾乎可以指稱任何事物的疆界範圍……」（黃景進：《意境論的形成——唐代意境論研究》，台北，學生書局，2004年9月，頁17。）也就是説，「境」的本義本指某種疆界，這種疆界可進一步區分爲「現實的」與「意識的」等兩種。所謂「現實的」是指以客體界域作爲討論對象之界定，如邊境與國境……等。而「意識的」則可區隔爲「價值」與「美感」等兩種，如榮辱之境、是非之境等皆從屬於價值認知的意識範疇，是以相對於此，則美感知覺則意指隨著外在物象所引起的某種感知界域，這種感知界域不帶有理知的判斷，而是一種曖昧不明的美覺感受，本文以下主要對此進行討論。

覺的由來。這裡，所謂的內在特質事實上是一種接受主體對於「象」之「形而上質」（metaphysical qualities）的某種把握，而這種把握意指的是一種特殊的氛圍，在羅曼．英加登（Roman Ingarden）的說法中，這種特殊氛圍既不是事物的屬性，亦不從屬於某種心理狀態之特性：

> 特別簡單或者派生的性質是存在的，例如崇高（某種犧牲的）或者卑鄙（某種背叛的），悲劇性（某種失敗的）或者可怕（某種命運的），震撼人心、不可理解或者神祕的東西，惡魔般（某種行動或者某個人的），神聖（某種生活的）或者和它相反的東西：罪惡或兇惡（例如某種復仇的），神魂顛倒（最高級的喜悅）或安靜（最後的平靜）等等……這既不是通常所說的某些客體的屬性的性質，也不是這樣或者那樣的心理狀態的特性，而通常是在一些複雜的、常常是在相互之間有大的不同的生活環境或者人們之間發生的一些事件中出現的一種特殊的氛圍。這種氛圍將凌駕於它們之上，也在這些環境中出現的事物和人們的周圍，他深入道一切，用自己的光輝照亮了一切〔註67〕。

可見，羅曼．英加登已經意識到在文學現象之中，具有某種核心特質使得文學作品得以達到它的頂點、並且打動我們〔註68〕。而這種「形而上質」之說雖然足以解釋文學之意向性客體之所以產生某種「象外」之「境」的原因，卻也由於「形而上質」本身的抽象性質，而難以具象地說明「形而上質」之具體類別為何？是以本文擬從這樣的概念之上，將意向性客體之形而上質相對地區分為「主軸形態」與「整體樣態」等兩個部分，試圖透過探討意向性客體對於接受主體所產生的「神

〔註67〕羅曼．英加登（Roman Ingarden）：《論文學作品》，開封，河南大學出版社，2008年12月，頁283。

〔註68〕正如其所提到的：「再現的客體的情景最重要的功能在於表現和顯示特定的形而上學質。這種情況的發生是可能的，形而上學質在許多再現的情景中能夠給我們顯現出來的事實，就最好地說明了這一點。也正是在這種情況發生的時候，文學作品才能夠最深刻地打動我們。文學的藝術作品只有在形而上學質的顯示中，才達到了它的頂點。」（同上註，頁286。）

理感知」，以及討論接受主體對於意向性客體之整體掌握所產生的「滋味感受」等兩個層面，進一步釐析所謂「象外」之「境」的具體內涵，以及就接受主體而言，該主體之反饋機制及其型態爲何？

1、接受主體之神理感知

「神理」一詞乃是由「精神」與「思理」等兩個概念所組構而成的。就創作主體而言，「神理」聯稱意指創作主體透過自由之精神活動所產生之聯想狀態，正如《文心雕龍》〈神思〉篇中所提到的：「故思理爲妙，神與物游」那樣，當創作主體之思理意識必須透過某種客觀對應物進行表達，則該主體遂會通過聯想以其內在精神尋求物象於精神樣態上之對應，因此，就這個階段來說，所謂「神思」指稱的，便是這種主體之思理以其精神求得物象對應之思維狀態。

在這種思維狀態裡，「神與物游」的融合無間，事實上是以「神」所代表的思理與精神爲主體，進入到物的概念空間裡頭。也就是說，當外在物象表現爲一種意向性客體，則這種意向性客體之符號化展現遂負載著物象選擇與判斷背後之主體意識，這種主體意識並非是一種對應與確定之語義型態，而是結合了主體之情感經驗與物象之審美經驗後之經驗呈象，是以當這種經驗呈象成功地將其情志經驗與物象情態產生聯結，則該物象情態之特徵便蘊含了某種被主觀意識所附加之精神狀態與思理。正如嚴羽在談論「詩之極致」時認爲：

> 詩之極致有一，曰入神。詩而入神，至矣，盡矣，蔑以加矣！惟李杜得之。他人得之蓋寡也〔註 69〕。

這裡，「入神」一詞之解釋應當相對地析分爲兩種層次〔註 70〕：首先

〔註 69〕嚴羽：《滄浪詩話》，台北，金楓出版社，1986 年 12 月，頁 21。

〔註 70〕「入神」一詞本源於《易傳》〈繫辭下〉中所提到的：「精義入神，以致用也」（陳鼓應、趙建偉注譯：《周易今注今譯》，北京，商務印書館，2010 年 11 月，頁 660。）這裡的「入神」意指的應是主體之意識與精神，對於物理之微者感而遂通，因而能夠作用於自身之意。因此《周易正義》中提到：「『精義入神，以致用』者，亦言先靜而後動。此言人事之用，言聖人用精粹微妙之義，入於神化，寂然不動，乃能致其

是單就「入神」這種形容而言，其所意指的應是主體意識在「神與物游」的思維狀態裡，那種主體以其思理與精神貫注於外在客體時之投入現象，這種投入現象使得外在物象表現爲一種意識呈象，正如劉若愚在《中國文學理論》一書中所提到的：

> 「入神」一語可以解釋爲「入於神妙或神啓之境界」(entering the realm of the marvelous or divinely-inspired）因爲在中國文學和藝術批評中，完美的直覺的藝術作品，那幾乎是無須力求的，自然而然的，通常稱爲「神」……然而嚴羽使用「入神」一詞，正如我在別的地方所指出的，也可能是指入於物之生命而抓住其精神（spirit of essence）〔註71〕。

這種「入於物之生命而抓住其精神」的說法，指的便是創作主體之情感經驗與物象之審美經驗相互結合時之構象過程，這種構象過程從詩學藝術的呈象原則來看，則創作主體感物興想必然與其精神感知有關，是以依據此論，創作主體之感物興想亦必然創作出具有感物興想效能之意向性客體，因此認爲該意向性客體必須精準地呈現出某種核心之精神面向，並以此作爲詩之極致的標準，就詩學的藝術性呈現而言是較爲合理的〔註72〕。換言之，就「詩而入神」的文本表現來說，

所用。」（孔穎達：《周易正義》，北京，中國致公出版社，，2011年6月，頁289。）然而，《孟子》〈盡心章句下〉所提到的：「大而化之之謂聖，聖而不可知之謂神」（楊伯峻：《孟子譯注》，北京，中華書局，2010年2月，頁310。）則意指一種「神妙不可測度之境界」。因此嚴羽所謂「入神」究竟在哪一個層次上使用，已經不可考了！所以本文僅能從詩學建構之角度，將「入神」相對地區分爲就創作主體而言之「入神」，以及就文本主體來說之「詩而入神」等兩個部分，期能較爲完善地解釋「入神」在創作主體與文本主體間之詩學意涵。

〔註71〕劉若愚：《中國文學理論》，南京，江蘇教育出版社，2006年2月，頁55～56。

〔註72〕正如陳伯海在《中國詩學之現代觀》一書中所提到的：「意象化的過程（包括象外世界的生發），正是詩人對自我生命體驗進行對象化關照與審美加工的過程，經過這一轉化，不僅生命體驗獲得了可感知的外在形態，其內涵的普遍性和歷史深度也得以加強，由一己當下的情緒感受轉向了對生命本眞境界（即理想境界）的探求，於是生命體驗實現了自我超越，轉變、昇華爲審美體驗。」（陳伯海：《中

則用以形容在意向性客體中，創作主體之意識與精神同時灌注為物象之呈象的表現型態。這種表現型態嚴羽認為是一種「神妙境界」，因此「惟李杜得之」。正如黃景進在《嚴羽及其詩論之研究》一書中所指出的：「『孟子、盡心下』亦云：『大而化之謂聖，聖而不可知謂神。』可見神確指一種神妙不可測的境界。〔註73〕」然而，倘若進一步考量此乃嚴羽對於「李杜」之主觀偏好，且由於這種偏好而將詩之某種特徵看成是「他人得之蓋寡」的話，那麼，就詩學藝術的呈象而言，「詩而入神」這種主體經驗與客體情態相互結合之現象，亦應視為是一種普遍存在於詩學藝術中之規律原則。

因此，當文本主體中之意向性是透過某種物象之精神面向進行傳達，而表現為一種「神妙境界」時，則就接受主體而言，透過對於該「神妙境界」之接受，應可進一步感知此境界中，由創作主體之「精神」與「思理」所共構之思維樣態。以李白的〈長相思〉為例，〈長相思〉中提到：

> 長相思，在長安。絡緯秋啼金井闌，微霜淒淒簟色寒，孤燈不明思欲絕，卷帷望月空長歎。美人如花隔雲端。
>
> 上有青冥之高天，下有綠水之波瀾。天長路遠魂飛苦，夢魂不到關山難。長相思，摧心肝〔註74〕。

李白的這首樂府詩應當相對地區分為兩個部份：首先是以絡緯的啼聲與微霜的感知來引導接受主體進入那「孤燈不明思欲絕，卷帷望月空長歎」的場景。其中「絡緯秋啼」是利用聲音的感知來導入一種淒涼之感，而「微霜淒淒」則是透過體表的感知來興起一種內在的冷冽，至於「孤燈不明」是以接受主體對於「孤」字與「不明」的感知來呈現出一種孤獨且晦暗的心境，而「卷帷望月」則是以望向遠月之形象感來導引出那遙不可及的思念。

國詩學之現代觀》，上海：上海古籍出版社，2006年11月，頁17。）

〔註73〕黃景進：《嚴羽及其詩論之研究》，台北，文史哲出版社，1986年2月，頁161。

〔註74〕瞿蛻園等校注：《李白集校注》，台北，里仁書局，1981年3月，頁244。

由此可見，就這個部份而言，文本主體乃是透過「絡緯秋啼」、「微霜淒淒」、「孤燈不明」與「卷帷望月」等物象之精神情態來導引出一種淒淒思念之情狀與現象，而這種情狀與現象在詩的下一個部份得到延伸，透過「青冥之高天」與「綠水之波瀾」等空間感知，來產生一種難以克服的艱難之感，這種艱難之感在「天長路遠魂飛苦」與「夢魂不到關山難」等兩句中得到強化，在空間與現實的拘制下，以「魂飛苦」這種虛設之想像來表現現實的困頓，就好像重重關山那樣難以度越。換言之，詩的第二部份乃是透過「上有青冥」、「下有綠水」與「天長路遠」等空間的精神感知來導引出一種思念的艱難情狀，是以當接受主體被動地綜合這些意向性客體中所傳達的精神樣態，遂會透過第一個部份與第二部份之聯結，進而感知一種殷殷切切、卻莫可奈何的思念意識。

這種透過將客觀對應物之精神樣態被動綜合，以感知意向性客體之精神與思理的感知樣態，即為本文所謂的「神理感知」。就接受主體而言，所謂「神理」意指的是文本主體中所傳達的精神感受或者是思理經驗。而這種精神感受與思理經驗通常都是不可言狀的〔註 75〕，因此只能透過對於客觀對應物之選擇與闡釋來產生引導。這種引導所涉及的不只是客觀對應物之呈象所召喚的直覺感受，還包含了對此直覺感受之釋義聯想與經驗綜合。換言之，感知的心理作用乃是先以直覺感受意向性客體內在之精神與情志，而後再將此精神與情志於接受主體意識中進行內在統合，是以前者屬與「感」的範疇；而後者則屬於「知」的層面，當「感」與「知」的作用機制聯合，文本主體之內在神理便會透過符號語象的傳達而在接受主體意識中產生某種經驗之疊合。

然而必須進一步說明的是，這種感知的作用機制並非是一種單向的反應，而應是一種雙向的移感。正如王夢鷗在《文藝美學》一書中

〔註 75〕正如葉燮在《原詩》中所提到的：「詩之至處，妙在含蓄無垠，思致微渺，其寄託在可言不可言之間，其指歸在可解不可解之會；言在此而意在彼，泯端倪而離形象，絕議論而窮思維，引人於冥漠恍惚之境，所以為至也。」（丁福保編：《清詩話》，台北，明倫出版社，頁 530。）

所提到的：

> 我們常說：藝術作品貴在「傳神」。實則藝術作品本身，何神之有？必待作者寄其生命精神於藝術品中。而欣賞者與作者之元神會合，神遊於藝術品中而後乃見其神〔註76〕。

這種透過神遊於藝術品中而後乃見其神的接受現象，可以進一步分析爲是一種接受主體將其接受時之接受意識（假我）投入文本符號所擬仿的假象之中，進而所獲得的一種將客觀對應物同化之審美幻覺。在此幻覺裡，由於自我的某種價值情感移入了假象裡頭，因而使得該假象產生了精神與情感等知覺意識。也就是說，透過感知的作用機制，文本主體之神理乃是一種與接受主體之價值情感相應而統一的結果，因此文本主體的作用在於引導這種價值情感的移入，進而使得接受主體之意識得以與文本主體之擬象產生統合。

仍以李白的〈春思〉一詩爲例：

> 燕草如碧絲，秦桑低綠枝。當君懷歸日，是妾斷腸時。春風不相識，何事入羅幃？〔註77〕

這首詩是以春天之擬象所產生的一種對比。首先是「燕草如碧絲」這種剛萌芽的春天與「秦桑低綠枝」這種深春的對照，進而引入了「當君懷歸日」與「是妾斷腸時」等兩句的反差，前四句是在將春天與思念進行換喻的前提下，透過「燕草如碧絲」這種淺淺的思念來對照「當君懷歸日」的薄情，而將「秦桑低綠枝」的春意昂然來比照「是妾斷腸時」的情深義重。換言之，當接受主體將其接受意識（假我）置於「燕草如碧絲」與「秦桑低綠枝」這種物象情態裡頭，遂會透過將某種情感價值移入「如碧絲」與「低綠枝」等兩種物象之中，因而分別產生輕淺與濃厚等不同的接受感知。是以當這種接受感知成爲背景，延續這種接受感知，則「當君懷歸日」與「是妾斷腸時」等兩句的反差，便會透過接受主體之移情設想而有了薄情與深情之不同。在這樣的對照下，當接受主

〔註76〕王夢鷗：《文藝美學》，台北，里仁書局，2010年8月，頁183。
〔註77〕瞿蛻園等校注：《李白集校注》，台北，里仁書局，1981年3月，頁448。

體隨著文本的敘述而將視角移入「春風不相識，何事入羅幃？」兩句，則「不相識」一詞，遂會因爲「何事入羅幃」這樣的叩問，而使得接受主體之接受意識急轉直下，從薄情與深情的對照，轉而進入因爲不相識的春風吹入羅帷，是以無端掀起思念情愁的幽怨之感（審美幻覺）。

可以發現，在詩語言符號的擬象表現中，由於表層結構並不直接指向深層結構，因此透過擬象之引導，接受主體在閱讀過程必須尋找意義的釋義前提下，遂基於對於該擬象之移感與投射，進而掌握該擬象表現所突出之精神特徵。這種精神特徵是一種客觀對應物之「主軸形態」，當其表現爲文本符號時，則應視爲是一種符號擬象背後之神理。是以，對於這種神理之掌握也就是對於文本主體意識之掌握，在接受主體對於文本語象的反應層次中，這種意識掌握往往進一步影響了接受主體對於該符號擬象的整體感知，是以關此，必須另行推究。

2、接受主體之滋味感知

「味」是一種感知詞〔註 78〕，用以形容接受主體與外物接觸時的某種知感，其內在本義應指某種口腔知覺，復而由此口腔知覺泛指接受主體對於諸如音樂、繪畫與文學等藝術表現之整體性把握。《左傳》〈昭公二十五年〉中提到：「聲亦如味」，便是將接受主體對於聲音之聽覺感受以味覺移感來加以形容，因此，當這種移感形容用以表述文本主體之接受反應時，則以「味」論詩之「味」所傳達的，便是接受主體對於該文本主體之整體性所產生的審美感受。

正如鍾嶸在〈詩品序〉中所提到的：

〔註 78〕陳伯海在《中國詩學之現代觀》中認爲：「考詩味之『味』有多層涵義：當其用作動詞時，乃是指的品味，相當於通常所說的審美鑑賞活動；而當其用作名詞時，則既可以指由品味、鑑賞所獲得的精神上的感受即美感，亦可以指藝術品自身具有的能引起人的美感的那種性能即審美質性。」（陳伯海：《中國詩學之現代觀》，上海，上海古籍出版社，2006 年 11 月，頁 223。）然而本文所欲探討之「味」乃是主要針對於透過藝術品本身之美感效能所引起的審美感受，是以本文在此遂將「味」視爲是一種「感知詞」。

夫四言，文約意廣，取效風騷，便可多得。每苦文繁而意少，故世罕習焉。五言居文詞之要，是眾作之有滋味者也；故云會于流俗。豈不以指事造形，窮情寫物，最爲詳切者耶〔註79〕！

這段話雖然意在於指出五言詩與四言詩的區別所在，卻也開創性地點出了「滋味」一說作爲文學接受的鑑賞核心，並且意識到了詩語言是以「造形」以「指事」、「寫物」以「窮情」來達到具有滋味的接受反應。換句話說，鍾嶸已經意識到了詩的符號結構乃是一種造形寫物的立象結構，而這種立象結構應是一種主體之情志與文采兼具的表現形態，這種表現形態就詩學而言，是透過興、比、賦等三種構象形態來加以建構的：

故詩有三義焉：一曰興、二曰比、三曰賦。文已盡而意有餘，興也；因物喻志，比也；直書其事，寓言寫物，賦也。宏斯三義，酌而用之，幹之以風力，潤之以丹采，使味之者無極，聞之者動心，是詩之至也〔註80〕。

鍾嶸認爲詩之呈象方式，大抵不離興、比、賦等三種型態，此三種型態一方面必須「幹之以風力」，一方面則要「潤之以丹采」，透過情感形態之可感性與表現形態之修辭性來使得「味之者無極，聞之者動心」。而相似的概念亦見於司空圖在〈與李生論詩書〉一文中所提出的「辨於味，而後可以言詩」這樣的看法：

文之難，而詩之難尤難，古今之喻多矣，而愚以爲辨於味，而後可以言詩也。資於適口者，若醯，非不酸也，止於酸而已；若鹺，非不鹹也，止於鹹而已。華之人以充飢而遽輟者，之鹹酸之外，醇美者有所乏耳……近而不浮，遠而不盡，然後可以言韻外之致耳〔註81〕。

由此可見，古人以味論詩，大抵建立在詩語言形象之「近而不浮」與

〔註79〕郭紹虞主編：《中國歷代文學論著精選上冊》，台北，華正書局，1991年3月，頁271。

〔註80〕同上註。

〔註81〕郭紹虞主編：《中國歷代文學論著精選上冊》，台北，華正書局，1991年3月，頁490。

「遠而不盡」這種表現形態上之反饋效應。這種反饋效應就形式感而言是一種「味之者無極」的感知延長，而就內容感來說則是一種「聞之者動心」的審美認同。換句話說，所謂的「味」乃是立基於詩語言符號具有「可感性」這一個基點所衍生的。而這種可感性之產生來自於將主體情感寄託於餘留不盡之表意結構（含蓄）之中，因而產生能指不等同於所指之符指形態（意在言外）的相對效應。是以，就接受主體的感知而言，文本主體的情志意識由於透過詩學形態的表意結構來進行傳達，因而對於情志意識的綜和闡釋與掌握，遂因為詩學形態之特色而一方面產生再創造時之延時效應；另一方面，則透過這樣的表現形態而與內容上的「韻外之致」產生認同，進而使得「聞之者動心」。這種透過餘留不盡之表意結構而對於文本中之情志樣態產生認同，並且在造形寫物的符指形態上使得感知延長的接受反應，本應是接受主體對於文本主體的一種整體性把握，然而為了論述之方便，本文遂把這種整體性把握區分為形式上與內容上等兩個部分，期能對於「味」之詮解得有一個較為明晰的詮釋理路。

換句話說，就形式上而言，「味」是一種透過餘留不盡之表現形態所產生的感知延長。正如《禮記・樂記》中所提到的：「一唱而三嘆，有遺音者矣！〔註82〕」便是將這種「清廟之瑟」與「大羹不和，有遺味者矣」這種「大饗之禮」進行類比，以具體提出餘留不盡這種表現形態所造成的審美感知。這種審美感知事實上是在一種餘留不盡之形式前提下所產生的迴旋反饋，乃來自於餘留不盡之表現形式無法完整地呈現出其意義之完形（具有符指間隙），而必須透過接受主體意識中的再創造機制來進行建構與填補，所以在這樣的接受過程中，意義的闡釋因為結構的空缺而產生「延時效應」〔註83〕，也因為這樣

〔註82〕納蘭性德：《陳氏禮記集說補正》，《文淵閣四庫全書電子版》，香港，迪志文化出版社，2007年，頁3。

〔註83〕「延時效應」是譚學純、唐躍與朱鈴在《接受修辭學》一書中所提出之看法，其認為：「修辭接受的意義實現，可以通過瞬間體悟取得即時效應，也可以通過反覆體驗取得滯後效應。」（譚學純、唐躍、

的延時效應，接受主體意識中對於意義的完形心理遂會產生一種不斷迴旋反覆，輾轉衍生於涵指域中之釋義知覺〔註 84〕。

然而，從可感性來說，則由於意義的表現是在一種餘留不盡之表現形式中所產生的。因此接受主體除了對於這種形式感產生一種迴旋反覆的釋義知覺外，在能指無法直接對應所指的前提下，符指間隙間的空白遂會以感知經驗中的情志樣態來進行填補，而這種填補使得該符象在接受過程中轉化為一種情志呈象，是以當接受主體對此情志呈象進一步掌握，則接受主體意識中之接受美覺遂會提取這種整體性知覺為一種概括性知覺，而這種概括性知覺也就是一種對於文本中之「意味」的揭示。以李煜的〈相見歡〉一詞為例：

> 無言獨上西樓，月如鉤。寂寞梧桐深院鎖清秋。　　剪不斷，理還亂，是離愁，別是一般滋味在心頭〔註 85〕。

這闋詞是以深秋時之夜景來作為內在情感的呼應對象，並以「無言」、「寂寞」等情緒語來點染這樣一個登樓凝望秋夜時之情景，是以當「無言獨上西樓，月如鉤。寂寞梧桐深院鎖清秋。」這樣的陳述在閱讀的過程裡成為背景，接受主體遂會在這樣的背景中感覺到一種莫可奈

朱鈴：《接受修辭學》，合肥，安徽大學出版社，2000 年 6 月，頁 123。）是以本文在此援引這樣的說法，用以解釋「味之者無極」這種使接受主體感知延長的接受反饋。

〔註 84〕正如龍協濤所提到的：「由於心理定勢的作用，讀者閱讀作品進入情感高潮後，震顫的心靈和興奮的神經一時難以平復，尤其是讀完一部引起強烈共鳴的作品。在閱讀剛剛結束的時候，情感與想像都還處於極度興奮狀態，還在重溫審美興發階段所產生的感興，往往是掩卷遐思，唏嘘不已，覺得『餘音繞樑，三日不絕』。所謂掩卷遐思，就是適應延長欣賞時間值，讓審美意象久久在腦海中盤桓，重新檢視自己所得的審美體驗，悉心咀嚼審美感興在突兀驟發階段無暇細想的一些內容，將一般的感受與認是轉入深層的審美回味中。這種回味，帶有言有盡而意無窮的悠然綿邈的審美特徵，屬於文學解讀活動的延長、加深和拓展階段。」（龍協濤：《文學閱讀學》，北京，北京大學出版社，2005 年 6 月，頁 171。）

〔註 85〕張璋、黃畬選注：《全唐五代詞》，台北，文史哲出版社，1986 年 10 月，頁 450。

何，卻又無法言述之情緒樣態。而這種情緒樣態使得接受主體之完形心理產生試圖理清該情緒樣態為何之完形意識，然而映入眼簾的卻是「剪不斷，理還亂，是離愁」這樣的陳述，但是怎樣的離愁呢？隨著末句「別是一般滋味在心頭」的收束，這樣的離愁終究只能透過文本語詞之表現所不斷疊加之情緒反應，在餘留不盡的結構裡，成為一種接受主體意識中的「特別滋味」。

而這種「特別滋味」正是一種綜合掌握，將詩的整體情境置於接受主體的生命意識中進行審核。是以讀完上引詞句，則建立在一種孤獨感中的紛亂離愁遂在接受主體意識中油然而生。也就是說，當文本中的含蓄形式與主體之情志意識結合起來表現為一種餘留不盡的呈象結構時，這種呈象結構也就正如克萊夫·貝爾（Clive Bell）所指出的，是一種「有意味的形式」〔註 86〕。而這裡所謂「有意味的形式」本指視覺藝術中，透過線條與色彩等形式因素之關係與整合所表現出來的某種形式意味，這種形式意味應是「非指稱性的」。誠如牛宏寶認為：

> 「意味」只是形式本身的意味，是藝術品中諸形式因素建立起來的關係與組合。換句話說，「有意味的形式」是表現的和自身呈現的，他完全不同於再現的形式，也不是傳達任何思想的工具〔註 87〕。

然而就中國詩學藝術而言，在「詩言志」的傳統思想以及文字符號本身之指意功能的雙重制約下，詩學藝術與純粹視覺藝術所不同之處在於：其意味乃是透過文字符號本身的指稱性來構成一種「非指稱性」的審美

〔註 86〕「有意味的形式」應相對分為「形式」與「意味」等兩個部分，所謂「形式」指的是「線條、色彩以某種獨特的方式排列、組合成的形式或形式間的關係」（朱立元主編：《西方美學名著提要》，南昌，江西人民出版社，2003 年 10 月，頁 334），而「意味」則意指「由純形式排列、組合成的畫面所表現、隱含的某種特殊的感情」（同上註，頁 335。），因此，「有意味的形式」指的便是「藝術家表現該情感意識時所使用的具有某種特殊感情之純粹形式」。

〔註 87〕牛宏寶：《西方現代美學》，上海，上海人民出版社，2002 年 2 月，頁 293。

反應。換言之，詩學藝術之滋味形成，乃是透過文本符號在語義與修辭關係上之排列組合所構成的一種意識呈象〔註88〕。而這種意識呈象與指稱性語言所不同之處在於：透過該呈象之表現使得接受主體得以透過對於該呈象之被動綜合，進而產生對於該表現內容上的情志感知。是以這種情志感知一方面是形式意味上的審美性反應，一方面則是內容意味上的情志性反應，也就是說「玩之者無窮」之形式美覺，最後導致的乃是一種不確定的「韻外之致」，而這種「韻外之致」會隨著不同接受主體之主觀經驗填補，最終產生某種情感或哲理上的「聞之者動心」。

又以曹丕的〈雜詩〉一詩爲例：

> 西北有浮雲，亭亭如車蓋。惜哉時不遇，適與飄風會。吹我東南行，行行至吳會。吳會非我鄉，安得久留滯？棄置忽復陳，客子常畏人〔註89〕。

前四句藉由浮雲被風吹向他方之情狀（造形）興引出遊子因爲際遇而不得不漂泊他鄉之情境（指事），後四句則透過異鄉實非故鄉之對比（寫物），來將遊子那種無法安定卻又害怕他人欺侮的忐忑心情凸顯出來（窮情），於是在文本主體由浮雲出發以客子結束的表意結構中，接受主體一方面隨著浮雲之比喻而使得平面性的遊子之情產生立體化的聯想空間，進而使得接受闡釋時之感知延長，一方面則透過對於浮雲這種文本系統的情感掌握，因而使得意識中的認知經驗與其疊合，是以得以體會表意系統外的遊子之情。

〔註88〕這裡「呈象」一詞必須進一步解釋：伊瑟爾（Wofgang Iser）認爲：「在閱讀文學篇章時，我們常要形成精神的形象，因爲篇章那些『已圖式化的方面』（schematized aspects）所能提供的，只是有關想像的對象之產生條件的知識。這種知識雖然發動了呈象歷程，但它本身並非我們要觀看的對象；它是內在與料之尚未明確顯現的結合之中。所以，賴爾（Gilbert Ryle）說得不錯：與料之嘗試性結合會使某些非所與的東西存在於形象之中。」（沃爾夫岡・伊瑟爾：〈閱讀過程中的被動綜合〉，鄭樹森編：《現象學與文學批評》，台北，東大出版社，2004年9月，頁81。）

〔註89〕逯欽立輯校：《先秦漢魏晉南北朝詩》，台北，學海出版社，1991年9月，上冊，頁401。

因此鍾嶸認爲：「唯『西北有浮雲』十餘首，殊美贍可玩，始見其功矣。」這裡的「可玩」指的是可以反覆吟詠玩味之意，其所針對的，應是文本主體之中，呈現主體情志所使用的表現形式。透過這種因爲立象而餘留不盡之表現形式，使得接受主體得以產生一種「味之者無極」的形式美覺，復又因爲這樣的形式美覺，進而使得文本中之主體意識的闡釋在具體意義之外，多了「韻外之致」這樣的情志感受。

換言之，這種因爲「玩之者無窮」之形式美覺而導致「韻外之致」的滋味感知，其實是一種整體性的綜合把握，是將文本主體之整體樣態從表達情志感之形式感的層面上進行感知，因爲唯有以餘留不盡之表意結構來展現情志，才能使「味之者無極」；也唯有將主體情志以客觀對應物之方式進行表現，才能召喚接受主體的感知而非理知，因而使得「聞之者動心」。是以所謂「滋味」這樣的接受效應其實是綜合性的，是一種接受主體以其情感經驗，在餘留不盡的形式表現中反覆體驗與再體驗的接受反應。

正如吳建民在《中國古代文學理論的當代闡釋與轉化》一書中所提到的：

> 作品之意、味離不開形式技巧因素，如古代詩人喜歡運用的「先言他物以引起所詠之詞」的「興」，先言的「他物」與「所詠之詞」就有意、味之關係。古代作家常用的虛實方法的「虛」處，既藝術空白處，也包含「無窮之意」，甚至是更重要的「意」或有趣的「味」。西方學者也說：「作品最有趣的地方正是那沒有寫出的部分」。既然「味」源於作品內容和形式兩方面，那麼「辨味」也就要求讀者的欣賞應該是對作品的內容與包括語言技巧在內的各種形式因素作全面的把握〔註90〕。

吳建民在此將「意」與「味」相對地區分開來，其實並不符合「滋味」一說之意涵。因爲當作品之「意」表現爲一種具有符指間隙的

〔註90〕吳建民：《中國古代文學理論的當代闡釋與轉化》，江蘇，鳳凰出版社，2011年6月，頁433。

留白結構時，這種「意」也就成爲了接受主體所感知的「味」的一個部份。然而其所認爲的「『辨味』也就要求讀者的欣賞應該是對作品的內容與包括語言技巧在內的各種形式因素作全面的把握。」則與本文的看法相一致。結言之，接受主體所產生的「滋味」感知事實上涉及了中國詩學中，對於「含蓄」這種表意形式與「意在言外」這種指意形式所造成的美感效能，而這種美感效能就「滋味」一說而言，是一種情感與形式上相互綜合的審美體驗，也是當詩語言符號這種「有意味的形式」投射於接受主體意識中時，接受主體以其情志經驗對於含蓄表意與間接指意這種形式感及文本內容之情志感所產生的一種整體把握〔註91〕。換句話說，這種整體把握由於調動了接受主體之情志經驗於餘留不盡的形式中迴旋反覆地演繹與感知，是以也就相對地產生了「味之者無極」這種形式味感與「聞之者動心」這種情志味感等兩種層次不同，卻又相互綜合的美覺感受〔註92〕。

〔註91〕這裡「終極反應」一詞應進行解釋。所謂「終極反應」所指稱的並非是審美反應的最終結果，而是接受主體對於詩語言符號之審美反應的最終階段。

〔註92〕必須強調的是在這樣的過程中，由於接受主體必須不斷地將其情志經驗填入符指間隙裡頭，且依該符指間隙的結構形態而產生修正與影響，因此就接受主體而言，「味」的產生與感知應是一種文本主體與接受主體間之詮釋循環的產物，這樣的產物使得文本的接受過程不僅僅只是一種美學形式上的感知過程，更由於兩種意識經驗透過符號中介不斷地進行對話與協商，是以，情志的輸入與情志感的產出，遂會在接受主體意識中產生默化作用。這種默化作用脫離了本文試圖就美學反應進行研究之論述核心，因此僅能存而不論，無法進一步探討該內涵之型態與反應機制。

第五章　結　論

「象」是中國詩學中一個相當重要的概念，此概念涉及了審美時之審美主體，如何將其審美經驗化約爲一種具有美感性效能之藝術符號，進而使得這樣的藝術符號在接受主體意識中產生反應。簡言之，「象」應是「文學」與「非文學」的區別所在，其關涉著「文字有機體能否、以及如何產生美感」這樣的論題。是以就藝術談論藝術，則進一步探討「象」之意涵，便也意謂著對於文學之所以產生文學性之本質進行釐析。這種釐析在外國的文論系統中早已經過諸如：傳記批評、形式主義、結構主義、以及意識批評與接受美學等無數次的討論，但是對於中國詩學系統而言，則歷來缺少這樣一種系統性之建構與梳理。是以，本文即從中國詩學對於「象」這樣一個概念之提出與其衍生之相關論題出發，透過對於「創作主體」、「文本主體」與「接受主體」等三方之橫向意涵與縱向影響進行整理與探討，期能系統性地建構出一種出自於中國詩學本體之文學概念，並且以此有效地釐清「文學」之藝術性構成及其效能間的結構關係。

一、象之創作主體及其創作意識之探討

「創作主體」之提出，應視爲是一種「審美意識」與「表現意識」交合後之產物。在中國詩學最初的發展中，對於這方面的論述多半著眼於外在社會母體與主體意識間之作用來進行探討，直到文學意識甦

醒，這樣的討論才轉而變為通過設想一個正在創作著的思維主體，論述此思維主體經過了怎樣的身心準備與經驗歷程。然而，這樣的身心準備與經驗歷程，事實上包含著創作主體對於「象」這種文學特徵的認知型態，以及在此認知型態規約下，由審美主體而至創作主體間的意識轉換。是以基於這樣的概念，本文試圖從詩的表述內容與呈現型態兩端進行釐定，以確認「象」就創作主體而言，其先在理解之概念型態為何，並以此引申討論由「審美意識」至「表現意識」，「象」在經驗流動上之轉換過程。

正如朱自清在《詩言志辨》中所說的，其認為「詩言志」乃中國詩學的「開山綱領」，此「開山綱領」明白地闡述了「詩」的表現內容應為一主體之情志，然而，「詩」並非即為情志，而是經過了一種形式的轉化，使得內在之情志外在地顯象為詩，因此「詩」言「志」這樣的對應結構，應可相對地區分為語言符號之「字面義」與主體情志之「深層義」等兩種層次之結構關係，此結構關係在「詩言志」的「用詩」語境之中，不論是「賦詩陳志」或者是「獻詩陳志」，都在在表現出一種立基於「詩」語言必然具有雙重意指之特質的假設之上，透過「字面義」來含蓄指涉「深層義」之詩用行為。

這樣的詩用行為使得詩之表意特徵與指意模式，在用詩的行為過程裡被凸顯出來，進而得出了「詩」之語言形式必須以不直陳其事或者其物之能指狀態來達到「字面義」不等同於「深層義」這樣的結構特色。然而這樣的結構特色如何可能？則進一步涉及了創作主體對於詩之語言型態的認知與思考。這種認知與思考之構成在「詩言志」的系統裡並未加以釐定，也就是說「詩言志」這個概念之提出，只解決了「詩」在表述內容上為何這樣的問題，至於展現此內容之表現形態，則涉及了「詩」在表現論上之概念界說，因此必須透過「立象盡意」這樣一個說法的引入，來進一步加以說明。

從「立象盡意」這樣的概念看來，「立象盡意」原本僅是後人對於《周易》之寫作範型所進行的一種現象分析，然而，在後世論者「原道宗經」的思想前提下，這種寫作範型遂逐漸被化約爲是一種創作意識上的概念原型。也就是說，由於「盡意」必須「立象」，因此遂使得創作主體在將內在之意具體化爲外在符號之時，產生了透過「象」來加以盡「意」這樣的思考。易言之，「象」在此成爲了一種詩語言形態之代稱，且透過「立象盡意」與「詩言志」等兩個概念在中國詩學歷史上的雙軸建構，一種創作主體必須立「象」成「詩」以言「志」盡「意」這樣的創作意識，遂也成爲了「象」論詩學在創作概念上的先在前提。

是以基於這樣的前提，審美主體意識中之「象」的形成及其涵蘊，以及如何轉換爲創作主體意識中之呈象的作用機制，則必須進一步地扣問。

首先就「象」的審美意識來說，「象」在審美主體意識中之呈現，一開始只是作爲某種「感象」而存在的。然而這種「感象」僅僅只是一種直覺反應，並非內在地具有主體經驗意義之價值。是以「感象」作爲一種美感素材，其要轉換爲一種具有意義之經驗素材，必須透過審美主體之精神意識進行闡釋與聯結，才能爲審美素材投注以經驗意義。因此，當這種審美素材經由主體意識之主觀詮釋轉換爲某種經驗素材時，則這種經驗素材必須視爲是一種主體意識之呈象，也就是說這種呈象所內具表現的乃是某種主體的經驗意識，是主體將其不可見之經驗意識投注於可見可感的事象或者物象之中。

而這種將不可見之經驗意識投注於可見可感之事象或物象中之機制，即爲劉勰所謂的「神用象通」。「神用象通」意指的是當物象之審美經驗透過主體意識之活動（神用）而產生轉化，則該物象之經驗會隨著這樣的轉化而成爲某種主體之思維意識的客觀對應物（象通），因此此客觀對應物之形成所以稱之爲「象通」，則意指這種轉換事實上來自於創作主體之情思活動（情變所孕），透過「物以貌求」之審美經驗與「心以理應」之感知經驗，來使得外在物象之審美經驗得以因爲主體思維意識所進行的闡釋與聯結，而由一種「審美感象」轉變爲一種「經驗呈象」。

然而，這種「經驗呈象」就型態來說，只是一種主體意識中之經驗素材，這種經驗素材積澱於主體意識裡頭，必須等到創作主體之意識萌發，才會由創作主體在其意識經驗中進行搜索與提取。換言之，當創作主體具有某種情志意識想要表達，則依循著「立象盡意」這樣的概念原則，遂會在創作意識中搜索符合於該情志經驗之經驗呈象，而這種搜索符合情志經驗之經驗呈象的意識活動，也就是王昌齡所謂的「搜求於象」。

「搜求於象」意指的是當審美主體轉化爲創作主體，則創作主體在其創作意識之中，會以當時所欲表現之主體情志，於審美經驗裡尋找可以對應之客觀物象。是以王昌齡將創作主體之創作階段區分爲「立意」與「用思」等兩個部分。其中「立意」指的是主體之情志意識的確認，而這種確認使得主體在創作意識之中，將其心感或思理投射於符號構象的思維裡頭。因此就構象的思維過程而言，這種先在心感或思理可以視爲是一種視角，具有「起始性」與「規約性」等兩種結構效能；而透過「立意」時之視角確立，所謂「用思」便是一種「意」的構象活動，將意之視域型態，透過形式化之思維來加以組織與運作，以將此視角所見之意態呈現出來。換言之，所謂「用思」意謂著在「意」與「象」之間尋找一個能夠使「意」投入於「象」中之途徑，因此必須「以心擊之」，以主體之意識內容對於事物之結構或者形式本質進行歸納與闡釋，進而透過聯想之作用「搜求於象」，將創作主體之情志意識投入於「以心擊之」後之象意材料之中。

是以綜上所論，則「審美主體」由「審美感象」向「經驗呈象」之轉化，一同構成了創作主體在進行創作思考時之意識內容。這種意識內容是一種主導原則，包含了以「情志感象」爲主之內核，以及呈現此情志感象之構思。前者涉及了審美主體之審美經驗，而後者則與呈現此審美經驗之創作美學有關。因此本文最後透過對於「以意爲主」這個觀念之辨析，考察王船山對於所謂「現量」這種美覺概念之說法，進而得出就創作主體之創作意識而言，詩學語言之構設目的應在反應創作主體之現量美覺的同時，亦創造出可使接受主體產生「現量」美覺之審美符象。因此，「動人興觀群怨」作為一種結構效能，事實上亦可視為是該創作主體在顯現其主體之明見觀象時的一種構象意識，這種構象意識將引導著創作主體之創作思維，將客觀物象之精神特徵組織為一種涵指主體情志之呈象化表現。

總而言之，透過「詩言志」與「立象盡意」這種雙軸結構之釐定，本文確認了所謂「象」之創作主體應以立「象」成「詩」以言「志」盡「意」這樣的創作意識作為概念前提。在此概念前提下，創作主體之經驗意識應同時包含「審美意識」與「構築意識」等兩個部份。其中，對於「神用象通」之呈象原則與構象準備之討論，所考察的乃是審美意識中之審美感象的形成。而對於「搜求於象」這種呈象經驗之探索，則是進一步辨析當審美主體下貫為創作主體，則該創作意識如何運用審美意識中之經驗呈象來表現創作主體之內在情志。由是，進一步分析「以意為主」這樣的構象意識則可發現，當審美主體本源於其審美經驗而轉化為創作主體時，則創作主體遂會以其對於詩學符號之概念認知，而企圖復現該審美經驗於詩語言符號的接受意識之中，是以對於這種詩語言符號之構築意識遂以「現量」之美覺開始，復又回到可以復現這種「現量」美覺之符號效能的構建之上。

如是，創作主體及其創作意識將落實為具體的文本主體，進而以這樣的創作意識產生主導與規約之作用，本於美覺感象與意識呈象間之移轉，透過一種可感性之用語方式，表現主體之情志為某種呈象之構築。

二、象之文本主體及其呈象形態之分析

象之創作主體既然包含了審美意識與構築意識等兩部分，則就其構築意識來說，必須一方面展現情志；一方面復現某種審美語境以興起接受主體之審美感知。換句話說，象之文本主體乃立基於表達情志與產生審美效應等兩個層次來進行傳導，這種傳導有別於理知語言在符號展陳上所具有的對應傳達之特色，而是透過語象構築，將意義含

蓄地表現於象外，因而產生間接（感知）傳達這樣的符指結構。

在中國詩學之中，這種符指結構應相對地區分爲「含蓄」之表意原型與「意在言外」之指意原型等兩個層面。所謂「含蓄」之表意原型本源於司空圖在《二十四詩品》中之說法，其所指涉的是一種意指不直接突前，而利用文字符號來輾轉示意之簡約狀態。這種語意之簡約狀態使得字面義的表面能指不直接指向所指（不著一字），卻又透過這樣的能指涵指出某種隱性意指（盡得風流），是以就其指意型態來說，這種能指不直接指向所指，而以涵指指出某種隱性意指之指意方式，即爲一種「意在言外」之指意原型，這種指意原型指出了詩語言在理解型態上與理知語言間之殊異性，即一種有別於理知符號在能指與所指間的線性對應，轉而透過「含蓄」之表現方式來與文化涵指交會，進而呈現出一種能指越過表層所指，而與文化涵指間接對應之指意型態。

是以順著「含蓄」與「意在言外」這種符指原型之討論，本文遂進一步對於這種符指原型之構成進行探究，將其相對地區分爲「構象形態」與「言志模式」等兩端，以分別探討「賦、比、興」這種外在用語型態之展陳，以及「風骨」與「理事情」這種內在經驗模式之表現。

首先就「賦、比、興」之「構象形態」來說，「賦、比、興」原是《詩經》詮釋系統中，對於開端寫作方式之區分。然而在漢儒詮釋下，「賦、比、興」遂逐漸演變爲是一種與「風、雅、頌」這種文體有別之用語方式。這種用語方式應可視爲是意象表現於文本主體中時的三種類型。其中，「賦象」指的是一種描述式意象，是以直述式的展陳方式來間接表現文本主體內在情志意識的一種方法。這種方法歷來被視爲是較無意象性的一種陳述方式，原因在於：人們容易將「直接鋪陳」與「直接表意」等同起來，因而基於「直接鋪陳」之呈現而論定其爲一種「直接表意」之展陳。然而，從本文之分析可以發現，「賦象」之所以成「象」，應在於「賦」所指稱的是一種敘述型態而非指意結構。是以透過這種敘述型態之積極使用，則文字符號的意義聯結會圈圍成一個圖象場，在此圖象場中，由於意義的缺席，因此必須將此直述式之語句分別視爲是組合與選擇等兩個主體，以得到語言事象的內在意指。這種「積極地運用語言記號的效能」之方法，正是「賦」之所以成爲一種構象基元的主要關鍵，也就是說，在「含蓄」與「意在言外」這種符指原型的規約下，「賦」亦應視爲是一種透過直述之方式所呈現之「賦象」，其與比、興間之差別應在於呈現形態上之不同，而不在於指意形態上之差異。

是以基於上論，則「比象」指的是一種比喻式意象，是以「客觀對應物」之連接來「寫物以附意」之表現方式。其詩性的構成在於當符指的終點爲一形象，則在符指過程裡頭，其所指的表意程序遂被其選擇物所截斷了！因此該符指便會回到形塑此形象的符號語境之中，失去了以能指對應所指的指意功能。換言之，「比象」是一種詩性結構的基型，是將不可見之主體情志透過客觀對應物之呈現來表現出某種具體可感之形象樣態。而這種形象樣態之展現，在「興」的表現結構中產生了某種側重點上的顚置。所謂「興象」意指的是一種「情態式意象」，此「情態式意象」與賦、比間的差異在於：如果說賦與比仍著重於主體情意與文本形象間的表現轉換的話，那麼「興象」之策重點則由文本主體轉向了文本效能這個層面，進一步觸及了接受主體接受時之情志反應。因此「觸文以起情」成爲了判斷「興象」與否之主要條件，其中的關鍵在於「興」之效能如何構成的問題？本文認爲：既然「興」之效能所訴諸的是一種情態的感知，那麼這種感知的形成必然來自於「可感知」的情態物象。也就是說，在「興」的展陳形態裡，其所造成之情態感受基本上是循環式的。由於這種展陳形態是「物象情態」與「主體情態」間之對應，因此，當「物象情態」接續「主體情態」，主體情態遂會投入於物象情態的解釋之中，進而使得兩者間的情態共性點突前，而在「物象」與「主體」間來回擺盪。

可以發現，「賦、比、興」所討論的基本上是主體之內在經驗於外在符號表現上的構象問題。然而這種主體之內在經驗爲何？則主要涉及了對於詩語言符號之「內質」的解釋。本文認爲，所謂「內質」應當包含主體之意識樣態與客體之呈象樣態等兩個部分。首先就主體之意識樣態來說，本文以「風骨」一說之討論作爲切入點，指出了相對於「辭采」而言，「風骨」應視爲是一種語言符號之內在特質。而這種內在特質之樣態可以相對地區分爲「情感」與「思理」等兩種，「情感」意指的是主體與外物接觸時所產生的某種情緒反應，而「思理」則意謂著主體對於外在事物所加以辯證而生的某種邏輯思考。也就是說「風骨」聯稱，意在於強調象之語言造體中，應呈現出一種情理兼備之主體意識，而這種主體意識由於「情感樣態」之介入，因而產生了情感所具有之感染性質（風），亦因爲「思理樣態」之存在，而使得該符號組織透過思理而傳達出了某種形而上質（骨）。

是以就主體之意識樣態這個角度來說，外在符號所呈現之內質，應以情感與思理等兩部分所共構之「風骨」來作爲構象時之美學要求。然而就客體之呈象樣態而言，則由於文本中之「象」是透過對於客觀對應物之抽提，在某種特徵上使其承載敘述主體之主體意識，因此，「象」的存在基本上是一種主體以其視角對於客觀物象進行詮釋時之觀象，而這種觀象之呈現可以相對地區分爲「理」、「事」與「情」等三種樣態。首先，所謂「理」意指的是事物如此發生之規律，而「事」指的是事物如此發生之過程，至於「情」所意指的則是事物如此表現時之情狀，此三者皆內在本具於萬事萬物之中，具有結構上的普遍性。因此，當審美主體將其對於這種結構上之普遍性所產生的審美聯想投射於創作主體意識中時，則外在客觀物象遂以其「理態」、「事態」與「情態」等內質，來加以表現出如此內質可以突前之主體情志。

總而言之，象之文本主體及其用語方式，乃立基於「含蓄」之表意原型與「意在言外」之指意原型等兩個層面來加以建構。在這樣的概念原則下，「賦、比、興」作爲三種「構象形態」，必須具有表意簡約與指意間接等兩種特性，是以「賦」應視爲是一種「直述式」的意象型態，而「比」則是一種「比喻式」的意象型態，至於「興」則應爲一種「情態式」的意象型態，透過這三種「構象形態」之基型，來間接傳達符號內在之語象內質。是以基於上論，本文遂將這種語象內質進一步區分爲主體之意識樣態與客體之呈象樣態等兩個部分，其中，主體之情感與思理，乃是透過客體之「理態」、「事態」與「情態」來加以作用於接受主體的意識之中，由是，則主體之情志樣態並不直接展陳於句式裡頭，而是在「含蓄」及「意在言外」的主導原則下，以「賦、比、興」之展陳型態來表現出一種主體之「風骨」與客體之「理」、「事」、「情」相即相容之情志樣態。

三、象之接受主體及其感興效應之考察

象之文本主體的提出，確立了含蓄表意及間接指意這樣的構象原則。然而，這樣的構象原則之所以產生美感，必須進一步探討該原則於文本結構中產生了怎樣的結構效能？又此結構效能在接受主體意識裡產生了怎樣的接受反饋？換句話說，在詩學的範域中，吾人以「含蓄」及「意在言外」爲美，因此必須透過「象」之表現來達到這種美典之規範，是以這樣的論題必須先行考量「象」與接受主體間之詮釋路徑，再進一步探討於此詮釋路徑的前提下，該美典之效能爲何？以及當其作用於接受主體意識中時，會產生怎樣的審美反應？

如上所述，則接受主體應視爲是主體之情志經驗所以產生出意義與反饋之終站。當審美主體將其審美經驗積澱於意識之中，而創作主體依據這樣的審美經驗將其內在之情志經驗化約爲文本主體中之符號經驗時，接受主體透過這樣的符號條件逆向地以其生命經驗與審美經驗進行呼應，因而感知文本主體中之符號經驗與審美圖式。透過這樣一個經驗流動之過程可以發現，美感經驗與情志經驗之產生雖然皆來自於社會母體，但是當這兩種經驗之交流透過符號結構作爲中介時，接受主體之逆向反饋便不是閱讀著一個創造時之創造主體，而僅僅只是依據著符號結構之邏輯，逆向地推導出隱藏在符號背後之情志經驗與審美經驗。

是以這種依據符號結構之設立邏輯，進而推導出符號背後之情志經驗的詮釋方式，必然排除了社會母體與眞實創作主體，而以「以意逆志」式之詮釋路徑，對於文本主體中之符號結構產生反應。也就是說，這種詮釋路徑所感知的並非是眞實創作主體之志，而是眞實創作主體透過符號型態隱藏於背後所涵指之隱藏創作主體之志，這種隱藏創作主體之志由於透過「象」之表現範型來加以具象化，因此，有別於一般理知性符號結構之呈現，而是透過一種能「興」之「象」的結構效能作用於接受主體的意識之中，因此，當這種能「興」之「象」的結構效能作用於接受主體意識中時，其效應遂也有別於將能指直截對應所指之理知反應，而必須依據其表現結構與符指過程上之殊異性，將其稱爲是一種以象「興」起「意趣」之美感效應。

可以發現，在美感效能與效應之間，「興」應是文本主體與接受主體之所以能夠產生溝通與交流之中介。換言之，「興象」這個概念之所指，在於「象」的「能興」作用上。而這種「能興」作用之產生，一方面來自於「象」之呈現乃爲一種創作主體「以情觀象」之產物，一方面源自於以「象」表意之時，「象」與「意」間之「符指間隙」所產生之召喚效能。前者是審美性之移轉，而後者則是意指性之延宕。所謂「審美性移轉」意指的是當情觀之象作用於接受主體的意識中時，創作主體以情觀象之視域遂會產生一種引導作用，而成爲接受主體由象生情之視域。也就是說，由於文本中之觀象視角規約與引導了接受主體之觀象視角，是以由情而象之視域便轉移爲接受主體因象而生情之視域，這種視域與視域間之移轉由於只是一種觀象之展現，並未明指意義之確指爲何，因此「象」與「意」間便產生了一種「符指間隙」，而這種「符指間隙」之存在使得接受主體在表面語象與深層所指間之理解結構產生缺空，是以調動了接受主體尋求意義完型之意識活動，因而產生了接受闡釋時之「意指性延宕」。

依據此論，則「興趣」這個概念之所指，應爲「興象」這種結構效能作用於接受主體意識上時之結構反應。這種結構反應稱之爲

「趣」，一方面有效地區隔了與理知性理解之不同，一方面則確認了這種接受反應應視爲是一種審美愉悅。而這種審美愉悅涉及了「感受式」與「感知式」等兩種不同之接受樣態。首先就「感受式」來說，「感受式」之接受反應來自於文本主體中之物象情態（情觀之象）直接作用於接受主體意識中時之情感反應。這種情感反應來自於一種情態語境之感染功能，也就是說，當接受主體之接受意識置於文本主體的情態語境之中，那麼該文本主體之情態語境遂會將接受主體之情感經驗吸附於其中，使得該抒情之能指能夠得到接受主體對應感受之所指。然而，這種利用文本擬象之構造來吸附接受主體對於該擬象之聯覺的情緒反應，僅僅只是利用了文本主體與接受主體在感受經驗上相互疊合這樣的接受功能，並未涉及接受主體之闡釋性理解與反饋，是以就「感知式」這種接受反應而言，則必須進一步推究文本主體在指意結構上之表現型態所造成的接受感知，而這種接受感知涉及了詩學作品在其「形而上質」之傳達上所具有的殊異性，也就是說，透過象的表意結構，詩學文本之形而上質並非直截地表現於字面之上，而是透過符號與符號聯結間的符指間隙，來促使接受主體置入於其中，感知其字面義外之精神思理，並且對於該延長感知之形式進行反饋。因此，這種「感知式」之接受反應應相對地區分爲「主軸形態」之反應，以及「整體樣態」之反應等兩個部分，前者所得到的是一種抽象的意識掌握；後者所得到的則是一種整體性的，關及於將情志味感投射於形式味感之中時，那種迂旋不盡的意味感知。

四、象之詩性結構的定位與提出

綜上所論，本文以「象」這種概念之形成、表現與接受反應作爲考察對象，分別從創作主體、文本主體與接受主體等三方面進行析論，透過梳理中國「象」論譜系中，前人對於文學藝術性之構成的相關論述，從審美經驗流動的角度進行整合。其中，「立象盡意」作爲一個主題，乃是立基於以「象」表「意」這樣的概念思維上，透過這樣的概念，以「構築原則」作爲討論對象，其所要探討的是「象」論這樣的思維譜系，具有怎樣的思維特性？如何呈現？以及造成怎樣的效果？所以本文副標訂爲「中國『象』論詩學的美學闡釋」，便是著意於「詩學」與「美學」等兩個概念所產生的一種雙重限制作用，也就是說，在這本論文中所要探討的是中國「象」論裡，有關於「詩學」的這個部分，而其中，又應以詩學美學之「詩性構成」與「藝術效能」作爲主要討論目標。

基於這樣的前提，本文之研究方法，乃是將「象」與「意」這樣的結構中所涵納之範域，相對地區隔爲創作、文本與接受等三個主體，一方面對此三個主體在中國「象」論譜系中之說法進行研究，一方面參考西方相關理論來加以修正與闡釋，其中，又以「審美心理學」、「符號學」與「接受美學」等三種理論作爲參考核心，試圖把「象」之審美經驗、構象原理以及呈象效能進行整合，以從主體經驗之流動、符號化與共感這樣的層面，將「象」於各個層次中之樣態串連起來，以建構出一個以「象」爲基礎原則之詩學系統。

是以本文便也相對地區分爲三個主要的章節：

首先就「創作主體」而言，本文所要討論的是文學創作者的這個部分。在這裡，所謂文學創作者並非是一種空白的存在，而是意識裡先具有某種被稱之爲「文學」之概念，因而依據這樣的概念規範進行思考與創作之創作主體。所此本文先行定義了「詩言志」與「立象盡意」間之結構關係，以及由此結構關係所產生的一種創作思維，然後再依據這樣的創作思維，將創作主體區分爲「構象前的準備」、「構象時的思考」以及「以意爲主」等三個階段，其中，援引「神用象通」這樣的概念來對於構象前之意識階段進行分析；再以「搜求於象」之說法探討創作者「立意」與「用思」時之呈象意識，最後則以「以意爲主」中之「意」的內涵探討創作主體構象時之結構原則。利用這三個階段的層層推演，架構出創作主體在以象爲前提的原則下，如何由審美主體向創作主體轉移，使得「象」由一種審美反應，轉變爲一種抒情表意時之投射素材。

而這種以「象」作爲抒情表意時之投射素材的現象，就「文本主體」這個部份來說，則必須進一步考量「文學」這個先在概念所產生的一種範式型態。這種範式型態本文將其區分爲「表意」與「指意」等兩個層面，在這兩個層面的規約下，就形式而言，象的展陳型態可以依據「賦」、「比」、「興」之構象型態而相對地區別爲「描述式意象」、「比喻式意象」以及「情態式意象」等三種；而就內質來說，則必須將主體之情感與思理，分別寄託於敘述對象之「發生規律」（理）、「發生過程」（事）與「表現情狀」（情）之中。換言之，這種文本之呈現模式，乃是在「含蓄」這種表意原型與「意在言外」這種指意原型的原則下，以事物之「發生規律」、「發生過程」與「表現情狀」，透過「描述式意象」、「比喻式意象」以及「情態式意象」來表現出主體之情感與思理，而這樣的一種文本呈現模式，就「接受主體」而言，則是在「以意逆志」的詮釋前提下，相對地產生出文本之「形式效能」與「美感效應」等兩個部分，前者著重的是「象」所造成的形式反應，而後者則側重於「象」之內質所啓引的情志感知。透過這樣一種結構性考察，可以發現，所謂的「象」之接受主體所產生的接受反應，必然會經歷形式上之「視域移轉」與「間隙反饋」這樣的過程，進而對於「象」之形而上質產生某種意識上之感知界域。

可以發現，「象」之美感形成、建構與效能反應，使得「象」之成立構成了一種審美對應，即審美主體帶著審美經驗與創作主體之情志意識結合，而創作主體又以這種情志呈象爲主導，進行文本中之意象構建，於是，這種文本中之意象構建由於同時帶有審美主體之審美意識與創作主體之情志意識，因此，遂在接受主體意識中產生相對的「美感效應」，換句話說，由創作主體、文本主體到接受主體，其實代表著一種文學生發的指意過程，而這種指意過程將由創作主體開始，經由「象」於文本中之結構模式，再透過接受主體的積極參與及反饋，回到對於創作主體之形式意識與情志意識的對應感知。

從這樣的研究可以看出，「文學」概念之美典要求，在追求詩性的規範與引導下，必須以「立象」之思維與「表象」模式，方能有效地展現出文學語言與普通語言的差別所在。也就是說，言志盡意必須將文字構築成象，才能夠使得文本表現脫離尋常語言之指意形態，藉由將文本中之意象突前的方式，造成「表意婉轉」與「指意間接」等「含蓄」且「意在言外」的詩學效能。因此，這樣的研究可以較爲客觀地定位出詩學概念上之「象」的存在，實爲「文學性」與「非文學性」所以產生分野之關鍵，而這樣的關鍵，即爲詩學之審美意蘊之所以如此的根源線索，是以，立「象」盡意應可以視爲是一種詩性文本在指意過程中的表現範型，對於這種表現範型之解碼，則有助於使得「詩學」典範之美學原則得到確認，進而以這種表現範型之型態及效能，對於詩性文學中之美感效應，進行詩學式之詮釋與批評。

然而「洞見」便也相對地跟隨著「不見」，其中，由於本文之論述焦點集中於概念辨析與聯結之上，是以對於「象」之歷史性問題鮮少著墨，以至於理論概念之形成與辯證無法於文中窺見一個清楚轉換之脈絡，實爲筆者深引爲憾之處。但是，透過本文對於「象」之美感形成、建構與效能反應之闡釋，應可使得「立象盡意」這樣一個理論概念得以具有一個較爲清晰之詩學輪廓，對於中國詩學理論之批評模式產生規範與引導作用，因而使得文學中之美感生成，得以有一個屬於中國詩學概念上之理論視角。而這樣的理論視角即爲本文寫作之初衷，希望能夠以「象」爲主體，將中國詩學中之「立象」思維，透過邏輯進行整合，以藉此建構出中國詩學美學所特有之理論體系。

參考書目

按作者筆劃順序排列

一、中國古籍部分（按作者姓名筆劃排列，本論文四庫全書採用迪志文化公司的《文淵閣四庫全書電子版》）

1. 丁福保主編：《清詩話》，台北：明倫出版社，1971 年。
2. 丁福保輯：《歷代詩話續編》，台北：木鐸出版社，1988 年。
3. 毛子水註譯：《論語今註今譯》，台北：台灣商務印書館，1971 年。
4. 王克讓：《河岳英靈集注》，成都：巴蜀書社，2006 年。
5. 王利器校注：《文鏡秘府論校注》，台北：貫雅文化事業公司，1991 年。
6. 王船山：《船山全書》第 13 冊，長沙：嶽麓書社，1995 年。
7. 王弼：《周易略例》，《文淵閣四庫全書電子版》，香港：迪志文化出版社，2007 年。
8. 王夢鷗註譯：《禮記今註今譯》，台北：台灣商務印書館，1971 年。
9. 司空圖著，郭紹虞集解：《詩品集解》，北京：人民文學出版社，2006 年。
10. 朱熹集傳，汪中斠注：《詩經集傳》，台北：蘭臺書局，1979 年。
11. 何文煥輯：《歷代詩話》，北京：中華書局，1992 年。
12. 吳文治主編：《宋詩話全編》，南京：江蘇古籍出版社，1998 年。
13. 吳文治主編：《明詩話全編》，南京：江蘇古籍出版社，1997 年。
14. 吳調公主編：《中國美學史資料類編：文學美學卷》，南京：江蘇美術出版社 1990 年。

15. 李宗侗註譯：《左傳今註今譯》，台北：台灣商務印書館，1971 年。
16. 李夢生撰：《左傳譯注》，上海：上海古籍出版社，2004 年。
17. 周振甫：《文心雕龍今譯》，北京：中華書局，2010 年。
18. 屈萬里：《詩經釋義》，台北：中國文化大學，1983 年 11 月。
19. 金景芳：《周易・繫辭傳新編詳解》，瀋陽：遼海出版社，1998 年。
20. 施議對：《人間詞話譯注》，台北：貫雅文化事業公司，1991 年。
21. 胡經之主編：《中國古典文藝學叢編》，北京：北京大學出版社，2001 年。
22. 唐圭璋主編：《詞話叢編》，北京：中華書局，1996 年。
23. 殷璠著，王克讓集注：《河嶽英靈集注》，成都：巴蜀書社，2006 年。
24. 納蘭性德：《陳氏禮記集說補正》，《文淵閣四庫全書電子版》，香港：迪志文化出版社，2007 年，頁 3
25. 袁行霈撰：《陶淵明集箋注》，北京：中華書局，2003 年。
26. 袁枚：《隨園詩話》，台北：廣文出版社，1979 年。
27. 張少康等編選：《中國歷代文論選》，北京：人民文學出版社，1996 年 5 月 1999 年。
28. 張伯偉：《全唐五代詩格彙考》，南京：鳳凰出版社，2004 年。
29. 張璋、黃畬選注：《全唐五代詞》，台北：文史哲出版社，1986 年 10 月。
30. 皎然著，周維德校注：《詩式校注》，杭州：浙江古籍出版社，1993 年。
31. 郭紹虞主編：《中國歷代文學論著精選》，台北：華正書局，1991 年。
32. 郭紹虞編選：《清詩話續編》，上海：上海古籍出版社，1999 年。
33. 陳鼓應、趙建偉注釋：《周易今注今譯》，北京：商務印書館，2005 年。
34. 陸機著，楊牧校釋：《陸機文賦校釋》，台北：洪範書店，1985 年。
35. 逯欽立輯校：《先秦漢魏晉南北朝詩》，台北：學海出版社，1991 年 9 月。
36. 黃霖編著：《文心雕龍匯評》，上海：上海古籍出版社，2005 年。
37. 楊伯峻譯：《孟子譯注》，北京：中華書局，2010 年。
38. 聖祖御編《全唐詩》，台北：盤庚出版社，1979 年 2 月。
39. 葉慶炳、邵紅主編：《明代文學批評資料彙編》，台北：成文出版社，1979 年。

40. 賈文昭主編：《中國近代文論類編》，合肥：黃山書社，1991年。
41. 臺靜農主編：《百種詩話類編》，台北：藝文印書館，1974年。
42. 劉永濟：《文心雕龍校釋》，台北：中書局，1957年。
43. 劉熙載：《藝概》，台北：漢京文化，1985年。
44. 劉勰著、王更生注譯：《文心雕龍讀本》共二冊，台北：文史哲出版社，1991年。
45. 樓宇烈：《王弼集校釋》，北京：中華書局，1980年。
46. 歐陽修、釋惠洪著，黃進德批注：《六一詩話、冷齋夜話》，南京：鳳凰出版社，2009年。
47. 龍榆生校箋：《東坡樂府箋》，台北：華正書局，2003年。
48. 鍾嶸著，汪中選注：《詩品注》，台北：正中書局，1985年。
49. 瞿蛻園等校注：《李白集校注》，台北：里仁書局，1981年。
50. 魏慶之：《詩人玉屑》，台北：世界書局，2005年。
51. 羅聯添主編：《隋唐五代文學批評資料彙編》，台北：成文出版社，1978年。
52. 嚴羽：《滄浪詩話》，台北：金楓出版社，1986年。
53. 嚴羽著，郭紹虞校釋：《滄浪詩話校釋》，台北：東昇文化事業公司，1980年。

二、西方文學美學論著部分

1. I·A·瑞恰慈：《文學批評原理》，南昌：百花洲文藝出版社，2010年。
2. 瓦·葉·哈利澤夫：《文學學導論》，北京：北京大學出版社，2006年。
3. 艾布拉姆斯：《鏡與燈》，北京：北京大學出版社，2004年。
4. 克羅齊著，朱光潛譯：《美學原理》，上海：上海世紀出版集團，2007年。
5. 沃爾夫岡·伊瑟爾：《閱讀行爲》，長沙：湖南文藝出版社，1991年。
6. 威廉·燕蔔森：《朦朧的七種類型》，杭州：中國美術學院出版社，1998年。
7. 約翰·克羅·藍色姆：《新批評》，南京：江蘇教育出版社，2006年。
8. 韋勒克與奧斯汀沃倫合著：《文學理論》，南京：江蘇教育出版社，2005年。
9. 索緒爾：《普通語言學教程》，北京：商務印書館，1999年。

10. 翁貝爾托・埃科著，王天清譯：《符號學與語言哲學》，天津：百花文藝出版社，2006 年。
11. 茨維坦・托多羅夫：《象徵理論》，北京：商務印書館，2005 年。
12. 康德著，鄧曉芒譯：《判斷力批判》，台北：聯經出版社，2004 年。
13. 莫理斯・梅洛—龐蒂：《知覺現象學》，北京：商務印書館，2005 年。
14. 莫理斯・梅洛—龐蒂：《符號》，北京：商務印書館，2005 年。
15. 凱西勒著甘陽譯：《人論》，台北：桂冠圖書公司，1990 年。
16. 斯坦利・費什：《讀者反應批評：理論與實踐》，北京：中國社會科學出版社，1998 年。
17. 漢斯・羅伯特・耀斯：《審美經驗與文學解釋學》，上海：上海譯文出版社，2006 年。
18. 劉若愚：《中國文學理論》，南京：江蘇教育出版社，2006 年。
19. 魯道夫・阿恩海姆著，滕守堯、朱疆源譯：《藝術與視知覺》成都：四川人民出版社，1998 年。
20. 魯道夫・阿恩海姆著，滕守堯譯：《視覺思維——審美直覺心理學》，成都：四川人民出版社，2010 年。
21. 諾思羅普・弗萊：《批評的解剖》，天津：百花文藝出版社，2008 年。
22. 羅曼・英加登著，張振輝譯：《論文學作品》，開封：河南大學出版社，2008 年。

三、西方美學資料編選部分

1. 伍蠡甫、林驤華編著：《現代西方文論選》，台北：書林出版社，1992 年。
2. 朱立元主編：《西方美學名著提要》，南昌：江西人民出版社，2000 年。
3. 程正民、曹衛東主編：《二十世紀外國文論經典》，北京：北京師範大學出版社，2004 年。
4. 趙毅衡編選：《符號學文學論文集》，天津：百花文藝出版社，2004 年。

四、現代學術論著部分

1. 仇小屏：《篇章意象論——以古典詩詞爲考察範圍》，台北：萬卷樓圖書股份有限公司，2006 年。
2. 牛宏寶：《西方現代美學》，上海：上海人民出版社，2002 年。

3. 王更生：《文心雕龍新論》，台北：文史哲出版社，1991 年。
4. 王長俊主編：《詩歌意象學》，合肥：安徽文藝出版社 2000 年。
5. 王義良：《文心雕龍》文學創作論與批評論探微》，高雄：復文圖書出版社，2002 年。
6. 王夢鷗：《中國文學理論與實踐》，台北：里仁書局，2009 年。
7. 王嶽川：《現象學與解釋學文論》，濟南：山東教育出版社，2003 年。
8. 古風：《意境探微》，南昌：百花洲文藝出版社，2001 年。
9. 古添洪：《記號詩學》，台北：東大出版社，1984 年。
10. 朱光潛：《文藝心理學》，合肥：安徽教育出版社，1996 年。
11. 朱光潛：《詩與畫的界限》，台北：蒲公英出版社，1986 年。
12. 朱自清：《詩言志辨》，台北：頂淵事業文化公司，2001 年。
13. 朱玲：《文學符號的審美文化闡釋》，合肥：安徽大學出版社，2002 年。
14. 牟宗三：《中國哲學十九講》，台北：學生書局，1983 年。
15. 何明：《嚴羽的美學理論思維及其與禪宗的關係》，台北：佛光山文教基金會，2002 年。
16. 吳宏一：《清代文學批評論集》，台北：聯經出版社，1998 年。
17. 吳建民：《中國古代文學理論的當代闡釋與轉化》，南京：鳳凰出版社，2011 年。
18. 吳海慶著：《船山美學思想研究》，鄭州，河南人民出版社，2004 年。
19. 吳曉：《意象符號與情感空間》，北京：中國社會科學出版社，1990 年。
20. 吳曉：《詩歌與人生：意象符號與情感空間》，台北：書林出版有限公司，1995 年。
21. 呂武志：《魏晉文論與文心雕龍》，台北：樂學書局，2006 年。
22. 李元洛：《詩美學》，台北：東大出版社，1990 年。
23. 李志宏：《認知美學原理》，北京：光明日報出版社，2011 年。
24. 李建中：《心哉美矣——漢魏六朝文心流變史》，台北：文史哲出版社，1993 年。
25. 李健：《比興思維研究》，合肥：安徽教育出版社，2003 年。
26. 李澤厚、劉綱紀合著：《中國美學史——先秦兩漢編》，合肥：安徽文藝出版社，1999 年。
27. 李澤厚：《李澤厚哲學美學文選》，台北：穀風出版社，1987 年。

28. 李澤厚：《美學四講》，台北：三民書局，2001 年。
29. 李澤厚：《美學論集》，台北：三民書局，2001 年。
30. 杜黎均：《文心雕龍理論研究和譯釋》，台北：古風出版社，1987 年。
31. 汪裕雄：《意象探源》，合肥：安徽教育出版社，1996 年。
32. 汪裕雄：《審美意象學》，瀋陽：遼寧教育出版社，1993 年。
33. 周英雄：《結構主義與中國文學》，台北：東大圖書公司，1992 年。
34. 周曉鳳：《現代詩歌符號美學》，成都：成都出版社，1995 年。
35. 季廣茂：《隱喻視野中的詩性傳統》，北京：高等教育出版社，1998 年。
36. 林湘華：《禪宗與宋代詩學理論》，台北：文津出版社，2002 年。
37. 祁志祥：《中國美學的文化精神》，上海：上海文藝出版發行，1996 年。
38. 金元浦：《接受反應文論》，濟南：山東教育出版社，1998 年。
39. 俞建章、葉舒憲：《符號：語言與藝術》，上海：上海人民出版社，1988 年。
40. 柯慶明：《境界的探求》，台北：聯經出版社，1984 年。
41. 胡雪岡：《意象流變的範疇》，南昌：百花洲文藝出版社，2009 年。
42. 胡經之：《文藝美學》，北京：北京大學出版社，1992 年。
43. 夏之放：《文學意象學》，汕頭：汕頭大學出版社，1993 年。
44. 孫武昌：《佛教與中國文學》，上海：上海人民出版社，2007 年。
45. 徐復觀：《中國文學論集》，台北：台灣學生書局，2001 年。
46. 徐復觀：《中國藝術精神》，台北：台灣學生書局，1966 年。
47. 袁行霈：《中國詩歌藝術研究》，台北：五南圖書出版有限公司，1989 年。
48. 袁濟喜：《興：藝術生命的激活》，南昌：百花洲文藝出版社，2001 年。
49. 高友工：《中國美典與文學研究論集》，台北：台灣大學出版中心，2004 年。
50. 張少康：《中國古代文學創作論》，台北：文史哲出版社，1991 年。
51. 張立文：《正學與開新——王船山哲學思想》，北京：人民出版社，2001 年。
52. 張伯偉：《鍾嶸詩品研究》，南京：南京大學出版社，2000 年。
53. 張健：《滄浪詩話研究》，台北：五南出版社，1992 年。

54. 陳伯海：《中國詩學之現代觀》，上海：上海古籍出版社，2006 年。
55. 陳昌明：《緣情文學觀》，台北：台灣書店，1999 年。
56. 陳植鍔：《詩歌意象論》，北京：中國社會科學出版社，1990 年。
57. 陳滿銘：《文章結構分析》，台北：萬卷樓圖書有限公司，1999 年。
58. 陳滿銘：《國文教學論叢》，台北：萬卷樓圖書有限公司，1994 年。
59. 陳滿銘：《國文教學論叢・續編》，台北：萬卷樓圖書有限公司，1998 年。
60. 陳滿銘：《章法學新裁》，台北：萬卷樓圖書有限公司，2001 年。
61. 陳滿銘：《章法學綜論》，台北：萬卷樓圖書有限公司，2003 年。
62. 陳滿銘：《章法學論粹》，台北：萬卷樓圖書有限公司，2002 年。
63. 陳慶輝：《中國詩學》，台北：文史哲出版社，1994 年。
64. 陳麗虹：《賦比興的現代闡釋》，杭州：中國美術學院出版社，2002 年。
65. 陳耀南：《文心雕龍綜論》，台北：台灣學生書局，1988 年。
66. 陶水平：《船山詩學研究》，北京：中國社會科學出版社，2001 年。
67. 彭鋒：《詩可以興——古代宗教倫理哲學與藝術的美學闡釋》，合肥：安徽教育出版社，2003 年。
68. 曾昭旭：《王船山哲學》，台北：遠景出版社，1983 年。
69. 曾祖蔭：《中國古代文藝美學範疇》，台北：文津出版社，1987 年。
70. 黃永武：《中國詩學・考據篇》台北：巨流圖書公司，1999 年。
71. 黃永武：《中國詩學・形式篇》台北：巨流圖書公司，1999 年。
72. 黃永武：《中國詩學・思想篇》台北：巨流圖書公司，1999 年。
73. 黃永武：《中國詩學・設計篇》台北：巨流圖書公司，1999 年。
74. 黃永武：《中國詩學・鑑賞篇》台北：巨流圖書公司，1999 年。
75. 黃景進：《意境論的形成——唐代意境論研究》，台北：台灣學生書局，2004 年。
76. 黃景進：《嚴羽及其詩論之研究》，台北：文史哲出版社，1986 年。
77. 黃維樑：《中國詩學縱橫論》，台北：洪範書店，1977 年。
78. 楊松年：《王夫之詩論研究》，台北：文史哲出版社，1986 年。
79. 楊義：《中國敘事學》，嘉義：南華管理學院，1998 年。
80. 葉太平：《中國文學之美學精神》，台北：水牛出版社，1998 年。
81. 葉朗：《中國美學史大綱》，上海：上海人民出版社，2010 年。

82. 葉朗：《美學原理》，北京：北京大學，2009 年。
83. 葉嘉瑩：《迦陵談詩》，台北：三民書局，1985 年。
84. 鄔國平：《中國古代接受文學與理論》，哈爾濱：黑龍江人民出版社，2005 年。
85. 雷淑娟：《文學語言美學修辭》，上海：上海世紀出版社，2004 年。
86. 趙永紀：《詩論：審美感悟與理性把握的融合》，桂林：廣西師範大學出版社，1999 年。
87. 趙沛霖：《興的源起》，台北：明鏡文化事業公司，1989 年。
88. 趙毅衡：《文學符號學》，北京：文藝新學科建設叢書，1986 年。
89. 趙毅衡：《重訪新批評》，天津：百花文藝出版社，2009 年。
90. 趙毅衡：《符號學文學論文集》，天津：百花文藝出版社，2004 年。
91. 趙毅衡：《符號學原理與推演》，南京：南京大學出版社，2011 年。
92. 劉懷榮：《賦比興與中國詩學研究》，北京：人民出版社，2007 年。
93. 滕守堯：《審美心理描述》，成都：四川人民出版社，2001 年。
94. 蔡英俊：《中國古典詩論中『語言』與『意義』的論題——『意在言外』的用言方式與『含蓄』的美典》，台北：台灣學生書局，2001 年。
95. 蔡英俊：《比興物色與情景交融》，台北：大安出版社，1986 年。
96. 鄭毓瑜：《六朝情境美學》，台北：里仁書局，1997 年。
97. 鄭樹森編：《現象學與文學批評》，台北：東大圖書公司，2004 年。
98. 黎志敏：《詩學構建：形式與意象》，北京：人民出版社，2008 年。
99. 蕭水順：《從鍾嶸詩品到司空詩品》，台北：文史哲出版社，1973 年。
100. 錢鍾書：《管錐篇》，北京：三聯書店，2001 年。
101. 龍協濤：《文學閱讀學》，北京：北京大學出版社，2005 年。
102. 韓林德：《境生象外——華夏審美與藝術特徵考察》，北京：三聯書店，1995 年。
103. 羅立乾：《鍾嶸詩歌美學》，台北：東大圖書公司，1990 年。
104. 譚學純、唐躍、朱鈴：《接受修辭學》，合肥：安徽大學出版社，2000 年。
105. 龔鵬程：《文化符號學》，台北：台灣學生出版社，1992 年。

五、學位論文部分

1. 柯夢田：《意境理論體系之美學意蘊闡述研究》，高雄師範大學國文所博士論文，2005 年。

2. 淩欣欣：《意在言外——對中國古典詩論中一個美學觀念的研究》，中國文化大學中國文學研究所博士論文，2004 年。
3. 陳必正：《王昌齡詩論研究》。輔仁大學中國文學研究所碩士論文，1991 年。
4. 陳佳君：《辭章意象形成論》，國立台灣師範大學國文研究所博士論文，1994 年。
5. 彭雅玲：《唐代詩僧的創作論研究——詩歌與佛教的綜合分析》，政治大學中國文學研究所博士論文，2003 年。
6. 黃金榔：《魏晉玄學言意之辯對後代文學理論之影響》，高雄師範大學國文研究所博士論文，2005 年。
7. 蔡芳定：《唐代文學批評研究》，台灣師範大學中國文學研究所博士論文，1990 年。
8. 鄭垣玲：《中唐詩論研究》，輔仁大學中文所博士論文，2012 年。
9. 鄭英志：《唐代意境觀詩論之起源與發展》，東海大學中國文學研究所碩士論文，2003 年。

六、單篇期刊論文部分

1. 王春翔：〈反常合道意義初探〉，《固原師專學報》，第 23 卷第 2 期，2002 年 3 月。
2. 王從仁：〈比興的緣起和演化〉，《古代文學理論研究》，第 5 輯，1981 年 10 月。
3. 王熙元：〈從『以禪喻詩』論嚴羽的妙悟說〉，《中國學術年刊》，1996 年 3 月。
4. 王興華：〈中國美學意境論新探〉《南開學報》，1996 年第 5 期。
5. 白振奎：〈中國古典詩歌獨特的發生模式：審美感興〉《遼寧師範大學學報》，1997 年第 1 期。
6. 余虹：〈《潛溪詩眼》美學思想簡論〉，《四川師範大學學報》，第 28 卷第 1 期，2001 年 1 月。
7. 李正治：〈《文心雕龍》引道入文的理論效應〉，《文學新鑰》（南華文學學報），第六期，2007 年。
8. 王淳美：〈嚴羽詩論試探〉，《台南工商專校學報》，1994 年 3 月。
9. 李正治：〈《文心雕龍》箚記——辭訓之異，宜體於要〉，《國文天地》86 期，1992 年 7 月。
10. 胡勇、劉立夫合著：〈王夫之認識論中的佛教影響〉，《衡陽師範學院學報》，第 30 卷第 4 期，2009 年。
11. 張杰：〈《易》的解釋學特性及其對文學闡釋的方法論啓示〉，《中國文學研究》，1997 年第 1 期。
12. 張晶：〈王夫之詩歌美學中的「勢」論〉，《北方論叢》，2000 年第 1 期。
13. 傅勇林：〈以少總多・尚象精神・詩性智慧——關於比興説的一個理論評注〉，《四川師範大學學報》，第 25 卷第 2 期 1998 年 4 月。
14. 聶春華：〈司空圖象外之象的思維模式及方法論意義〉，《汕頭大學學報》第 19 卷第 1 期 2003 年。
15. 張曉光：〈《周易》中的類比推論思想〉，《社會科學輯刊》，2003 年第 5 期。
16. 陳俊龍：〈嚴羽『滄浪詩話』詩論試詮〉，《輔大中研所學刊》，1995 年 9 月。
17. 曾也魯：〈王船山的詩教觀〉，《衡陽師範學院學報》，2001 年第一期。
18. 曾玲先：〈王船山的薑齋詩話與人格精神〉，《衡陽師範學院學報》，2002 年第五期。
19. 曾玲先：〈王船山詩學的主情觀〉，《衡陽師範學院學報》，2002 年第四期。
20. 紫地：〈中國古代的文學鑒賞接受論〉，《北京大學學報》，1994 年第 1 期。
21. 黃石明：〈中國古代詩學的意象思維特徵論〉，《揚州大學學報》，1999 年第 2 期。
22. 萬志海：〈從誠學觀念的變革看王船山的美學思想〉，《船山學刊》，2004 年第一期。
23. 葛曉音：〈毛公獨標興體析論〉，《中國文化研究》，2004 年。
24. 賈奮然：〈文心雕龍言意之辨論〉，《中國文學研究》，2000 年第 1 期。
25. 蕭華榮：〈六朝興感説〉，《齊魯學刊》，1995 年第 5 期。
26. 蕭麗華：〈從儒佛交涉的角度看嚴羽『滄浪詩話』的詩學觀念〉，《佛學研究中心學報》，2000 年 7 月。
27. 魏春春：〈王船山詩學概念「現量」探析〉，《寶雞文理學院學報》，第 29 卷，2009 年第 5 期。
28. 嚴云受：〈比興新論〉，《江淮論壇》，1994 年第 2 期。

七、網路資料部分

1. 《佛光大辭典電子版》http：//sqi.fgs.org.tw/webfbd/。
2. 中央研究院漢籍電子文獻：http：//www.sinica.edu.tw/ftms-bin/ftmsw3。
3. 全國圖書書目資訊網：NBINethttp：//nbinet.ncl.edu.tw。
4. 故宮【寒泉】古典文獻全文檢索資料庫：http：//210.69.170.100/s25 index.htm。
5. 詩話典籍資料庫（暨南大學）：http：//www.cll.ncnu.edu.tw/hpoet/pindex.htm。
6. 國家圖書館全球資訊網：NCLWWWhttp：//www.ncl.edu.tw/c_ncl.html。
7. 網路展書讀（元智大學）：http：//cls.admin.yzu.edu.tw/HOME.HTM。
8. 整合式圖書目錄查詢系統（雲林科技大學）：http：//www.lib.yuntech.edu.tw/query/。